YAMAO SANSEI LIBRARY

インド・ネパール巡礼日記❷

ネパール巡礼日記

山尾三省

野草社

ネパール巡礼日記　目次

ダラムサラ　9
パタン　70
スワヤンブナート　86
ポカラ　295

ルンビニ　357
スワヤンブナート　375
永遠の道は曲がりくねっている　宮内勝典　473

中華人民共和国
カブール
アフガニスタン
イスラマバード
パキスタン
デリー
ネパール
カトマンドゥ
ブータン
ティンプー
カルカッタ
ダッカ
バングラ
デシュ
ミャンマー
ネーピードー
アラビア海
インド
ベンガル湾
タイ
バンコック
スリランカ

ダラムサラ
マナリ
ヒマーチャル・
プラデーシュ州
シムラ
リシケシ
ハリドワール
ウッタラカンド州
ジャムナー河
デリー
ヴリンダーヴァン
ネパール
ヒマラヤ山脈
ポカラ
スワヤンブナート
カトマンドゥ
パタン
ルンビニ
ウッタル・プラデーシュ州
ガンジス河
クシナガラ
アヨーディア
ビハール州
ガンジス河
サールナート
パトナー
ヴェナレス
ラジギール
ガヤ
ブッダガヤ
バングラ
デシュ
N
200km
地名の表記は本文と同じとした
カルカッタ

ネパール巡礼日記

凡　例

——本書は、山尾三省さんが、一九七三年十二月から一年間、一家五人でインド・ネパールを旅した際に記したノートを活字化したものです。

——日本を発ってからインド滞在中を『インド巡礼日記』に、インド・ダラムサラを発ちネパール滞在中を『ネパール巡礼日記』に収録しました。

——当時の山尾三省さんについて、また本ノート発見の経緯については、本書巻末に収録しました、宮内勝典さんの寄稿「永遠の道は曲がりくねっている」を参照してください。

——原則として原文のまま収録しましたが、明らかな誤字は直し、地名や漢字の表記、送りがな等を若干整えました。また、ルビを加えました。

——数名の人について傍注を付しました。

——特定の個人についての記述、書物からの移し書きを一部削除しました。

——今日の人権意識からするとふさわしくない表現もみられますが、故人の作品であり、歴史性を考慮してそのままとしてありますことをご了解ください。

ダラムサラ

五月二十四日

ダラムサラに着く。朝起きてすぐここは観音の浄土なのだと思われた。海抜一三〇〇〜一五〇〇メートルの山の上である。

マナリの最後の夜はとてつもない夜であった。茂木君と待ち合わせてダラムサラ行きのバスのブッキングをとってから、彼が一回行ったことがあるというチャン屋へ飲みに行った。その店はバザールの表通りから少しひっこんだ所にある店で、入ったとたんに外の世界とは完全にちがうチベット人の密室であることが判った。表戸をあけて中に入り、内戸をもうひとつあけて中に入ると、真っ先に観音の絵図とダライラマの写真が眼に入った。アンマ（母）が中型のヤカンにいっぱいのチャンを運んでき、ここはアンマの店だから心配しないでゆっくり飲みなさいというように、アンマという言葉を繰り返し、たてつづけにコップ二杯ほどを飲まされてしまった。チャンは強い酒ではないが、そんな風にぐいぐい飲めば酔うことは明らかである。ほの明るい電球の下で、先客のラホールから来た人達四、五人がコップをかさねており、例えて言えば、新宿の場末の飲み屋をもう少し汚れた感じにしてうつし換えてきたような、やさしさと安堵感とそれでいてきしっとした緊張があり、つまりお酒を飲むには最高の雰囲気であった。茂木君はけっこうヒンディ語が話せるので、時々ラホールの連中とやりとりしながら、やはり日本語を話しながら飲むのは最高だとか何とか言いながら、アンマが去ったあとはゆっくりとやっていた。

ラホールと言えばマナリから二〇〇キロぐらいクルヴァレイを遡っていった地方で、本当のヒマラヤの民が住んでいる所であり、三、四年前かに『ヒマラヤンアート』という本が出てその絵図の中にラホール地方の観音の色刷りがのっており、私はそれが気に入って写真にとってから大きく引きのばし、法隆寺の観音に出会うまでは私の本尊同様にして礼拝してきたものであった。このマナリに来るまではラホールとは隣りのパキスタンにあるラホールだとばかり思っていたが、ここで初めてインド・ヒマラヤ山中に五、六〇〇〇メートルの山に囲まれたラホールという地方があり、それはすぐチベットと国境を接したインドの最も山深い場所であることが判ったのである。ラホールから来たという人に私は初めて出会い、ああこの人達がラホール人なのだと思うと同時に、ずい分はるばる観音浄土の近くまで来ていることを感じたのであった。ラホール人も勿論インド国民ではあるが、彼ら自身はいわゆるインド人はあまり好きでなく、そしてチベタンの店でチャンを飲むくらいであるから、インド人というよりは生粋のヒマラヤ人であり、インド人はアッチャーナピン（よくない）のだとさえも言うのである。

酔いがまわってくるに従って店の雰囲気にひとしおなじみ、相手が日本語を話すものだから、そしてまわりにいる人達は同じモンゴル民族の顔であるものだから、いつしか日本で飲んでいるのとあまり変わらない感じになり、ここはチベタンの店なのだと確かめるために、時々灯明をともした観音とダライラマの写真とに礼拝の視線を送るような調子になってきた。茂木君も中学の頃からお酒が好きだったということで、仲々よく飲み、一升は入るヤカンはたちまちあいてしまい二カン目のヤカンに入った。その頃、前の日に茂木君を案内して裏の四〇〇〇メートル級の山に運動靴で登ってきたというシェルパが仲間を二人連れてやってきて店はいつしか満員となり、ほら貝*の雰囲気を思い起こさせるような盛りあがりを見せてきた。ほら貝とちがうのはロック音楽がないこととお客の殆どが中年の人達らしい点だけで、やさしさと暖かさが雰囲気の主流となってすっぽりと店全体をおおってしまった点では、ほんの三十分ほどの時間だったがなつかしいあの酒飲みの店の感じに浸ることが出来た。

シェルパたちはカシミールの山奥から、日本及び外国の登山隊がやってくるのを目当てにマナリに来ている人達であり、勿論インド人というよりはヒマラヤの民であり、最初はラホールの人達の側で飲んでいたが、私達の席の隣りがあくと茂木君のさそいに応じて私達の側に移ってきて、五人で飲む型が出来上がった。その時分には二カン目のヤカンが殆ど空いており、私も自分の飲み量を少し越したことを感じたが、三人の山男に飲んで下さい飲んで下さい（ピーナジ、ピーナジとか）とすすめられるとついその気になってグラスを重ね、彼らにもすすめて三カン目のヤカンに入っていった。一人のシェルパと握手をしたらものすごい力で握ってき、そういうことはインド人との握手で

＊——ほら貝　「魂の自由」「自己の神性の実現」「大地へ帰れ」と呼びかけた「部族」の仲間達が、六八年、共同生活をしていた国分寺市で開業した日本で最初のロック喫茶。三省は一時期、この店のマスターを務めた。二〇〇八年、閉店。

はかつてないことであり、いつしか軽くしか手を握らない習慣が身についていた私はあわてて力を入れたが間に合わず、日本にいる頃、握手の強さでは殆どひけをとったことのない私の手は、彼の部厚い大きな手の中にすっぽりと握られてしまった。そのころからゆっくりゆっくりというヒンディ語が出まわり始め、私は酔いざましと、その店の五歳ぐらいの女の子がお客の間で眠そうにしていたのを見たので外に出て、もうかなりふらふらする足をまとめてアメ屋にアメを買いに行き、帰ってきてみたら子供はちょうどお客の間に場所を作ってもらって眠るところだったので、その手に袋ごと握らせてあげると、可愛い声で、エク、ドー、チィン、と数え出し、お父さんが眼を細めてそれを見ていたので安心して又飲みにかかった。

しかしもう好い加減に飲んだのと、次の朝のバスの時間が早いのが気にかかり始めたので終わることとし、茂木君を促して帰ることにした。シェルパたちは五人でもうひとカン飲もうと引きとめるが、もうひとカン飲んだら完全にべろんべろんになり次の朝の出発は不可能となるので、その旨を茂木君に言ってもらい、四カン目のお金は払って、まだ握手をしていなかった二人のシェルパと今度は私の方が力をこめて、しかしそんなに強くはなく別れを告げた。

ところどころにガバメントの明かりがついてはいたが、山道に入ると真っ暗で月のない星空の下をなじんだとはいえまだ二十日間しかいない道を記憶をたよりにして手探りしながら、ある場所は這って登りながら帰りはじめた。道といっても人がしげく通る所が自然の道になっており、急激な山道にかかるまではそれは田のあぜ道だから、見分けるのに容易なことではなく、山道にかかれば暗さはいっそう増して殆ど真っ暗であり、これはヒッピー道路と私が呼んでいた舗装された本道を歩いてくればよかったと悔まれたが、今さら引き返すわけにもゆかず、四つん這いになって、手探りで先の石を見つけてはその石に這い上がるというスタイルで、まことにじりじりと山登りでもする塩梅でやっとのことで泥まみれになってハリラームさんの家までたどりついたのであった。

そしてそこで不思議な旅が始まったのである。

もう十時をとっくにまわっており、眠ろうとしたけども気持ちがたかまって眠ることができず、水を飲んだり煙草をすったりあれこれしてみたが一向に眠気はやって来なかった。その内に突然吐き気がやってきて耐えるひまもなく、外へ飛び出して胃の中にあるものはすべて出す感じでさっぱりと吐き出してしまった。ところが胃の中が軽くなると気持ちの方は逆に冴え冴えとしてきて、眠るどころかその日の夜の星空のように晴れきってしまってどうすることもできなくなってしまった。しかもすでにまわった酔いは依然として体の中にあり、酔ったままで感覚は冴えるという深酔いした時の私に独得の状態に入り、もう私は眠ることはあきらめて眼には見えぬものが夜の闇の静けさをとおして送ってくるものに身をまかすことになった。マンディという町を越してクルヴァレイに入る入口のあたりでバスは千尋《せんじん》の谷間の崖っぷちを通る。二十分ぐらいの間つづくのであるが、その高さは実に眼もくらむようで、はるか下方を帯のように細く川が流れ、上は上でまた切り立った崖であり、その間のほんのぎりぎりの道幅の道をバスは曲がりくねりがたがたと揺れながら進むのである。その道を又明日は通ってゆかねばならないのである。

ダラムサラへ行くには、歩いて行けば二十日間ぐらいのロータンパス越えの雪の道もあるが、バスを使う以上はその崖道を通ってマンディへ戻り、マンディから別の山道をたどってゆくのである。

実は来る時に、その道をとおった時に恐怖が私をおそい、いったん襲われてしまうと耐えることができず、リシケシからシムラ、シムラからマナリへという五〇〇キロ以上のバスの旅で疲れていたせいも手伝って、二度とこんな道をとおりたくないと思ったのである。

今その恐怖が思い出されて、明日はまたその道をたどるのかと思うと何とも恐ろしく、それが明日に迫っているだけに身にせっぱつまって来たのだった。二、三日前からそのバスの道を思うたびにバスが崖から転落してくるくるまわりながら谷底へと落ちて行く様が映画でも見るように眼に浮かび、前の時もしばらくはその光景に苦しめられていたのだった。一種の恐怖症とも呼べるような執拗なそのイメージは、繰り返し繰り返しその夜も眼に浮かび、私は次第にこれはただごとではなく、明日はバスに乗ってはいけないという知らせなのだという気がしてき、一方ではこれは神経のなせるわざでそんなことをしても又次の日には同じ思いが来るに決まっていることが思われて、しばらくは悪い夜に酒を飲んだことがくやまれたが、実を言えば出発の前の晩に酒を飲むことに決めたのは、酒の力で次第に神経を痛めはじめていたその問題を乗りきってしまおうという気持ちもあったのである。それを一時的な恐怖症と決めつけるのは簡単であるが、何故その恐怖症が来たのかと問い返せば、単に長期間のインドの旅の疲れがつもってきたからという答えでは納得がゆかず、やはり根本的に何かがあるのであり、その何かとは私はこれ以上旅をつづけてゆく運命にはなく、このマナリの谷で家族と共に果てることになっているのだという気持ちが強くなってきた。それで私は、普段の数倍の力をこめて自分のイシュワラ（守護神）である観世音に祈りはじめた。念彼観《ねんぴかん》音力《のんりき》と観音経にあって彼の観音の力を念ずれば、崖の上から墜落しても、怪我ひとつしないという一行がその中にあるのである。私は困難に出会えば最終的には日本の自宅の祭壇の本尊である観音像を思い浮かべて、彼《か》の観音力を念ずることによって子供達の病気をはじめ大小実にさまざまの困難を切りぬけてきたのである。しかし、もう二、三日前から墜落の光景が眼に浮かぶたびに観音に祈ってきたが、このたびはそのイメージは一向に消えずかえって冴え冴えとしてくるばかりで、今はもうはっきりとその墜落の瞬間のアッという叫びまでも聞えてくるようであった。酔いと冴えの混合のなかで、そして最悪の事態がやってきた。私が観音を念じ南無観世音を繰り返していると、その本尊の像が唱えるたびに位牌に変わってしまうようになったのである。私はその時、真実恐怖を感じ、これはもうこの谷で私が死ぬことは確実であり、観音像が位牌に変わってしまうからにはこれ以上私が頼る神は何処にもないことがはっきりとしたのだった。頼る神に見放されたのはこれが本当にはじめてのことである。位牌に変わる以上はそれ以上観音の御名を呼ぶことは出来ず、観音の御名以外に私が真底から呼ぶ神はないのである。今、冷静に考えれば、位牌のイメージなどはものともせず、その位牌めがけて南無観世音と祈りすすんでゆくことが信仰というものの道であったかも知れない。しかしその時そのようなことをする勇気はなく、驚がくの内で私がとったのは、私の死の地であるこのクルヴァレイの様を心に思い浮かべることであった。山また山とうねうねと気が遠くなるほどの山がつづき、ロータンパスを越した彼方にはラホール、スピティと呼ばれる二つの更に山深い地方があり、そこには彼の千手十一面の観音の像があり、このクルヴァレイは出口といってはその崖道ひとつしかなく、閉じこめられてしまったのである。こんな山の奥深くへうかうかと来てしまったのが悔やまれると同時に、日本を出る時に、「どうせおいらの行くさきはその名もヒマラヤ番外地」と歌ったせりふが思い出されて、ここがそのヒマラヤ番外地であったかと、気も遠くなるような山の深さに沈んでいったのだった。バスで通ってこそ十時間たらずの山道であるが、バスも何もない永遠の時間の中ではここは河口慧海《かわぐちえかい》や玄奘三蔵法師《げんしょうさんぞうほうし》のような人々が命をかけて渡り歩いていった聖なる道なのであり、そこへ妻や子供づれでのこのこ出かけるのは、実に地の神に対する不敬であったことがはじめて思いおこされ、マナリの休日などと呼んで冷たい空気とおいしい水を飲み、肉や玉子やうどんや醤油を使ったおいしい食べ物を食べたうかつさがしみじみと反省されてきたのだった。

するとと何日か前に行なわれたこの谷のお祭りのことが思い出され、そうだと気がつきこの谷の神に祈って、この谷から出してもらおうと思ったが、それは残念なことに、この谷の神の名を私は知らないのだった。それは私の不勉強だった。この谷の神は何という名ですか、と私は尋ねたが、その答はクルの神だという答であった。祭りの日に寺そのものには行かず、ご神体として担がれていた三基の神を礼拝しただけだったことも悔まれた。仕方なく、その御輿《みこし》のようなご神体の像を思いうかべた。ご神体は前にも触れたように、アフリカの面に似た顔だけの面を十個ほど並べたもので、その中には眼をつぶったもの、苦しそうに顔をしかめたもの、慈悲深い表情をしたものなど色々あったが、全体としては暗い苦しげな様子であり、ヒマラヤ山中での苦行に似た暮らしを想像させるに充分なものであった。生きつづけることをあきらめて山々に囲まれた真の闇の底でもがいている私にその時ひとつの理解がひらめいた。それはまさに啓示であり、突然にそのご神体が何であるかが私に感じられ理解できたのである。十方を山々に囲まれたこのクルの谷の神は、山々自体の顔だったのである。少なくとも千年の歴史を持っているその祭りの伝統の上に刻まれているその表情は、めぐみであると同時に多くのきびしさを与え、そのきびしさに耐えることによって生きる智慧と力を獲得する神の表情、山の表情そのものだったのである。仏教で十方という時には八つの方角に上と下を加えて十方という。ヒンドゥでもたしかそのような言い方があったと思う。私は毎晩眠る前には必ず観音に十方に平和と実りがありますようと祈るので、十という数にはなじみがあったのである。

死の場所として思い浮かべたこの谷の海が、この時から実は神々に囲まれた谷であることがはっきりとし、この谷が「神々の谷」と呼ばれているという知識がはじめて現実のものとして理解されたのである。それと殆ど同時に、私の内にラサというイメージが宿り、私が行こうとしているのはダラムサラではなくて、実は、ラサからダラムサラへ移ってきた観音浄土そのものであることが判ってきた。ラサへの道は遠いのである。バスに乗って行ける場所ではない。多くのチベット人さえもが命をかけて、死んだりする人もおびただしい旅の果て、命からがらやっとたどりついて礼拝する場所、山々の奥の又奥にぽつんと闇夜のともしびの光のようにあり、その過程には虎や狼や命を奪う強盗やがうようよしている道を、長い月日をかけてオンマニペメフーンの数珠をくりながらあえぎあえぎにたどりつく場所、それがラサなのである。

私ははじめてダライラマが生きる観音の姿であることを悟り、今度ははっきりとダライラマの顔を想いうかべてどうかラサへ行かせて下さいと祈った。ダライラマからは実にたとえようもない暖かさとなごやかさが即座に流れてきて、張りつめた私の神経はたちまちの内にゆるみ、癒されたのだった。不思議な癒しだった。ダライラマ自身は何も口にせずただあの眼鏡ごしのなごやかな上品な眼でこちらを見ているだけであったが、つづいて私の胸の内には、インドを信頼しろ、インドのバスを信頼しろという声があった。私はインドを信頼している。インドへの信頼は深まるばかりである。だからインドを信頼することが出来、インドのバスも信頼することができるのだった。そしてあの墜落のイメージが来る時には即座にダライラマを思い浮かべれば、ダライラマの方が強いイメージであることがはっきりし、かくして明日予定どおり出発できることがはっきりした。その頃から酔いが少しずつ引いてゆき、このような思いに落としこまれ、それから這いあがる、つまり解決を得ることが出来る元となったチャン屋の光景が有難く、チベット人やヒマラヤ民族と私が呼ぶ人々への愛が限りなくわいてきたのだった。これでダラムサラへ、いやラサへ、いやダライラマの所へ行ける。眠りはそれでもやって来る気配はなく、夜が明ける気配の方が強かった。私は体をやすめることだけに専念し、横たわったままやっと平常に帰った安らかな気持ちで、このマナリへの旅が確実にダラムサラへの旅につづいており、旅とはそのように確実なものであることを知り、チャン屋で会ったシェルパに十年の後には又ここへやってくると約束したことなどを静かに思い浮かべることが出来た。

一方では、私の本尊である観世音から直接の報いが来なくて、ダライラマからそれが訪れた事実の前に、私は日本という国籍を事実上失ったのだという深い悲しみがあった。今まではどんな困難も私の観音で切りぬけてきた。しかし今度はその間にダライラマという化身が現われて救ってくれたのである。その祖国というか、日本を失ったという感じは非常に深くて涙がでそうであったが、それにも拘わらずその感情は安らかなものであった。旅が熟してきたという感じでもあった。やがて夜が明け一睡もしないままリュックを背負って、ちょうど起き出してきたハリラームさんに長い間どうもありがとうございましたと挨拶をして、山を下りバスに乗った。例の問題の場所に近づいた時、私は眠ってすごそうとしたが、眠りが来ないままに席を左側へ移して谷底を見下ろす位置にうつり、じっくりとその深さを見下ろしながら、インド人の運転手の腕を信じつつ通りすぎて行った。運転手は五十すぎと思われる年をとった人で、運転も大変上手な人であった。

ダラムサラには途中、美しい雪山の見える高原地帯をひた走りに走って夜の八時すぎについた。まだ日は暮れきっていなかった。すぐアッパーダラムサラと呼ばれる山の上のこの地に連絡するバスに乗りかえ、延々十五時間にわたるバス旅行の末、現実にダライラマが住んでおられるこの土地の人となることができた。

私のイシュワラと位牌の関係についてはバスの中でこう考えた。

あの時無理をして祈りつづけていたら、日本にいる私及び私たちを愛する誰かが身代わりになって死ぬ他はなく、そのために観世音は警句を発してこれ以上直接に日本にいる観音には祈らずに、自分の問題を自分の力で解決するよう、一段深い愛の方法をとってくれたのである。勿論日本の私の家にある観世音とても観世音菩薩本体のひとつの現われであり、仮に礼拝の対象として現われたものであることはあらゆる礼拝の対象と全く同じである。と同時にそれはそれ故に仮の姿ではなく本体そのものででも現われるのである。

疲れはしたが私達は全員元気でこの浄土に着くことが出来、今日は尼さんのラマの引きあいでチベット人の家庭の二間を借りて自炊もできる部屋へ移ってくることができた。十方の神々に、観世音菩薩に、ダライラマに感謝の思いを献げつくします。

オンマニペメフーン

五月二十五日

ラサを一〇分の一くらいに小さくしたら、この町のようになるのだろうか。山の上にはダライラマの居られるお寺があり、ここマリロドガンジュと呼ばれるバザール地域には二階建ての家が建ちならび、どちらを見てもチベット人の顔がある。町は小さく二〇〇メートルも歩けばバザールは尽きてしまうけども、ふもとの高原地帯を眼下に見下ろし、後ろにはやはりヒマラヤの雪山を負っている居住性は、この五月末という季節にあっては最高の気持ちよさである。朝バザールを歩いていて、次郎が「ここにはダライラマがいるからチベタンは安心して住んでいるね」と言った。全くそのとおりで、私達もダライラマが居られチベット人が大勢いる故に、インド世界とはくらべものにならぬほど安心して町を歩くことができるのである。バザールは食料品屋、野菜屋、主食品屋、衣類屋など他のインド世界と変わりはないが、ただひとつちがうのはさすがにここでは家持ちの商店を持っているのがチベット人でインド人が逆に露店商の場所に変わっている点である。もっともインド人も大きな立派な店を持っている人もあり、ここがチベット人のみの独占権のある場所ではないことを物語っている。

バザールの中央にアショカ王の頃より建てられていた歴史を持ち、それをダライラマが一九五九年にこの地にやって来て以来、祖国復帰と人類の平和祈願をこめて再建した小ストゥパがあり、その両側をオンマニペメフーンの回転筒が並んでいる。その横にもうひとつの寺があり、そこには大きな回転筒がひとつあって、ブッダガヤのお寺と同じように、それを一回転まわすと、カーンと鐘が鳴るように出来ている。昼も夜もチベット人はその両方の回転筒を、ひまさえあればまわして歩き、回転筒が一分として停まったままであることはないようである。

おとといのロワーダラムサラからアッパーダラムサラへのバスの中でアメリカ人でラマ僧になった人に会って宿を紹介してもらったが、この場所もやはり多くの西洋人が集まってきている。ホテルというホテルは彼ら西洋人で満員の感じであり、ついたばかりの夜は三軒のホテルをいずれも満員ということで断られたほどである。

西洋人だけでなくインド人もチベット人の巡礼もやはりホテルに泊まっているが、目立つのは紅毛碧眼の西洋人である。しかし彼らはこの町ではマナリにおけるようにヒッピーと蔑称的に呼ぶ感じではなく、何かを求めてやってきているという感じが強いのは、やはりダラムサラという土地柄であろう。出会った限りの西洋人たちはやさしい微笑と謙虚さとを併せ学んでいるように見受けられる。

チベット人達は次郎が言うまでもなくのびのびと彼ら本来の静かな祈りを基盤とした生活を営んでいる。ゆうべ食事をしていると、この家の主人一家の方も食事の用意が終わり、小母さんは銅とすずの合金で出来た鐘をカーンと打ち鳴らして口の中で何やらお祈りの言葉を繰り返していた。順子の話ではそれはたしかにカマドに向かってお祈りをしていたということで、カーンという鐘の鋭い透明な音への驚きと共にカマドに礼拝してから食事をするというひとつのしきたりに、やはりあるべき姿を見たのであった。

二晩目の夜は、この家に移ってきた為私は幅三、四〇センチの木の長椅子の上に眠ることになり、両手の置き場所がなく不便で仕方がなかったが、他にどうするすべもなく、夜更けまで前の家でかけている大きなラジオの音と、野良犬どものけたたましい吠え声とに悩まされて眠ることが出来なかった。野良犬というものは昼間はごろごろしているかエサをあさっているかであるが、夜に入るとがぜん眼を覚まし、うさん臭い振動が少しでもあると本来の番犬の役目を発揮して吠えたてるのである。小さな町であるから、町の片端でちょっとでも挙動不振の動きがあれば三匹、五匹と寄り集まって吠えたてる声が反対側の端まで聞こえてき、反対側にたむろしている連中はその声に応じて、こっちでも頑張っているから心配するなという風に呼応して吠えたてる。チベット人のいる所には何処でも野良犬はわんさといるから、その夜のけたたましさといったら、すべての人が本当に寝静まり、街全体が平和になるまでは、犬どもの見張りは終わらない。十二時、一時ぐらいになっていただろうか、吠え声がいつしか小さく散発的になって消えてゆく頃には今度はやっと虫の音が聞こえてくる。それまで犬の声にかくれて聞こえなかったのである。虫の音を聞いているといつしかそれはオンマニペメフーンと鳴いているように聞こえ、試みに般若心経の調子にしてみると、やはり般若心経を唱えている。虫の音こそは自由自在の読経の声であろうか。

ここは一五〇〇メートルもあろうかという山の上であるにもかかわらず、何故か山の上という高度を殆ど感じない。ヒマラヤ杉を渡る風の音もなければ、山自体の持つあの底知れぬ静かさもない。

チベット高原そのものを大地として住みなれたチベット人の感覚のせいなのか、特殊な地形のせいなのかは判らないが、家の外に出て眼下にぼうぼうと広がる高原地帯を見晴かせば、その高度がうなずけるとしても、それは下を見ている時だけで眼をいったんバザールにうつせばすぐさまに平原の感覚に戻ってしまう。

ここに何人くらいのチベット人が住んでいるのかははっきりしないが、高台から見晴かすと、杉の木の間に点々として赤い屋根の美しい家が見渡される。杉の緑と屋根の赤色が落ちついたしっとりとした対称をなして、ここがダライラマの住む、観音浄土であることを示している。ダライラマ政庁があり、ブッダとパドマサンバーバと観世音を祀ったお寺のある場所は山の上にあるとばかり思っていたら、山の上であることはたしかであるとしても、バザールの位置からすれば幾分低い目の位置にあり、政庁の入口にはインド人の兵士が銃を持って立っていた。お寺の方は規模はそれほど大きくないとしても、広々とした明るいいかにも新生チベットを象徴するかのような寺であり、天井には扇風機がまわり、壁の周囲には一〇〇枚近いタンカ（掛け軸になっているマンダラの仏画）がさげられてそれに献げる灯明は下から上に向けられた裸電球であった。チベットのお寺を象徴するかのように伝えられていた彼《か》のバターランプの灯明はここではひとつもなく、灯明はこの裸電球とローソクによって代行されていた。もっともお寺自体が底抜けに明るい採光をほどこしてあるので、バターランプの灯明では夜でもない限りは目に入ってこないかも知れない。ともあれ、私達はチベット式の礼拝として、まずお寺のまわりを三度右まわりにまわり、その後本堂に入ってまずブッダを、それからブッダの横にブッダに向かう方向に配置されてある千手千眼十一面観音と祖師パドマサンバーバの像とを深く心から礼拝した。ちょうど十人ばかりのラマ僧の一団が読経の最中であり、その主唱をつとめているラマは、マナリからダラムサラへのバスの旅を共にした人で、ちょっと顔の感じがダライラマその人に似ており、その立居振舞からして相当の高僧ラマであろうと察していた人であった。例の崖っぷちを渡る時などは、その人がダライラマ自身であるような錯覚もあり、僧と共に旅するということがどんなに心強いものであるかを感じさせられた人であった。彼は英語を話さないので殆ど話はかわさなかったがバスの中でラーマに食べ物をくれたり、ダラムサラについてからはバスの乗りかえやホテルの指示など、色々と親切に気を遣ってくれた人であった。年配のラマなので、その人などは恐らくラサでの生活の経験を持っており、ダラムサラにバスが近づくに従って体中にこみあげてくる喜びをかくし切れないでそわそわしている様が、純な信仰から来るものであることが感じられ、私もまたラサへ着くという興奮を大いに感じさせられたのだった。私の心の内ではもしかしてダライラマに会えるのではないかという期待がないではなかったが、ダライラマはやはり政庁の奥の人であり、格別の用事でもない限りは面会を求めることもはばかられ、ただ眼には見えず遠くからその姿を礼拝するだけにして今日は引き返してきた。

バザールをうろうろしている若者の中には胸にチベットの地図を描いたバッチをつけている者がおり、祖国復帰運動は消えてしまった情熱ではないことを示していた。お寺で私が祈ったことのひとつは、中国に再び仏教が盛んになり、その国内的な事情と世界世論の舞台で、チベット人の祖国復帰という問題が大いなる地球の問題のひとつとして論ぜられ、その双方の圧力により、平和裏にチベット人のチベット復帰がなされますようにということであった。アジアの大国であり世界一の人口を持つ中国という国は、単に毛沢東思想のみで一〇〇年の建国をすることは決して出来ないだろう。毛沢東思想が政治思想として完全であればあるほど、それは宗教上の弱さを必ず露呈し、現在でも命脈は保っていると言われる仏教教団の中から仏教復興というのろしが人民の心の賛同の上に始まるにちがいないと思う。それが十年先か二十年先か、それとも五年単位の時の内におこることかは私には判らない。しかしいずれにしても中国は偉大な仏教国としての伝統をこのまま失ってしまうことはあり得ない。その意味では現在、真に仏法を必要としている国は、インドでもアメリカでもなく、中国そのものであると言うことも出来るのである。

チベット人が酒を飲むのもサイコロとばくに耽《ふけ》ることも勝手であるが、それと同時にまず彼ら一人一人が深く自身において信じなくてはならぬことは、チベットはチベット人のものであり、チベット人はチベットに帰る可能性を充分に持っているということであり、それはダルマという真理の名のもとに獲得されねばならぬものである、ということであろう。私もまたこの世で何が出来るかは判らないが、チベット国再建というか、チベット人が再び自分の国土をもって長い流浪の経験を生かした新しい国作りを始めるために何らかの貢献をしたいと、これは心から本気で考えているのである。

時が来て私は自分にとっての根本的なテーマである「弱さ」について記すことができるようである。

きのう今日と天気は同じような形をとり、午前中はきれいな晴れで午後から東南の方角から黒雲がおしよせ、激しい雷が鳴り、きのうはそれこそ空の底がぬけたかと思われるようなどしゃぶりの雨が一時間もの間轟々と降りつづけ、この山の上の小さな町全体を流し去ってしまうのではないかとさえ思われた。それはまさしくシヴァの愛であり、より強いものがより弱いものに愛をもって示す力であった。夕方から再び晴れ、夜に入ると美しい星空が見られると共に、きのうは三日月、今日は四日の月が黄金の輝きを放つのだった。

マナリの最後の夜におこった色々な体験の中でただひとつ大事なことを書き忘れていたのを、今先ほどチベット香を買ってきて焚いた時に思い出した。チベット香の香りはブッダガヤの大塔《マハーストゥパ》の周囲をうめつくしていた何万人というチベット人の手に焚かれ、ブッダガヤ全体を支配していたあの香りであった。そしてまだそんなに多くのチベット人が集まってくる前にも、ブッダの像の前に初めて投身礼拝をした私の体と意識をおおっていた香りは、やはりこのチベット香の香りであった。今晩たまたまインド香の香りがこの町ではあまりぴったりしないことに気づいて、チベット香を買う気持ちになったのは、晩御飯を食べてからちょっと散歩に出ると、ちょうどアショカストゥパの前に二、三十人のチベット人が集まって、何かの歌を合唱している仲間に入ったからであった。その歌が何の歌なのかは正確ではないが、仏の讃歌でないことは明らかだったから、私には直感的にチベットの国歌のようなものではないかと感じられ、祖国復帰を祈願してダライラマの手によって再建されたこのストゥパの前で国歌を歌って、その祈願をつづけている人達だったのではないかと思う。

若い人が居らず年寄りばかりだったことも、何か特別の郷愁のようなものがただよっている原因であった。その人達にまじってオンマニペメフーンの回転筒をまわし歩き、その足で店に入って、家主の子供にあげるためにアメを買ったあとで、何気なしにチベット香が眼に入ったので一ルピーと安くはなかったが買ったのだった。部屋に帰って早速火をつけて焚くと、一瞬にしてブッダガヤのあの全光景が思い出されると共に、何故私はチベット人が好きなのか、ということがはっきりと判ったのだった。

マナリの最後の夜にダライラマのやさしいおおらかな気品のある安らかさに絶対絶命と思われた危機を救われた後に、私が真剣に取り組んだ問題は「弱さ」の肯定ということであった。私がここで弱さという概念において述べようとしているのは、心の貧しきもの、とキリストが呼んだものと、世に弱者と呼ばれているものの双方を含むものである。原始キリスト教が心の貧しきもの、虐げられ抑圧されたユダヤ民族の宗教であったことは今更言うまでもないが、一方でヒンドゥ教は決して弱者の宗教ではなかった。ヒンドゥ教は神の戯《たわむ》れ、リーラーの展開の図であり、その意味ではヒンドゥ教こそはまさに神々の宗教であると言っても良いのである。

私はダライラマを瞑想して得た安らかさの後で、自分が弱者の立場に立ったことを明確にはっきりと体得し、それは意識として知ったのではなくて本能的な体得として、弱さは良いのだ、弱さは弱さで良いのだと、言葉にもならぬほどに了解して感動の内にあったのだった。

私は中学生の頃より大変背が低く、中学二年の時担任の教師からもらった通信票に、健康状態という項目のところに「背が低い」と記されてあったのを覚えている。背が低いという肉体上の特徴というより欠陥は、どうしようもない事実として、以後私についてまわることになった。それは背むしに背のこぶがついてまわるのと同じことで、私の全生活はそのような肉体的欠陥をもって営まれてきたのだった。いつの頃からかそのことを劣等感として苦しむことはなくなったけども、そのように植えつけられている事実は、肉体の上から見た時の弱者であることはたしかであり、私の人間としての完成はこの肉体的欠陥をカバーする方角に向けられ、当然肉体を無視するというか肉体よりも精神を大切にするという方角をたどり、それは世のいわば常識でもあるからしていつしか肉体の欠陥を欠陥として苦しむという無駄は忘れ去ってしまった。大学の時、半井という詩人に「山尾は背が低くてよかったよ」とひとことぽつりと言われたことがあった。何故？　と問いかえすひまもないような断言的な言い方だったが、その時私が了解したことは、「お前のように我の強い人間は、どうしようもない肉体的欠陥をもっていて丁度バランスがとれる」という意味で、簡単に言えば、お前は何て我の強い人間なのだ、という批難であると同時に、「背が低いくせにあまり人間として威張るのではない」という批難があった。大学の頃の私は、精神的に生きる人間としての自信から肉体的欠陥の思いを克服して、まさに飛ぶ鳥を落とすような勢いだったから、友のその言葉を、「背が低い故におれは弱者の心を知っているのだ。ドストエフスキーも言っている、天国と地獄の両方を知らぬものは作家たる資格を持たないとね」と切り返すことが出来た。

しかしながら、私は弱者の心を知っているのではなくて、事実として弱者なのだということを今は思うのである。

インドを旅していると、ネパーリという呼び名が蔑称であることにすぐに気がつく。それはインドアーリアン族である純粋のインド人の純粋なアーリアン族に対する色黒故の劣等感に裏返された誇りであり、モンゴル民族全体に対する優越感としてあるものである。特にネパール人はヒンドゥ教徒であり、宗教的にも彼らヒンドゥ民族の支配下にあるのだから、全く当然のように経済的にも宗教的にも支配している国民を悪意のない蔑称としてネパーリと呼ぶのである。そしてチベット人にたいして或る意味ではそれ以下の軽蔑を、彼らが自国への亡命の徒であるという理由から示し、又別の意味からはチベット人は仏教徒である故に自分らとはちがう民族であり、その民族を自分らは寛大に保護しているのだという、インドの寛大さの象徴としてとらえてもいるのである。

チベット人は弱者である。何故なら彼らは祖国を失い、仏教徒として仏教の生まれた国であるインドへ亡命してきているからである。亡命者はその亡命先に保護を乞わねばならぬという一点からして、弱者であることを逃れられないのである。それだけではない。民族の分布図を見る時、ヒマラヤの裏側であり、チベット高原という殆ど不毛の土地を祖国に持つチベット人は、どうみても民族として他の豊かな土地を祖国として持つ民族に比べれば弱者であることを逃れられない。チベット民族が中共に追われるまでは自分達を弱小民族として意識していたかどうかははっきりしないが、恐らく彼らはそのようなことは意識はしていなかったであろう。世界のことなどは殆ど知らず、比較の対象がないのであるから、ただダライラマを中心とするラマ教の栄える自分たちの国を世界で一番尊くかつ愛する国として生きていたにちがいない。しかし時がきてそのラマ教国たるチベットは鎖国の秘密のとばりを世界の前にさらすべく、中共によって、私の知る限りでは不法に侵略的に追い出された。ラマ教はインドという舞台をかりて、世界史の荒波に洗われるべく運命づけられ、それはラマ教自体にとっても大局的に見れば悪いことではなく、やがて近い将来に祖国復帰がなれば、その外国への亡命の体験というものは、先にも記したようにラマ教の秘教性を、囲いを作って他者に見せない秘密性ではなくして、真の秘教性である信仰の深さ、信仰の限度の秘教性であるかどうかを試みられるだろうからである。中共がチベット人を追い出した底には国土的野心というよりも、中共というひとつの政治思想にとって、ラマ教王国というひとつの政治思想が邪魔であったということが言えると思う。中国共産党はその意味ではラマ教イデオロギーを包含することが出来ず、それに敵意を感じるからこそ、古い友好の国境線を破ってその国を攻めたてたのであろう。

今でもこの町の写真屋では地球の上にダライラマが立ち、そのダライラマを観音が放射している絵図が売られている。ブッダは三千大千世界を支配し、ヴィシュヌは宇宙を三歩で歩くという神秘世界の出来事であるから、観音の化身たるダライラマが地球の上に立っているくらいは格別におどろくべきことではなく、それはむしろ私には美しい感動的なひとつの絵図として映るのであるが、世界に冠たる中国共産党の眼から見るならばそのような絵図こそはおぞましく、まさに井の中の蛙のような高慢さと見え、古代階級性の悪と見え、解放せねばならぬ対象として見えてきたのは、これもまた当然のことであったと思われる。チベット国に階級的見解からしての悪がなかったかということになれば、私としても勿論自信はなく、むしろ階級的悪と呼ぶべき悪が、インドにおけるカースト制と同じようなぬきさしならぬ塩梅であったであろうことは察しがつく。

階級悪もまた悪であることは確かであり、それをしも讃美するつもりは私には全くないが、それよりも民族全体のイデオロギーを追放するということの方がより大きな悪であることを、私は主張しておきたいだけのことである。

ダライラマが世界平和を祈願してアショカストゥパを再建したということには、以上に述べてきたような盲目が亡命によって開かれたという事実があったことだろうと私は推察する。それは、井の中の蛙としてチベットラマ教が、世界史というか事実としての世界に眼を開き、自己のラマ教が世界教のひとつとして、つまり仏教としての側面を強め、同時にラマ教として存在しつづけるという辛い荒波に洗われている姿であったと思う。オンマニペメフーンという観音のマントラはチベット教独自のものであり、真言密教においてすらもそのマントラ自体は決して現われてくるものではないからである。ダライラマは現在弱者としてのチベット人の指導者である。そのような客観性を私は失うことは出来ない。何故ならチベット人はこのインドにおいて強者ではなく、帰るべき国をもたず、その住む所は常に河原であるとか山の上であるとか、要するにもっとも条件的にみてきびしい所をあてがわれ、アメリカインディアンと同じく、チベット人居住地区という立て札の元に管理されて住んでいるからである。

五月二十六日（日）　ニマ

カーン、カーン、カーン、カーンとこの家の奥さんが鐘を打ち、カマドへの祈りが終わって夜に入ると、ゆうべはラジオの音も聞こえず、ただあちこちからオンマニペメフーンのつぶやき声ばかりが聞こえて、静かなダラムサラらしい空気の流れがあった。奥さんは夜の十二時近くまであれこれと台所の仕事をしながら、その間絶えずオンマニペメフーンをつぶやいており、それは一定の調子を持ち、高くなったり低くなったり、歌うような調子になったり、祈るような調子になったりして、いつまでたっても終わることがなかった。やがて台所の明かりが消え、奥さんも二階へ上がってしまうと、今度は蛙の声によく似ているが、蛙がいるとは思われないからやはり虫の声だと思われる遠い大合唱が快く耳を打ち、私は南無観世音を像を念じることなしに、ただ南無観世音という音だけをたよりにして唱えつづけていた。何もかもがぴったりとして幅の狭い木椅子も気にならず、寝袋のチャックをきっちりしめて、慈悲そのものであられる方の淡い銀色の光の中で安らかに横たわっていたのだった。

　線香というものは力のあるものである。わずか一本の香をたいただけで、思いはすっかりその香を作ったものの世界に入りなじむという、不思議なめぐみをもたらすのである。

　弱者の指導者であるダライラマを礼拝することにより、私は弱者の側にある自分を明確に意識した。弱者とは存在のひとつの様式であって、弱者である限りは決して強者にはなれないという秘密を持っているのである。

　私は弱いものである。それは背が低いというようなことではなくて、存在として弱いものの側に属するものであり、強いものとして存在することが出来ないということである。強さ弱さということを言うからにはその底には力ということが存在しているのであって、実は私は弱さを述べることにより力ということを述べようとしているのである。力は存在についてまわる根本的な概念のひとつである。ある時、力は存在自体にまで上昇するほどに、存在にとって深い属性であり、自分の存在について考える時、力ということをぬきにしては考えることが出来ないほどである。与論島で赤ふん*と酒を飲んで暮らしていた時、彼の存在を規定する最高概念が力ということであり、あらゆるものを棄て去ったかに見えた彼がただ力のみは自己の至上の宝として保持していることを知って、興味深かったことを覚えている。

力というものを基点においてみる時、弱さは悪であり、強さは善であるという単純にして素朴な原理が成立するが、実はそこにこそ存在を撹乱する無知があるのであって、弱さは悪ではなく強さは善でなく、又その逆に強さが悪ではなく弱さが善であるという原理は成立しないのである。ひとつの存在を弱さと見ることは力であり、又ひとつの存在を強さと見ることも同じ力である。弱さと強さとは力の回転する現われであり、現われとしてそれは弱さとして現われ強さとして現われのである。弱さは弱さとしてあり、強さは強さとしてある。誰しも強さを希むが、弱さが強さであることはできず、強さは又強さの原理に支配される以外にない。

大慈大悲の観世音菩薩と呼ばう時、その大慈大悲という敬称は弱さが強さを呼ばう敬称である。弱さが強さを呼ばうということが弱さの力であり、呼ばわれてそれに答えることが強さの力である。その力が観世音と呼ばれる神である。力関係に苦しむものはそれ故に観世音の力において癒されるのである。観世音の体は慈悲そのものである。それは与え、又与えられる。慈悲の力という言葉があるように、慈悲はすでに力を越えてひとつの存在となっている。それ故に観世音はイシュワラ即

*――赤ふん　唐牛健太郎のこと。六〇年安保闘争時の全学連委員長。六九年から七〇年、当時、日本の最南端だった与論島に移住し、やはりこの島に暮らした三省と親交を深めた。インド・ネパールへ行きたいという三省に、渡航費の支援を約束。一九八四年、逝去。

ち神なのである。神にとって力は属性である。属性といっても殆ど不可分の属性であり、そこにヒンディでシャクティ（力）と呼ぶ不可分にしてやはり属性であるひとつの独得の概念が生まれる素地があったのである。

弱さは強さを呼ばうことにより、慈悲の世界に浸る。強さは呼ばわれて答えることにより、慈悲の世界に浸る。これが観世音の浄土の姿である。弱さが強さを呼ばうのは弱さの力である。強さが弱さに答えるのは強さの力である。その力はその時、共にひとつの慈悲という言葉に含まれる。慈悲は観世音の本体である。

ダルマはさまざまな現われをとる。ある時は光であり、ある時は正義であり、ある時は愛であり、ある時は永遠であり、ある時は幸福であり、ある時は力であり、ある時は苦行であり、ある時は慈悲であり、ある時は陶酔である。ダルマはそれらのすべてを含むゆえにダルマであり、慈悲はそのような多くのダルマの現われであるにすぎない。だが人はダルマの現われの道をとおしてダルマに至るのである。どの道をたどろうとそれは各自の自由である。弱さに苦しむものは慈悲の道を歩く他はない。強さに苦しむものも慈悲の道を歩むほかはない。弱さに苦しむものは多く、強さに苦しむものは少ないが、それが観音信仰を形成するひとつの大集団なのである。

ここダラムサラでは、地にも空気にも家々にもヒマラヤ杉の梢にさえも、オンマニペメフーンのマントラが沁みこんでいる。既にこの地にあっては、個人よりもオンマニペメフーンの方が力強い。そういう土地を作りあげたことがチベット人の智慧であり、ダライラマが観音の化身であると言われる所以である。弱者であるチベット人はこの地にある限りは弱者ではない。何故ならオンマニペメフーンと祈ることが出来るからである。オンマニペメフーンと祈ることが出来る土地であれば、何処へ行ってもチベット人は弱者ではない。このようにして今や大きな地球的規模での流通が始まっている。強者として地球に君臨した西洋人は今やそのチベット人の前にひざまずき、弱者としての祈りを献げることを学びつつある。地鳴りのように低いマントラの響きの内につちかわれたチベット人のやさしさは、誰に対しても自己の出来る限りの行為をつくすという具体として現われている。

何処にしろ個人よりもマントラの力の方が強い場所はそのマントラの浄土である。ここはオンマニペメフーンの浄土である。アヨーディアはシーターラームの浄土であった。そしてあのヴェナレスは、ヒンドゥ教すべての浄土であった。ヴリンダーヴァンはクリシュナの浄土であった。ハリドワール、リシケシはハリオームの浄土であった。聖地とは実は浄土のことなのである。あるいは短い期間に旅するものには、その美しさや善さばかりが見えて、どぶ河や膿は見えてこないのかも知れぬ。しかしそのようなことを知った上でも、どぶ河や膿を見たとしてもそれがそのまま浄土になってしまうということがまさに浄土の特徴なのである。

ダライラマのお寺に行った時に、寺の境内の木立ちの中で子供達が見つけたのはどんぐりの実であった。どんぐりといってもとがった種類のもので、カシの実を大きくしたようなものであり、ラーマと次郎は夢中になってそれを拾い集めていた。もう帰ろうといっても一向に聞かず、特にラーマはどういうものか木の実が大好きで、木の実となるとどんな小さなものでも見つけ出して私の所へ持ってくるくらいだから大変な喜びようだったことは言うまでもない。お寺から帰りながら拾い集められたどんぐりを見て思い出したのは、「どんぐりと山猫」の話だった。お前達の中で一番偉くない奴が一番偉いのだ、と一郎君に言われてしーんと静まりかえったどんぐりの群れが、次郎とラーマのポケットの中につまっていたのだった。いつもお祈りに熱心なラーマが、きのうは「ノンノンをしないの？」ときくと「しない」とがんばってお祈りをせず、そのままお寺のまわりをまわり始めたら途中で「ノンノンをする」と言い出して、「ノンノンはあっちに行ってからするのよ」と正面を指さしたが、言い出したらきかないラーマはその場で両手を合わせてお祈りを始めたのだった。ラーマはお寺に行くというとジャンムブーミに行くと思っている。アヨーディアのラーマの誕生寺であるジャンムブーミがラーマにはよほど気に入っていると見えて、その時もお寺が近づくにつれてここはジャンムブーミかとしきりに聞いたものである。

ヒンドゥの考え方は、言わば「一番偉いものが一番偉いのだ」という一言につきるであろう。それは正論であり、全く率直な表現である。ヒンドゥにも勿論一番偉くないものが一番偉いのだという考え方は存在するが、それは非常に高度の精神的進歩を遂げたものの考え方で、一般には偉いものが偉いのだとしてのカースト制の支持者が圧倒的である。ヒンドゥの世界の中にあってヒンドゥではないこのチベタンの世界に入ってみると、宮沢賢治のその一言が普通に考えられているよりははるかに実現の困難な言葉であることが判る。私はあえてチベタンがヒンドゥの中にあって一番偉いのだ、という気持ちはないが、「チベタン」という一言をもって軽蔑されている彼らの世界の中に入ってみれば、それは明らかにヒンドゥ人の偏見であり、チベタンにしろネパーリにしろ、そのような形で見下ろすヒンドゥ人の方こそが全く見下ろされるべき人々であることがはっきりする。こんなことは、今更言うまでもないことのようであるが、インド世界にあっては逆にネパーリなりチベタンを軽蔑することは当然のことであり、言うまでもないことなのである。

私がこのようなことをくどくどと書きつらねるのは、ひとつには「弱さ」という打ち当たったテーマによると共に、この半年の間、ネパール人又はチベット人とまちがえられて、彼らインド人から受ける悔蔑というものは実に数知れないからである。それをいちいち気にしていたら際限もないから相手にはしないが、こうしてチベット人の世界に入ってみると、逆にそのことがはっきりして、ヒンドゥ民族の将来のためにもヒンドゥ教の将来のためにも、そのような偏見にいつまでもこだわっているようでは、彼らが世界市民としての地位を獲得する日はますます遠くなってしまうことを言っておきたいだけである。

宮沢賢治が言っているのは、自分が一番偉くないのだと思っている奴が実は一番偉いのだということであって、その「実は」というのは客観的な意見であって、その本人はその事実を夢々知ることがない、ということを含んでいるのである。

それにしても私は山の上に住みながら、心は深い谷間に落ちこんでしまったものである。まるで生まれて初めて信仰に眼覚めたもののように、「弱さ」を語らねばならないとは、私のエゴ、私の弱さは、幸い宿命の内にあると言える。だがいずれ「弱さ」とは本当にぶつからねばならぬ課題だったのであり、「弱さ」に涙しないほどに弱さに徹した時に、初めておおらかな気品のあるダライラマの顔をもっと素直に讃仰《さんぎょう》をもって礼拝することが出来るようになるのであろう。

客観的に見て、チベット人が弱小民族であることはたしかであるが、それを自己の弱さとひき比べて、弱さは偉いのだ式の自己肯定をしようとすることは、それこそ度し難いうぬぼれであって、一郎君の前でしーんと黙りこんでしまう他はないのである。

今日、山は私の心を象徴するかのようにどんよりと曇り、ほこりっぽい汚ない霧に終日つつまれて、深々と息を吸いこむことも出来ない有様だった。時が旅であるからそれもまたそのように受け入れる他に為すすべもないが、この私の汚なさ、私が一番偉いのだ、とする執拗な汚なさは根こそぎ切って棄てる必要がある。中原中也が他人意識という言葉で呼び〝対人意識がなければそれで良いのだ〟と歌った、私にとっては古い古い、それだけ長いテーマである。私はそれをもう乗り越えたと思っていたが、このチベット世界に着いて逆に妙な具合に足をさらわれてしまった。厭な思いである。しかしこれがネパールのヴィザなのである。真の平和を獲得するためには、弱さとか強さとか、一番とか二番とか、インドとかネパールとか、日本とかアメリカとか、東洋とか西洋とかいう相対の世界があったのでは覚つかないだろう。愛、祈り、というヒンドゥ世界で学んできた概念はすでにそのようなものを越えた信仰の世界だったはずである。自らを真理の徒であると規定した時には、チベットもヒンドゥもネパールも日本もなく、ただ真理のみが前方にあった筈である。弱さに溺れることなく、涙をもって光の中を歩むがよい。

五月二十七日（月）

又新しい旅である。今日はこのダラムサラの町はお祭りで、書物で読んでいたとおり、私達が泊まっている家では朝から四人のラマ僧が来て読経を繰り返している。小母さんは二階と下を行ったりきたりして、たくさんの御馳走を作って二階へ運んでゆく。ラマ僧達はしばらく鐘を打ちドラムを鳴らして読経すると休み、忘れた頃になると又同じような調子で読経を繰り返す。もう午後も半《なか》ばだからおそらく夕食の時間まで一日中そうやって続けるのであろう。通りでは女の人達の踊りの行列が通ったということであるが、私はチベタンチルドレンヴィレッジという四、五キロ離れた山の上に行っていたのでそれは見なかった。

そのチベットの子供達の村と呼ばれる村は各国の援助金で出来たものらしく、カナダとかスイスとか、建物によってその援助を得た国が記されており、子供達は十教室ぐらいあるコンクリート造りの立派な学校で椅子ではなく床に坐りこんで勉強していた。小学校から英語は必修課目でその他にヒンドゥ語も必修であり、三つの国語を同時に勉強する彼らの頭の中はどのような思いに満たされているのだろうか。大教室というか講堂のような所の入口の両側に大きな美しい絵が描かれてあり、左側のものは森を歩いている象の絵、右側のものは虎の絵で、両方とも空には満月と太陽とが同時に出ているチベット独得の絵であり、その色調の深さ神秘さは子供のために描かれたものであるとは言え、大人の心をも真っ直ぐにとらえるものであった。

オフィスを訪ねて、ヴェナレスヒンドゥ大学のミスターチャンバ・チュルティムはいるかと尋ねたが、その人はすでにヴェナレスに帰ってしまったそうで会うことは出来なかった。代わりに、きのうの夜この家にどういうわけか一晩だけ泊まっていったジャンディカートの理科大学に行っている二人の学生がおり、明日の昼休みにこの一月にブッダガヤで行なわれたダライラマのイニシエイションの内容を簡単に説明してもらうことにして別れた。オフィスの内部には英語の読み書きが出来、英文タイプも打てるいわば新世代のチベット青年が男女合わせて十人ぐらいおり、真剣そのものに事務の仕事に打ち込んでいた。その一番奥には一人のラマ僧がしっかりと坐っており、全体の動きを見渡しているという具合で、新世代のチベットオフィスもやはり昔ながらのシステムをとっているのがうかがえ、嬉しい気持ちがしたのだった。二人の学生は今夏休みでその休みを利用してこの地に巡礼に来ているのであるが、その巡礼の中味はそうやって山の上のオフィスに行き、一日中チベットの子供達の為にタイプライターを打ち、様々な事務をとることなのである。その二人の学生は大学では物理学と化学と数学を勉強していると言っていた。やはりアインシュタインを学ぶのかと聞いたら、そうだと言っていた。そして太陽はニマ、月はドワと言うチベット語であることを教えてくれた。そして私達が一月のダライラマのイニシエイションの時にブッダガヤに居たことを知ると大変喜び、あなた達は大変幸運だった、ということを繰り返し、そのマンダラの解説が如何に神秘で力強いものであったかを強調したが、肝腎のその内容のことになると、チベット語でいくつかの単語を言うのみで英訳してくれというと、それにはチベット語を学ばねばならないと答えたのだった。自分の国を愛している点ではインド人にも負けないその話しぶりに、物理学を専攻しているというその学生の心がうかがえて、気持ちよい時を過ごしたのだった。

ここの家の小学二年生の息子はとても利発そうな少年で眼がきらきら光り、英語を知っていますかときくと、イエス、僕は英語を知っていますと答え、つづけて、これは何ですか、とラーチーの実をさしてたずねるなど、新しい教育が確実に実を結んでいることを示している。彼から学校では英語とヒンドゥ語をやっているということを教えてもらったのである。国際言語としての英語をそのように早くから勉強し実践しているのを見ていると、日本の英語教育が如何におくれており、いずれ国際人として立たねばならぬ時が近づいているのに、経済大国の夢におぼれているといつのまにか再び東洋の島国としての後進性にまかれてしまうなどと、要らぬ心配までするのである。もっとも日本人もまた必要が生じれば何でもやる国民であるから、そんなことを心配する必要はなく、自分の英語力をその間にみがいた方がよいのであろう。

きのうはニマの日つまり日曜日で、この家の斜め前にある機織り工場は休みであった。機織り工場はちょっと見ただけであるが三つのパートから成っており、ひとつは託児所、ひとつは台所、ひとつが三十台ばかりの手織り機が並んでいる工場である。若い母親や娘達が朝九時頃から仕事を始めて夕方の五時に終わる。織っているものは厚手のチベットじゅうたんで、一枚織り上がれば何百ルピーもする高価な品物である。ヒマラヤ山中を行ったりきたりしている羊の毛から織り出されるもので手触りは少々固いが、チベット人そのもののように腰が重く、丈夫そうで暖かそうな品物である。託児所という制度が昔からチベットにあったのかどうかははっきりしないが、そのように子供を預けて仕事をしている母親の姿の中には女工哀史的な悲惨の影はかけらほどもなく、楽しそうで、昼休みなどには表の道路で、毛の固まりのようなものを足の横で蹴り上げて遊ぶ独得の遊びに興じている娘たちの笑い声も聞こえて、やはりここはインドではなくてラサなのだという感慨に打たれたのである。私から見るとチベット人と日本人の見分けはつかない。服装から判断する他ないから、ジーンズをはいていたり着ていたり、如何にも旅行者らしい人が居ると日本人かと思って近づいてみるが、チベット語を話すのでそうでないことが判る。ブルージーンズは今ではインド人だけでなくチベット人にも愛好されているようで、そう多くはないがもう西洋世界の特殊着ではなくなっている。ところがチベット人から見ると私が日本人だということがすぐ判るようで、歩いているとジャパニだ、というささやきが時々耳に入るのである。その声の調子は悪意はないが尊敬もない。格別めずらしいわけでもない。ただ同じモンゴル民族のものが西洋人と同じように自分らの街に巡礼に来ていることを幾分誇りに思っているような調子がある。

私の方はきのう以来、チベット人を弱者と見る見方をやめてしまって、観音の信仰の位置をシヴァの位置に、つまり至高の菩薩という風に思い始めている。瞑想の位置が低いことは深いことにつながるが、それは必ずしも絶対条件ではない。瞑想の位置を高くしてしかも深くあることは、観音信仰においても充分可能なことである。何故なら普門示現の至高の菩薩である観音に、瞑想の位置の限定があるわけはなく、私が低位置で瞑想していたということは、私の勝手な好みであったわけで、というよりも観世音への甘えであったわけで、もっと強く自己の真の要求を観音に向けることはむしろ観世音御自身も喜ばれるだろうからである。

夕方礼拝にお寺へ行くと、丁度何やら頭蓋骨の絵をつけた三角形のものをかかえて鐘や太鼓を打ち鳴らして寺から降りてくるラマ僧の一団にぶつかってしまった。道をよけてラマ僧をとおしてから形どおりの三回まわりの礼拝を始めるが、下の方で盛んに鐘や太鼓を打つ音がするので見下ろすと、寺へ行く途中に葉のついたままの木でこしらえた小さな小屋のようなものの前で何かの儀式が行なわれており、やがてラマ僧によって持ち運ばれていた三角形のものが次々とその小屋へ投げ込まれ、続いて火が放たれた。半分枯れていた葉のついたままの小屋はめらめらと燃えあがり、今日の祭りが何の祭りかは判らないが、悪魔払いの祭りであることだけははっきりした。ちょうど順子も来合わせていてたくさんのチベット人と共に二人で礼拝しつつその光景を見たが、よい時によい光景に出会《でくわ》したものと観世音への感謝を深めたのだった。本堂に入ってゆっくりと本尊釈迦牟尼仏とパドマサンバーバと千手千眼十一面観世音を礼拝してから、入口の横に坐ってオンマニペメフーンを一〇八〇回繰り返し、寺の外へ出てもう一度一〇八〇回を繰り返した。チベット人は汗びっしょりかいて投身礼拝を繰り返しており、恐らく一〇八回とか一〇八〇回とか一定の回数を定めているのだと思うが、その熱心な表情にはいつもながらそれだけで頭が下がる思いがする。

夕立が来ていたがあがりそうにもないので、濡れて部屋へ帰ってきた。家では順子が、今晩は酢をバザールで見つけてきたということでスシを作るといって張り切っている。インドの米ではスシもどうかと思うが、それでも久し振りにスシ飯の匂いを臭ぐと、これもやはり観世音の土地のめぐみだと思うのである。

今日の祭りで悪魔が払われて明日からは汚ないごみのような空ではなくて、きれいなヒマラヤの空がのぞいてくれますように。

五月二十八日（火）

この町の野良犬の果たす役割りは興味が深い。野良犬どもは誰に飼われるということはなく、町中をうろうろして子供のうんこを食べたり、山羊の骨をかじったりして生きているが、よく見てみると、飼われているというほどではないにしても、何となく町全体によって飼われている塩梅で、決して排撃されたり、うろついているところを蹴飛ばされたりすることはないのである。

先にも書いたがこの野良犬どもは昼間はそこらでうつらうつらしているが、夜になると俄然元気を出して街全体の見張り番の役を果たす。町は夜の十時にもなれば、閉め残っていた二、三軒の遅い店もしまり、ただガバメントの蛍光灯がところどころに白く光るだけになるが、その時刻と共に、犬どもは鼻と耳とを澄まし、何か平常ではないもの、この観音浄土にとって何か異質であると思われるものがあると、耳をつんざくような遠慮のない吠え声を放つのである。一匹が吠え立てれば他の二、三匹が続き、そうなると町の反対側の犬までがそれに呼応して吠え立てる。つまり、街全体が犬の吠え声につつまれてしまうのである。旅するものは、どうしてもその街にとっては異質な部分があり、それだけ住民に比べれば神経をとがらせているから、この犬の吠え声にはずい分悩まされる。幾分不眠症気味の私などは、ようやく寝入ろうとした時にいきなり理由もなく枕もとの道で吠え声をあげられると、それが原因で一時間も二時間も眠りそびれてしまうことがあるのである。町全体をおおうそのけたたましい吠え声に対してチベット人は少なくとも外見は無関心そのものである。犬が吠えるぐらいは気にならないほど、昼間の疲れで眠ってしまっているのかも知れないが、まだ窓に明かりがあり起きている人達からもその犬に対して何の苦情もでない。私などは何度か起き出して、石をぶつけてやろうかと思い、一度などはがばっと寝袋から起き出すところまでいったが、やはり、町全体で飼われている無言の飼い犬だという感じが強くて石をぶつけるところまではいかなかった。そのようにして毎晩毎晩、十時頃から十二時、一時頃までは、この野良犬の吠え声が夜の町を支配し、人々のすべてが寝静まる頃になってやっと犬どもも静まるのである。

犬が何に対して吠えているのか、人通りの数少なくなった通りを歩いている人に吠える場合があるのは判るが、正確には判らない。この家の前あたりにいる犬どもはただ理由もなく、町の反対側の犬どもが吠えている限りは吠えたてるのである。しまいには眠らない、又は眠れないでいる私の意識自体がその吠え立てる対象なのではないかとうたがいはじめ、犬というものは敏感なものであるから大いにそういうこともあるかと思われ、意識自体までもが犬によって見張られていることを感じるのである。それは確かにありうることである。外に向かってはあまり積極的ではないチベット人の行為は、内に向かっては非常に活発に働いているという点で日本人とそっくりであり、それ故に、番犬どもが見張らなければならないのは、外的な泥棒とか浮浪とかいう行為よりも、街全体を流れている意識の流れであり、それが真に平和で安眠に値するものであれば犬どもは沈黙し、逆に犬どもの神経を逆なでするようなおぞましい、おどろおどろしいものであれば、犬どもは大いに吠え立てて、平和ではない静かではない、と警告を発するのかも知れないのである。そうとでも考えない限り、何の理由もなしにいつまでも吠え立てる彼らの気持ちが理解できないし、又、そのようにやかましい犬どもに何の処置もとらず、無言の内に飼っているチベット人共同体の気持ちも判らないのである。かくして私は、夜は犬どもが吠えないように、この町の人々の安眠がさまたげられないようにと意識の流れが奔放に至らぬよう、オンマニペメフーンに集中するよう努力しながら、それにも拘わらずやはり吠え立てる犬どもの声を寝入りの辛い音楽としながら眠るのである。

今日は体の調子が悪くてすっかり朝寝をしようやく起き出して外の通りを眺めていると、前の水場でチベット人の娘さんが髪を洗っているのが眼にとまった。娘たちは二、三人おり、何か話し合いながら共同水道のその水場で楽しそうに髪をくしけずり、又水洗いをしている。側にインド人の警官のような服を着た男が、バケツをぶら下げてその姿を見ながら順番がくるのを待っている。その娘の姿がとても美しかったせいもあって眺めている内に、この町に限らずインドのあちこちの町における共同水道場のことが思われてきた。インドでは各戸毎に水道があるなんていうことはデリー、ボンベイにおいてさえもゆきわたっていることはないのだから、共同水場はその地区の住民に水を供給する唯一の場所なのである。それも一日中水が出れば良いが時間によってしか出ないので、水の出る時間帯になると女達や大きい子供達が行列を作って、バケツだとかビニール製の石油入れのような器にいっぱいの水を入れて自分の家まで運んでゆく姿は、インドのひとつの代表的な日常的な光景として見られるのである。自分の家に水道があり、ひねればいつでも水が出る感覚からすれば、順番を待ち、行列を作って水をもらってくるのは不便であることは確かであるが、その代わりに水場を中心にしたひとつの交わりが出来上がることは確かである。今日のようによいお天気になり、空が青くて、その下で陽を浴びながら髪の毛を洗っている娘達の姿を見ていると、そしてその側で急ぐふうもなく水道があくのを待っているインド人の姿を見ていると、インド社会、チベット社会に共通している、古くからの水道ではない水場の伝統が想像されて、水場を中心に繰り広げられる様々な社交もようや恋の展開なども思われ、そのようなゆっくりした時というものを失ってしまった日本の社会組織に育った者の心を刺戟するのである。

私達が将来、諏訪之瀬島におけるような新しい共同体というかアシュラムを作ってゆくとすれば、水場は是非共同のものでありたい。カマドは独立でありたいが水場や薪を集める場所は共同のものでありたいと思うのである。その水場に水神がまつられ、水を共通とし、火を個別とするような共同体の夢は、やはり私の内からなくなってしまっていないようである。

五月二十九日（水）

きのうは天気もよかったので子供達も皆連れて三キロほど離れた山の上にあるダル湖という所へ行き、昼食を食べ近くのチベタンチルドレンヴィレッジに行き、学校の講堂の入口に描かれている素晴らしい絵を見せてあげた。期待していた大学生とは会うことが出来ず、又もし彼に会っても専門的な領域に属するラマ教のマンダラの解説を乞うことは無意味であるとも判ってきたので、この計画は中止することにする。写真屋に行き、注文しておいたダライラマの写真を受け取り、ロードブッダ、パドマサンバーバ、セブユンの絵を一枚四ルピーずつと高かったが買ってきた。

それから本屋に行き、「チベタンレビュー」という月刊のパンフレットと、ダライラマの著作になる『智慧の眼の開眼』という本を仕入れてきた。本屋をやっている若い人は問わず語りに十二歳の時に中共軍に追われてヒマラヤ越えでブータンへ逃れてきた時のことを語り、ある朝の五時頃、山中でキャンプの夢からさめるかさめぬかという時、二〇〇〇人ほどの亡命者の群れを取りかこんでいる中共軍に出会い、殆どの人はその時に殺されるか連れ去られるかして、彼及びほんの五、六人の人達が幸運にも見つからずして、以後、七日七晩飲まず食わずの山越えの旅をつづけて、ブータンに入国したそうである。その時に、一緒だった家族、父や母や兄弟姉妹はすべてはぐれてしまって、以来生きているのか死んでしまったのかも皆目判らないのだそうである。

彼は英語を自分の言葉として話し、イングリッシュを使わないという点でめずらしいチベット人の一人であり、コンタクトをとるために住所を教えてくれと頼むと、自分が描いたチベットの女の子がチャーを作っている可愛らしい民画風の絵に住所と名前を書いてくれた。部屋に帰って早速「チベタンレビュー」を読んでみると、さすがに亡命国での出版物であるだけに、中共を中心とする政治的な動きにみちた記事の満載であり、チベット人の側に立つ私としては胸の内におだやかならぬものがこみ上げてくるが、チベットと中国との間に立って政治的に行為することは私のなすべきことではないので、私とチベットとの関係は、チベット仏教の勉強及び個人的な範囲でのチベット人との交際にとどめるべきであることを心に決める。

夜に入って、バザールのヒマラヤ杉の木の下でスライドの映写会がある。最初近所の小母さんが興奮して映画があると言ってきたので、一体どんな映画なのだろうと、子供達を連れて出かけてみると、バザールの空地はガバメントの蛍光灯も消して空にかかる半月の明かりの下に、街中の人が集まったかと思われるほどの人が集まって地面に腰を下ろし、天然色のスライドの映写会が始まるところであった。テープレコーダーでチベットの民謡風の音楽を流し、映写されて出てきたのは、まず何枚かのダライラマの写真で、最初の一枚には激しい拍手が、つづいて拍手は一枚ごとに少なくなり、やがて拍手がなくなると今度は低くつぶやかれるオンマニペメフーンのマントラに代わってゆくのだった。写真は、ダライラマを中心とする大きな祭りの光景で、ダライラマは遠くから近くからあらゆる角度から撮影され、民衆の祭りの光景がそれにまじり、時にはどよめきが、時には小さな拍手がおこった。終わりにこの一月にブッダガヤで行なわれた大祭の写真もでてきて、満月の夜の大塔の美しさには私もまた一瞬息を飲んで見入るようであった。夢の又夢というように、こうしてチベット人の町にきて、その人達にまじって地面に坐り幻灯を眺めていると、国籍も過去も未来のこともすべて忘れてしまって、ダライラマや仏像や祭りの光景のひとこまひとこまを不動の現在の夢として不可思議な夢として眺めていたのである。

何処にでも生があり、何処にでも死があり、夢があり喜びがある。映写会を終わって家に帰り、きのうの夜飲み残したチャンをコップ一杯ほど飲むと顔がほてってきて、この町のチャンはマナリのチャンよりも強いことが明らかとなった。この四、五日風邪を引いていたようで、体がだるく気持ちも落ちていたのはそのせいであったようだ。

今日はまた抜けるような晴天で裏の雪山もくっきりと見え、順子は頭痛がすると言っているが、これからお寺に行き、皆で写真をとろうかなどと言っている。

ヒンドゥの寺院は喜びを与える場所という点で特徴があるが、ラマ教の寺院は心の安定を与える場所という点で特徴があるようである。お寺に行きその周囲をまわり、正面のブッダを礼拝し、多くのラマ僧達が地鳴りのようにお経を唱えているのを聞くと、観音の慈悲はそこにあり、この世に思いわずらうことは何もないことが判る。空には白色のハゲタカが舞い、雪山は輝き、どんぐりの実は子供達が拾うのに充分なほど地に充ちている。俗人のチベット人達は投身礼拝及び寺の周囲をまわる礼拝に余念がなく、ラマ僧達は今日は一〇〇人近くも集まって大合唱のお経をあげている。

ダライラマ御自身は奥の秘室で今日も難しい政務と取りくんでいるのであろうか。

白雲がわいては流れ、読経の声は地を這って山々に沁みこみ、空にも雲にも沁みこんでゆく。陽は透明に輝き思い上がることもなければ、思い沈むこともなく、幸福でもなければ不幸であることもなく、親子で写真機に収まり、ダライラマの記念に写真をとったかという太郎の言葉をその通りだとうなづく。

何処へ行ってもダライラマが飾られ礼拝されているのを見る時、順子は天皇のことを思い出すという。そしてそれは悪い意味ではなくて、人々が何のこだわりもなくスムースにストレートにダライラマの礼拝に喜びを感じている姿を見て、天皇制というものが実は言われているほど悪いものではなく、戦争中において国家権力そのものとしての神がかり的な存在に祭りあげられたのと同じく、戦後は民主主義の敵として、ことあるごとに天皇制は悪そのもののように思いこまされてきたが、民族の心を象徴する天皇という存在が現在のように女性週刊誌のグラビアを飾るだけのものでなく、日本民族の神である民族神の具現として質実共に行為するならば、それは現在私達が思うよりもはるかに大きな実りを日本人の心に実らせるのではなかろうかと思う。神とは真理であり、真理は平和であるという不動の信仰の上に立つ私にとっては、もし天皇がそのような神の具現としての姿を民衆の前に現わしてくるならば、その真理と平和の前にためらうことなく礼拝したいと思うものである。この点においては、祖国を失い、亡命の小集団にすぎないチベット人ではあるが、礼拝の対象を持たずそれ故に結局は物質的富へ心を集中する以外にない日本人の空虚な心をのぞきこむと、心の平和においてはるかに彼らチベット人の方がその富を享受していることが明らかである。天皇制のみが唯一の真理ではないから、私はここで天皇制主義者ではないことを断っておかねばならないが、ダライラマを頂点とするこの古代的な国家組織が、現代世界において時代遅れであるよりは、むしろ逆に時の展開の相の中で、一歩時代に先んじた幸福の制度であることを言いたい気持ちがするのである。だが事実はチベットの国家制度が時代に先んじているということはなく、日本の民主主義が空虚な悪そのものであるわけもなく、ただひとつの時の内に展開されている様々な生き様の姿であり、それを自分の思いに引き寄せていえば、全く等質な唯一の真理であるダルマの展開の種々相にすぎないのである。ただ私はすでに礼拝なくしては生きてゆけないような心の状態になっており、石でもよいから礼拝することによって生きる生き方しか希まないのである。今日のようにお天気の良い日に旅人の特権を利して労働に追われることもなく寺に行き、聖なるブッダの姿を礼拝してくると、やはりダライラマを中心とするチベットの社会組織が中国の言うような封建的貴族制度でもなんでもなく、各自の生の営みを営みながらも決して焦躁や不安や虚無といったヨーロッパ的アメリカ的観念に追われることなく、のんびりとじっくりと、じっと静かに時のまにまに、時と共に生きつづけてゆけるひとつのすばらしい社会組織であることを感じるのである。そしてこの社会組織の根底には、欲望の抑制という主ブッダの法が生きた不文律として行きわたっており、主への礼拝、主への従順、主への尊敬、エゴを沈黙させて主の声を讃えるという、宗教社会に特有の倫理が特別に宗教的社会ということを意識されずに、ただそうやって生きるという生き方として深く了解されていることを知るのである。

美しさというものが何処からやってくるのか。美しさを歌って生きる詩人にとって大いに問わねばならぬ問題である。今日はこのダラムサラに来てから、初めて朝から夕方まで晴れつづけためずらしい一日であった。この山の上の町の夕暮れは真に観音浄土と呼ぶにふさわしい美しさを持っている。西のチベタンチルドレンヴィレッジのある辺りの山に陽が沈み、半そでシャツ一枚でちょうど寒くもなく暑くもないすがすがしい空気が流れ、蚊はおらずハエは休息し、大いなる雲の群れが残照を受けて七色に輝き、西山の上空は真の黄金色の光を放射している。町のほぼ中央に位置するアシュカダライラマのストゥパのまわりにはたくさんの人々がつめかけて夕方の礼拝の回転筒をまわしている。ストゥパの前に坐りこんだ人々はひととき深く瞑想し、やがてその信仰そのもののような口から何の歌かは判らないが素朴な美しい合唱が歌われる。一日の仕事が終わり、ようやく信仰だけに打ちこむことが出来る喜びと安堵感がどの人の顔にも充ち、オンマニペメフーンのつぶやきはいやが上にも高くなる。子供達はその日暮れ前のひとときを飾る精神世界の花のようにくったくのない叫び声をあげて遊び興じ、外国からやってきた紅毛碧眼の者達は食堂の様子を眺めたり、家々の入口にうずくまったりして何の目障りにもならず静かにふるまっている。線香を買ってゆく人があり、野菜を買ってゆく人があり、家持ちの商店はまだ開いているが、露店商はもう店を閉めて仕事の時間が終わったことをよく示している。この町はインドでも最西端に近いから、八時になってもまだ日は暮れきらず、書物が読めるほどに明るい。夕方の時間がそれだけ長いのである。月はようやく上弦に達しこれからの一週間が毎晩すばらしい光に恵まれることを約束している。

子供たちは叫び声をあげて遊びまわり、大小の犬どももも又元気よく走りまわって活気があるが、この夕暮れの一番の特徴はぼんやりしている人がひとりもいないことで、すべての情熱が静かなオンマニペメフーンの黙唱或いは半黙唱に向けられていることである。まことに夕暮れの時は黙唱のひとときであり、インド世界が夕暮れの時は線香の匂いのひとときであるのとよい対照をなしている。そしてその黙唱は日が暮れるにつれて次第に高まり、夜に入ると何処の家の窓からもすきまのある板壁からも半黙唱の声に変わってゆくのである。今日はまた日暮れと共に停電となり、ガバメントの蛍光灯も街になく、家々はすべてローソクの火にともされ、早くも虫が鳴きはじめている。私はやはりこのチベット人という人々を亡命の民という観点からのみ多く見て、大きな誤解をしていたようである。又ダライラマについても、常に周囲から祭りあげられているだけの象徴的人格としてのみしか見ず、ダライラマ自身という摂理を見逃していたようである。日本からこようが西洋からこようが、何処からやってこようが、この町のこの夕暮れの祈りにみちた時の内にあれば、人は自然に平和というものが実際に何であるかを教えられ、そのような平和を手の平の内にしている人々に心からの深い尊敬を払わずにはいられないだろう。チベットの人達にそのように尊敬を払える今の私は、何故か涙がこぼれるほどに幸福である。チベット人を形容するのによく平和な信仰篤い人々という言葉が使われるが、その形容はまことに嘘ではない。日暮れと共に何処の家からも洩れてくるオンマニペメフーンの静かな、しかしながら地鳴りのように熱のこもった声がその何よりの証拠である。そしてそれはインド人がサーダナという言葉で呼ぶ行ではなく、呼吸のように自然発露の、むしろこの時が来たのを心から喜んでいる風の声なのである。順子は夜中に眼を覚まして オンマニペメフーンの声を聞き、夜中までもやっている人がいるのかと耳を澄ませたら、それは実はいびきをかいている音だったというが、全くそのようにある意味では安らかに眠っているように自然に、しかし決して対象から逸脱することはなくオンマニペメフーンの声はつづいてゆく。

美しさは何処から来るのか、と自らに問う時、それは平和と信仰とからやってくると私は答えたい。この町の夕暮れが美しいのは、夕暮れと共に外見の貧しさや汚さが暗闇にとけ去り、ただ人間の生活を支えている内面のダルマのみが表面にでてくるからである。沈んでゆく夕陽はダルマであり、流れる雲はダルマであり、山々はダルマであり、輝きをます月はダルマであり、子供達の叫び声はダルマであり、人々の礼拝はダルマであり、すべてがダルマにつつまれて、ダルマのやさしさ、ダルマの平和、ダルマの深さがこの地上に具現されるのである。そしてそのまま夜に入る。夜もまたダルマの夜である。私がこの町を小さなラサと呼び、観音の浄土であると呼ぶ所以である。

南無観世音、こうしてあなたの町を讃え、あなたを讃えることの出来る私は幸せです。

五月三十日（木）

トルストイが信仰について語っている中に、信仰はたらいに水がたまるようなもので、わずかでも水洩れする穴があれば、いつかはその信仰という水は空っぽになってしまう、という言葉があって、それを読んだのはもう十五年以上の昔になるだろうが、その時の信仰の厳しさについての驚きが今でもその言葉を忘れさせていない。今日は朝からラーマが下痢と咳がひどくて、それがこの観音浄土における水洩れの穴である。きのうは順子の頭痛があった。子供の体の調子が悪いぐらいで水洩れするような信仰とは、そもなんと浅ましい信仰であるかと自ら恥じるが、こうして家族で旅していると色々なことが理解でき、特にラーマは信仰の諸感情に小さいながらも大変敏感であり、全体の信仰に何らかの形の水洩れがあると、どうもそれを背負って体の調子をくずしてしまう癖があるようなのである。小さい子供は純粋であるだけに、その胸にさすちょっとした影がそのまま肉体に影響を及ぼし、腹をこわしたり、咳をしたりという結果になって現われるのだろうと思われ、又まだ小さい子供であることも手伝って、ラーマが調子をくずすと、いつも私は大変に心配し、又反省に追いこまれるのである。

今日は一日ダライラマが書いた『智慧の眼の開眼』という本を読んでいて、仏教の根本を為す智慧が、非アートマンの智慧であるという項目にぶつかり、それは般若の空思想として、当然了解ずみのことではあったはずであるが、新たにヒンドゥのアートマン思想、わけてもウパニシャッドの中枢を為すアートマン思想と、一方で我がイシュワラである観世音の説かれた空思想をどのように了解するかという剣を胸に突きつけられたのだった。今までもそのことを考えないわけではなかったが、それについての私の意見をこの際記しておく必要があると思う。ダライラマは私の知る限りではアビダルマの弁証法にのっとってアートマンを否定し、非アートマンを体得することが般若の智慧、即ち空の体得であるという結論をしており、それは何もダライラマのみの結論ではなくして九九パーセント以上の仏教学者が非アートマン思想をもって仏教とヒンドゥ教を区別する一大特徴としていることも確かである。けれどももし非アートマンが証明されるならば、観世音自体の存在を一体どのように了解したらよいのかという疑問がこれらすべての立論には欠けていて、私には了解することが出来ないのである。私の結論は簡単に言えば、般若の空と呼ばれるものこそヒンドゥでブラフマンと呼んでいるものであり、ヒンドゥでアートマンと呼ぶものは、ブッダ自身の悟りに至った姿そのものであり、ひきつづき観世音と呼ばれ阿弥陀仏と呼ばれ、文殊菩薩と呼ばれ、無数の菩薩、多くの仏と呼ばれる存在はこれすべてアートマンの具体化した別名なのである。禅宗で仏《ぶっ》性《しょう》と呼ぶものもアートマンである。世尊御自身がホトケと自分を呼ぶ時のそのホトケがアートマンである。これ以上の詳しい説明を弁証論者ではない私には出来ないけれども、詩人としての私のこの問題についての直感は、光そのもののように明らかである。このアートマンを観世音と呼ぶ。このアートマンである観世音は普遍の存在であり、自我ではなくて、中井さんの訳した言葉に従えば真我である。真我即ち仏性であり、この時、ヒンドゥ教と仏教との間にへだてられた越えがたいと思われる溝が平和の内にうずまるのである。事実として、仏教はヴェーダンタ哲学の一流派であり、一流派であるにしてはあまりにも巨大になりすぎて、あたかも別個の思想体系のように思われるだけなのである。しかし、仏教をヴェーダンタ思想の分脈としてとらえることにあまりにこだわる必要は少しもない。シヴァとナーラヤーナのちがいをくどくど述べたてるのと同じことである。

今日お寺でひとりのインド人と会い、パドマサンバーバと千手千眼十一面観世音の前で、これは何という神かと尋ねられ、私は、パドマサンバーバについては彼は偉大なるグルジーであると答え、観世音についてはアヴァロキテシュヴァラ即ちイシュワラであると答えたが、彼が理解できないようなので、ローケシュヴァラ即ち世界の神（シヴァ）であると答えるとやっと納得がいったようであった。彼はインド人であるにも拘わらず、この仏教の聖像の前で長い間祈りをささげ、敬虔な姿を見せていたが、信仰者の側から言えば、それが仏教であるかヒンドゥ教であるかということは、この場合あまり問題にはならないのである。事実、私がヒンドゥ世界にあってはヒンドゥの神々を礼拝し、こうして仏教世界に来れば仏像を礼拝するという時に、その礼拝の思いには何のちがいもないのであって、シヴァ、クリシュナ、母《マー》、ハリ、ラーマ、観音、ブッダという礼拝の対象は、対象がちがうようにちがうだけであって、礼拝という行為について言えば、それぞれ瞑想の位置が異なったり、情念が異なったりするだけで、すべて同じ礼拝という行為に包含されるものである。ではヒンドゥ教と仏教とは何処がちがうのかということになるが、今晩はローソクが殆どなくなって書くことも出来ないし、それを論じたてる情熱もないが、簡単に言えば、私の真意は仏教とヒンドゥ教をヴェーダンタ哲学において同一視することであり、別々の思想体系として論じたてる従来の方法には賛成できないのである。このような結論は直感に依存しており、信じるに足りぬと言われればそれまでのことだが、私としては論者として立論しているのではなく、あくまで真理の徒として、ひとりの詩人としてそのことを自己の心に照らし合わせて嘘のないように述べているのであるから、それを了承してもらえればそれで充分なのである。仏教とヒンドゥ教の混合を希んでいるわけでもないし、仏教のヒンドゥ化をのぞんでいるわけでもないし、ヒンドゥ教の仏教化をのぞんでいるわけでもない。ただひたすらウパニシャッドの森深く、観世音という名のアートマンを探し求めているものにすぎないのである。すべての神々及び諸仏が、神々であり仏である故に肯定され礼拝され、また神々であり仏である故に唯一の真理、平和と永遠である真理に帰するものであることを期待するだけなのである。

五月三十一日（金）

チベット仏教の特徴は金剛乗と呼ばれる即身成仏のタントラ系のものである。思えば私はまだこのヴァジュラヤーナについて何も知っていない。従ってネパールでの私の勉強の対象がこのヴァジュラヤーナであることがはっきりしてくる。ダライラマの本によれば大乗の菩薩道は何生も何生もの繰り返しのあとでようやく成仏することが可能となる道であるが、金剛乗に乗ればこの生において即身成仏することが可能であることを述べている。そのような即身成仏実現の情熱は、この二、三年の内に私に起こる心配ではないけども、一口にチベット密教と呼ばれる教えの門が、これから旅する国において待っていることを思うと、嬉しさにぞくぞくすることはたしかである。

明日はパタンコットまで行って、汽車の切符を予約してこようと思う。

炎熱のヴェナレス、ビハール州を通ってゆかねばならぬことを思うと心はいささかゆううつであるが、マナリ及びこの町で食べ物も日本的なものを多くとり、体力も回復していることなので、一息に乗りきってゆけると思う。今度こそは泣いても笑ってもネパールの旅である。

お寺の入口の左側に大きな石があって、その石にオンマニペメフーンを彫る準備がしてあったが、きのうは三人の俗人が楽しそうに話をしながら彫っている姿が見られた。今日行ってみたらもう彫り終わっており、またひとつ新しいオンマニ石が生まれたことになる。それを見るまでは、マナリの谷などに見られた、あの何とも言えぬ淋しいような感情を引きおこすオンマニ石を彫るのは僧侶だとばかり思っていたのだが、普通の石工でもなんでもないチベット人がハンマーの先のとがったものひとつで、こつこつと叩きくずしては彫ってゆくものであることが判った。石にあのような文字を彫り刻むのは仲々大した仕事に思われていたが四、五日前から石に色が塗られ、文字が書かれていたので始まるなと思っていたら、あっというまに出来上がってしまったのである。信仰の力というものは本当に偉大であると思う。ひとたびその文字が彫られればそれはオンマニ石として半永久的にそこに存在し、そこを通る人々に特殊な視線を投げかけるのである。私もまたいつの日にか二、三人の同心と語らって何処かによい石を見つけ、あの淋しいような感情を引きおこす文字を刻みたいと思う。お寺ではもう何日も前から一心に投身礼拝をやっている三十前後の男の人を今日もみかけた。彼は頭を普通のチベット人とはちがって角刈りにし、多分この町の人ではなく、巡礼の人だと思われるが、何かの願かけでもしているようで、私の知る限りでは朝から晩まで、一日に投身礼拝する回数を決めているように一心に汗にまみれて単調なその行為を繰り返していた。何日か通っているとお寺のそうした様子にも眼がとどくようになり、もうまるで自分のお寺のような感じがしてくるから不思議である。

今日は千手千眼十一面観音に私達はもうすぐネパールに行きますので、旅の無事をお願いしますと祈ったら、それまで慈悲にみちた何とも言えぬやさしい美しい表情をしておられた方が、急にまゆをしかめて、日本の般若のお面のような恐い顔になられた。私ははっと驚きこれはどうしたことか、気のせいかともう一度同じ願いを繰り返してみたが、その表情は変わらなかった。そこで眼をつむり、反省をしながら数珠をくっていると、観世音は次のように言われているのだということが判った。

「お前は私にいつでもあまりに依頼しすぎる、それは信仰ではなくて甘えなのだ。ネパールの旅を自分の力でよい旅であるように最善をつくせ。私には、お前がそんなことを頼まなくてもすでにお前のなすことはすべて見通されてある。なすべきことをなして、私を讃美するためにここへ来よ。乞食のように保証や確信のために手を差し出すのは、高貴な信仰の姿ではない。お前もそろそろ私への信仰を現在生活の支えから永遠の信仰へと上昇させる時が来ているはずだ。」

依頼することをやめて、ただ御名を呼ぶだけにとどめなくてはならない時がやってきたようである。御名がすべてである。御名があればその元にとて依頼などはお見通しなのである。

ダライラマの書物の中で教えられたのは「沈む」ということが集中における敵であるということだった。観世音に対する今までの私の集中は、ともすれば「沈み」へたをするとそこに「ふける」傾向さえあった。そしてそれは自分でもあまり良い状態とは思われないのだが、そのような「沈む」乃至「ふける」集中が、集中の敵であるという指摘に出会ったことがなかったので、それをしっかりと脱け出す努力を欠いていた。瞑想に沈む、瞑想にふける、とは言葉はよいが、その内実は瞑想の怠惰であることが了解された。散逸及び沈むことの二つがひとつのレベルにおける瞑想の敵であり、瞑想においても中道が、完全さ、正しさ、明るさが保たれねばならぬことが明瞭となった。今日の観世音の般若の顔は、ダライラマのその指摘とまさに一致するものであった。

私達が住んでいる家は二階建てで、二階にはまだ上がったことがないが、階下の方は通りに面した入口の部屋と、次の間と、台所の三つの部分から成っている。台所はそのまま裏戸につながっており、裏戸をあければそこは水場であり、洗濯物を干したりちょっとした納屋のようなものもできている。通りに面した部屋は石が敷きつめてあり、その部屋と柱としきりのような木枠だけでしきられた次の部屋は土間のままである。台所も同じく土間である。天井は二階からのゴミが落ちてこないように頭陀袋《ずだぶくろ》が網のように張られており、或いはインドのグラビヤ雑誌のようなものをいちめんに張りめぐらしてある。小母さんはきれい好きな人であるらしく、日に何回となくその台所の土間を掃いては水を打つ。土間は掃き清められては水を打たれ、さらに足で踏み固められるために、粘土のかたまりのようにかちかちになり、水を打ったあとなどはぴかぴか光るほどである。土間が光るのは初めて見るが、それがチベットの一般の家庭の習慣なのかどうかは判らない。小母さんがあまり台所をみがきたてるので、私達もあおられて日に何回となく床を掃き、水を打つことになり、最初は汚れたいかにもチベット人の家らしい家だと安んじていた部屋が次第にきれいになり、この頃では水を打ったあとなどは、自分たちの住んでいるこの部屋が清潔なものに見えてくるのである。私達は表に面した石畳の部屋と真ん中の土間の部屋の二つを借りているのである。しかし、手の届く範囲をどんなにきれいにしても、家自体の雑さはどうにもならず、バラック住まいの気安さはあるにしても、多分ダニと思われる小さなものがたくさんおり、ラーマを始め子供達は全身を刺されてかき傷だらけになっている。ノミもいるがシラミはいない。蚊もいない。所かわれば品かわるで蚊がいないのは本当にありがたいが、その眼には見えないダニの攻撃には順子を先頭に皆んなほとほと手を焼いている。しかしながら先にも書いたように、台所の土間はみがきあげられ、同じく食器類もみがきあげられて、子供達は台所のその土間に坐りこんで食事をするのである。

六月二日（日）

きのうパタンコットまで九〇キロの道を汽車のブッキングに出かけた。山道故にバスで行きは四時間、帰りは五時間もかかった。ブッキングは意に反して一等の切符がとれず、三等のスリーパーで、この猛暑の中を二十八時間もゆられて、しかも道はまだ半ばである。それも最後のインドの旅と思えば悪くはないが、この一等切符が買えなかったという事実は、インドの旅の意のままにならない様を端的に物語っている。タイミングが悪いと、一等切符でさえも買えないのである。

久し振りで（クル、マナリ以来）純粋なインド世界に入り、炎熱の街を歩いてみると、このダラムサラ及びクル、マナリが、チベット人が多く住んでいるという理由だけで如何に私にとってオアシスのような所であるかが判る。まず第一に涼しく水が冷たいこと、次に感情の理解が簡単にゆきとどくこと、この二つをもって逆に言えば、インドにありながらあまりにも非インド的な日本的な世界に住むことが出来るのである。涼しいと言ってもこのダラムサラも昼間は三五度ぐらいには昇り、日本の真夏の暑さであるが、インドのあの炎えるような暑さ、体全体が煮えるようになり、頭がカーっと燃えてくる暑さにくらべれば、まるでオアシスそのもののように涼しく快適な生活なのである。そして又、インド世界の持つ、あの人間の特異な群れ、謙遜ということがカースト的悪徳とされる世界に入ってみると、モンゴル民族のもつ、やさしさ、謙譲、繊細な心づかいといった美徳が如何に高貴なものであり、それ故に又、この必死のインド世界にあってはそのような美徳をもってしては生きてゆけないものであるかということが判る。しかしそれは私などから見れば耐えがたい悪徳であっても、インド人から見れば当然の美徳であり、自己の全力をふりしぼって高貴な自尊へ自尊へと他者を略奪してゆくことは、すでに何万回も出会っているインド人の生き方なのである。力のないものは飢えるかアンタッチャブル的賤民となるか、以外に道はないのである。チベット世界においては自尊は悪徳であり、ひたすら自己をオンマニペメフーンの内に沈めることを習ってい たものが、いきなりそのインド世界に入って我は神なりという逆光にあてられると、しばしばそれに適応するのに困難を感じるほどで、一方では別に適応する必要もなく、自己のやり方を保つ以外にはないという真理に帰ってくるのである。しかもその結果は一等切符が手に入らないということになり、私としてはやはりインド人の自尊を独善的悪徳とみる側面を決して失くしてしまってはならないと思う。それはひとつの愛であり闘いであるからして、残る数少ないインド滞在の日々をしっかりと足を地につけてやってゆく必要がある。帰りのバスで殆どこのマクロードガンジュの町に着く地点で、窓からダライラマの住む山の上を拝していると、眼の下、道路のすぐ下に十字架の墓原があるのを見つけた。それも四つや五つではなく、二十も三十も古い石造りの十字架のついた墓があり、その中央には人が住むとは思われないやはり石造りの古い教会があり、教会の前には大きな鐘をつるした鐘堂さえもあった。それはちょっと異様な感じで、いつ頃からそのような信仰をもつ人々がこの山に入りこみ、教会を建て、死んでいったのか判らないが、インドも山深いこんな所で、日本語でいう異人墓地を見かけると、やはり同じ外国人という立場もあって身につまされるのであろうか、胸のあたりを慄然としたものが通りすぎてゆくのだった。ダライラマがこの山にやってくるよりはるかに古くその教会はあり、十字架の墓もまたそれより明らかにはるかに古いものである。すると、ダライラマがここに住むことになる前に、すでにこの土地はキリスト教を受け入れていた土地であり、それが滅び去ったあと何十年か何百年かして、ダライラマがやってき、山の上に今度は仏教の美しい寺を建てることになったわけである。

きのう同じバスに乗ってきたイギリスから来たという男の人は、ちょっとイギリス人とは見えず、色も黒く髪の毛は波うって長く、非常に澄みきった美しい黒眼をしており、よくあるヒッピーまたはヒッピー的感覚を全然あたえず、それでいて明らかにツーリストではなく、言ってみればインドのサドゥの感覚に最も近い人であったが、その教会を共に窓から眺めた時、彼も「あぁ、教会だ」と低い聞きとれぬほどの息をもらしていた。サドゥがそうであるように身に宗教的な雰囲気は殆どなく、ただそこに一人の静かな謙遜なやさしく強い人間として坐っており、私はそのような人と会えたことだけで嬉しく、英語人とは殆ど話をする気にならないにも拘わらずに、ロワーダラムサラからこのマクロードガンジュまでの山道をバスが登ってくる間、ぼつぼつと例の何処から来て何処へ行き、これから又何処へ行こうとしているのかという旅人の常の会話を交わしたのだった。バスが着いた時、私は「じゃ又」と言ったのに反し、彼は「気をつけて」と言って送ってくれた。メイビンが別れる時に「気をつけて」という言葉をよく使うけれども、それは旅するものの間では普通にはあまり使わず、又会いたいという思いの時には「じゃ又」を使い、会いそうもないし会っても会わなくてもどうでもよい時はちゃんと「さよなら」を使うのである。私は彼がネパールにも行くつもりがあると言ったので「じゃ又」を使ったが、彼は私にとっては新しい言葉である「気をつけて」で送ってくれた。

インドに来て以来私たちは無数の西洋人と同じ旅の仲間として出会うが、彼らに語りあいたいような友情を感じることは殆どない。行きずりにぱっと出会う眼の中や「ハロー」と交わす声のひびきの中に旅の重さというか万感がこめられているのであって、ただそれだけのことでよいのである。

何年か前とちがって今は西洋から来る人々も、ギターを持った渡り鳥的な幸福なボヘミアン的な旅をする人々は殆どいない。特にこのダラムサラでは遊び人風というか、ヒッピーというか、イージーライフというか、そのような風情で住んでいる人は殆どなく、多くはこの小さなラサである特殊な信仰の地から何らかのパンの糧を体得するべく来ている人たちである。彼らに共通しているのは「静かにしている」という姿勢であり、茶屋やうどん屋などで彼らが静かに時を過ごしている姿は決して目障りなものでなく、そのような姿勢を通してある意味ではインド人とも共通するアーリアンの血を非アーリアンの温かい血とまぜあわせる智慧を学んでいるようなのである。一方でそのような姿を見る日本人である私は、謙遜という徳の裏側にかくされた、重複した自尊、即ちモンゴル的自尊心というもののもつ醜さを反省させられて、やはり彼ら西洋人からも、インド人からも学ばされるものを多く持っているのである。

かくして今日もダラムサラの空は美しく晴れわたり、日曜日でもあり、平和でおだやかな空気が去りがたく流れている。

私の臨時の机の前には、きのう私が町に行っている間に十三羽の折り紙のツルがぶら下げられている。折り紙のツルからはすぐに病院の雰囲気が連想され、そのツルがカーリーの写真の上にあることから母が病んでいるのではないかと妙に気にかかるが、もしそうであれば、どうか母よ、元気を回復して私達の新しい赤ん坊を八人目の孫として迎えて下さいと祈るばかりである。

ラーマを昼寝させながら、この子の愛の気質を育ててゆくのは、実に大変なことだと考えていた。というのはどういうわけかラーマには肉体的精神的な成長があまり見られず、甘い喜びの感覚ばかりがいつまでも尾を引いて残っているからである。今日お寺へ行って帰りに彼を歩かせながら、去年の十一月には深沢の家から五日市の町まで約四キロを歩いたのに、それ以後インドに来てからは一向に歩行距離が伸びないばかりか、一〇〇メートル歩かせるのも苦労するほどで、すぐにおんぶ抱っこが始まり、私達の苦労のたねになっているのである。このチベット人の町にきても他の何処のインドの町に行っても、ラーマはただ愛の中で生き、愛にのみ反応するたちなので誰からも可愛がられ、スウィートボーイとかソウスウィートとか呼ばれてにこにこしているが、それ以外の意志とか忍耐力とかいうような他の性質は一向に強まってこないのである。今日考えていたのは、だが愛の性質を助長してゆきながら他の性質を育成するには、何をもってあてがったらよいのかということであり、それは智慧、賢さであると思ったのだった。愛を肉体的本能的に所持している者が賢さを得たら、それだけで殆ど人格の完成をうることができるだろう。私も他人に増してこの子を可愛く思う故に、もう少し腰の力の強い賢さのある子に育てたいと思う。まず最初に、ハイということを学ばさせ、人の言うことに耳を澄まして、それに対してハイと応じる智慧をつけてやりたいと思う。

　究極の真理を「空」と呼ぶ立場に賛成する。空は実体を持たない故に、空の実体はブラフマンと呼ばれる。或いはブラフマンの実体は空と呼ばれるかも知れない。しかしブラフマンはダルマとして顕現しない限り人の世に触れてこないからブラフマンの現われはダルマと呼ばれる。ダルマが真理である。空がダルマまで吟味された時に、ダルマはブラフマンであり、シヴァでありヴィシュヌであり観音である。それを人間の肉体に現われた神人がおり、それはクリシュナ、ラーマ、ブッダ、キリスト、などの名をもって呼ばれる。しかしいずれの神人もその実体は空としてのブラフマンである。一方で空が個人に顕現すると、それはアートマンと呼ばれ又仏性《ぶっしょう》と呼ばれる。クリシュナ、ラーマ、ブッダ、キリストはそれぞれの人格のアートマン、仏性につけられた御名である。

　ダライラマの書物からもうひとつ学んだことはブッダの説法の特徴として、地上のあらゆる人々に理解できるのみならず、天界の神々にも理解できる言葉で語った、ということがある。ブッダの語った言葉こそは真の国際言語の基礎となる言葉である。そのような言葉を私達は少しずつ解しつつある。そのような言葉に私達は耳をかたむけ、常に存在している不滅の言葉の徒となるのでなくてはならない。沈黙。そうエゴを沈黙させて、いと高き真理の言葉の花束に耳を傾けよ。

　ダルマに私はない。ダルマの特性は私のないところである。「私のダルマ」という表現が成立しない所以である。ブッダほどになると、ブッダのダルマという言葉がふさわしくなるが、事実はブッダのダルマという言葉さえも矛盾である。ダルマに個人名詞はつかない。ダルマこそは普遍である故にダルマである。

どうかダルマがこの私にも示され、私がダルマに生きますよう。ブッダがすべての人々及び天界の神々にも解る言葉で語った、ということは、言葉のダルマを示しているのである。

オンマニペメフーン　オンマニペメフーン　オンマニペメフーン

どうかダルマが示されますよう　どうかチベットの人達が再び祖国に帰れますよう　十方に平和と実りがありますよう　平和が勝利者でありますよう。

パタン

六月十三日（木）　日本山妙法寺

ダラムサラからの旅は暑くきつい旅であった。真夜中すぎに汽車がヴェナレスの鉄橋を渡った時には遠くに魂を奪うあのヴェナレスの街の灯が見え、思わず知らず、声もはりさけるようにシュリラーム　ジャイラム　ジャイジャイラームというあのメインガートのマントラを叫んでいた。とめどもなく涙が流れ、ちょうどその時それまで雲にかくれていた月がぱっと輝き出、思えばそれはちょうど満月の月であった。汽車が鉄橋を離れると、あちこちの空で雷鳴がとどろくのが聞こえ、シヴァ神はあたかも暑い中を旅する私達に救いの手を差し出すように、ムガルサライ駅では真夜中の夕立となって温度を下げてくれた。シヴァはまたパトナからラクリールへ向かうパッセンジャーの三等列車の途中でも大量の雨を恵んでくれ、私達は灼熱のビハール州をどうにか乗り切ってくることが出来た。インド、ネパール国境はトンガに乗せられてその日の内にあっという間に通りすぎ、ビルガンジに着いた所でとうとうラーマが発熱してしまった。蚊が多く、蒸し暑いビルガンジの二晩は延々と五十時間近い汽車旅行、それも三等の混み合いの旅のあとだけに、得もいわれぬ二晩であったが、不思議に又熱が下がり、ネパールに入って三日目の夕方には、長い間あこがれの内にあったカトマンドゥの平和の空気の内に自然にスムーズに入りこむことが出来た。三日にダラムサラを発ってビルガンジに入ったのが七日、カトマンドゥに入ったのが九日である。

カトマンドゥに入ってからの四日間は、体の疲れを癒すことと、街の様子を調べることに費やされ、その間、増永上人*の出迎えを受けて、カトマンドゥから四キロ程離れた位置にあるパタンに移ってくることになったわけである。勿体なくも再び仏法の恵みに浴することになり、いずれは家を一軒借りて自炊生活に入ることになるとしても、ここしばらくは日本山のお世話になることとなった。私達が北インドの旅をつづけている間、聞けばラジギールでは加藤上人**、成松上人が、もうとっくにネパール入りしている筈なのに入っていないということで行方不明とされ、大変に心配をか

*——増永上人（ガンジャ）　インドへの旅の途上、ラジギールの日本山妙法寺で出家。「部族」のメンバーの中で日本山妙法寺へ出家したはじめての人。三省は『狭い道』の中で、「僕に初めてネパールの『涙の出るような平和』を語ってくれた」と記している。

**——加藤上人（マモ、加藤衛）　「部族」のメンバー。この「運動ではない運動」の新聞に『部族』というタイトルを提案し、「部族」と名乗るきっかけをつくった。七三年、インド・ラジギールの日本山妙法寺で出家。

けていたそうである。加藤上人よりハチミツのびんが届いており、ラジギールで一緒だった峯岸君という旅行者が再度ラジギールに寄った際にそれを持ってきてくれたとのことである。カトマンドゥでは同じキャピタルロッジというホテルに日本人の旅行者で、おおえまさのりさんの知り合いであるという石谷さんという人が泊まっており、一夜の内にすっかり親しくなって、きのうは一日市内及びスワヤンブーナートを共に部屋探しを含めて歩きまわったのだった。スワヤンブーナートは、増永上人の話によれば八年前の上人達が現役であった頃に比べればすっかり変わってしまったということではあるが、私にとってはやはりあこがれの内にあった聖地であり、数多くの友達がその土地について語ってきかせてくれた結果、まるで旧知の場所のようになっていた所である。中でもスワヤンブーを愛したジョーの言葉の多くが今でもすっかり耳に残っているほどで、スワヤンブーの石段を上っても鉄の手すりを見ても、猿達を見ても眼玉寺に参拝しても、すべてはジョーの言葉のひびきの内にあったと言っても良いほどであった。チベット寺では盛んにお経をあげていたし、多分あれがそうだと思われるマザーブッダのお堂の前では一人のネパール人の女の人がサドゥの祝福を受けながら、まるで魂を奪われた人のように茫然と米粒をばらまくプージャをしていた。私は声をかけられたシェルパ族の土産品売店の人であるマードゥという人とすぐに親しくなり、彼の中にヒンドゥ教と仏教とが混在しているひとつの典型的なネパール人を見ることができた。彼はたしかにヒンドゥ教徒であるが同時に仏教徒でもあり、それはまさしくネパールの信仰の生きた現実であった。彼はシヴァとブッダを同じ神として語る点で明らかにヒンドゥ教徒であり、同時にカースト制を否定する点では明らかに仏教徒であった。

そしてこのカトマンドゥこそはマハーニルヴァーナタントラの現実化している街であり、タントラを通して仏教とヒンドゥ教とが混合している希有な街だったのである。ニューロードの終わる地点から始まる寺院の群れとバザールの一角は、変わってしまったと歎かれているとは言え、まだ明らかに私の胸の内にあったカトマンドゥの街のイメージそのものであり、そこにあるのは、すべてのバザールの喧噪と人々の群れとがそのままそっくり寺々の内に含まれている姿であった。

カトマンドゥ盆地は雲の美しい土地である。高度が一三〇〇メートルもあるせいもあるが、何よりもヒマラヤ、インドヒマラヤではなくて、本当のヒマラヤであるネパールヒマラヤの空の青さがそのままひろがっており、その空を雲は一日中様々な姿を見せながら、一日という大きな物語をしているもののようにゆっくりと確実に流れてゆくのである。夕方になると雲はピンク色や紫色に染まり、空はうすい青緑色になって、そのやわらかな色彩の調和は、これこそ私が求めていたネパールの平和の姿なのだということを見せてくれるのである。私達がカトマンドゥ入りした日にも自然は二つの大きな虹をもって迎えてくれたが、きのうの夕方もまた淡いあじさいの花のような色の色彩に沈んだ空の中に大きな美しい虹がたったのだった。

この街で私は平和を学ぶことが出来るだろう。何故この街がこうも平和でやさしさにみちているのかを勉強することが出来るだろう。

何年ぶりかで会う増永上人は、かつて私達がガンジャと呼んでいたその人であることに変わりはないが、今では友達である以上に僧であり、お上人と呼ぶことの出来る人であり、しかもなおやはりなつかしく嬉しい友人でもあった。きのう今日とわずかの触れ合いでしかないが、二度も三度もホテルまで足を運んでもらい、今日はまた朝の内に迎えにまできてくれて、私達は何の困難もなくあっと言うまにこの日本山の逗留者となったのであった。思えばマナリの最後の夜に風景が一八〇度に展けて見晴かされた時に、ネパールでは増永上人が私達を待っている姿がビシッと仏像のような堅固さで決められて見えた。それはやはり仏法の姿であった。増永上人は、もう何年も前にいっしょにL.S.D.をとり、高尾山の山の中を歩きまわりながら、必ずネパールに呼ぶからと言った人であり、ネパールの涙の流れ落ちる平和について初めて私に言葉で語ってくれたのもやはり彼であった。約束は遂行され、今、彼は僧となってこのパタンの土地に一寺を預かる身となっている。私は時にはシヴァに祈り、時には観音に祈るその祈りを、この日本山の仏法に対しても同じように献げるものであり、その限りにおいて一人の信者としてここにいる間は一生懸命お上人の仏事を助け、また自らの南無妙法蓮華経の旅を深めてゆくつもりである。

時はまさに今である。時は今をとおしてこそ具現するのであって、神が現実をとおして具現することと何らの変わりはない。この国の平和はめぐみである。そのめぐみの中で仏法のおつとめが出来ることはひとつの限りない喜びである。それはすでに明らかなようにお上人の仏法の中にある喜びの確信のおかげであり、彼がそのような不動の信仰者の場に至った人であることを物語っている。喜びが不動の信仰から来るのか、不動の信仰が喜びからくるのかは明らかではないが、いずれにしても信仰と喜びとがひとつになっている人は、すでに無限の力を持っているのである。パタンのこのお寺の周囲の子供達はお上人を見れば皆手を合わせて南無妙法蓮華経と唱える。大人の人達も手を合わせて見送る。手を合わせることはネパールにあっても人々の習慣ではあるけれども、その合わされる両手は明らかに、南無妙法蓮華経に合わされる手なのであり、そのことが彼の行の真剣さと深さとの結果から成るやさしい調和となって表わされているのである。私もインドを旅したおかげやお上人のやさしさやその他のすべての因縁のめぐりの中で、今では何のこだわりもなく南無妙法蓮華経を不動の生きたマントラ、お題目として唱えることが出来る。日本山妙法寺が真理の具現であり、不動の仏法であることは今でも言を待たないからである。まして私の親しい友達の内三人までがこの仏法において僧となり、サンガの生活を営んでいることを思えば、自己の出来る限りをもってこの仏事を営んでゆくことに身の内からわきあがる喜びを感じるのである。ネパールの旅のはじまりが、このようなやさしさと平和にみちたお寺において始まったことを私は心から感謝し、それと同時に、自己の内に眠る仏法の眼をしっかりと見開かせることにつとめなくてはならぬ。

すべては眼が物語っている。ラジギールの成松上人もそうであったが、ここの増永上人もその眼を一目見れば、彼がすでに信仰という彼岸に至った人であることが判る。それは師匠《グル》を持つ人の幸せと苦しみの眼であり、大局において師を信じきることの出来た人のみが持つぎろっとした光を放つ眼なのである。その眼に出会えることが出来るのは私にとっては無上の喜びである。

六月十五日（土）

きのうはヨーロッパ、アフリカをまわってインド、ネパールの旅に入っていた今井さんという人の送別会ということで、カトマンドゥ滞在中の多くの日本人がここのお寺に集まり、タケノコ飯（シイタケ入り）というめずらしい食事をもって祝われた。色々な種類の人達が南無妙法蓮華経のお題目の内に集まり、或る者は吸い、ギターを弾き、チャンまであって、終始緊張した中にもなごやかな雰囲気をもって行なわれた。こうも多くの日本人が一堂に会していると、もうネパールとかカトマンドゥという特殊性はなくなって、ただひたすらに食べ語るという古い日本にもあった様式の送別会となった。

私はお題目を唱えることに精を出し、目下のところは他のことは殆ど何も考えないでいる。お上人の言うがままに行動をとり、僧というものの力強さ、苦しさ、そして楽しさもまた学ばさせてもらっている。増永上人の言葉によれば、私にはしっかりした信仰の柱が必要であり、その柱とはとりも直さず南無妙法蓮華経以外にはないということであるが、お上人がそのように言う時、私は少しも腹が立たず、確かに信仰の太い柱が必要であり、旅はただそのためにだけなされているのであることを知るが、その柱が南無妙法蓮華経一本にしぼられることはあり得ないのである。

お前は一体何をしているのか、と身の決まりのついている人は私をなじる。私は貧乏で社会的地位もない裸の真理の徒である。南無妙法蓮華経は真理であることを私はますます深く感じるが、同時に南無妙法蓮華経のみが真理ではないこともますます強く感じる。この引き裂かれた気持ちの中でもこうしてこのお寺に滞在していられるのは、やはり増永上人個人への愛があるからである。増永上人に僧としての仕事があるように私にも詩人としての仕事がある。それは僧から僧の生き方を学ぶことである。私はもちろん僧ではないが、僧の如くに生きてゆきたいという気持ちは充分にある。古いテーマである僧に非ず俗に非ず、という私にとっての真理が、やはりこうしてお寺の生活をしながら実現されてゆくのである。

六月十六日（日）

夜の雨で空の汚れが去り、今朝はくっきりとヒマラヤ連峰の姿を拝することができた。多分あれがエヴェレストであろうと思われる山も雪山のはるかな奥にちょっとだけ頂《いただき》を見せてくれた。ここのお寺では朝供養と言って太鼓を打ちながらお題目を唱え、五時から約一時間、頭陀袋を肩にかけてパタンの街の仏教寺院を礼拝してまわることをしている。パタンの街の人々はお上人が言うように信仰心の厚いことは格別で、お上人を先頭に私達が歩いてゆくと、ある人は礼拝をもって、ある人はお米をもって、又ある人はパイサ銭や甘いお菓子で、その頭陀袋を満たしてくれるのである。いわゆる乞食《こつじき》の行である。乞食であると同時に街中に太鼓とお題目の音をとどろかせて供養して歩くわけであるから、朝供養と呼んでいるのである。僧は人々を供養し、人々はその供養にお米やお金による供養をもって答えるという点にその特徴がある。ネパールの人々もやはり朝が早い。三時半ぐらいになるともうお参りの人が下の仏塔（小さなもの）の鐘を鳴らして礼拝している。お上人は四時におきて水場へゆき、体を洗って衣服の洗濯も済ませて帰ってき、五時には私達宿泊者を起こして朝の供養に連れて行くのである。日本山の修業が他山に比べてどのようにきびしいものであるか易しいものであるかは知らないが、少なくとも増永上人の場合は自己にきびしい点では他の誰にも負けないだろうと思えるほどで、腕には線香焼きの行によるやけどの大きな痕が残っており、体中のあちこちにはお灸のあとも残っていて、見るからに痛ましく、又たくましいものに見えるのである。明けたばかりの空の下を太鼓を打ちながら声を張ってお題目を唱えて歩くのはすがすがしい。

街の中心のお寺が多く集まっている地域あたりになると、手に供養のためのお米やパイサ銭や花をもった女の人達が多く見かけられる。礼拝から帰ってくる人もあれば、これから行く人もあり、特殊な信仰の雰囲気に花やいでいる。ヒンドゥ寺に行く人もあり、仏教寺に行く人もあり、もちろん男の人も居り、犬もニワトリもヒヨコもアヒルもたくさんいる。私達がそうした一角に入ってゆくと、何しろ太鼓とお題目という組み合わせであるからすぐに人々の耳目を魅き、この日本から来たという不可思議なお坊さんの一行はたちまち供養をする女の人達に取り巻かれるような塩梅なのである。

二人で行けば二人に、五人で行けば五人に、十人で行けば十人に、女の人達は大体等分にひとにぎりずつのお米を入れてくれる。多い人はお皿にいっぱいずつざざっと入れてくれるが、大体の人は小さなさかずきほどの入れ物に米をすくってそれを入れてくれる。私達は太鼓を打つ手を休めずお題目もやすめずに、片手合掌又はお辞儀をもってそれに答えるのである。パタンの街は寺町と言われるほどお寺が多く、仏教もネパールでは一番盛んな土地と言われているくらいだから、私達が礼拝してまわるお寺はいくつでもあり、そのひとつひとつのお寺に参拝する人々は満ちているのである。一時間もまわれば頭陀袋はずっしりと重くなり、多い時で一人当たり二升から三升、少ない時でも一升の米が集まってくるのである。その他に十個か二十個の五パイサ銭、野菜とか甘いお菓子の供養もまじっている。私は最初、乞食行というものはそのように簡単にものをもらえるわけではなく、ヒンドゥのサドゥがやっているように一分も二分も店の前に立ち止まり、手を差し出して待つようなものと思っていたのだが、ここパタンの街では少なくとも乞食行は殆ど乞食行ではなく、人々はお上人の一行がやってくるのを心待ちにして待っており、お上人は太鼓とお題目をもってその期待に答え、人々は礼拝しながら殆ど喜々としてお布施をするという、誠に信じられないような光景が現実にみられるのである。上人はこのことについて、六ヶ月間（このお寺に上人が来てから六ヶ月しかたっていない）同じ人が同じように供養してくれます、とだけしか語らないが、その短い説明の中に街の人々がむやみやたらと供養をするわけではなく、やはり心に泌みるというか胸に落ちた人々が信者としてお布施をしているのだということが判るのである。お布施をする人々の中には様々な人がいる。貧しい人もいれば、金持ちの人もある。貧しい人々はさかずき一杯のお米をそれこそ必死の思いで供養しているのであり、不思議なことにそういう人の気持ちは受けとる側にもびしびしと伝わり、自分達が食べる米がどういう性質のお米であるかを思い知らされるのである。金持ちの人たちはたくさんの米をくれる。毎朝のことであり、又一行の人数も多い時には十人にもなるので、金持ちといえどもやはり遊びでめぐんでくれるほど呑気なお米ではない。それはまちがいなくこのネパールというか、パタンの街の古い信仰の伝統がそのまま生きている証拠なのである。同じネパールでもカトマンドゥの街ではもうそのようなお互いの供養の姿は見られない。人々はそのようにして僧を養い、自分を養う伝統を捨ててしまったのである。

朝供養も今日で三日目で私も少しはそれがどんなものであるかが判ってきて、人からそのように供養を受け、又人々をそのように供養してゆく僧というものの存在に、恐ろしいような力を感じるのである。上人はカトマンドゥ、パタンというこの地域の一ヶ所にでも平和でない所があれば、自分の体が痛むほどにこの街と取り組んでいると言っていたが、それは空想ではなくて、現実にそのように展開されてくるのである。僧の一日は行の連続である。ただの一分間も息をぬくひまはないのである。このインド、ネパールというきびしい信仰のあふれている土地に、日本山という新しい一派の流れを流しこんだ力というものは、ただひたすら行をつくし、その行を南無妙法蓮華経とすること以外からは生まれてこない。サドゥにはサドゥの、寺院僧には寺院僧のきびしさがあるが、日本山の人々が体を焼き、骨をけずって行なうこの南無妙法蓮華経の行は、私の見る限り他に類をみない独自のものである。その独自さが信者をつかみ、いったん信者となった人々は、僧のやさしさときびしさの双方を本当に心から礼拝することが出来るのである。私に人々を供養する力はない。私はただ南無妙法蓮華経と唱えるだけである。しかし、お上人は人々を供養するだけの力を持っている。それは南無妙法蓮華経の力である。

私はこのような僧のあり方を肯《よ》しとする。僧とは行によって僧なのであり、行のない僧はもはや僧でもなんでもなく、ただの無駄飯食いの徒と同じなのである。

ネパール人の瞳には、インド人のような傲慢な自尊の輝きはない。ネパール人の眼はうつむき加減に静かに光っている。私はその眼の光が好きである。それはやはりヒンドゥ教徒の眼ではなく仏教徒の眼であり、インドアーリアンの眼ではなくモンゴリアンの血がまじっている人々の眼である。ある人はそのような光のままに高貴さに達し、ある人々は悲しみと苦しみをたたえ、ある人々はなつかしい愛のひらめきを見せ、ある人々の眼には探るような疑惑の光もある。しかし全体としては、ネパールの人達は静かに沈んだきらりと細く光る眼をもっている。私はその眼が好きである。その眼は人に決して害を与えないという平和を保証している眼である。

ラジギールの加藤上人、成松上人あてに手紙を書く。

六月二十日（木）

ポカラの山の上に新しいシャンティストゥパを建てている森岡上人という人がやってきて、様々な建築材料のかき集めに走りまわり、今日の朝帰って行った。三十歳前後のまだ若い上人であるが、一人でポカラの山をきりまわし、ここの増永上人と協力して仏舎利塔建立という大きな事業に取り組んでいるのである。信仰の道の上のこととは言え、日に四、五時間しか睡眠をとらず、常に気持ちを南無妙法蓮華経に集中して動きまわっている姿には、知らず知らずの内に感動させられるものがあり、いつしか私も朝の五時起きに始まる一日の行程が楽しいとさえ言えるものになってきた。きのう増永上人より仏舎利《ぶっしゃり》三粒を見せていただく。米つぶほどの大きさで半透明に白く光る舎利は宝石のようでありながら、宝石よりもはるかに尊く、言わば心の精髄の結晶とも言うべきものであり、ああ私達の旅もとうとう御仏舎利を拝するところまできたのかと、胸をつまらせながら拝したことであった。その舎利は今度建てられるポカラの仏舎利塔にうずめられる予定のもので、森岡上人が自分の体と共に常に運び歩いているものだったのである。南無妙法蓮華経とただひたすらに唱えながら、インド、ネパール、アメリカにまでも次々に立派な仏舎利塔を建立してゆく日本山妙法寺の人々の姿には言い知れぬ感動を覚えるだけでなく、ここパタンの地で日々信仰深いネパールの人々の供養を受けて、一日中それこそ息を抜くひまもないほど緊張して暮らしていると、お寺の生活というものがやはり心にとっては理想の生活であり、行をすればするほど心は清らかになり、目は見開かれ、耳はより言葉を聞くようになることが判るのである。小さな子供をまじえてのお寺での生活は少しも楽なものではないが、それどころかラーマは咳を出し、太郎は食欲を失い、次郎は下痢と欲求不満とで悪いいたずらばかりしていらいらしているが、そういうことがすべて表面の出来事であり、ラーマは甘えない道をさぐり、太郎は敬語を使うことを覚え、次郎は耐えることを学ばされているのである。大人も子供も智慧という観点、完全な智慧の彼岸という観点からすれば全く同じことで、行は大人にも子供にも全く同じように課され、生きているのである。

日本山妙法寺は、藤井日達上人の口から洩れ出る生きた仏の言葉にも似た南無妙法蓮華経のお題目にそのすべての源を発し、弟子であり、僧である人々と、信者さん達とから成るひとつの特殊なサンガであるが、私のような旅のものでもこうして受け入れてもらうことができ、何も判らぬままに日々南無妙法蓮華経と唱えていると、次第次第に、そのお題目を唱えることが、どんなに生活を豊かにつつましくし、謙譲の美徳と、仕事をすることと、相互に尊敬し合うこととを教え示してくれるのである。それは私にとっては殆ど一宗一派の教えではなくて普遍の教えであるかとさえも思われてきはじめたが、そしてそれはつまり、私が日本山の信者さんになることであり、お太鼓を戴くことを意味するわけだが、私に示されている真理はやはりそのことを拒み、一宗一派の徒ではなくて、真理の徒であれと切なく命じるのである。

実際、私にとっては南無妙法蓮華経を戴けば心が安らかになり、生活は安定し、向上するということがはっきりと眼に見えている。ひと思いにその入口から入ってしまおうかとさえ思われるけども、私の内なる詩という真実がヒンドゥの神々の名を呼び、またチベットの観音の名を呼び、日本の神々、諸仏菩薩の御名を呼んでやまないのである。日本山という観点からすればそれらはすべてマーヤーであり、二級三級の教えにすぎないことになるが、まさにこの一点において日本山がやはり他宗を折伏してゆく日蓮宗の正当なる伝統の上に立っていることを感じ、それはちがう、と言わざるを得ないのである。しかしながら他の日蓮諸派に比べれば、日本山の他宗攻撃ということは殆どないのも同じとも言えるほどで、少なくとも、こうしてお寺で生活している限りは、自分が一宗一派の寺にあるという感じは少しもなく、ただ示される真理の声のままに動かされているという誇りと安心を持つことが出来るのである。

きのうは増永上人とカトマンドゥの信者さんの家に立ち寄り、ネパールではめずらしい詩人でありエッセイストでもあるという主人に会い、昼飯の御馳走になったが、米飯とサブジーとダルスープだけという簡単な食事にもかかわらず、殆ど底が知れないほどのおいしさを秘めており、腹一杯食べたあとでも外へ出て見れば何処に入ったのかと思われるような感じであった。どうやら雨季が始まったようで、この二、三日、朝のヒマラヤも見えず、日中も夜も常に雨の気配が感じられるが、きのうも殆ど一日雨が降り、一〇〇年以上もたっているという、古いネパール式の煉瓦造りの家の三階の窓から食事が出来るのを待ちながら、降りしきる静かな雨を眺めていると、いつしか自分というものを構成している根本要素である時と場所の感覚を失って、人がネパール時間と呼ぶ、延々とした静かな平和の内に巻きこまれてゆくのだった。その家の主人から、つい二週間ほど前にインドが原爆の実験をしたことを知らされ、それは世界で六番目の国であることも知らされた。彼はまたカトマンドゥヴァレイが東京都の広さとあまり変わらず少しだけ小さいくらいであることを取りあげて、自分の考えでは二十五年から五十年以内にこのカトマンドゥ盆地全体が東京のような人口を持つ大都市にふくれあがるのではないかという予感がするということを、悲しそうな調子で語っていた。

増永上人は、とにかく我々はネパール人を知らなければならない、ということを二、三度強調したが、私ももちろんそれに同じで、こうして日本人ばかりがいる寺に住み、日本的な食事をして暮らしていると、自分がネパールという国にいることさえも、ともすると忘れてしまうことを反省させられるのである。しかし今は、やっとこの国にたどりついて、この国のヴィザをもらう段階なのである。

六月二十二日（土）

ヴィザはまだもらえず、そろそろ日蓮宗の味が出てきたこのお寺で、私はハイデッガーの『ヒューマニズムについて』という本を見つけ、暇を見てはぼつりぼつりと読み進んでいる。ネパールまでやってきてハイデッガーに出会うとは思わなかったが、久し振りで出会うドイツ（西欧）哲学者の、現存在、明在、世界内存在、実存、というような概念の群れが少しも陳腐なものではなく、むしろ西欧合理性の究極の上に咲いた詩的な言葉の群れとして映るのがうれしい（不思議でもある）。他の人はいざ知らず、少なくとも私は西欧合理主義を否定するものとしてあるのではなく、それを越える道を歩いているのであって、越えてゆくためには必要以上の否定を加えることもあるけれども、それは東洋をもって西洋を圧しつくそうというような単純な作用ではないのである。日本山のお寺に住み、お上人の言葉を通して様々なプラニングなどを聞いているが、その内のひとつにブッダの誕生の地であるルンビニに日本山妙法寺の仏舎利塔を建てるということがある。そのこと自体は大変に結構なことであるが、ルンビニに仏舎利塔が建ち、そこに日本山妙法寺という額がかけられる姿を想像すると、私としてはやはり胸に落ちないものがあり、同じ建てるものであれば、日本山が建てようと何処が建てようとかまわないけれども、額はとりはずし、ブッダガヤにあるものと同じようにただ日本寺乃至は日本寺仏舎利塔と称すべきものであると思う。日蓮宗が根本において他宗を排撃する独裁宗派である以上、その中の又一派である日本山が日本の全仏教を代表するかの如き行動をとるということはやはり困るという気持ちがするのである。そういうことではなくてただ単にルンビニへの愛から仏舎利塔を建てるということであれば、それは個人がルンビニへの愛からルンビニを訪れて礼拝することと同じで、私としては大変に結構なことだと思うけれども、どうも単にそういうことではない、日本山独裁の匂いが話のふしぶしからうかがえるのである。おつとめの後に時には法華経の一節、特に如来寿量品第十六を読んだりするが、時には日蓮上人の遺文を唱読することがある。今日はたまたまその内のひとつで、日蓮が念仏宗、禅宗、特に真言宗を排撃して、それらに従う僧の首を打ち落とし由比ヶ浜に並べるのでなければ日本は救われない、と述べている文を唱読し、私はすっかり厭気がさすと共に、ラジギールの時と同じように風邪をくわえこんでしまった。

しかし、それは日蓮宗独自ののっぴきならぬ信仰のもとでであり必然であることが理解できる故に、その宗派に従う人を非難することはできないが、自分としてはますますこの派の信者として生きることは出来ないことを確かめるのである。

日本山の旅はこれで二度目であるが、ほぼ同じである。

剛鉄のような信仰を持った僧を持ち、その励しい修業精進には心からの敬意を献げるけども、他宗を排撃し、ただひとすじに日蓮の血脈を貫く宗皇制をとる点では、どうも賛成しかねるところがあるのである。

スワヤンブナート

六月二十九日（土）

三日ほど前からスワヤンブーへ移ってきている。何年も前から話にききハシッシュ吸いのメッカとして一度は住まねばならぬと思っていた所である。山の上にはスワヤンブナート寺院、一名眼玉寺ともモンキーテンプルとも呼ばれる主ブッダをまつった立派な寺（ストゥパ）があり、ネパール仏教徒の聖地のひとつである。山上にはチベット寺もあり、何処にあっても変わらない大波のような小波のような間合いをとった鐘や太鼓の合奏による礼拝がいつ行っても聞くことができる。この近辺にもチベット人はたくさん住み、朝の四時になるともう山の周囲の一周二キロから三キロはあると思われる道を、数珠くりながら歩きまわっている。山の西側にはほんのちょっとしたバザールがあり、大体五十人ぐらいはいるだろうと思われる外国人が、部屋を借りるか家を借りるかして住みついている。もう一年以上もここに住んでいるという田口さんという日本人もいる。道を歩いていると子供が手製のハシッシュを一ルピーとか五十パイサで売りにくる。山上の美術工芸品売店でもガンジャやハシッシュは殆ど公然と売られている。禁止法がしかれる前のことは知らないけども、禁止法がしかれたあとでも実情は殆ど変わっていないように思われる。殆どの外国人はこのハシッシュ、ガンジャを愛用しているようで、スワヤンブナート寺院はハシッシュの煙に煙っているような感じがあるが、早朝などに山に登り、詣《もう》でてみると、そこには信仰深いネパールの女の人や男の人が、米をまき散らしながら礼拝している姿が見られ、ハシッシュ吸いの世界とは何の関係もない世界がそこに存在していることが知られる。

私達はバザールから一キロほど離れた小さな丘のふもとの樹木の多い場所に部屋を借り、階下の一部屋は食事及び子供達の眠る部屋、二階の一部屋は私の勉強部屋及び眠る部屋という具合に分けてみることにした。自分達のためにではなく我々のような旅行者のために建てられたこの家には三組の外国人達が他に住んでおり、家主の六人の子持ちのシャンカジという人もやはり同じ家に住んでいる。カトマンドゥ市内では考えることもできないような美しい泉がすぐ近く、といっても五分ぐらい歩いた所にあり、いつでも体を洗いに行くことができるのが、この場所の最大の恵みである。泉に中心をおいてそこからなるべく近い所ということが、部屋を借りる時のポイントだったのだが、泉に近く、電灯もきているここの家が自然に決まり、まず一ヶ月はここに落ちついてみようと思っているところである。

部屋を決めるについては仲々興味深い旅があり、全部で七ヶ所の候補地があった。そのひとつはお寺の境内のブッダの眼玉を眼前にする位置にあるものだったが、部屋が小さく、又バザールまでの登り下りに順子の体力がもたないということで駄目になった。私がひとりもので一人旅をしているのだったら、又そうでないとしても順子が妊娠六ヶ月という体でなかったら、あそこの部屋は即決されるべき性質の場所であった。次にはやはり同じ土産物屋のマードゥの案内でみせてもらった三階建ての一戸建ての家で、まだ出来上がったばかりで土が宝石のようにきらきら光っている美しい家だったが、水場が遠いということと、あまりにもネパールの世界の只中できゅうくつそうということでだめになった。次は石谷さんと一緒に探したもので、まずパイショップの二階の部屋、バザールの真ん中にあり、夜中まで営業しているパイショップ（ヒッピー達はハシッシュを吸っては甘いものが欲しくなってこのパイショップに集まり、今カトマンドゥ市内ではこのパイショップなるものが大いに繁盛している）の二階はどうもひどすぎるということで駄目、次にバザールをはずれてかなり行き、スワヤンブーから次の部落へ移る間ぐらいにある畑の中のいかにもネパール人らしい人達が貸している煉瓦と土と家、この家は私はかなり気に入って殆ど入ろうと決めたぐらいだったが、部屋が小さいのと電灯が来ていないのとで駄目になった。次には泉のすぐ側の家で道路に面してはいるが眼前はぐーんと開け、晴れた日はヒマラヤも望まれる位置にあり、他に外国人の同居もなく、電灯もなく、ここも悪くはなかったが、三ヶ月分の部屋代を前払いしてくれという条件のために駄目になった。次には又バザール方面へ戻って、以前にナーガ*達も住み増永上人も住んだことがあるというスワヤンブーのいわば高級住宅街にして、ハシッシュ吸いのメッカである小山の頂上にある庭つきのしゃれた家。その家は値段が少々高いのと部屋の天井が低いのとでだめになった。そんな風にして何軒かまわったあとに決めたこの家はその中で最も良いというわけでは決してなく、たまたまタイミングが合ってしまって決まったようなものだったが、泉に近く、便所がしっかりしており、一階に部屋があり、水場もそう遠くないという点において、格別に悪い所に入ってしまったわけでもない。只入ってみると私の部屋である二階からは目下建築中の二軒の家の工事現場がすぐ眼の下に見下ろされ、太い電線が二本走り、前の部屋の連中はロックが好きで時々カセットテープのロックを流し、貸し主のシャンカジはネパール人という感じよりはインドの商売人という感じの方が強く、合理的ではあるが情緒という点では大変に欠けた家を選んだことになったのである。どうゆうものか今度の旅でインドから通じて目下建築中という家に住んだり、そのすぐ側に住んだりすることが多く、それは静かさという点においてどうしても欠けており、偶然とは思えないので私達の旅の性質がどうもそういう質をもっているのではないかと気にかかってくるほどなのである。

それはともかく、こんな風にして住む所も決まり、ネパールにおける旅が始まった。ヴィザの方は二十三日に六ヶ月間のものが一発でもらえ、短期間しかもらえない人々が多い中では異例の長期滞在許可が降りたわけである。その間、日本山では風邪が悪化すると共にスワヤンブーに部屋探しに来た日の夜から完全に風土病を思わせる下痢に襲われて、体力、気力ともに低下の一方をたどり、二十六日にまず順子と子供達を、次の日に私も寺にいても寝ているだけで何の役にも立たないので、

*――ナーガ（長沢哲夫）「部族」のメンバー。六八年から六九年に、インド・ネパールを放浪。七二年、トカラ列島の諏訪之瀬島に移住。時間の経過と共に、「ガジュマルの夢族」「バンヤン・アシュラム」と名乗った「部族」としての共同性は消えていくが、漁に出、詩を書く暮らしを続けている。

こちらに引っ越して静養することにしたわけである。お上人は七月一日よりの断食を共にしたい意向のようであったが、私としてはそういう気持ちにはなれず、又の機会にということにして、昔のガンジャへの友情から訪れた日本山への旅を終わることにした。日本山は二度とも、一度はマモへの友情からそして今度はガンジャへの友情から訪問し、訪問したからには友人としてではなく寺を訪れる旅人として扱われ、又こちらもそれを自分の旅として受け入れるところに本当の友情の情があると思って行をともにしたが、結局終わりには風邪をくわえこみ、日本山というひとつのドグマの毒気のようなものばかりを感じる身となって引きあげることになるのは如何にも残念なことである。しかししばらく時が経つとその毒気もうすらぎ、その行がやはり行としてまっとうなものであり、ドグマであることはたしかであるが、まっとうなドグマであることもうなずかれて、善いサンガ、厳しい仏法の門としての光を失うことはないのである。しかし、私としてはもうマモをマモと呼ぶことはなく、ガンジャをガンジャと呼ぶこともなく、加藤上人、増永上人と呼ぶ以外にはないことを思い、胸に出家の淋しさを一抹かみしめていることはたしかである。しかしながら又、僧になったものは私以上に淋しい筈である。わけても日本山の僧には行以外に友はなく、行以外に喜びもない。息絶えるその時まで、行また行の法華行者の道を歩むのである。うちわ太鼓が打ち破られる時はあっても、南無妙法蓮華経の声がやむことはないのである。南無妙法蓮華経に全幅の信仰のない身からすれば、それはあたかも南無妙法蓮華経という終身刑のような感じを受けるけども、信仰を受け入れた人からすれば、南無妙法蓮華経こそはまさに宝の山なのであり、わけ入ってもわけ入っても宝の山ばかりなりということになるのであろうか。

いずれにしても日本山ともまたこれでお別れである。わずか二週間そこそこだったが、朝修行は実に楽しいものであり、勉強させられるものであり、さらに恐ろしいものであった。供養したりされたりするということが、ただ信仰を通じてのみなされうるものであるという、根本的な僧と俗との関係をはっきりと体験させられたことであった。私は決してあのような行を自己の責任において、それが師の御名のもとに、法の御名のもとになされるものであるとは言え、為すことは出来ない。わけてもはるかに自分が食べる分以上の米の供養を受け、その米を例えばポカラのお寺の台所をまかなう援助にするというような芸当をすることは出来ない。それは考えてみれば、私が例えば一冊の本でたくさんのお金をかせぎ、そのお金を諏訪之瀬に援助するということと全く同じことなのであるが、信仰のない身には、それが供養し、供養されるという関係から生じることを思うと空恐ろしくなるばかりである。だが少なくともパタンの街にあっては、その空恐ろしいような関係が事実として存在し、人々は明らかに俗人であると判っている私達旅行者を従えた只一人の僧であるお上人を信じて、五人で出れば五人に、十人で出れば十人に同じようにお米やお金を供養してくれ、それも義理でも人情でもなく、ただ仏法への信仰という押え難い熱情からそのようにするのである。供養する人の顔は全部とは言えないとしても多くは喜びと確信にみちており、頭陀袋に次第にたまってくるお米の重量は、その喜びその信仰の重量とまったく等しいものなのである。

六月三十日（日）

パタンの信仰深い人々に出会えたことは、まったくもって法華経の功徳である。今でもあの朝供

養の静かな力のみなぎったひとときを思い出すと、まるで夢の中の出来事のような気がする。私は増永上人についてゆくだけであるから最初の内は自分としては何の責任もないものとして、ただ有難くていねいにお辞儀をして戴いていたが、その内に次第に私にもやはり私としての責任と為さねばならぬことがあるのを知り、供養をしてくれる人の胸の内に蓮華座の上なる仏を瞑想することを始めた。供養をしてくれる人々はすでに仏の心に深く入りこみ、私などがそのような供養をするまでもないことであったかも知れないが、相手の胸に仏を描き、その仏に向かって南無妙法蓮華経と声を張りあげることは、相手にとっても私にとっても喜ばしいことであると思われた。

七月二日（火）

おととい不意に成松上人の訪問を受ける。やはりヴィザの件がうまく行ってないようで、御師様（藤井日達上人）のお誕生会や奥多摩の宝塔の落慶供養もかねてひとまず日本へ帰ることにするのだそうである。ラジギールのヤシ砂糖のお土産を受ける。あのなつかしい善い声に再び接することは喜びであり、とりとめもなく話をかわしている内に何度か有難く胸がつまりそうになるのであった。日常の何でもない会話をかわしながらそのような感動をもたらしてくれることこそ、現前する観世音の慈悲であることを感じ、有難いと思う心はつのるばかりであった。別れ際に「合掌することはすばらしいが、握手はいけない、手を強く握ったり弱く握ったりする握手はよろしくありません」と言われ、私は「これはまたきびしいことをおっしゃいます」と受けて挨拶をした。

石谷さんと笹森さんの二人を引きつれて帰ってゆく後ろ姿を私はいつまでも見送り、見送りながらこの人がまさに仏の現われであることを知るのだった。増永上人はダイナミックな力を持っているが、成松上人はバクティ、慈悲と呼ばれる透明な金色の世界を持っておられる。礼拝の世界にも友情はあると私は思っている。成松上人に私は礼拝を惜しまないが、その礼拝は礼拝でありながら友情がある。観世音を礼拝しながらもうあまり長く礼拝してきた故に、その観世音は我が友と呼ばれるようなものである。

成松上人に会った興奮で私の体調は再び下落し、きのう一日は一歩も外へ出ず、雨がしとしと降っていたせいもあるが、手紙を書いたり寝ころがって過ごす有様だった。成松上人のお土産はその他にマモの所へ送られてあった「オーム」九号一冊、及び加藤上人よりの手紙であった。加藤上人は目下ひとりで霊山上にあり、朝の四時頃から夕方七時頃まであの大太鼓を打ちつづけお題目をとなえているそうである。五〇度になろうというラジギールの夏も南無妙法蓮華経の不可思議力の前にはもろいようである。加藤上人はようやく食欲等の問題も解決されて、インドに土着できそうだという法の喜びを伝えてきており、「菩薩道が無上道であるという伝統の教えが人間の宗教として最も尊く深遠であると考えるのが私は好きです」と、はっきりと菩薩道を歩むものとしての自覚が生まれたことを告げて来ている。これも有難いことである。日本山のお坊さん方はどうして皆んなこんなに有難いのかと、それなのに何故私は日本山の信者となる意志を持たぬのかと不思議になるが、有難いという事実と、その有難さに身を預けて他のすべての宗派の有難さを棄てることとは雲泥の相違があるのである。ただ言えることは、日本山のお坊さん方が我々の歩んでいるこの真理の道において同じ道を歩いているのみならず、僧としてまさに天下に無比の力と深さを持っておられるということである。

かつて部族と呼んだ集まりは今はなく、国分寺や宮崎や諏訪之瀬の仲間達はそれぞれにただ手探りに道を歩む他はなくなっているが、少なくとも日本山は我らと同じ道を歩むものの集まりであり、時に応じてお坊さん方に会い、又、法堂で太鼓を打ちお題目をあげる行にはげむことを必ず許して下さるだろうと思うのである。

ネパールに入って以来、旅はずっと南無妙法蓮華経の旅のようである。朝夕にこのスワヤンブナートのブッダとターラー観音とにお祈りをするけども、肉体も意識も日本山の影響力の下にあり、それは私にとって確かな手応えのある信仰の響きなのである。かたわらにパタンという信仰深い僧と人々の住む街をおき、かたわらにスワヤンブナートをおき、真ん中にカトマンドゥ市をおいてこれから私の旅が動いてゆくのであるから、これはまずまず絶好のシチュエイションにあると言わねばならぬ。思えば遠く来たものである。愛と真剣さがドグマを克服して日本山は私の友となりつつある。この友は成松上人が言われたように握手する友ではなく礼拝する友なのである。

送られて来た「オーム」九号はヤマハ問題を特集しており、私には興味のうすいものであった。「オーム」という機関誌が出るからにはその母体になる集まりが存在しており、それは具体的には国分寺を中心に集まっている東京の人達、ヨットを中心に集まっている宮崎の人達、そして諏訪之瀬島であるが、何ヶ月かに一回出す雑誌の主題が反ヤマハ、ヤマハボイコット、諏訪之瀬島を救え！ という一連のスローガンであるということは、私達の姿勢が積極的進取的なものから、防衛的、反対派的姿勢に変わってしまったことを示している。信仰の欠如である。

かつて部族と呼ばれていたものを建て直すとしたら今しかなく、そうでなければじり貧になってやがて自然消滅する運命にあるのだろうが、このネパールにおいて私が取るべき立場はいったいどのようなものであろうか。簡単に言えば、部族は自然消滅した方が善いのだろうか、それとも形を変え、姿を変えてもやはりひとつの集まりとして生きつづけていった方が善いのだろうか。

あるべきものは存続し、不必要なものは消滅してゆくだろう。だからそれは私が人為的に思いわずらうべき問題ではない。ただヤマハ問題がどうのこうのという形でのみしか問題をとりあげることの出来ない貧しい感情集団には私はもう縁を持ちたくない。繰り返し繰り返しの岸辺を洗うエゴの波である。又もや甘ったれの我まま集団である。世間をさわがす道楽息子の遊びである。何かに対する反の感情によって結束したり、熱情をもりあげることは私はもういやである。何かに対する讃の感情によって集まることを私は希む。僧のサンガ、アシュラムとはもともとそうしたものであったし、今もそうなのである。だが諏訪之瀬を讃美して止まないあの一連の人々のムードというものも私は嫌いである。それは日本山が究極においては日蓮宗であってドグマである点と非常によく似ている。私は日本山の信者となれないのと同じく、諏訪之瀬の信者にもなれないのである。信者という言葉を使うならば、何度も何度も確かめてきたように、私はダルマの信仰者、アートマンより啓示されるダルマの信仰者に他ならない。

そういうわけで私は古い遊びにはもうさようならをしよう。「オーム」誌を自分の雑誌であるという考えもやめよう。「オーム」誌はあたかも私の雑誌であるかの如き外観をみせているが、私はその外観をかなぐりすてよう。ただ出会いだけを信じてそれを大切にしよう。礼拝と友情、それが現在の私の問題である。「オーム」誌には礼拝も友情もない。かろうじて叉丹《サタン》が交友について語っているにすぎない。あとはすべて古い遊びの残骸である。

現在、私の健康状態は大変に悪いように思われる。こうして文章を少々書きつらねるとぐったり疲れて眠ってしまう。眼が覚めてまた体にむち打ちながら文章に取りかかるという有様である。何かを為さなければ……、ただ眠っているわけにはゆかない。その何かが書くという行為なのである。

ハイデッガーの『ヒューマニズムについて』という書物を充実した気持ちで読み終わることが出来た。「存在の明るみ」「明在」という言葉をもって存在の真理に迫る彼の視界には、私達がアートマンと呼ぶものと同じ視界が開けているのであって、それはやがて故郷喪失存在というような詩的な響きを持つ存在規定につながり、私達が依然として故郷へ帰ってゆかねばならぬ存在であることを想いおこさせるのである。アートマンこそは私の存在の故郷である。

不思議というか面白いのは、ここネパールまでやって来て名高いドイツ哲学の巨匠の書物に出会ったということと同時に、その書物が充実したものとして感じられるということである。それは一方ではここまでやってきて日本山妙法寺なる日本の仏法に出会い、それを興味深く又有難いものとして受け取ったということとも対応している。一体この二つの出来事はネパール体験にとってどういう意味を持つものであろうか。ネパールはあまりにも貧しい故に与えるべき何物も持たず、ハイデッガーと日本山を与えたのみなのであろうか。そんなことは信じることが出来ない。むしろネパールという国の持つ宝があまりにも微妙でとらえ難いものである故に、私はまだその宝を見ることが出来ず、その入口で思案にまよっているのだろうと思われる。その手がかりは一体何処にあるのだろうか。体調は相変わらずすぐれず、一時間思考すると二時間は倒れるように眠るという状態がつづき、食欲は殆どなく、絶えず吐き気と全身の気だるさがつづいている今は、ネパールからの愛がやってこない限りはこの状態を脱け出ることは難しいとさえ思われるのである。私は勿論、胸いっぱいにこの国を愛してやってきた。それなのにネパールよ、あなたは私に吐き気と気だるさと下痢と風邪を与えてくれるだけなのか。愛の世界にそんな不合理なひどい仕打ちがあるのか。私は少々怒っている。本当に怒っている。雨季故に雨が降るのは仕方がない。まだ来てから日が浅いのだから体が馴れないのも仕方がない。だが長い間あれほど胸に愛を集めてやってきたものに、まるできのう今日思いたってやってきたものに対するように、下痢と吐き気をもって迎えるとは何事か。ネパールの存在の真理はまだきらりとも光ってくれないではないか。成程、私は今、ネパールの土の家に住むことが出来た。その土の家はまさに宝石のような輝きを放ち、私の心を深くなぐさめてくれた。しかしそのような他愛もないことのために私はこの国にやってきたのではない。ネパールへの私の愛はもっと深い所、もっと涙の光る所、存在の根源に迫る何物かを啓示するべき筈のものである。根源的な何物かが眼覚め、生きてゆく上に今までにはなかった新しい不滅の勇気となり、そこに帰ってゆきさえすれば、再び生きることが充実する不可思議なあるもの、〈ネパールの平和〉と私が仮に呼んでいる透明な金色の平和の世界への眼覚めが準備されて然るべきなのである。日本山もハイデッガーも恐らくはそのために必要な手続きだったのだろうが、こう毎日同じような気だるさばかりを投げ与えられると、腹が立ってくる。

ネパールよ、愛する国よ、どうぞまずこの体の調子を癒し、それからあなたの宝庫をさぐる旅に立たせて下さい。

七月四日（木）

日吉*さんから手紙が来る。ネパールで受け取る最初の手紙である。自己抑制したやさしい声が聞こえてくるようであった。〈旅をしている三省に手紙を書きます。元気ですか。……〉という風に始まる文章を読んでいると、有難いものは特別に日本山だけではないこともはっきりしてくる。

きのうカトマンドゥの街で買ってきたタンカ用の布を使って、マードゥの店で手に入れた観音のタンカを作っている。馴れぬ針仕事ゆえに仲々思うようにはゆかないが、きのうの夜から今日の午前にかけて熱中したせいでどうにか形だけは出来上がった。あとは布テープで外ワクを縫いつけ、スワヤンブナートから竹をとってきて巻きつければ出来上がりである。偶然手に入ったものであるが、見れば見るほど良い出来の観音様で、立派なタンカに仕上げた上はしっかりお祈りをあげねば申し訳ないものである。午後はある限りの力をふりしぼるような気持ちで、ラーマを連れて泉へ体を洗いに行った。雨でどろどろしてぬかるんだ道をぐずぐす言いつづけるラーマを歩かせながらやっとのことで泉につき、まず長く伸びたヒゲをそり、ラーマの頭と体を洗い、自分の体と頭を洗っ

*——日吉眞夫　六〇年安保闘争に深く関わる。三省の長篇詩「カラス」に感動し、三省を訪ねる。三省のインド・ネパールへの渡航費を支援。七五年、屋久島の一湊白川山へ家族と共に移住。八六年、屋久島発の季刊雑誌『生命の島』を創刊。二〇〇八年、逝去。

て、ふと北の空を見ると久し振りに虹が出ていた。カトマンドゥヴァレイの虹は色が鮮やかで幅が広いのが特徴である。私の体の中に一瞬生気が甦ったようだったが、帰り道にはまたぐったりとなってしまった。この体のだるさと喘息は気のせいなのだろうか。ゆうべも終わりには吐き出しそうになるほどに咳がつづいた。昼間は殆ど出ないのに夜中すぎになると一時間ぐらいとまらないのである。

ラーマをインド式に横抱きに抱いて泉への道を降りてゆくと、ネパールの土の家の土の縁側でお婆さんと子供達がじゃがいもを食べていた。ラーマが指さすのでふりかえって見るとお婆さんが小さなじゃがいもをひとつ手にのせてラーマの方へ向けているので引き返してゆき、ナマステと言ってもらった。するとお婆さんは私にも更に小さいのをひとつくれた。私は思わずお婆さんの眼に見入ったら、道手《どうで》（山口県長門市）のお婆ちゃんの眼にそっくりだった。私が帰ってゆくことが出来る自然は道手までだから、素朴な人々、なつかしい人々に出会うとすぐ道手を思い出すのかも知れないが、このスワヤンブナートをとりまく田園の感じは大体、私が幼年時代を過ごした道手の雰囲気に似ていると言って良い。電灯がある家もあればない家もあり、水道は何処の家にもなく、何やら世界の果てというか片隅という気分が支配的である。決して貧しくはないが、子供が尻を出していたり裸足で歩くことなどは当然のことである。

今、ここらは田植えの真っ盛りである。田を植えるのは女の人達である。日本と同じ苗代方式で、ただ植える際に方眼の田植器のようなものを使わず、目分量で植え込んでゆく点だけが、私の幼年の頃の道手とは異なっている。方眼に植えず、てきとうに方眼に植えつけるのはインドも同じである。きのうカトマンドゥからの帰り道で十人ばかりの女の人達が声を張りあげて歌いながら田植えしているのに出会った。その人達は皆んな陽気で時には田の水をひっかけあったりしながら拍子をとり、いかにも楽しそうに、まるで祭りのように田を植えていた。他の人々はそんなに歌ったり陽気にさわいだりすることなく、黙々と植えつけをしていた。すべて田植えは歌がつきものというわけではないようである。泉へ下がる道から眺め下ろすカトマンドゥヴァレイはいちめん青々とした田んぼである。もう根づいてぐんぐん成長し始めているのが判る。樹々の緑も天気さえ良ければしたたるような新緑である。空ははっとするほど透明な青さだが残念なことにたちまちくもり、雨となる。七月、八月は雨季の盛りだから仕方はないが、こんな風に一日中雨が降るのではなく、大体一日の半分が雨、半分は晴れているような天気だと、案外に雨季も過ごしやすいように思われる。

七月八日（月）

きのうの夕方ちらりとヒマラヤが拝めたと思ったら、夜中は気持ちよいざんざん降りの雨となり、夜明けとともに又天気になってヒマラヤを見ることができた。今朝のヒマラヤははるか夢の彼方のように遠く美しく、雲のきれまの光の中にぽっかりと浮かんで見えた。ほんの数分間だけ、まるで神のめぐみの宝物のように光にあふれた淡く白い姿が見られるのである。

私達はこのようにして一日一日とこの国を愛するようになり、この国もまた私達に少しずつ真実のめぐみを与えてくれるもののようである。朝は大小無数の小鳥の声が周囲にみちている。ネパールでは小鳥でさえも決してやかましくは啼かない。無数の小鳥の声にみちていてもその声は静かで、光は空からと同じく地面からもたちのぼり、その光の中でやわらかく色彩ゆたかに朝が訪れてくる。今日のように夜中にすっかり雨が降り、底がぬけてしまったようなうららかな朝を迎えると、私は大変に幸福であり、この幸福には嘘がないのである。

ゆうべは順子と何の話をかわしたのだろうか。ターラー菩薩のめぐみがあったことはたしかである。それからパタンの近くにプルチョキという三〇〇〇メートルほどの山があり、この山は野バラや黄色ジャスミンやアイリスその他の野生の花々に飾られ、頂上附近は石楠花《しゃくなげ》の森であり、そこにカーリー寺院があるとのことであり、そのカーリー寺院に是非行ってみようと話したこともおぼえている。ターラー菩薩の像は何処でもたくさん売っているが、心のこもった本当のターラーには仲々出会わず、しかしそれは探しまわらないからであり、これからは街に出た時にはよく探してみようと話したこともおぼえている。

私はたしかに心まで疲れてしまっていたようである。時の流れというものをそのまま愛することが出来ずに、一人で健康のこととか信仰のこととかお金のこととかにきりきり舞いして、狭く狭くなってしまっていたようである。

自分が愛する国にきたことを忘れてしまって、その国を自分に合わせようとしてふんばっていたようである。

きのうのヒマラヤと今朝のヒマラヤ、この二つのヒマラヤの姿に手を合わせることから、私の内に頑固にこりかたまっている何か悪性のしこりのようなものがとけはじめ、至福の時が流れはじめたようでもある。

No MoBa Giswo raye
Vishnu Branma Shiv

石谷さんの大家さんから教わったマントラは、私の感じではネパール的な味わいのあるヒンドゥのマントラである。大家さんはパシュパティナートのシヴァダルマの信仰者だそうで、自分はシヴァダルマだと言う時にはやはりあのヒンドゥ教徒特有の光が流れてきた。スワヤンブーはブッダダルマであり、ブッダダルマはアーナンダダルマであるという言い方も大変に興味が深かった。私などが仏教は平和の教えであると言うようなものだが、アーナンダというなつかしいうれしい言葉がブッダのあとにつづくと、本当にブッダダルマはアーナンダダルマであるということが感じられるのである。大家さんは仲々ダルマに詳しく、世にはキリストダルマもあればモスリムダルマ、ラーマダルマといくつかのダルマ名をあげてみせ、結局どのダルマも良いダルマなのだということを言っているようであった。

もうおとといのことになってしまったが、成松上人と岡田さんを日本へ向けて送ったあとで増永上人が石谷さんと遊びに来てくれて一緒に泉へ行った。一服してから近くの茶屋に入ったが、増永上人にとっては以前に気狂い扱いされるほどに吸いつづけた土地であるので、さすがに詳しく、そのこのあたりには一軒しかない茶屋とも呼べないような茶屋の庭には、ハイビスカスの花がいっぱいのつぼみを半開きにしており、さるすべりのやわらかなピンク色の花が咲き、清潔で静かでふと見れば桃の木にたくさんの桃の実が実っていて、ネパール的な桃源境に入っていったようであった。そう口に出すか出さないかの内に奥から実にチャーミングな女の子が出てきて、そこから奥には入らないでほしいというような雰囲気であり、私達も入る気持ちはないので、その美しい庭の中で石を敷いて腰を下ろし、チャーとビスケットのお茶を飲んだのであった。美しいとろけるようなネパールの愛がちらと垣間見られたことであった。

この国には感覚をとろかしてしまう何かがある。やさしさ静かさものやわらかさ、そのような感覚はいずれも心をとろかすものであるが、この国の表面のすぐ下にかくれているものは、そのような人の心をとろかせ、夢みるようにうっとりとさせるもののようである。そしてそういう至福の時は、時の流れの中で幸運にも一瞬だけ垣間見られるものであり、そのまま永遠に残り、永遠に過ぎていってしまうものなのである。

ネパールの神々の世界はヒンドゥ世界と同じくやはり仲々その門を開いて見せてはくれない。ヴェナレスでいらいらしながらいつになったら神々はその姿を現わしてくれるのだろうと待った覚えがあるが、カトマンドゥもやはり同じである。ハヌマンドーカのあるドルベル広場のあたりはお寺の密集地域で、仏教とヒンドゥ教の寺院が入りまじっているけども、まだ私はそのどのひとつにも魅きこまれたことがない。寺の周囲の露店商のござの上にならぶ多くのチベット系の仏像はどれを見ても買ってくれと呼んでいるけども、その背後にあるお寺の方は入って来いとは呼んでくれない。パタンで毎朝の御修行の際にまわるお寺は仏教寺院だけではあったけども殆どよく拝することができた。多くの動物達、特に前の両足を高々とあげた馬の神が口をかっと開いて門前の両側を守護している姿はネパール仏教寺院特有の光景であるが、その他に犬のようなもの、狐のようなもの、獅子のようなものが門前に並び、けたたましいほどの守護をしているその奥には、実にやさしい可愛らしいとさえ言える表情をした美しいブッダがまつられてある。そのブッダの姿が私は大変に好きであり、朝修行は托鉢行であると同時にそれら方々の寺院のブッダや観音の礼拝行でもあったのである。しかしパタンを出てからは行というものがなくなってしまったので、未だスワヤンブナートにさえ一度しか登らず、感応が生じるほどまではゆかないでいる。とろけるようなネパールの感覚は、例えば夕暮れまえのひととき、盆地全体が七色の雲にそまり、ピンクや黄色やオレンジがかった夕映えが胸に降りてくる時などに、有無を言わさずこの国の美しさの中に溶かしこんでしまうが、神々及び諸仏というものが持つ感覚は、そのような自然と人の心のエッセンスであるように、一度感応しはじめたらとどまることがないだろうと思われるほど、身も心も溶かしてしまうであろう。私がこの国にやってきたのはたしかにヒマラヤを眺めるためではあるが、その底にあるものは〈ネパールの平和〉と私が呼ぶそのエッセンスに溶け、二度と再びこの世の俗悪への欲望をおこし得ないほどに、深く深くその平和を実現することであった筈である。まだその時はこないけれども、この二、三日の間に少しずつ体力と気力が回復してきたので、やっとその兆しとも呼べるものが感じられてきたのである。

そのひとつはエヴェレスト山の名前である。ネパールではこの山をサガルマータと呼んでいる。案内のパンフレットなどにもサガルマータと記し、かっこをして（エヴェレスト）と説明してあるほどである。サガルというのは太洋という意味、マータは母である。つまり世界の最高峰であるエヴェレストをネパールの人々は太洋の母と呼んでいるのである。最も高い山の名が海の母であるという表現が不思議に少しも奇異でなく、ああまったくそのとおりだという感じて受け取られるのは、ヒマラヤという山々が山々でありながら、海のように延々とはてしなく波打ってつづいている様が想い浮かぶからであろうか。そのことを教えてくれたのはマドラスから来たというインド人で、現在はこのスワヤンブナートに住んでいるらしい人である。

日吉さんから七〇〇ドルの送金の知らせが来ていた。内二〇〇ドルはすでに発送ずみで、残りも明日までに多分送られるだろうとのこと。これで残り少なくなっていたお金の問題はひとまず解決したどころか、送金はせいぜい四〇〇ドル、正確には三五〇ドルだろうと思っていたのが倍になって、その分だけは万が一の時やお産の分として確保しておくことも出来るようになったわけである。有難いの一語につきる。そしてこれで私達が少なくとも今年いっぱいこの国に滞在する条件はヴィザ及びお金の両方において揃い、あとは順子及び私の気持ち次第というわけで、肝腎の自分達の決意が一番あとに残されてしまった感じである。然しながら、どういうわけかヴィザ及びお金の問題が解決したからと言ってもやはり気持ちは変わらず、出来る限り長くこの国にいたいという気持ちがあるだけで、決意というようなものはわいてこない。ネパールはインドよりも確実に日本から遠い位置にありながら、インドよりもはるかに日本に近い国である。インドからだとおいそれと日本へ帰るというわけにゆかないが、ネパールからだとひとっ飛びに帰れるという気持ちがいつでもしている。ただ飛行機の切符がないだけのことである。これで飛行機の切符を持っていたら、旅をしているようではなくて、ちょっと遊びに来ているほどの感覚になってしまうかも知れないとさえ思う。やはり仏教が生きている国だからであろうか。

しかしながら、やはりこの国から日本への距離も遠いと思う。それは何故か絶望的な遠さのようにすら思われる。この頃は夜になると飛びかうほたるの光がたとえようもなく美しい。日本のほたるに比べてはるかに大きな明るい光を放つものが、すぃーっすぃーっと流れてゆく様は、ゆかたがけでウチワを持ち、ほたる狩りという言葉さえある日本の風景とは全然異なっている。何と言ったらよいのだろうか。幻想という言葉がある国と、幻想などは有り得ずただ事実しかなく、その事実が幻想のようである国とのちがいと言ったら良いだろうか。もちろん前者が日本であり、後者がネパールのことである。

アステ　アステ（ゆっくり　ゆっくり）でこの国の神々、諸仏菩薩の神秘の門に入ってゆくより他はないようである。

インドにあっては、私はヒンドゥの神々を礼拝する仏教徒であった。ネパールに入ってからは、今度は仏を礼拝するヒンドゥ教徒になっている。その逆転がスムーズにゆかないで今まで体の調子をくずしていたのだということが判った。そしてナーガが何故ネパールに入るたびに体をこわしたかという原因も判った。何かのおかげで、多分パタンのお寺に行ったおかげで私はかろうじて体をこわしてしまうことをまぬがれた。それを支えているものは友情である。日本山のお坊さん方もよく言うように私は良い友を持った。林もまた良い友である。インドが原爆を持ったということの積極的な意味は、それを真にインデラ・ガンジー首相が言明したように平和目的に利用すること（原爆が平和目的に使用されるとはおよそ考えることは出来ないが）がつらぬかれるかどうかということ、原爆を持った国はそれを持たない国、わけても持つ力をもちながら持たない国、日本及び西ドイツ（いずれも第二次大戦敗戦国）を尊敬しなくてはならないということである。何故なら原爆は最大の暴力であり、暴力を持って良いというダルマは決して存在せず、インドはまさにダルマによってこそインドという国であるからである。インドがダルマの国でないならば、誰もあのインドを尊敬しはしないだろう。インドがダルマの国であるからこそ、私達は命をかけてあの国の旅をつづけたのである。ヒンドゥダルマがブッダダルマに尊敬を払わねばならぬということである。そこに平和がある。ネパールの平和の、世界史的位置がそこにある。そうすると、ネパール国王はヒンドゥ教徒であるから、自分の国内の仏教徒及び仏教寺院、即ちブッダ性を尊敬しなければならないことになる。そこにネパールの平和がある。

七月十日（水）

お寺のマザーブッダという名で呼ばれていた、シュリーハルティアジュマキの像を初めて拝する。漆黒のぬれた光を放つ小さな完全な御像であった。ハルティアジュマキは病気の子供を治してくれる母神であり、それ故にハルティマターとも呼ばれる。ジョーのグルであったヒトラルシラスという老人は毎朝このお堂に頭をこすりつけて泣いていたそうである。

そのマントラ

Shri Harti Ajmaki Jay!

Hartimata Tanevaj Tanemej Ratvaj Ratmej Washi vaj. Washimej.

今日は夕方からお寺に参ってストゥパをひとまわりし（途中、裏正面の仏に「オーム」誌をささげてからつづける）て、ハルティアジュマキをひとまわりしてから石谷さんの所へ「オーム」誌をあげてきた。代わりに『チベットの死者の書』を借りてくる予定だったが、雨が降ったりしたので一服するだけとして帰ってきた。

国分寺からポン*の手紙がとどく。

カトマンドゥのバザールで順子はチベット服を買い、私はネパール服を買った。

日吉さんからの送金はまだ届いていない。もう六日も経っているのだから少々遅すぎる。

七月十一日（木）

ブッダガヤの大塔の写真を壁に貼りつけている。現在の私にはこの大塔を礼拝しながら、大塔の内なるブッダに礼拝する時、一番胸に落ちるものがあるようである。ストゥパとは元々カイラス山を中心として世界を支える一本の柱が立ち、この柱としてメル山という天上の山があり、この天上の山メル山をかたどって作られたものがその原型であるそうである。その内には主ブッダがおられる。その響きは雄々しく深く、ただ投身礼拝をもってのみ礼拝できるお方である。

*――ポン（山田塊也）「部族」のメンバー。磁器画工、京都友禅染画工として働き、六〇年より街頭で似顔絵を描く。七一年、インド各地を放浪。七五年、奄美大島に「無我利道場」をつくる。その後、故郷の高山、そして秩父で暮らす。二〇一〇年、逝去。

朝起きて蚊帳をたたみ、寝袋をたたんでから土の床を軽く掃除する。時には水を打つ。それから線香をたいて、シーターラム、ラーマクリシュナ、カーリーの像のあるヒンドゥの神々の祭壇と、ブッダガヤの大塔と、ダライラマの写真とに祈りを献げる。ダラムサラで手に入れたダライラマの写真は多分イニシエイションをしている時のもので手に小さな仏像を持っている。手に仏像を拝しながら説法をしているダライラマの姿が私は好きである。素直に礼拝できる。ヒンドゥの神々は西向きの窓辺にまつられ、いつもうるわしく花のような喜びと光をたたえている。

田の中にわき水が出ている所があって、家から一〇〇メートルほどの所にそれがある。そこまでバケツで水を汲みに行く。それはここらのネパール人の考えによれば、カトマンドゥ辺りでは決して手に入れることのできない純粋な水である。まだ生水が飲めないので、それを沸かしてチャーにするか湯ざましにして飲む。湯ざましも大変においしい清潔な飲みものであることが時として感じられる。

おとといだったか、朝、近くに一軒だけある小さな茶屋にタバコを買いに行ったら、そこのおやじにネパール人にそっくりだとほめられて私は大変にうれしかった。有難うございます、とお礼を言った。それはネパールにおいてはブッダを礼拝するヒンドゥ教徒である、という認識がおとずれた次の日のことであった。一歩一歩、ネパールの生活に、カトマンドゥの生活に、スワヤンブナートの生活に入ってゆける自分が見えて大変にうれしい。結局このスワヤンブナートにおいても礼拝がその入り口なのである。礼拝することによって扉が開かれ、開かれた道を礼拝しつつ歩いてゆけば、さらに礼拝の道は遠く深く開かれてゆくのである。幸いなことに、私はここの土地を愛しはじめている。スワヤンブナート寺院の諸々の菩薩仏を礼拝する喜びを与えられたし、緑が豊かで気持ちが良いし、虹は見られるし、時にはヒマラヤを拝することもできる。愛するチベタンもたくさんいるし、ネパールの人々の静かなやさしい高貴な気質にも接することが出来る。

　こうしてひとつの生き方が少しずつではあるが形づくられてゆくのが判る。ひとつの生き方とは、礼拝しながら生きてゆくということである。礼拝しながら、礼拝に導かれて、ヒッピーと呼ばれるような特殊な人の道ではなく、普通の生活人の真理の道を歩むのである。

　先日、北の大きな泉へ行って、順子に髪の毛を今までで一番短く切ってもらった。与論島にいる芹澤が見たら、善し善し、と言ってくれそうなほどに短くさっぱりとしてもらった。そしてきのうは気に入ったうすいエンジ色のネパール服を一着手に入れ、それを上着として、下は相変わらずアヨーディアで手に入れたドウティを我流で腰に巻きつける姿をしている。

　礼拝とはひとつには常不軽《じょうふきょう》菩薩の行である。日本山の人たちも大切にしているが、私の知っている限りでは越後の良寛和尚が実行していた、おだやかな風に養われる行の姿である。良寛の行はそのおだやかな和気藹々の気風にもかかわらず、パスカルと同じような激しい行であったことが知られている。即ち田植えの時には百姓の苦労を思って自らもトゲの帯を腰に巻いていたというのである。パスカルもまたトゲの帯を腰に巻いて神に祈った人である。

　そして又ひとつには、礼拝とは愛をたしかめる行である。礼拝によって私は愛の確証を得るのである。礼拝の極地は投身礼拝である。行として投身礼拝の行を用いるチベット人の祈りはそれ故もっとも深い礼拝行であるということが出来たが、全身を対象の前に投げ出して礼拝することは、礼拝するものにとっての最も深い礼拝の喜びである。ブッダガヤの大塔の下に投身礼拝した喜びの記憶が今もまざまざと甦ってくるのは、このスワヤンブナートという土地がやはり礼拝の土地であることを物語っている。

礼拝に血がかよう時、世界はまだ安全であるという保証がある。礼拝に血がかよう時、歴史に希望がある。歴史は在るものであり、更に善きものであるからには、歴史に希望があるということは最上のことなのである。森下上人が言われたように、明日という日は明るい日、と唱えることは、善きことの内でもすぐれて善きことなのである。

ポンからの便りでは、彼が黄金の鎖を断ち切ってインド・ネパールの旅にのぼることをやめて、東京国分寺に家を借り、宇宙の子供達の共同体（C.C.C.）事務所なるものをつくり、その仕事に取り組みはじめたことを伝えてきている。必要でありながら、誰もあえて取り組もうとしなかった大切な仕事である。仕事がある時、インドに来てサドゥとなり、ヒマラヤを歩きまわる旅人となることに何の意味があろう。ゆっくりと時輪《カーラチヤクラ》の内をめぐることである。時輪《カーラチヤクラ》、にがいか塩っぱいか、誰が知ろう。

しかしながら、私もまたこの点において、同じ時輪《カーラチヤクラ》の内にあるものであり、この権力において現われる歴史の部分を有罪とし、美において、又信仰において現われる歴史の部分を肯しとして生きるものである

このスワヤンブナートの地も恐らくひとつのマンダラとして祀られているのであろう。おととい寺の売店のマードラに会って、何処に住んでいるかと聞かれ、泉の近くであると答えると、すぐさ

ませサラスヴァティ地域だと教えてくれた。それは私にとっては喜びであった。何故ならサラスヴァティこそは学問と芸術と音楽の女神であり、自らを真理の徒であり詩人であると規定している私にとって、まさに住むべき所であったからである。真理の徒にとっては真理こそは神である。この神の名は様々に現われるが、つい最近にあってはヴィヴェカーナンダの口をとおして〝オーム　タットサット　オーム〟と聞こえてきた。それを日本語に意訳するならば〝オーム　存在するものよオーム〟というほどの意味になろうか。歴史とは存在するものの生きた呼び名である。

ヴィヴェカーナンダその人もまた歴史を肯定し、そこにブッダの教えの光を見、歴史に希望を持ち希望を与えていった人である。世界に十人熱烈な信仰者がいれば、世界はそれだけで変化するだろう、というほどの激しい信仰を持っていた人である。私もまた歴史の有罪を感じる一方で、やはりこの歴史の変化を希望し、歴史を根底においては肯定し、肯し、として、この危機にひんした、枯れかかった流れの存在に、再び豊かさと永遠性を取り戻すべく努める人々の列に加わるものである。チベット人、ブータン人、ネパール人、インド人はダルマへの信仰を持ち、仏への信仰を持ち、神への信仰を持っており、生活のすべてがただ生きることよりも（消費生活よりも）法に従って生きることに律されているという点は、消費生活（享楽生活）にまで進歩に進歩をかさねてきた末に行きづまった日本人の多く学ばねばならぬところである。日本人は東洋人でありながら最も深く西洋合理主義を学んだので、その分だけは東洋を失ったのである。

もっとも何処の国も大変に苦しんでいる。ネパールはネパールで人気があまりない王制のもってゆき方に苦しんでいるし、インドは原爆を持たねばならないところまで追いこまれてしまった。チベットは国を失い、ブータンは百何年か前の日本と同じく長い間の眠りから世界史の舞台へと眼をさまされた。日本は沈没しかかっており、中共は敵を持っている。私達は、世界中のすべての国が国として苦しみの内にあり、光を求めてあえいでいる時代の息子達なのである。何処の国がより良く、何処の国がより悪いというような呑気な判断の内に生きてゆけるような時代ではない。

ただ言えることは、我々日本人は自分達が所属している地域である東洋から本気になって学ぶことが無限に残されているということである。タイ国においてもビルマにおいてもスリランカにおいても、今なお仏教は脈々と生きており、仏教が生きているということは心の平和が生きているということなのである。日本に心の平和があるであろうか。そう問う時に私の眼頭は熱くなる。そして進歩とは、まさに心の平和を自らのものとし、国のものとすることではなかったのかと問う時、思いは更に熱くなるのである。

日本大使館に行くとまず眼に鮮やかな日の丸の旗が沁みこんでくる。大使館の門前の掲示板には、ヒマラヤのように美しい富士山の姿が写真となって貼られてある。大使館の内庭には小さな池があり、池には清らかな赤、白、黄色のハスの花が開いている。「在ネパール日本大使館」と記された日本文字には一種のひなびた風格が感じられる。そこには一見して権力もなく、田中首相とか自民党とか社会党とかはなく、ただ日本という全体的な美しい高雅なイメージがある。日本を愛し、日本的なものを愛するという点では、私も多くの日本人と同じく誰にも敗けるものではない。しかしその愛はもう競争の愛ではない。オリンピックとか世界経済上のランクとか、世界政治上における発言力とかいう形で現われる愛ではなくて、自分の国の国旗を美しいと感じ、自分の国の建物を風雅であると感じ、自分の国の宗教を平和なものであると感じることが出来る愛なのである。日本人の謙虚さ、日本人の忍耐強さ、日本人の自尊の心、日本人の反省する心、そのような美徳を数えはじめたらきりがないほどである。しかし、日本人は真理への愛、真理の持つ平和への愛を国民として本当に持っているだろうかと問えば、それは残念ながらそうではないという他はない。日本人は経済力というものに象徴される富への愛を強く持っている。日本人はその愛のためにはすべてを犠牲にしてもかまわないと思われるほどの強い愛を持っている。その愛はG.N.P.世界第二位？というような形で報いられ、世界各国の人々はあの小さな国の人々がよく頑張っていると、富から見る限りは尊敬と敬意を示している。しかし残念ながら富及び原水爆に代表されるすべての力は人に真の尊敬を与える要因とはならず、宗教の世界で〝俗世〟と呼び棄てられている範囲内の出来事にすぎない。力を持っているものは、何故自分が力を持つに至ったかを認識し、それを恥じなければならない。富を持つものは自分が何故に富に眼を向けるようになったかを認識し、それを恥じなければならない。

私の国は貧しくもなければ富んでもいない。私の国は戦うべき軍隊を持たない。私の国の政府は真に人民に仕えることに専念しており、それ故に人々から敬愛され、威光を持っている。

私の国では一次産業が産業比率の五一％～五二％を占め、工業と呼べるものは有効に二〇％以下に押えられている。私の国では文化が盛んで芸術が愛され、教育はよく行きとどき、人々の心に欲望という名の悪魔と退屈という名の悪魔は存在しない。私の国は世界に誇るべきことを多くは持たないが、ただ真理への愛という避けることの出来ぬ光を世界史の舞台に献げたいと思う。

富は永遠の富という観点から見る時に、エネルギーと同じく不生不滅の存在である。富として形作られたエネルギーがひとたび真理へと向けられ始めたら、それはすばらしい勢いで平和へ、美へ、そして永遠へと形作られてゆくだろう。私は日本という国がそのような方向へ転換してゆくことを希み、一人の日本人として大いにその運動に参加したいと思う。日本へ身を献げることをとおして世界史へ身を献げたいと思う。

七月十二日（金）

太郎の手紙三通、順子の手紙を一通、ポンにあてた私の手紙一通をG.P.O.（中央郵便局）に投函し、ネパールバンクより日吉さんからの送金の第一便を受けとる。順子のために一人寝用のふとんを一枚買う。ラーマも一緒に寝れる幅のものにしようかと考えたけども、ラーマもそろそろ子供の仲間入りをさせる時期なので、寝袋を今までどおりにあてがうことにする。

カトマンドゥの雨季はそれほど悪いものではない。たしかに雨は降るが、雨具の用意さえしておけば、それを使うようなことは滅多におこらない。空の模様をよく見、それによって行動してゆけば、ずぶぬれになるということはまずない。不思議と言えば不思議な雨季である。それでもいつのまにかヴァグマティ河の水かさはすっかり増し、釣り橋を渡りながら下を見下ろす時などには、今まで忘れていた河という存在をはっと思い出したりする。今日は一日、陽ざしが強く暑く、空は青く、雲は純白であった。ねずみ色の雨雲が時々せめて来るけども雨まで至らずに、青空と太陽の方が場所を占めてしまう。

アサントール広場の近くで、十歳ぐらいの女の子が店番をしている。露店でネパールの女の人が時々首のまわりに飾り（信仰の印）としている赤い糸の束になっているものを買う。その女の子は実に可愛くて、ほんのわずかな間のやりとりだったけども、まるで生きた可愛らしい花と話をしているようであった。インドの女の人にあっては奥の方に潜んでいて表面には滅多に現われない真に女らしい魅力というものが、ネパールでは小さな女の子の眼や仕草の内に生き生きと現われていて、まるで天使と話をしているようである。ネパール語が少しは判ると見ると通貨のモールという単位を使い、ヨタ（ひとつ）という言葉を使ってくる。ヨタティンモールというひとつが三モールつまり一ルピー五十パイサのことなのである。天使と話を交わしたあとではナマステという言葉も香料のように生きてくる。又、道で十二歳か十三歳くらいの男の子がハローと声をかけてくれる。この空のように澄み切ったくもりのない眼をした男の子である。最初にスワヤンブーに家を探しに来た時に世話になった子供で、英語も結構しゃべるし、買いそうだと見れば自分で作ったハシッシュをひとかたまり一ルピーとか五十パイサで売りつけに来るけども、そうしたことの汚れというものはひとかけらも持っていない。ハシッシュを悪いものとは少しも思っていないし、この土地を訪れる外国人を余計な存在であるとも少しも思っていない。澄み切った空のように純真な眼で、ただ明るい気持ちが好きなのである。大人になってもその澄み切った眼、私はもうそれをネパールの眼と呼びたいと思っているのだが、そういう眼を失わない人に時々出会う。そういう人とは眼と眼をぴたっと合わせることが出来る。そうすると存在が光に見舞われ、ああ、このようにして生きることが出来るのだなということを知るのである。ハイデッガー教授をこの土地に連れて来たら、存在の本質は明在である、という彼のテーゼが見事に実現されている姿を見て、にっこりすることだろう。

私は光を見つめて歩いている。激しい光ではない。静かな透明な沈んだ光である。透明とはまだ呼べないかも知れない。少し白濁している光のようでもある。しかし周囲がとても透明なので、私が見つめて歩く光もやはりきらりきらりと透明なやさしい流れを見せてくれるのである。スワヤンブナート寺院は光を放っている。それが眼に入ってくれれば、私はちゃんと手を合わせて礼拝する。しかしそうした強烈な外部の礼拝対象が眼に入らない時には、私の内なる静かな光を見つめながら歩いている。それがこの土地を歩く最良の歩き方なのである。そうやって歩いているとまず第一に歩調がゆっくりとして疲れがこない。又、そうやって歩いていると美しい光景や風景に出会う。ふと眼をあげると、ブーゲンビリアの花が樹木いっぱいにからみついて明るく咲いている下で、ひとりの小母さんが静かにタバコだのアメ玉だのラムネに似た甘味飲料などを売っている姿を見る。眼にやさしく、心はなごみ、愛が流れる。スワヤンブナートからカトマンドゥまでの往復はバザール歩きも含めれば一〇キロぐらいの距離だと思うが、それに少なくとも四、五時間はかかる。激しく速く歩くことはこの街ではひとつの肉体的な暴力のようでさえある。人々はすべてゆっくりとそれでいて少しも気抜けしておらず、思うべきことを思い為すべきことを為しつつ歩いている。やっとのことで体の調子が出始め、この街を体に自信を持って歩くことが出来るようになったのである。

今日から『バルドソドル』（チベットの死者の書）を読み始める。おおえさんの訳はずい分チベット的ではないが、それでも原書の持つ意味は伝わって来る。原書を読むことが出来ぬのだから訳者には感謝こそすれ、批評を言う筋合いはない。死後四日目からをバルドの第一日目として始まるのだが、その日からヴァイロチャーナを始めとする五智如来が次々と現われて死者をそれぞれの絶対世界へ連れて行く。今日バザールで私が買ったのはネパール紙に印刷された木版の五智如来で、ヴァイロチャーナ、アグショビア、ラナトサンバーバ、アミターバ、アモガシッディであった。外と内とがこのように呼応してくると、行動は生々としてくるし、又それだけに注意深く、すきまなく為されねばならない。

祈らぬものは駄目である。たとえ四人の子供を産んだとしても、祈らぬものは駄目である。順子に私は心でそう伝えている。日一日と私の意識が明瞭になってくるので、そう言うことが出来る。祈りは培《つちか》うものである故に、祈らぬものは駄目なのである。

七月十三日（土）

サタンの「セクトを越えて」という文章を注意深く再度読みなおす。彼が諏訪之瀬の問題を〝きっかけ〟としてとらえていることが判る。

とすると、それをきっかけとして本当の問題が提起されなければならない。本当の問題とは何か。自己自身についての問題である、という答えが即座に聞こえてくる。

自己自身についての問題とは何か。それはアートマン或いは仏性《ぶっしょう》と呼ばれるものである。だから、現在国分寺において再び発火したかに見える動きは、基本的にはアートマン或いは仏性の実現をめざす、非宗派的な、非宗団的な動きである点において従来と変わりないものであると言える。

ただ時の流れの中で、人々は否応なしに、邪悪と向かい合う破目に追い込まれているから、大衆的な大きな動きとなる可能性を強くもっていることが感じられる。

私がポンにあてた手紙でサタンの提案している線に沿って行動を共にしましょうと書いたのは、実はアートマン、或いは仏性を実現するという大前提にそって共に歩もうということだったのである。そのことの内には中心は諏訪之瀬島にあるのではなく至る所にあるが、きっかけとして諏訪之瀬から始めることに格別の反対はしないということを同時に含んでいる。

ナーガ及びナナオ*の自己中心性には私はいつも完全には入ってゆかない。ナーガにしてもナナオにしてもすでに殆ど、エゴの殻からは脱け出しているから、その自己中心性は決してエゴイズムではなく、真の自己中心性に近いものなのだが、それにもかかわらず、その自己中心性を共有する気持ちにはまだなれない。事情は日本山の場合も同じである。日本山の方向の独自性をエゴイズムと見ることは出来ないし、有り得ないけども、少し立ち入ると、そこに独断とドグマが見えてきてそれ以上に入ることが出来ないのである。だからと言って、ナナオやナーガにしても日本山にしても、深い存在であり、多く教えられる存在であり、魅力的な愛しい存在であることに変わりはないのである。

サタンはその出会いを、友人という言葉によって切断している。切断であるが、友人というこの言葉は意外に深いつながりを暗示している。神と自分との関係を、或る時は召使いとして、奴隷として、又弟子としたり、昆虫にたとえたりもするが、アルジュナとクリシュナの関係のように或る時はそれは友人として表われる。友人という言葉はそのような召使いと主人、奴隷と主人、弟子と師、花と昆虫という関係のすべてをつらぬく友好関係、即ち友人として立ちあらわれるものなのでである。友人が困っていれば、それを助けるのはその友人のつとめである。しかし、すべてのことは自分自身が為すのである。すべてのことを自分自身でなすということが友情の原則である。自らなさずして友人に助けを求めるならば、友人はそれはわけがちがうとして拒むことが出来るのである。

仲間というあまりにも人間臭い言葉に長く馴れてきたので、もう臭さを感じる。仲間の時は終わった。仲間はもっと緊密に、ジャンが言うように兄弟になるか、マモが提言していたようにファミリーとなるか、或いは諏訪之瀬に実現されているように共同の住民となるか、という方向性を持っているが、そこに今ひとつ友人という最後の盾を持った。それは緊密さから見れば後退である。しかし必要な自主独立の心から言えば前進である。右と言えば右へ、左と言えば左へゆく仲間の集まりはひとまず役割を果たして終わった。

自主独立の心が友人という出会いから開かれ、再び村にまで定着してゆくことが、社会上から見た現在の私のヴィジョンである。私達の村は月のように小さなきれいな村である、というヴィジョンはやはり私の心の中に宿っている。それは出来ぬことではない。

日本に私はたくさんの善い友人を持っている。あまりたくさんの友人がいるのでいっそ仲間と呼んだ方が早いほうである。だが、もう私は仲間ではないし、仲間にはしこたまうんざりもした。

＊――ナナオ・サカキ　「部族」の精神的リーダー。五二年から五三年にかけて山谷で暮らすが、この頃から決して生活のために働くことをしなかった。アレン・ギンズバーグやゲーリー・スナイダーと深い親交があり、世界各地を放浪し、詩を書く。二〇〇八年、逝去。

このところ、毎朝のようにマンゴーを食べている。マンゴーの季節が終わりにさしかかっているので、今の内に折角の灼熱の果実をいただいておこうというわけである。マンゴーは確実においしい。それがマンゴーの特性である。そして幾らでもあるものであり、最下層の乞食のようなものから、お金持ちの旦那方に至るまで誰でも食べられるものである故、平等性の智慧を放つ果実でもある。最初の内は神の果実という名の故に、ゼイタクな果物として食べるのをひかえていたのだが、神の果実という名は、実は食べれば確実においしく、しかも誰でも食べられるという特性の故に名づけられているものだということが判る。今インド・ネパールではすべての人々がその恩恵に浴したマンゴーの季節が終わろうとしている。それは丁度、すべての人々がその苦しさに耐えた灼熱の季節が終わろうとしていることと並行している。まことにマンゴーは灼熱の果実であり、三月、四月、暑さが始まった頃に花開き、四月、五月、六月、暑さが極まった頃に実となって熟し、人々の感覚をみたすのである。

ネパールは果物の豊かな国であり、マンゴーからくるみまで、私が知っている殆どの果実がとれるようである。現在は梨、桃、りんご、みかん、すもも、ぶどう、パイナップル、バナナがバザールの店を飾り、それぞれにふさわしい値段がつけられて売られている。現在その中で一番安いものがマンゴーと梨である。しかし味から言えば、梨は固く甘味がうすく水分が少ないゆえに、マンゴーの比にはならない。値段から言ってもマンゴーは果物の王様である。王様というものはそのように何処から見ても非の打ちどころがないものに名づけられる名前であり、話題は一転するけども、王制という政治制度がマンゴーのような味わいのものであるとすれば、私は王国の臣民として住みたいという願いを昔からもっているのである。

インドは共和国であり、中国も共和国である。ネパールとブータンは王国である。チベットは放浪の民ではあるが、何と呼んだら良いのか一種の神国であり、ダライラマの在る所は浄土ですらある。日本は民主主義国ということになっているがその本質はやはり皇国である。

国の在り方というものは大変に興味深い。ネパールに入ったばかりの頃はこの国は王国だということで、私は色々な点から王国の美しさ善さを見つけ出そうとしてつとめていた。ネパール帽という帽子をかぶって歩いている人々の姿に王国臣民の善良な美しさを見た。今でもバザールを歩いていて帽子屋があると、自分自身は少しも買いたいとは思わないくせに、その帽子屋が繁昌し、人々が愛する帽子を頭にかぶって歩く日が長くつづけば良いと願う。又、私の心の中にもネパール帽をかぶって街を歩けたらうれしいだろうという気持ちがやはりある。帽子は私には王制への愛を示すひとつの端的な象徴のように思われたのである。しかし、街のあちこちで売られている王とその妃との写真はどうも親しみが持てない。ダライラマの写真は礼拝の対象としてさえ受け入れているのに、ネパール国王の写真は、サングラスをかけ、王冠の背後からしゅうっと鳥の羽根のようなものが出ていて、何故か病的な感じが少しあり、王という何処から見ても不可欠の感じがなく、権力をもってかろうじて成り立っているという感じが否めない。

ダライラマはチベット人から完全に愛されているが、ネパール国王はどうもあまりに愛されていないようである。しかし、ネパール国王の写真が示しているネパール王国の権威というものは、大変に崇高で寄りつき難いものである。それが最近になって少々判る。それは日本の天皇の感じともちがうし、ダライラマの感じともちがう。又、インデラ・ガンジーにインド人が示す感情とも大分ちがう。ネパール国王が持つ崇高性というものは非人格的なものであり、やはりその根底にあってはヒマラヤの持つ崇高性に結びつく透明な感覚を保持している。しかしサングラスがいけない。サングラスは王の表情に悲しみのような憂うつ症のような汚点としての影を与えている。王及び王家としては、それは近代性のつもりなのであろうが、その近代性はこなされていない。そこで何やら病的な権力の匂いが表情にしのび込み、ああ王様、というような単純な愛の言葉が出て来ないのである。

タイもやはり王国だった。タイの王様の写真にはおめにかからなかったけども、その王宮は私のイメージの内にある王宮と少し似ていた。多分王様も幾分そのイメージに近いものであろう。アフガニスタンは王制がくずれた。現在インドを中心とする地域で残っているのは、ブータン及びシッキムの二つの王国である。入ってみたいが、この旅では無理である。

世界史はすでに民主主義が最上の制度ではないことをはっきりと示している。世界各国の様々な国家制度が色々な点から評価され吟味され、使い古された言葉であるヒューマニズムと同じように、使い古された言葉である民主主義の最良の部分をベースとしながら、アレンジされ改良されてゆくことが、希ましいと思う。革命がおこるならばそれも良いだろう。だが起こらなければそれも良いのである。

王国が悪であり、皇国が悪であるというダルマは何処にもない。ダルマは国家や制度を越えたものである故に、ダルマが尊重されダルマに献げられてある限りは、どのような国家制度もそれで良いのである。ネパール王制の最良の点は国王がヒンドゥ教徒であり、ヒンドゥダルマに国王が帰依していているという点にある。王が礼拝するということは、あらゆる国家にあって、美しく最善のものである光を失わないのである。

日本は何処へ行くのだろうか。ヤスクニ法という法律が国会に出されるとか出ないとか言っているところを見ると、皇国としての側面を次第に強めつつあるように思うが、めぐりにめぐって万葉集に出てくるような大君としての天皇制が非権力的な神話的な美しさの内に再び甦ってくるのであれば、私はあえてそれに反対はしない。日本国民を統一する心の支えの一端となるために、天皇が現在の位置よりもう少し神秘性を与えられた方がむしろ良いことだと思っている。そのためには、天皇は顕微鏡をのぞいて科学論文を書いているようであってはならない。天皇は宮廷費の何割かをさいて、新しい時代の信仰を支える神社、仏閣を建て、国家を象徴して信仰を体現してゆくのでなくてはならない。つまり古代の復活である。古代的な信仰、古代的な平和、古代的な明るさという、古代的という形容詞をつけただけで何かが変化する。その変化の方向が、日本という国に進むべき方向と希望を与えるものと私は考える。それと共に天皇は政治権力の中心である東京を去り、京都又は奈良あたりの由緒ある土地に宮廷を求め、もっぱら信仰を中心としたまつりごとに専念するべきである。人々は政治権力の府たる東京と、天皇の府たる他の都市との輝きを自分の心に比べて見ることが出来るだろう。

経済的発展（富の蓄積）という欲望の方向にピリオドが打たれた現在、人々の行く手は、政治的発展（力の拡大、領土拡大）となるか、文化的発展（精神の開拓）をとるかのいずれしかない。

力の拡大、領土拡大というテーマはすでに過去のものであり、その愚と悲惨を二度と繰り返すほど日本人も愚かではあるまい。第一、力の権化であるアメリカ、ソヴィエトが少しも幸福ではないし、そのようなことは現実にゆるされはしない。とすれば、日本と日本人の心がこれから歩いてゆく道は第三の文化的発展の道以外には有り得ないことが明瞭である。文化的発展の基礎となるものは言うまでもなく宗教である。文化はより多く根底においては心の問題であるから、文化の根底にあるものは信仰である。日本の信仰の形態は大別して三つがある。神道、仏教、儒老教である。いずれも現在は枯渇にひんしているものである。新しい神社仏閣が立つという噂は絶えて聞かない。日本山妙法寺の人たちが仏舎利塔を建てている様と、幸田文さんが奈良の法輪寺三重塔を再建しているという噂を聞くくらいである。何という荒廃ぶりであろうか。チベットの人達はまず寺を建てる。自分達は国土を失い、住む場所を失い、流民の姿にあっても、住むことの出来る場所を見つければ、まずそこに寺を建てる。チベット人の経済力からすれば、途方もないような立派なお寺を建て、坊さんを養い、自らはぼろぼろの掘立小屋とかテントとか間借り住まいに満足している。それは、経済力も政治力も持たぬ人々の智慧であると言ってしまえばそれまでのことであるが、人間の存在がじつは何のためにあるのかを少しでも思いめぐらすならば、人は富のために生きているのでもなく、対外的な力のために生きているのでもなく、幸福、平和、安らぎ、喜びといった心の諸要素のために生きているものであることがすぐに判ってくる。チベット人達が、お山のまわりを数珠くりしながら歩いている姿をひと眼でも見れば、彼らの心が不幸でなく、乱れておらず、悲しんでいないことが判るだろう。チベット人は時と共に祈りつつただひたすら時と共にあることを知っている。その姿は平和である。

きのうの夜、透明で大きなヒマラヤの青いヴィジョンを見る。それは久しぶりに五体をつらぬくような明るい力強いヴィジョンであった。そしてそのすぐ後に唐牛健太郎を思った。彼のおりふしの表情の内に、最良のものとしてあのヒマラヤの青い透明な巨大なヴィジョンと同一のものが見えるのである。ナーガにはヒマラヤのヴィジョンは見えない。

七月十四日（日）

『チベットの死者の書』を読んでいるお陰で、観世音のチベット名がチェンラジーということが判った。チェンラジーには「見下ろす神」「無上の慈悲をもたらす神」「鋭い予見の眼」という意味が含まれているようである。この内初めて知ったことは「鋭い予見の眼」ということである。

『バルドソドル』（チベットの死者の書）を読みすすんでいると、生きながら死者の世界、中陰の世界をさまよっているような感覚にとらわれてくる。人は生きながらも何度も死ぬものであるから、多分今、私はそうした生きながら死んでいる中陰の世界をさまよっているのかも知れない。魅惑されるな、反発するな、という教えは、まさに現在の私に必要なものである。無上の慈悲深い神に祈れ。

久方ぶりに本気で現われて来た観世音の導きの声である。彷徨《さまよ》い彷徨いして結局何処へ行くのかと言えば、魅惑の子宮の内へ帰ってゆき、又新しく生まれ変わり、彷徨い彷徨う旅を繰り返すのではやりきれない。子宮の入口は閉じられよ。魅惑は去れ。反発も去れよ。そして無上の慈悲の内にこの心と肉体は溶けこんでなくなれ。

日々は重いようである。まさに中陰の世界を彷徨っている感じである。きのうも今日もどんよりとしたお天気で、それは中陰の世界の特徴である灰色のたそがれの色と同じである。

この時、オンマニペメフーンのマントラが炎のように生きてくるのである。オンマニペメフーンが慈悲の洪水であるようなひとつの心象の光景が、はっきりと眼に見え耳にも聞こえる。その中に飛びこめ。

山の中腹にあるチベット寺から、あのシンバルやドラムで鳴らされるすさまじい礼拝の音楽が聞こえてくる。最初にあの音楽を聞いた時から私は心に言いあらわし難い愉悦のようなものを覚え、一種の霊的な射精のような快感を覚えたのだが、それは今もって変わっていない。チベット寺に入ってブッダとパドマサンバーヴァを礼拝する時、僧の一団があのジャジャジャジャーン、ジャジャジャジャーン、ガガーン、ジャガーンという激しい音楽をやってくれると、チベット寺へ来た満足があり、満たされ清められた思いで寺を出ることが出来るのである。

スワヤンブナートのチベット寺院のパドマサンヴァーバは右足を大きく投げ出して、礼拝する者が、その御足から祝福を受けるようになっている。私は、『バルドソドル』を読み始める前に、そのパドマサンヴァーバの御足に額をつけ、これからバルドソドルの世界に出会いますが、どうぞその真髄が伝わってきますようお導き下さい、と祈ったものである。チベットの智慧は、チベット人が過去も現在も最も困難な生活条件の中で生きつづけた、最も忍耐力を持つ民であり、最も神秘的な深遠な信仰を持ち、暗さや悲しみ、悲惨や不幸を知りつくしていると思われる故に、常に私の信仰にとっての〝最後のとりで〟なのである。奪われても奪われてもかまわない。最後に残っている、それ故に本当の信仰の形は観世音菩薩、無上の慈悲深い神への信仰である。他のすべてはマーヤーである。しかしこのマーヤーは言うまでもなくマハーマーヤーであり、それを通して以外に生きる道のない絶対のマーヤー世界である。私は時に疲れ切り、喉も渇ききった駱駝《らくだ》のように観世音の泉のほとりに戻ってきて、その無上の慈悲にみたち水を直接に飲むのである。それは私の至福の時であると共に私が最も疲れきった時であり、その水を飲むことにより私の生命は甦り、再びマハーマーヤーの絶対世界へ、善であるべく、善を為すべく、旅をつづけてゆくのである。この度は観世音は「鋭い予見の眼」なる力を与えて下さった。この世も彼の世も共にひとつの世であるからには、この世に彷徨うこともあの世の中を彷徨うこともひっきょうは同じことである。彷徨いは無知のしからしめるところである。世俗の欲望は、子宮への愛着、食べ物への愛着を始めとして私をいぜんとして縦横無尽に突きまわす。その世俗の現象を無上の慈悲の現われとして讃え、善を善とし、悪を悪とし、美を美とし、虚しいものを虚しいものとして、真理にきわまるまではと念じつづけて歩いてゆくことが、私のカルマである。願わくばこの世において浄土実現の大願を果たし、無上の慈悲なる観世音の呪に導かれて此の世と彼の世とを共に越えた永遠のニルヴァーナの内に安らわんことを。

此の世も彼の世もないということが原則である。三次元世界を此の世と呼び、四次元世界を彼の世と呼ぶ。どうして五次元世界、六次元世界、何億次元の世界が有り得ぬことがあろう。それ故、問題はやはり善に、美に、真理に帰ってくるのである。マハーマーヤーの世界である。当所即蓮華国の当所である。それ故に『バルドソドル』は死者の書であると共に生者の書であり、死にながら生を学ぶ書でありながら、生きながらに死を学ぶ書なのである。

オンマニペメフーンが生きている。オンマニペメフーンが生きてくるとスワヤンブナートは至福のお山である。果物はたくさんとれ、米もとれる。甘いお菓子が食べられ、西洋の音楽さえも流れている。仏法僧は尊敬を払われ、雨季には雨の欠けることもない。

オンマニペメフーンが生きてくるとこの世はそのまま浄土である。

ダラムサラが浄土だったのはオンマニペメフーンが生きているからである。ネパール人の世界はこのオンマニペメフーンから見れば、旦那《バブー》の世界、信仰とは関係のない世界のようにさえ見える。しかしながらネパールの人々はインド人よりははるかに密接に喜びをもってこのオンマニペメフーンを受け入れている。受け入れているどころか、古来のチベットとの関係、往来により、ネパールという国土そのものにすでに抜きがたくオンマニペメフーンの石文字が刻みこまれている。山岳地方にゆけば、この傾向はさらに強くなり、ネパール人とチベット人とは見分けがたくオンマニペメフーンの内に溶け合っているそうである。私も行かなくてはならない。私の真言《マントラ》は南無観世音という日本語であるが、南無観世音のもうひとつ深い源はオンマニペメフーンというマントラである。チベット人への私の尊敬と帰依がそこにあり、原初の観音への旅が私の旅なのである。

チェンラジーは何処から来たのか。禅問答のようではなしに、私は尋ね歩いている。今まだやっとチェンラジーという言葉を知ったばかりである。

七月十五日（月）

きのうの午後から、ネパール在住十六年、クリスチャンで伝道と医療奉仕をかねている岩村先生という人をパタンに訪ねたが、現在アメリカへ講演旅行中だということで、会うことが出来なかった。どういう風に時がめぐったのか、帰り道で雨に降られてカトマンドゥの食堂でトゥッパを食べたりしてスワヤンブーに帰ると、体はくたくたになり胃は重苦しく、腹はぐるぐるごろごろ鳴りはじめ、夜になって吐き、下痢をし、今日は一日身動きできぬほどになって倒れていた。

やっと体の調子が出てきたと思った矢先である。どうもあのキャピタルレストランで飯を食べると、吐き気がしたり、胃が重くなったりするのだが一体どういうわけだろうか。田口さんというスワヤンブーに一年以上住んでいる人と一緒だったのだが、彼のヴァイブレージョンにやられてしまったのであろうか。岩村宅のネパール語をしゃべれないネパール青年、ジャック君の医者志望の夢にあたったのだろうか。

いずれにしても、順子のお産への手づるを求めて行った半日の行程の結果はひどいものであった。ただ岩村宅の図書室から日本語の本を三冊ほど借りてきて子供達、及び順子にあてがえたことは、豊かなことであった。また、フラジルを飲んでいる。ボンベイ産の肝炎及び細菌性下痢薬である。腹はいぜんとしてごろごろ鳴りつづけ、体の力は殆どない。夕方の今になってやっと部屋の掃除をして、神々及びブッダと観世音に香をたいたところである。

七月十六日（火）

きのうの昼間、一日中うつらうつらとしていたにもかかわらず、夜はまた夜で奇妙な眠りの深味に入っていった。眠りには眠りの真髄とも呼ぶべき状態があり、それが真の夢も見ない眠りとヒンドゥで呼ばれているものであるが、きのうの夜はそのような不可思議な眠りが遠い潮鳴りのように眠っている私を呼び、それに魅かれて時々、その眠りのふちへ降《くだ》ってゆくような感じであった。それはまた何か、ネパールの真髄とも呼ぶべきもののようで、真に平和な深い物言わぬ安らぎのようなものであった。何度かそのような淵に降りていってはまた浮かびあがるということを繰り返している内に夜明けを迎えたが、体力はかなり回復して、朝七時頃と起き出したのは遅かったが、祭壇の神々及び御仏に香をたき、土の床に水を打つことが出来た。岩村さんの『ネパールで起った奇蹟』という本を読み終わり、キリストダルマも又、この地で生きることが出来るのを知ることが出来た。岩村さん自身が十六年もの滞在の内にやっと信仰は与えられるものであること、つまりキリストダルマでさえもネパールという国土から与えられるものであることに気がつかれた方のようである。

基本的にネパールに何かを与えようとして来ている人と、ネパールから何かを得ようとして来ているものの違いがあって、最初は気持ちの悪い人だと思ったけれども、読み進んでいる内に、岩村さん自身の内にも愛は与えるのではなくて、与えられるのだという認識が生まれてきて、やっと最後の章になって実り、よかったと思うことが出来た。キリストダルマに触れるとジャンを思い起こさずにはいられない。ジャンは「人間」という名の息子とどのような生活を送っていることか。『チベットの死者の書』（エヴァンス・ウェンツがつけたタイトルである）を読み終わる。もう二回ほど読んで石谷さんに返すことにしようと考えている。

魅惑と反発の両方を棄てて真理の認識の道を歩むがよい。『バルドソドル』後半のテーマである。前半のテーマは真理への恐れを越えて真理へ融合せよ、であった。

私も又慈しみと汚れにみちてシドパバルドと呼ばれる世界を彷徨ってきた。この本を読むということがすでにシドパバルドを彷徨うという宿命にあることを感じながら読み進むのだから、仲々口には言いあらわされぬ深い教えの書なのである。

ともあれ、魅惑と反発の両方を棄てて真理の道を歩む以外に、私が再生の不幸からまぬがれる道はないのである。愛着と嫌悪の両方をすてるのである。無上の慈悲深い神々に祈りつつ、その両方をすてて真理の道を歩むのである。この時、耳に聞こえる真理という言葉の如何にすがすがしいことか。

武田泰淳さんは、何時か何処かで「自分は浄土宗のお寺に生まれて僧侶となることを憧れたが、性の禁止という宗門の規定を考えると僧となることは出来ないと考え、作家となった」というようなことを簡単な文体で書いていたが、私は現在、僧でもないのに、性の交わりをしてはならないという無言の禁止の前に立たされている。お前はもはや性の交わりをしてはならない。という無言の怖ろしい声がする。それはもうこの二、三年の間、即ちチマとの関係が終わった頃から時にふれ折にふれて現われてくる無言のテーマであった。

魅惑と反発の両方をすてて真理の道を歩め、と経典は言う。さもなければ再生が私を待っている。私は追いつめられてきた。順子のお腹にはヴェナレスで精を受けた子供が一日一日と育っている。その子供は私達の今度の旅の全過程の中から生まれてくる子供である。カルカッタ、ブッダガヤで準備され、ヴェナレスで受精し、サルナート、クシナガラを経てアヨーディアの水を飲み、アグラのタジマハールをちらと見、ヴリンダーバンのダルマサラに住んでジャムナー河の水を浴び、ハリドワール、リシケシの矢のようなガンガーの流れに浸り、クルヴァレイの神々の喜びと怖れの面に面し、ダラムサラの観音浄土の鐘の音をきき、ネパールに入ってヒマラヤの姿を見、スワヤンブナートのブッダ、ハルティマターアジュマキの祝福を受け、まだ何処で生まれるかは判らないとしてもいずれ聖なる土地で、聖なる祈りの中で生まれてくるべき運命の子供である。その母である順子に、私は反発を感じる。

愚鈍、怠惰という形容詞をつけてののしりたくなる。まさか口に出しては言わないとしても、心の中で私は彼女に何度そのように叫んだことだろう。その結果は、不透明な更に物足りぬ何かが心に残るだけである。彼女は祈ることなく、瞑想することなく、ただ洗濯をし、食事をつくることに専念している。私がよほど叱るとお寺に出かけたり香をたいたりはするけども、ただそれだけ、赤ん坊を産むという準備さえもロクにしてはいないのである。彼女への悪口がはじまるともう際限もないほどにそれがつづくのであるが、それはすべて、彼女との性の交わりが断たれているという私の欲求不満から現われているもののようで、それこそは実は母なる神の試みの姿なのだということを、私は本当は知っているのである。性の交わりではない喜びがある筈である。それは食事の喜びであったりする。しかしすでに食欲も、食欲としての喜びは封じられてしまった。それがネパールの贈りものである。性欲も食欲も睡眠欲も、すべてここスワヤンブーにおいては封じられている。では何をよりどころとして生きるのか。

魅惑と反発の両方を棄て真理の道に生きよ、と経典は教えている。シドパバルドを脱け出す唯一の道である。

真理の道とは何か。

今日、病みあがりのたどたどしい私の胸にひびいた声は、アシュラムの道ということであった。『ネパールで起った奇蹟』の中で岩村さんとネパール政府の高官（後にその進歩的な思想の故に追放される）とが対話している部分に、その高官の提案として次のような考えがあげられている。クリスチャンミッションが真にネパールに貢献できる方法は、豊かな物資をネパールに持ちこむことでもなければ、病院を作ったりなどする一方でキリスト教の宣伝をすることでもない。それはキリスト者によるアシュラムをネパール国内に作ることである。五〇〇〇人ぐらいの単位でその中に病院も学校も含まれているような、農業を主体とした祈りの上にきずかれたアシュラムが出来るならば、ヒンドゥ教徒もやはり同じような規模で同じような内容のアシュラムを作るだろう。そしてアシュラムとアシュラムとは真に宗教的な闘いを、そのアシュラムにおいて為すだろう。そのようなアシュラムがネパール国内に十個も出来たとすれば、それはこの国の将来に大きな善い影響を与えるだろう。アメリカ留学の経験があり、地球工業化の波を見てきているその高官の夢の中には、ネパールを工業国とするなどはちりほどもなく、ヒマラヤを負って精神的に気高く透明に農業を主体とするネパール国の将来が描かれているのだが、現国王の体制のもとではそのような進歩的な考えは入れられず、やがてインドへ亡命する運命にあったのだそうである。

このネパール高官のアシュラムのイメージの中には、二つの大きな特徴がある。ひとつはアシュラムが単なる瞑想林ではなしに生産の場でもあるということである。それは採集経済ではやってゆけなくなっている現代の実情からして誠に自然な提案である。ガンジーのアシュラムは農業ではなく、手工業、機織り、糸つむぎという方法を提案した。生産という言葉を使うとアシュラムというイメージがすでに汚れてしまうが本当は生産というような大げさなものでなく、種まきし刈入れしつつ瞑想するという、古代にあっては殆ど一般的であった生活の回復である。もうひとつの特徴は、キリスト者はキリスト者のアシュラムを作れば良いし、ヒンドゥ教徒はヒンドゥ教徒のアシュラムを作れば良い、という提案である。そこにはヒンドゥ教徒、ネパール人の誇りと自信が含まれていると同時に、キリストダルマとネパール人が呼ぶような外部世界へも完全に開かれた眼があることを物語っている。これを読みながら私は岩村さんの立場よりもこの元政府高官の立場の方が、さすがにはるかにネパールという国を愛している言葉として受けとったが、それは当然のことで、アシュラムという言葉はヒンドゥの言葉であり、アシュラムこそはヒンドゥ世界が二〇世紀の世界史の舞台に投げかけることが出来る最大の具体的な智慧なのである。

アシュラムという言葉は本来、修行道場、或いは瞑想林という意味であり、神を求める者達の規則正しい生活の場を意味していた。ハリドワール、リシケシの近辺にはこのアシュラムと呼ばれる場所が数多くあり、単にひとつの寺を中心とする道場のようなものから、シヴァナンダアシュラムのように、出版事業を行ない、病院を持ち、アーユルヴェーダにもとづく薬学研究所を持ち、放浪の僧に食べ物を提供する台所を持ち、宿泊施設を持ち、勿論本来の礼拝堂を持ち、共同の修行道場も持っている総合的なものまでが存在する。シヴァナンダアシュラムは特別にめぐまれた場所にあり、その一部は母なるガンガーに直接に接しており、アシュラムの人々は自分達のアシュラムの内にガンガーに沐浴するという特権を受けている。

かつてはガンジーの指導によってインド国内に多くのアシュラムが作られた。アヒンサ、サチャグラハを目標とし、糸車をまわす手工業を生活の手段とする、明らかに運動体であることを自覚していたアシュラムであった。そこではやはり朝夕のお祈りがなされ、ガンジー自身が居所としていたワルダのアシュラムでは、そのお祈りの最初に南無妙法蓮華経というお題目が、仏教を代表するものとして取り入れられていたという。ガンジー自身はラーマの信仰者で、お祈りの中には勿論ヒンドゥの神々の御名も高らかに呼ばれていたことであろう。アシュラムの人々はそうして朝夕の礼拝をし、日中は糸車をまわし、簡単な農作業、恐らくは家畜なども飼う生活を送り、不殺生、真理把握、無抵抗、非屈服、隣人愛、現代文明への不信の表明、その他様々な問題を提起しつつ、自己の内に外に実現する方向へ歩んで行った。ガンジーのアシュラムにあっては、真理の声を聞き、それを実現してゆくことが、各人の使命であり、生活であった。

シヴァナンダのアシュラムにあっては、善であれ、善を為せ、瞑想せよ、実現せよ、という目標がかかげてあって、何を瞑想し実現するかという、具体的な神の名はあげられていない。ただ朝夕の礼拝の時には、ハレクリシュナマントラが静かな横にひろがるような調子で歌われていた。

もうひとつ是非行ってみようと思いながら行けなかったアシュラムにシュリオーロゼンドアシュラムがある。地上の何処の国にも属さず、どの人種にも属さず、ただ平和と神聖なる真理にのみ属するアシュラムと呼ばれているこのアシュラムは、ガンジーアシュラムと同じく家族生活を送る人でも参加することが可能であり、その目標は神聖なる真理と平和の場所をこの地上に実現することをもって根本としているようである。農業などの作業をやっているのかどうかははっきりしないが、恐らく単なる僧院のようではなく、やはり何らかの形で生活の実務にもたずさわっているものと思われる。

日本にはバンヤンアシュラムと呼ばれている私達のアシュラムがある。このアシュラムはトカラ列島の中の諏訪之瀬島という離島の内にあり、ラーマクリシュナ師を祭壇上に祀り、神を求めて泣きなさいというラーマクリシュナの心のティヨーガを基本として、農作業、海作業、山作業などの作業を主体とした生活を送っている。

アメリカにも、アシュラムという名のつけられた集まりがすでに幾つかは出来ているだろうと思う。ヨーロッパ、オーストラリアにも幾つかあるだろう。

アシュラムの特徴は、まずひとつの真理、又は神に自らを献げつくした指導者がおり、彼がその真理、又は神を代行するものとしてそのアシュラムの中心となることである。それ故にアシュラムの上には個人の名が堂々と付属される。それは我としての個人ではなく、神に献げきったものとしての代行者の名である故に、決して個人的な集まりではなく、まさにアシュラム、瞑想し修行するもの達の生活の場なのである。指導者には当然の尊敬が払われる。

バンヤンアシュラムはこのような個人指導性を否定している故に、その名もバンヤンアシュラムと古代瞑想林の考え方に最も近いものであり、アシュラムの修行道場としての狭い側面を出来得る限り拒否するようつとめて来たのである。しかし同時に疑いもなく修行道場であり、アシュラムの名に恥じない存在であることも確かである。そしてそれはナーガという指導者の功績によるものであることが明らかである。

真理の道という言葉に対して、私がアシュラムの道、と答える時にそれでは一体、どのようなアシュラムの道を歩むのであろうか。

真理が祀られてあるアシュラムということが考えられなければならない。そのアシュラムの成員は、すべて真理の徒、真理のために涙を流し、真理のために汗するものでなければならない。それは信仰上の集まりであると同時に、美や善によって集まり、歴史に相応の関係を持ち、神の現われとしての歴史に相応の貢献をするものでなければならない。その意味ではガンジーアシュラムが最も近い感じがするけども、ガンジーアシュラムの運動体的性格は私にはあまり希ましくない。糸車は善いが、基本には農業、漁業といった一次産業をおきたい。はやり古代ウパニシャッド的な瞑想林の思いが起こってくるが、それには広大な土地が必要で、それは又、すでにアシュラムという考え方を逸脱してくるような気もする。

バンヤンアシュラムはどうであろうか。

私達のアシュラムであるから、私達はそこへ帰ってゆけば良いのではなかろうか。しかしバンヤンにはすでに三世帯の家族持ちが入っており、それでなくとも狭い島に、六人家族の我々が入ってゆく余裕がまだ残されているかどうかにまず疑問がある。それが現実的な障害である。気持ちの上ではナーガとの信仰上の闘いが果たして他の人々にどのような影響を与えるかということがあり、スペースが限られているだけに充分な自信が持てない。

出来るならば、真理の印可をもらって、真理の名のもとに、別の場所に別な性格のアシュラムを創ってゆきたいが、その印可は一体何処から来るというのか。

私に師はない。とすれば、或る日、突然に真理のサマーディがやって来て自己証明的に印可を受けるか、ガンジーの場合がそうであったように、ただ求め求めるものとして、その求める過程の上にアシュラムを築いてゆくかのどちらかである。

現実的に私がサマーディによって真理の印可を受け、私の名をその上に附したアシュラムを創るということは有り得ないだろう。何故なら、ラーマクリシュナのサマーディを知っている者には、そのような印可を与えるサマーディがそうやすやすと自分の身におこるとは考えられないからである。ラーマクリシュナのサマーディに比べれば、シヴァナンダージのサマーディでさえも嘘言のように見えるのだから。

とすれば、私は直接には師を持たぬとしても法《ダルマ》として聞こえてくる多くの師の声を持ち、更に個人として観世音に祈ることが出来るという事実のみを拠り所として、求め求めつづけてゆくもののアシュラムを創ることが許されると思う。すでにここに真理があり、さらに真理は前にある。真理が真理を呼び、その真理がまた真理にこだまするというような、現実生活と礼拝とが正しく呼応しあうような流動体としてのアシュラムが可能であろう。

ヒンドゥダルマ、ブッダダルマ、キリストダルマ、モスリムダルマでさえも真理の前には平等に受け入れられるであろう。

静かな透明な平和の生活。それが真理の現われであろう。

静かさに一人があり、透明さに清らかな愛があり、平和の内に集まりがあるだろう。


ここまで来ては夢想が始まっている。

夢想は神の仕事であり、私のなすべきことではない。そのことをはっきりと知らなくてはならない。アシュラムの道、といって、それは私が創り、私が為すのではない。すべては真理である時の示現の内に起こってくることである。私はせめて、嘘をつかないという徳を、真理の前に献げる努力をするだけである。

七月十七日（水）

顔の長い灰色の猿と夢の中で話をしていた。その猿は普通の猿の群れの中の猿なのだが、何故か人間の言葉が判り私達の所にやってきて子供達と静かに遊んでいた。というより子供達を遊んでやっている風で、子供達はすっかり仲良くなっていて怖れるふうもなく、やたらに静かにお話などをしている風であった。お前は人間の言葉が判るのか？　とたずねると、口で答える代わりに全身で判るのだということを示し、その素振りには、神聖とさえ呼べるような落ちつきと放棄の様子があった。ただその猿自身は人間の言葉を話すわけではなく、話の受けこたえはすべて全身の静かな身振りでもって示すのだった。

今日も全身がけだるく、天気も悪く、カトマンドゥまで出かけることも出来ない。半日は横になっていた。『ネパールの民話』という十ばかりお話がのっている本を一冊読み、又、三、四年前に出版された有名な本である、『ヒマラヤンアート』という本も流し続けながら読んでしまった。英語の文章も大体日本語と同じような感覚で、半病人の体で横になったまま読めるのだから、不思議と言えば不思議である。

以前には本を読むということは立派な勉強であり、本を読んでいれば何かを為しているという充実感があったが、最近はあまりそういう感じもしない。本を読むことにより仕事の幅が少し広がってゆくようななぐさめはあるが、なぐさめにすぎない。神の旅以外には手応えがない。神の旅とは何か。

つまり日常生活をきちんと送っていくことで、半病人としてごろごろしうつらうつらしていると、やりきれないほどの憂うつにおそわれる。しかしこれも好んでしているわけではない。時が見せてくれる試みと現実の姿である。

きのうは何かの神様のプージャだということで、家主のシャンカジさんから、プラサードとしてパンと鳥肉カレー、じゃがいもカレー、さといもの茎のカレー、更に又の皿にモモという鳥肉入りの肉だんごのようなものを御馳走になった。それにチュラといって米をいってそれをきねでついてつぶしたもの（ネパール人の常食の一種）もついていた。そのプラサードを食べた感じは特別のものであり、透明な重さといったものがあり、外国人を泊める専門のネパール人というわけではなく、やはり、土着のネパールの心がその中に生きており、私達はきのうの夜からチュラを少々買ってきて、食事のたびに少しずつ食べることに決めた。今日読んだお話の中では、チュラにヨーグルトをかけて食べるのはネパールの御馳走のひとつだそうであるが、チュラだけでよく嚙んで食べると、深い深いネパールの民衆の味がするのである。香ばしいような甘いようなうっすらとした遠いかすかな味である。シャンカジはきのうのプージャのためにニワトリを三羽つぶしている。眼の前で首が落とされるのを見ていても、鳥肉になって出てきた料理はやはりおいしい。

ここの家は三階建てのしっかりしたレンガ作りの家で、三階にはシャンカジと奥さんのサーラと、三人の女の子、三人の男の子の家族が住んでいる。一番上の娘が十一歳で、ギータという名、次はミーラという名の娘、あとは名前を私は知らない。子供達はそれぞれに名を覚え、特にラーマはすっかりなじんでしまってひまさえあれば一緒に遊んで楽しんでいる。私はギータという名とミーラという名が好きでその二人だけはよく覚えている。

二階にはアメリカ人の夫婦が一組、アメリカ人の男の人が一人、それからシャンカジの親戚らしいネパール人が一組、そして私が、四つの部屋をひとつずつ占めている。一階はオーストリア人夫婦が一部屋、順子と子供達が一部屋、牛が一部屋、一部屋はワラ小屋で、ワラ小屋の中ではチャンがつくられている。

ネパールでは普通便所はいたってお粗末なものが多く、ただ地面に穴をほってその内に木ワクを組んでむしろを垂らす程度なのだが、ここの家は便所もしっかりとレンガで組んで建てられており、便器をとりつけ、排水もしてあって、ここらではめずらしく気持ちよく出来ている。電灯も引いてあり、夜でもスイッチを下げればぱっと明るく灯りがつくようになっている。順子が何よりもこの家を気に入っているのは、この便所が清潔であるということであるらしく、その点ではたしかにネパール離れした家なのである。しかしシャンカジはそのような自分自身の現代性というようなものをよく心得ていて、決してモダニストにならぬよう、ネパール人でありつづけるよう意識的に努力しているのが感じられる。それは私などが現代文明人としてではなく、出来るだけネパール人の世界に近づこうとしている態度と呼応しあっている。それ故に大きな家とは言え、その中に二十人もの人間が共同で静かに平和に住んでゆけるのである。

庭はちょっとした菜園及び花畑になっており、一角にはもう三メートル近くまで堂々と成長した麻が五、六本ふさふさと繁っている。私はガンジャを吸うのはそれほど好きではなくなったが、そんな風に麻が伸び伸びとのびのび豊かに風に揺れている姿を見るのは大変に好きである。その内天気の良い日に皆んなで写真をとろうかとさえ思っている。

水場は五〇メートルほど離れた田の中のわき水を飲み水としている。この近くのネパール人は皆そこの水を飲み水として使っているが、太郎の話ではそのわき水の中には大きなフナのような魚が五、六匹泳いでいるそうである。ぼうふらもわいている。一〇〇メートルほど山道を登るとヴィシュヌが祀られている水場がある。この水場の水はネパール特有の石で組んだ蛇口から出てくるようになっており、もちろん自然水だが、フナの住んでいる水場よりはきれいそうである。遠いので飲料水としては使わず、洗濯や体洗いに使う。もうひとつは五〇〇メートルくらい離れた所にある、美しい大きな泉である。山の上の水場と一日交代くらいの感じで洗濯及び体洗いに利用している。

燃料は石油と薪を併用しているが、今は雨が多くかまどが庭に作ってあるので薪の方はあてに出来ない。しかし石油も現在のところ、月に二度ぐらいしか入らず、それも一人一回一リッター足らずでブラックを買う以外にないのだが、そのブラックも足りなくなっているようで覚束ないことこの上ない。毎日バザールまで今日は今日はと石油入れをぶら下げて買いに行くが、この二週間ほどは絶えて入荷がない。

食べ物はパン、おやき、うどんを主食としている。いずれも私にとってはまだ味わうところまでいかない。下痢のせいかも知れぬが、食欲が殆どない。何を食べてもうっすらとした重苦しい味しかしない。かろうじてマンゴーがおいしいていどである。ネパール食などはまだまだとても手が出ない。きのうのプラサードが食べられたのが不思議なほどである。

しかしながら、いつまでもこんな状態を繰り返していたら、衰弱してしまいには本格的な病気になってしまうだろう。

気を取り直して、ヴェナレスにいた時のように、必死の思いで外部と闘うのでなければ、元気も出ないし、体もしゃんとしないのかも知れないと思う。鍵は「透明さ」のようである。積年の濁りが、ぬぐり去られなければならない。

七月十九日（金）

きのう日吉さんからの送金合計七〇〇ドルを全部受けとる。これでヴィザ、住む家、生活費と、ネパールで秋を迎え、子供を産む基本的な準備が全部揃った。友、増永上人、友、日吉さん、友、石谷さんのお陰である。今日は朝から久方ぶりの明るいネパールらしい晴天である。晴れの日は心も明るい。しかしただ心が明るいだけで、そこから欲望のわき出すすきはないのである。順子及び子供達は、いそいそと洗濯及び体洗いに出かけていった。おとといまで下痢と衰弱で心もくじけそうに倒れていたことを思えば、まるで夢のような変わりようである。だが希望が心をしめているというわけではない。まだこの世への魅力は強く、神々の愛はちょっと顔を出してはすぐに引っ込んでしまうのだから。

きのうは順子と二人だけで、子供達を置いたままカトマンドゥに出かけたのだった。送金があったので、お祝いに以前から眼をつけていた『ブリハドアラニャカウパニシャッド』（マーダヴァナンダ訳）を買い、子供達には、コールドチキン一羽をお土産とした。その他にゴマ、豆、ヨギニーの版画（カーリー状のもの）一枚などを買った。

G.P.O. に二本松のお母さん及び秀夫君から、日本大使館にポンからそれぞれ手紙が届いていた。

性の欲望、食べ物の欲望、それから休息したいという欲望、それらの欲望のエネルギーを、善であれ、善を為せ、瞑想せよ、実現せよ、という四つのエネルギーに転化する以外に、秋を迎える手だてはないことが判る。ネパールの秋は、夢のように、神々の見る夢のように美しいことが予想されるが、そのような美しい秋を迎え、子供を産み落とすためには、是非とも仕事と瞑想の日々によって準備されなければならない。仕事と瞑想の日々より他に私には希望というものがなくなった。仕事と瞑想の日々こそが虚空を越えてある希望である。生きるという我執をそのようにして少しずつ少しずつすり減らし、やがて死の時を迎えたら、死を人々の幸福へと献げるのである。死は怖ろしいものではないということを、自ら自証することが、死を怖れるものの最後のカルマである。慈悲深い無上の神に祈ることによってそれが可能になったのである。

ゆうべ私は順子に、私はついに強くなったことを知らせた。何によって強くなったかと言えば、チュラ（米を軽くいってそれをキネでついてつぶしたもの）というネパールの民衆の食べ物、インド人がチャパティを愛しているように、ネパールの人々から愛されているチュラを食べることが出来るようになったからであり、と同時に、「おお今や死の時である。私はこの死を利用して神々への愛と慈悲を決心し、唯一である完全なものに私のすべての力を向けることによって、すべての人類の善のために、天の限りない広がりに移り住み、完全な仏性を得るように努めよう」という死の瞬間の技術を教えてもらったからである。それは友、おおえまさのりさんの努力を通してであると同時に、尊師パドマサンヴァーバの慈悲の内に無上の慈悲深い神の恵みとして与えられたものである。

人を強くする二つの具体的な要素、食べ物と言葉、がこのように心もくじけそうに横たわっていた半病人を救ってくれ、今日私は朝の水汲み、部屋の掃除、祈り、学習をとどこおりなく終わることが出来た。

ポンからの便りは、地球の運命を背負ったひとりの個人として、彼が国分寺の一角にしっかりと喜びに充ちて謙虚に腰をおちつけたことを伝えてきている。秀夫君からの便りは、七夕選挙と呼ばれる選挙をとおして、保守と革新の差がちぢまり、それは秀夫君たちのがんばりもあって、日本のこれからの生活と政治が少しは良くなるでしょうと、明るい見通しを伝えている。彼自身は軽自動車から普通乗用車へと車を変え、私達が帰って行ったらそのすばらしい車に子供達を乗せてあげようと書いてある。手紙が来はじめると、カトマンドゥと東京は眼と鼻の先である。同じように瞑想の内にあっては諏訪之瀬もアメリカもインドも眼と鼻の先である。独断は許されず、又怠惰も許されてはいない。

涙

クモはホトケの使いであると　教えられて
クモだけは特別に　殺さないように注意してきた
或る日　私は半病人で横になっていたが
気をとり直して　ヒンドゥの神々をまつった小さな祭壇の前に立つと
そこに一匹のクモの脱けがらが　献げられたように置かれてあった
脱皮したクモは何処へ行ったのか
同じ部屋の中にいることだけが確かである

眠り

今夜は　コオロギといっしょに眠ろうと
眠る前につぶやいた

コオロギは一晩中起きているワヨと言って
妻は去った
私は横たわり眼をつぶり夜明けまでそうしていた
朝はうららかな天気となり
虚空よりも高いところにある希望を私はとらえた

飛行機

ネパールでは　美しい小鳥の啼き声がし
その声にまじって　飛行機が飛んでゆく音がする
ネパールでは　まだ飛行機は希望である
飛行機が希望であるような文明と文化を
私は愛している
小鳥を愛している
友よ　信じましょう

ネパールバンクリミテッドで送金を受けとり、それをニューヨークのファーストナショナルバンクのトラヴェラーズチェックに切り変える手続きを終えた時に、私はその係官の、如何にもヒンドゥ教徒らしい、又銀行員らしい四十がらみの人に合掌してサンキューベリマッチと言った。ヒンドゥ教徒らしい、というのはつつましやかであるという意味ではなく、椅子にそっくりかえって出来る限り威張った恰好をしている、という意味なのだが、私がそのようにすると彼はびっくりして椅子の背から体を伸ばし、小さく合掌のあいさつを返してよこした。ネパールバンクで送金を受けとったのは二度であるが、二度とも私は同じようにした。二度目は彼も心得ていて普通に合掌して別れた。

私は恐らく三つのものに合掌をしたのだと思う。ひとつはお金を送ってくれた日吉さんの心に対して、ひとつにはそのお金が途中で紛失することもなく無事に届いた送金のシステムに対して、そして最後に、それを手渡してくれた係官の仕事に対してである。お金はひとつの合理性の極致である。私はそれを有難く拝して戴いた。送金のシステムも銀行間取引、及びワイアレステレグラムという合理性の姿の現われである。それをトラヴェラーズチェックに変えるという過程もやはり合理性の現われである。

この三つの合理性を私は意識して礼拝したし、これからも自分のかかわる限りにおいて合理性が善と思われる時には私はそれを礼拝するであろう。つまり、私は合理性そのものを悪と認める立場には少しもたっていないのである。それは当たり前だと言えば当たり前かも知れないが、私にあっては合理性は利用するものとしての位置から、合理性もまた礼拝されるべき対象であるという位置に高められたのである。それは少し行きすぎかも知れないと思う。しかし、常不軽菩薩《じょうふきょう》の行からすれば当然お金も機構もそれを扱う人も、その真実における善の姿として礼拝されて然るべきものである。一方で又、存在の真理が合理的なものではないこと、従って存在の真理を礼拝するものにとっては合理的なものは常に利用するべきものとしての位置に放っておかなくてはならないことも確かである。善と悪の二元論の誕生である。

ネパールでもそうだが、インドでは特にお金のやりとりの様は非常に面白い。ある人はゴミでも棄てるようにパイサやルピー札を投げ出し、受ける人もまたゴミでも放り込むようにそれを金庫箱に入れる。ある人は自分の額にお金をあてて祈り、それを相手に渡す。そうすると相手も大ていは静かにそれを金庫箱に入れる。

大方のやりとりは前のゴミ同然のやりとりである。ポイと投げ出し、ポイとおつりをよこし、という風である。それは相手の人格への尊敬を欠いているからではなくて、私には常に、お金というものの扱い方についてのひとつの智慧だと思われた。お金は必要なものであり大切なものであるけども、それは手だてにすぎないのであって、手だてなどにぐずぐずした尊敬を払うことなどはないのである。そのように手だてとして合理性がこきつかわれているかと思えば、後者のように、手だてということを知りながら、その手だて自体を大切にする人々がいる。手だてを大切にしたところで一文の得にならぬばかりか、恐らく眼には見えぬ合理勘定からすれば、大切にする分だけ何処かでさっぴかれている筈なのだが、それも承知の上で額にあててお金を礼拝するのである。面白いというのは、その二つながらが美的にみて美しいということである。

合理性は尊重されようが卑しまれようが合理性を貫くところにその特徴がある。

七月二十日（土）

朝は明るい色彩と確かな希望のまじり合った姿でやってくる。小鳥たちの啼き声がおびただしい。祈りは自然に今日はどの神に祈りつつ始まろうかと探している。諏訪之瀬のバンヤンアシュラムが今朝は壮厳な光を放って浮かびあがっていた。諏訪之瀬からの便りが近づいているのであろう。ブッダへの礼拝はいつも礼儀正しさを必要とする。礼儀正しさは身体を清めてくれる。

水汲み、清掃、焼香、礼拝といういつものコースがしっかりした喜びと共に為されている。それが我ながら嬉しい。性への欲望、安易への欲望、睡眠欲、それらの欲のエネルギーはそっくりそのまま礼拝のエネルギーへと転化されねばならない。その転化が他の何処の土地においてよりもこの土地においてはスムースになされるように思う。何故ならこの土地にあっては怖ろしいヴァイラヴァが眼を開いており、しかしながらヴァイラヴァの慈悲もまた無上の慈悲深い神となって生きているからである。悶えている心を持って、衰えた肉体をもってこの土地にやって来る現代文明人たちは、ガンジャ、ハシッシュ、L.S.D. の恵みを受けて失ってしまったかのような、魂の祈る力と、肉体の歩く力とを回復してゆく。ネパールの人たちは、物価の値上がりという恩恵と好奇心の満足という恩恵を彼らから受けながらも、世界史の流れの中で、これらガンジャ、ハシッシュ、L.S.D. の外国人をめずらしい美しい白い犬のように可愛がっている。

ネパール人は時々控え目に忠告する。悪いものじゃないし薬にもなるが、朝からやっているのは善くないいな。

ネパール人は健康である。それはヴァイラヴァの恐怖を体の内に消化しているからである。信仰深い人々は早起きをする。魂の健全な人々は早起きをする。この事実をどうすることもできない。朝五時にはパタンの女の人たちはもうお寺参りに出かけて帰ってくる人もいる。スワヤンブナートではチベット人たちのお山のまわり一周のお参りが始まり、終わっている人もいる。

この二、三日、カブト虫が出没している。日本のカブト虫とは口のあたりの形が少しちがうが、まごうかたないカブト虫である。

子供達がそれをつかまえて遊びものにしている。私はそれがあまり好きではない。哲学者は悲しいカブト虫である、という言葉があって、カブト虫が子供の手でもてあそばれているのを見るといやな気持ちになる。しかし子供はカブト虫をとらえ紙の箱を作ってその中に葉っぱを敷いて飼い始めている。子供はカブト虫が好きである。太郎も次郎もそうである。しかし太郎はもうこちらで言う、牛をさばける年頃である。カブト虫と遊んでいる幼さは感心しない。

信仰深い人々は早起きをする。

信仰深いということは生きることが深いという意味である。この土地にあっては信仰深いということは目立つことではなく、テルを背負って道を行く姿のように普通のことであり、それ故に信仰という言葉は食事という言葉のように普通の価値を示しているだけなのである。そのように、信仰深く、生きることが深い人々は早起きをする。生きることが深いとは、欲望を捨て、或いは欲望がなくて、必要なものにしか眼がゆかないということである。

何が必要なのか。

良い水、きれいに洗われた体、清らかな空気、健全な体、良い火、おいしい食事、さっと吹く風、身の引きしまり、しっかりと作物を成長させる大地、豊かさ、虚空を越えた希望、信仰、以上はおそらくネパールの素朴な人々にとって、どうしても必要なものである。何故か判らぬが、私にはそれが判る。


ここらの百姓達はそうやってしっかりと生きている。欲望の眼を持たない。時々、金勘定を高くつけるぐらいのことしかない。それは欲望の始まりではあるが、私達外国人から見れば、欲望の赤ん坊であり、猫の仔ほどのものでしかない。

ナマステ、ナマステ、で過ぎてゆくものである。


この時代のもっともすぐれた人々は朝早く起き信仰深い。朝早く起き信仰深い人々は、生きることが深い故にもっともすぐれていると言えるのである。

チベット人、ネパール人、インド人もまた朝早く起きる人々である。そして信仰深い。

外国から来た人々の中でも、日本山妙法寺のお坊さんたちは、朝早く起き信仰深い。四時には起き出して水場に体を洗いに行っている。

ハシッシュ、ガンジャを吸い、L.S.D. を取る人達の中でも、朝早く起き太陽が昇るのを拝む人々がいる。そういう人達は欲望を制するという新しい道を歩いている人達である。そういう人達もまたこの時代のもっともすぐれている人々である。

お坊さんになった人達、道を求めている人達、逆行する運命にはあるけども、すでに道の上にある人達。

この人達が新しい時代のための生き方を示し、人類を壊滅から救う方向の人々であることは確かである。

人類は欲望の制御によってしか救われるすべがないのだから。

アメリカ人でチベットのラマ僧となっている人達が何人かいる。その人たちはまるでアメリカ人のようにではなく、ゆっくりと静かに歩いている。その人達の姿に出会うと、チベットのラマ僧に出会った時とは全然ちがう種類の感動を受ける。その存在の姿自体が明るい。何故ならその人達もまた朝早く起きる信仰深い人達だからである。

諏訪之瀬島でも朝の五時起きはすでに何年も積み重ねられた宝である。そこにバンヤンアシュラムの明るい光がある。

島の人々は早起きである。自然に生きる人達は何処でも皆早起きである。

ゆうべは昼寝の時間が長すぎたせいで、眠るのがとても遅かった。眠ったと思うと何だか以前にも見たことがあるような大きな船に乗ってゆく夢を見はじめ、それは朝までつづいたような感じだった。大きな船は舳先《へさき》から海面まで何十メートルもあるような船であり、そこから海面を見下ろすと怖いようであった。港を出てしばらく行くと河に入り、河の水は少なくて船は自動車のような勢いで河底をガリガリこさいで通りすぎ、再び大きな海に出た。その海は冷たく荒れている大海だった。

ひとつの小さな岩島があり、私と母ともうひとり誰かは、その島で降りた。そこまで誰かを見送りに来たのである。大きな船はいずことも知れず去って行った。誰を見送りにそんな大海の真っ只中の無人島まで来たのか判らないし、又、何を見送りにきたのかも判らない。母と私とは波しぶきに打たれながら迎えの船が来るのを待っていたが、その船はずい分おくれてやって来た。前の船よりは小さいが、それでも四、五十人の人が乗っており、私はうまく飛び乗れたが母は乗りそこなって全身がびしょぬれになり、寒そうで、それでも乗り移ることは出来た。船の人々はすべて癩患者で、母はおびえ不快そうで又、びしょぬれで寒そうだったが、私はそんな母にあまりやさしくすることは出来ず、ただ馴れるように、と見つめていた。その内、港のような駅のような所に着き、母と私ともうひとりはそこに降りたが、それは全然見知らない国の見知らない場所であった。どうしようかととまどっている時、船が出始め、私ははっとして、大きな船の人全部に聞こえるような声でナマステと叫んだ。するとデッキのあたりや船の窓から殆ど全部の船の人たちが顔や体を現わして、にこにこ笑いながら手を振って別れを告げてくれた。その別れが私にとっては唯一の母への贈りものであった。それから先はよく判らない。夢はそこで終わったようである。最初の大きな船で何処へともなく行ってしまった人の中には、宇都宮大学の助教授である佐藤君が居たような気がする。悪い夢ではないが善い夢でもなかった。大きな舳先《へさき》から見下ろした海面への距離が、何か不可能な現実を象徴しているようで、壮大であり、悲しみをもたらしていた。

次郎は、汽車に乗っていて窓から太郎がラーマを抱いて体を乗り出していると強い風が吹いてきて二人とも落っこちてしまったが、長い汽車で、最後の車輌にいた車掌が気がついて助けてくれた夢を見たそうである。朝食の話題はその二つの夢。私は又、腹をこわしてぼんやりしている順子を叱った。朝食前のすがすがしい気持ちが朝食と共にくすんで汚れてしまったからである。しかし私は一体によく順子を叱りつけるが、それが性癖であるとすれば、早くそれを棄てないと再び畜生道を歩むものとなってしまう。

眼をあけて虚空よりも高いところにある希望を見つめよ。腰に清浄な力の充実を保ち、眼を伏せ、耳に神々の声を聞け。

七月二十一日（日）

恵み深く無上の慈悲深い神であられる主よ。

どうぞこのカルマに追われ彷徨《さまよ》う身である私を、あなたの蓮華の御足の元へとお定め下さい。あなたに祈ることを最上の喜びとし、あなたを私自身のアートマンの姿であると認識させ、あなたの内に溶解させて下さい。恵み深い観世音菩薩、この世と彼の世の二つながらを渡ってゆく究極の導き手であるお方、チベット民族の守護神であるチェンラジー、この世にあっては彼の世の蓮華であり、彼の世にあっては此の世の蓮華である未だ見ることの出来ぬ主よ、真理を求めてさまよいつづける私にあなたの無上の慈悲によって、あなた御自身を光として現わすことにより真理に目覚めさせて下さい。ああ、さまよってもさまよっても欲望はより強く私の眼は開きません。私は私のカルマをだから引き受けなくてはなりません。だがもうこれ以上カルマの増えるような欲望を与えることはやめて下さい。明るく正しく静かに美しく生きることこそが願いであり、そのために欲望は無益なものであることを私は知りました。まして再誕生をめざして新しい子宮へ入ってゆくことは、存在自体の黄昏《たそがれ》のような涙がこぼれます。もうこれ以上の繰り返しは厭です。

おお恵み深く無上の慈悲深い神であられる主観世音よ、めぐりめぐり再び恐怖の世界に出会わねばならぬのだとしたら、一体私はどうすればよいのでしょう。もう私は私自身の恐怖の相には立ち会いたくありません。あなたの蓮華の清らかな御足を礼拝することで日々の始まりと終わりを充たして下さい。そして日中はあなたの心を我が心とし、あなたの慈悲の中で、与えられたカルマを正しく明るく静かに果たしてゆけますように。

『バルドソドル』は業深く信仰に身を献げきることの出来ぬものに、死という最後の機会をとおして、認識、祈り、溶解、という三つの手段をもって解放を与えようとする、パドマサンヴァーバの慈悲の経典である。それは蓮如上人の情念的な白骨の御文章に対比されるような認識の経典である。業深く信仰浅いものはかくの如くに死を見つめなければならない。死ぬ技術を通してまで生を生きながらえなければならない。それは、命長ければ恥多し（徒然草）という絶望に至る直前の立直りのための経典、死を人々の幸福のために献げるという逆転の教えである。

苦しみに耐えて祈りつつ立ち上がるよりほかに手はない。

きのうからやっと『マハーニルヴァーナタントラ』の訳に再びとりかかることが出来た。ざっと計画をたててみると、この翻訳が終わるのは赤ん坊が生まれる十月の半ばごろであることが判る。するとと私の為すべき仕事はこの翻訳をしとげることであることが時間から見て符合する。

やっと食べ物の味が判るようになった。食欲も出てきた。

再誕生の道に逃げこむことが厭であるならば、欲望に負けず、心を正しく静かに明るくもって日々の仕事と瞑想に励むように。

七月二十二日（月）

カトマンドゥへ行く途中にヴィシュマティ川を渡るのだが、そこには何本かの橋がかかっており、ドルヴァール広場へ向かう時にはいつもその内の吊り橋になっている橋を使う。橋の上からは人々が洗濯をしている姿や体を洗っている姿、水牛が体をとっぷりつけて気持ちよさそうに休んでいる姿、子供達の水遊びやアヒルの親子の群れが殆ど土の色をした流れの中に見られる。雨季に入ってかなり水量は増したけど、まだガートのあたりをひたひたと河水が浸すほどにはならない。多分このヴィシュマティという川はそんな大河の趣きは呈さないで、雨季になったら水量を増して、それまで干上がった河床にたまっていたゴミの山を流す程度の川なのであろう。

きのうは小降りの雨の中を小さな子供の葬式が行なわれていた。太郎と二人でゆらゆら揺れる橋を渡って行くと、向こう岸の橋のつけ根の左側のガートに、たくさんの大人や子供が集まって、声を放って泣いていた。近づいてみると二、三歳ぐらいの小さな子供が白い布に包まれて地面の上に置いてあり、一人の男の人がその足元と頭の所にレンガを二つずつ並べるところだった。そこらに転がっている泥にまみれたレンガである。通りすぎて街へ入り、郵便局や日本大使館での手紙の差し出し受けとり（手紙はなし）の仕事を終わって、夕方五時頃に再び帰ってくると、橋のたもとの人の集まりは少しふえたようで、今度はもう誰も泣いておらず、子供には黄色とオレンジ色の真新しい布がかぶせられてあった。その横で一人の男の人が今度はゆっくりと薪を割っていた。夕方から夜にかけて燃やすのであろうか。雨の降っている中でしめやかに長い時間をかけて行なわれようとしている遺体焼きの儀式は、ヴェナレスのガートの雰囲気とは大分ちがい、日本の葬式の雰囲気に近い人間的な情念がこめられているようであった。しかし焼かれた遺体は骨となり灰となってあの土色のヴィシュマティ川に投げこまれ、その近くでは他の人々が体を洗い、洗濯をし、水牛が遊び、子供達が遊んでいる点では、やはりヒンドゥの河の光景なのである。それがネパールで出会った初めての遺体焼きの光景だった。帰り道にどういうわけか列を作って歩いてき、牛どもの先頭のやつがいきなり私の腕を角で巻きあげにかかって来て、びっくりしたり腹を立てたりしたけども、あとからよく考えてみると、この頃農牛に馴れ、又水牛もその肉をよく食べたりしている内に、牛に対する神聖感を失ってしまっており、それはヒンドゥ教徒としては如何なる場合にあっても許されないことであるのだろうと思い当たったのだった。それで今朝、水を汲みに行って最初に出会った牛に、ヴェナレスでと同じように尊敬を払ったのだった。葬式、神聖な牛、カトマンドゥもまたヴェナレスと同じように、形も内容もちがうけどもやはりヒンドゥの街であることが判る。今朝はインド香をたいている。

ドルヴァール広場では何かの神様の縁日ででもあるようで、普段は出ていない神様の絵（木板で刷ったものの上に色が塗ってあるもの）を売る出店が三つ四つ出ていた。アサントール広場にも出ていた。インドの色刷り印刷の絵になれた眼からすると、如何にも稚拙な出来ばえの絵であるが、よく見てみると、木版刷も、色塗りも手製であり、稚拙ながらも素朴な美しさとネパール特有のヴァイラヴァの味わいといったものが沁み出していて、ラクシュミーナラヤンがナーガの上に乗っている絵図と、ナーガだけが描かれている五センチ四方ぐらいの小さなものを二枚買った。部屋に帰ってよく見てみると、手に入れて本当によかったと思える味わいがいっそう強く沁み出してくるようであった。ネパールの人達はそういう絵像を家の入口の上などに貼りつけて、一種のまじないのように使っているようである。ラクシュミーナラヤンは豪華な色刷り印刷の絵の中にもいるが、そのような手製の絵の中にもおられ、何処にでもおられるのだということをネパールの人たちは証明しているような気がする。

買う時に子供に、これはラクシュミーナラヤンかとラクシュミーの方に力が入って尋ねると、いやこれは、ラクシュミーナラヤンだとナラヤンの方に力を入れて教えてくれたことも思い出される。何のかわりもないようなことであるが、伝統の中に住んでいるものの自然性が、ロマンから入って行ったものの人為性に教えを与えてくれるのである。無意識の内に私はラクシュミーを求めているようであるが、それは又別の問題である。

スワヤンブナートに来て以来、私達はオーンムニ　マハムニ　シャカムニ　エースヴァハー、と唱えて食事をとることにしている。ところがこの二、三日、ラーマが手を合わせるけども、うまく言えなくて、「ラーマそれ言えない」と主張しはじめたのである。「じゃ、ナムミョーホーレンゲキョーがいいのかな」というと、うんとうなずくけども、すぐにシヴァがどうしたとか言い出して、何か心にぴったり来ないようなのである。そこで順子が「ホトケサマ　いただきます」というマントラを作り出した。ラーマにそう言いなさい、と教えている。

以前に成松上人が手紙で手を合わせることの大切なことを書いて、「ほとけ様はそのようなことを教えるためにこの世にお現われになったのではないでしょうか」と言っておられたことを思い出すのである。仏教徒とは言え、主ブッダを、ほとけ、と呼ぶのは日本人のみのならわしである。みほとけ、ほとけさま、いずれも美しい深い響きを持つ言葉である。みほとけと呼ばえば天空が割れて、おごそかな高貴な御姿が現われてくるし、ほとけさま、と呼べば大地もろとも大いなるほとけの慈悲の渋い黄金色の光に包まれてゆく感じがある。

思うにそれは天竺という遠いおごそかな国から来られた方に対する、日本民族の心からの尊敬の呼び名であったはずである。

ほとけさま、あるいはみほとけに対して、これまで私も尊敬の念を欠いたことはただの一度もなかったことが断言できるのである。ほとけさまはありがたいお方である。ほとけさまが右手をあげて下されば、それだけで存在はたちまちその黄金色の幾分淋しい味わいもある慈悲の中にとけてしまうほどである。みほとけと呼べば、みほとけはいつでも胸の内におられる。胸の内にあっておごそかな高貴な静かな光を放っておられる。

このほとけの伝統を子供達に伝えてゆくことは、親の義務であり、民族の義務であろう。

天竺は今なお存在する。日本人は謙虚にほとけの生まれた国であるインド、ネパールを尊敬しつづける義務がある。経済侵略するなどとんでもない。

ネパールは、ほとけ様のお生まれになった国である。この言葉をよく噛みしめ、忘れないように。この国は、ほとけの生まれた国である。結局、われら日本人は神道の神々と共に、このみほとけの慈悲の光の内に生と死を繰り返してきた民族である。ほとけの大きな慈悲の傘の下で泣き笑い、生老病死の輪廻を繰り返し繰り返しめぐってきたのである。そのことを忘れないように。天竺国を忘れないように。

古いことだがレーニンに「何をなすべきか」というアジテイションがあった。究極において、われらは何をなすべきであるか。

この時、われらは、ほとけを思いほとけを礼拝すべきなのである、という答えが帰ってくるのである。聖徳太子が仏教を国教として受け入れられ、和をもって尊しと為す、と宣明されたことは、まことに賢明な、そしてほとけの心を知った処置であった。歴史上、仏教が原因で起こった戦争はただの一度もない。蘇我氏が反対を押えて、国家の中心を国神である神と共にみほとけの内においたことは、中心というものを本来あるべき所においたという点で鮮やかな知恵の処置であったのである。

日本列島はアジア大陸に所属しているという事実、日本はアジアの中心ではなく、天竺こそはアジアの中心であり、世界の中心であるということを、当時の地理学の知識を越えて太子は直感されていたはずである。と同時に国神は大切にされなければならない。しかし国神があまりに大切にされると、明治以来の歴史がよく示しているように、アジアの中心が天竺にあることを忘れて、日本国こそはアジアの中心であるという思いにとらわれてしまうのである。もちろん日本国も日本国としての独立の国神があり、この国神は、日本民族の真髄をなすものであるが、それはヒンドゥで言うアートマンとしての神聖であり、その神聖はブラフマンの大海として神聖に合一するべき性質のものである。ブラフマンは中心のない全神聖である。ひとつの究極の中心から、究極の中心というものはなく、全神聖であるという声が生まれているのである。それが仏教の教えである。

ほとけを礼拝すること、ほとけを思うこと、ほとけに帰ること、いつもほとけと共にあること、それがなすべきことである。平和がそこにある。究極の真理としての平和がそこにあらわれる。

加藤上人は、ほとけを呼ぶに、本師釈迦牟尼仏と言っている。

成松上人はほとけ様と言われる。

インド人はブッダと呼ぶ。

石谷さんもブッダと呼ぶ。

西洋人たちもブッダと呼ぶ。

新しいインターナショナルな世代のほとけの呼び名はブッダである。

ブッダという名のもとにひとつの新しい共同幻想が生まれ、その幻想をもとにした共同体さえも生まれている。それは真理である。

七月二十三日（火）

存在の真理は浸透する明るい光である。その明るい光を、ほとけと呼ぶ。その明るい光は又、アートマンと呼ばれる。その真理なる明るい光を常に自己の内部及び外界に瞑想しているように、それが出来ない時にはイシュワラ（守護神）にイシュワラの慈悲をとおして、イシュワラ自身でもある明るい光を瞑想できるようにと祈るように、それでもまだ瞑想できない時には、あらゆる神々、諸仏、菩薩、僧、ダルマを思うことにより必ず、真理である浸透する明るい光を瞑想するように。

神々、仏、菩薩、僧、ダルマに嘘はない。嘘のないものを拠り所として真理に目覚めてあるように。それが行というものである。

三日前からスワヤンブナートは「仏教の月」と呼ばれる祝祭月に入ったそうである。カトマンドゥヴァレイに住む仏教徒のネワリ族の人々が、スワヤンブナートへお参りに集まり、今月は大変賑やかな月だということである。

順子と子供達はきのうお参りに行き、天気が悪かったせいか人が少なかったので、ハルティアジュマキのお堂に入ってお祈りをし、香を献げてキラカ（額の印）を戴いてきた。私も行く約束だったのだが、増永上人が来たりして、私にはあまり興味のもてないカルマのために、半日を献げることになって行けずじまいだった。自らの苦しみを人前で演じる似而非仲間性は金輪際、御免こうむる。私はミッションのものではないし、自己の思いを宣揚する道にあるものでもない。

それを自分にはっきりさせておかないと、再び生まれかわったも同然のカルマの嵐に巻きこまれることになり、最初からやり直しということになってしまう。

七月二十四日（水）

無上の慈悲深い神。観世音菩薩、どうぞあなたがいつでも私の胸の内にありますように。私が宿命に逆らうことなく、真理に従ってあなたの生きた御足を礼拝できますように。

スワヤンブナートからカトマンドゥへ出かけて行くとほっとするような解放感、しゃば世界へ出て来たような、明るい欲望がある。しかしそれは最初の四、五分間だけで、バザールで売られている様々な商品はもはや商品でしかなく、高価で、ただお金のために売られているものばかりであり、やがてぐったりと疲れ、何処かにひっそりと静かに休みたいと見渡しても、そのような場所を提供してくれるような場所もない。

街から帰ってくると、スワヤンブナートは黄金色に輝き、高く気高くそびえているのがよく判ってくる。

そしてこのように神聖な仏教の聖地にありながら、なお俗世の欲望にとらわれて、自己の修行と仕事をおろそかにしている自分を思うといまいましいことこの上ない。

私は宣伝者ではないのだから、意識的に若い人達とつきあうことはやめにしなくてはいけない。それもひとつの欲望なのである。カトマンドゥで日本人の交際クラブのようなものが出来たとしても、それは私にとって殆ど何の意味もない。息を抜いただけ、あとから元手を取られるだけのことである。

仕事をすること、瞑想すること、それだけで充分である。

七月二十五日（木）

パタン及びスワヤンブナート近辺では、民家の床はすべて土で作られている。木材で荒組みした上に木や板や、薪のようなものをたなげ、その上からどんどん粘土質の土をつめこんでいって床とするのである。最初の内は土はもろいものであるから、歩いているとひび割れたりくずれたりするのではないかと、安心して床の上を歩けない気持ちだったが、馴れて来ると、土の床も、木の床やコンクリートの床と同じく、しっかりとしたもので、簡単にくずれるような代物ではないことが判ってくる。もっとも二階なり三階で相撲でもとるようなことをすれば、土のことだから下の階へ土くずが落ちてくるようなことは起こる。

ネパールの人達は、その土の床を週に二回乃至三回ぐらい、みがきあげる。どういう風にするのかというと、バケツに新しい土をどろどろに溶いたものを持ってきて、それにぞうきんを落とし、丁度ぞうきんがけをするように土の上を拭くのである。そうすると床はいちめんにしっとりとぬれ、新しい赤土の光がまるで出来上がったばかりの家のように光り、かすかに土の生きている匂いもただよってくる。一時間もすれば完全に乾いてしまうので、その上にわらで編んだしっかりしたむしろを敷き、その上にちょっとした布なり敷物を敷いて生活の場とするのである。

土の床のよさは、何といっても土自体のもつ質の尊さである。みがきあげられた土は堅く光っており、裸足でその上を歩いても足が汚れることはない。裸足で土の上を歩く楽しみが、家の中の自分の部屋でさえも味わえ、味わうというよりは日常的にそのように支配されている生活は、実に土に密着した生活と言わなければならない。一階の順子達の部屋は残念ながら床がコンクリートでできているが、二階の私の部屋は土でできている。私はそこにむしろを一枚だけ敷き、土の部分がなるべく露出しているように工夫している。何故か、「ネパールの土の家」というイメージがずっと以前からあったようで、私は自分のこの部屋に入ってくると、故郷の中心に帰ってきたような、言い知れぬ安らぎを覚えるのである。この安らぎは相当に深いものである。時には神に避難所を求めるように、この土の床のかもし出す不思議な安らぎの力に避難することさえもあるほどである。

大家のサーラおばさんはきのうバザールからラクシュミーナラヤン、及びナーガの絵を中心とするネパール式の手製の神様の絵を買ってきて、我々外国人の部屋の入口の上にも一枚ずつ牛糞で貼りつけてくれた。その絵の上方には何かとくさに似たような植物をはさみ込み、色粉で練った米粒をべたっとくっつけてある。今度も又何かのお祭りであり、ネパール人の家では殆ど、そのような神様の絵が入口の上に貼りつけられる。もっともそれはヒンドゥ教徒だけであるが、仏教徒もまたその習わしをボイコットしている風には見えない。

ネパール仏教徒は、ヒンドゥ教徒と同じく額に色粉をつける習慣をもっており、色粉だけでなく米粉などもくっつけている姿をよく見かける。額のキラカは、美的に見ても美しいし、する方の立場からすれば、額の中心にひとつの鮮やかな印をつけることによって、とかく低くなってしまいがちな瞑想の位置、物を見る位置を高く、しっかりしたものにする効果を持っている。私はこの額のしるしが好きである。日本の仏教徒も観世音には第三の目が額にあるのだから、それにあやかって額のキラカの習慣をもっても良いように思うのだがどうだろうか。

土の床に護られ、入口のラクシュミーの絵に守られて、私の生活はまずまずネパール化の方向をたどっている。やっと『バルドソドル』二回目を読み終わり、帰依者の人生に怠惰はなく——という簡潔な一文に出会って、今や私も帰依者となりつつあることを感じている。

何に帰依するものなのか。観世音、私の魂そのものの姿である観世音菩薩チェンラジーに帰依するのである。帰依者の人生に怠惰はなく、ただ一日一日を帰依しつつ歩んでゆくだけである。一日一日の一分一分が物言わぬ献身であるか、又はマントラを口ずさみつつする瞑想であるか、いずれにしても全一日は丸ごと神に献げられてあるものである。善いことも善くないことも共にすべて神に献げてしまえ。空と親しみ、地と親しみ、水と親しみ、火と親しみ、風と親しみ、死の準備をいつも忘れず、安らかにこの世を歩いてゆけ。そして死の時が来たら再び生まれかわることのないよう全力をあげて神に祈り、人々に死を迎えることは怖ろしいことではないことを知らしめながら死ぬが良い。

死を人々の幸福のために献げるという教えこそは、今までのすべての教えの中の最良のものであったことを私は素直に認めなければならない。それが死の技術の秘密だったのだ。そしてそこに大乗仏教としてのラマ教の性格が最も完全な姿をとって現われてくる。死を人々の幸福と認識のために献げるということは、同時にこの生を人々の幸福と認識のために献げることに他ならず、それはつまり、慈悲深い神の帰依者として怠惰はなく生きてゆくことに他ならない。

雨が激しく降りはじめ、降りこんできてヒンドゥの神々の座がしぶきにぬれてしまった。窓を閉め、これからはもうそのようなことがないようにロックをして開けないことにした。

ヒンドゥの神々よ、どうぞ慈悲深い心でこの貧しい私を守護して下さい。観世音と同じように、時にはそれ以上に、ヒンドゥの神々に私は帰依している。もしかしたら死の時にはラーマの御名を呼ぶことになっているのかも知れないのである。私にしっかりとした力があるならば、ヒンドゥ教や仏教やすべての宗教の神々を肯しと認める私の体験の中から、それにふさわしい呼び名が自然に生まれて来るだろう。どの御名のもとに死を迎えようとも、それは問題ではない。それが私にとって死の時の名であったということであり、その名をとおして、真理なる一者のところへ帰ってゆくことが私の願いなのだから。

しかし、もし私に真に力が恵まれ、健康で病気ではなく死ぬことが出来るならば、私はどのイシュワラにも頼らず、ただオームに頼り、オームと唱えてオームの内に入ってゆきたい。オームからすべてのヴェーダが生まれ、オームから仏教が生まれ、オームからこの全宇宙は生まれたと言われているのだから。オームは究極である。オームが響きつづけてあれ。オームに幸いあれ。

このように旅をしてみるとすべての宗教は智慧であり、その人、その人に応じた、又その地方や国や民族に応じたふさわしい智慧の輝きであるということができる。幸福が何処にでもあるように、はりめぐらされた神の慈悲の現われが宗教の実質であることが判ってくる。何処からでもよい、時に応じ身に応じて神に祈れ、ほとけに祈れ、菩薩の群れに祈れ。祈るところに、祈りの中に、平和と不滅の明光が現われるだろう。

オームは空であり、オームは空の実在としての仏性そのものであり、オームはブッダであり、観世音であり、チェンラジーであり、オームはシヴァであり、クリショナであり、ラーマであり、オームは母であり、オームは師であり、父である。

人がそのように強く深く認識できる状態にあることは稀なことであるとは言え、強くあるよう、深くあるよう、究極であるよう、つとめよ。

昼寝の夢にターラー菩薩を何度も見る。まるでターラー菩薩なくしてはこの辛い日々を乗り切ってゆくことは出来ないかのようであった。

諏訪之瀬に送ってあげようと思ってスワヤンブナート寺院に行き、白壇粉の香を買ったあとで、一服していると何処からともなく人が現われ、その人にさそわれて店に入り、小さなターラー菩薩の像を見せられて買うことにした。ターラーには五つの姿があり、その内の第一の形のものであるという。左手で旋無畏《せむい》の印を与え、右手は膝の上にゆったりと流しているものである。順子に言わせるともう少しやわらかい姿のものがよかったと言うことであるが、ターラー菩薩が今日は呼んで呼んで仕方なかったのでこういうことになったわけである。

諏訪之瀬にはマンゴージャムと白壇香と、シヴァビリーを送ることにした。航空便だから少々高いものにつくけれども、まだマンゴーの味を知らない人達にせめてもの味を送ってあげようということになったわけである。

「オーム」誌を広げてナーガの東京あての手紙を読みかえしてみると、見るべきところをしっかりと見て正確に動いていることがよく判る。相変わらず頑固ではあるが、その頑固さがなければ、創成期のバンヤンアシュラムは維持してゆけないことが判るし、それは今こそ逆に必要な時なのかも知れないと思う。

ポンがタラマリヤ観音という、姿はすっかりターラー菩薩と同じような絵をやはり「オーム」誌の中に描いている。その体の線のやわらかさ、表情のやさしさは、一般的なものとしてすでに一流の腕に達していることが判る。あれがもう少し透明になったら、ネパールにやってきて仏画師としても通じるのではないかと思われるほどである。

七月二十七日（土）

きのう初めて順子を病院に連れて行った。ところが内診の結果、妊娠している子宮ではないと言われたそうで、今日又薬物検査の結果を知るためにもう一度病院に行っている。努力のかいがあって、シャンタヴァワン（平和の家）と呼ばれるその病院の産婦人科の医師は日本人と結婚していて、日本語は普通に話す台湾の女の人なのである。そのようにこぎつけてやっとお産の態勢に入ったと思ったら、そのような結果が出て本当にキツネにつままれたような心地がしている。それにしても七ヶ月も八ヶ月も女性に生理がないということが有り得るのだろうか。心の内では私は小さいながらも新しい生命が育っていることをまだ信じている。

大使館に行き、手紙を受けとる。

一通はヨウより順子あて、お産のアドヴァイス、一通はノンより太郎あて、諏訪之瀬のいつも変わらぬ明るい健康な光景、一通は紀子より、神田の家の切羽つまったような、それでいて信仰というものの感じられない、プチブルのあがきのような、けれどもやはり肉親の情愛のこもった切実な手紙である。紀子の情愛の底にあるプチブル性というものを私はいつも幾分の批判をもって眺めてきたけれども、今度の手紙を読んでいると、彼女の胸の内にもやっと何か、信仰の光のようなものが届きはじめたことが感じられる。生きてゆく支えとなるものが経済である、という固定観念のようなものを脱け出して、経済はカルマとして献げ、そのもうひとつ底にあるものを支えにしようとする姿勢が見られるからである。それは今度の経済的な激動の内で彼女が学んだものである。そして多分、私も彼女と同じだけ経済について学ばされたのである。

先のナンダからの手紙では、諏訪之瀬に飛行場を設置する認可が下りたことを伝えている。これで諏訪之瀬島に、あの火山島に飛行場が出来るのはほぼ確実である。日本のプリミティブ、従って世界のプリミティブラインはそれだけ後退し、削減されたのである。プリミティブが希望であるこの時代にとって、それはその時代の希望がそのようにしてまたひとつ削り落とされ、生存はそれだけ人工的、合理的、科学性を帯びることになった。

しかしプリミティブのエネルギー、かつて存在し、今もまた存在しつづけているそのエネルギーは不滅のものであって、科学により食われてしまうものではない。私達の生存がそれだけ強く、欲望を制することをうながされるということだけである。

きのうの夜久し振りに夢精があった。恋もなく、セックスのイメージもなく、ただたまったもののが滝のように流れ落ちただけのことだった。朝、悔いは何もなかった。それは第一歩である。この第一歩は業の深い私には長い長い第一歩であったが、ネパールという清らかな風土に助けられて、その第一歩を歩み切ることが出来た。しかしこれは第一歩である。油断は出来ない。

ナーガが手紙の中で言っているように、島に行く目的、又何処にせよ行ったり来たりする目的、つまり生きる目的が、皆んな集まって、わいわいがやがやすることであると思っているなら、それは見当ちがいというものである。

透明さ、清らかさ、静かさが、是非とも保たれなくてはならない。そしてそれらの尊い果実は、祈りという眼には見えぬ行為の樹にしか実らないものなのである。『バルドソドル』の中で至上の世界として示されているヴァイロチャーナの空の明光(おおえさんはこれをクリヤーライトと記している)を、私はやはりオームの響きと呼ぶが、このオームの響きと、その具現であるイシュワラへの呼びかけ、この二つが交互に為されることが大切であると思う。イシュワラによってオームを呼び、未だオームに実らざる魂は疲れてイシュワラの慈悲に戻ってくるのである。オームは至上である。オームの道を歩め。

トゥシデレ　おめでとう　　カレペコ　さよなら

シュケデレ　お早よう　　ディテレレ　これは何ですか

七月二十八日（日）

カトマンドゥ盆地の伝説

昔、蛇の湖と呼ばれる湖がありました。というのは、その湖には蛇族の王であるカルコタクが住んでいたからです。湖は大きく、美しく、高くそびえる山々に囲まれておりました。あらゆる種類の水の植物が育っていましたが、ハスの花だけはありませんでした。ある時、ヴィパスウィ・ブッダがやってきて、その湖の中にハスの根を投げ込みました。「この根が育って花を咲かせる頃」とブッダは言いました。「スワヤンブー、自存するものが、ここにきらめく形で現われ出るであろう。そしてこの湖の水は流れ去り、その後に盆地が出来、多くの町々や村々が栄えるだろう。」

ハスの葉が水の上に浮かんでいるのが見られました。そして予言されていた花が天国のような美しさで花開き、五色のきらめきが水面に映っていました。これを知って〝自存するもの〟は湖の中に姿を現わし、もう一人のシッキ・ブッダが多くの弟子を引きつれてそこへ巡礼にやってきました。彼は蛇の湖の周囲を三度めぐり、瞑想のために山の頂上に坐りました。そして弟子達を集め、この聖なる湖の未来の輝かしい運命を語りました。彼はまた弟子達に、自分はこの世を去る時がやって来たことを告げ、人々の悲嘆の中で湖へ飛びこみ〝自存するもの〟の精霊の内に溶けこんでゆきました。

長い時を経たのち、ヴィサムブー・ブッダがこの湖にやってきました。前の来訪者がそうであったように、ヴィサムブー・ブッダもまた数多くの弟子達と共にこの〝自存するもの〟へとやってきました。そして弟子達に向かい「菩薩が、今まさに到着し、湖から水がなくなるだろう」と告げ、告げ終わると出発して行きました。

その頃、北支那で菩薩文珠師利が世界の出来ごとを瞑想しておりました。彼は〝自存するもの〟

が蛇の湖に現われたことを知ると、弟子達を呼び集め、共に聖なる湖へと出発しました。弟子達の中には位の高いダルマカルという人もおりました。湖へ着くと、文珠師利はそのぐるりを周り、南の、低い丘の上にやってきました。そこで彼は三日月刀をふるって丘に水径《みずみち》を切り、水は流れ去りました。

菩薩は弟子達に新しく現われた盆地に住みつくようにと告げ、その地を去ってゆきました。残されたダルマカルがネパールの最初の統治者となりました。

林はまだ現われず、その代わりに秀夫君からの小包が外国郵便局に届いていた。

林より一足先に秀夫君の気持ちの方が届いて来た形となった。久しく食べていない日本の食べ物の味には、貼られた定価表から判る物価値上がりの証拠と、化学調味料の味と、秀夫君の心づくしの血の暖かさとがあった。血がかようという言葉があるが、実際に血が暖かく流れるのが感じられる有難い贈り物であった。しかし食べ物の質から言えば、日本の食べ物はもう殆どが化学調味料の味であり、食べ物の本来の味はほんのつけ足しのようになってしまっているのが判る。お茶だけはさすがに純粋である。久し振りで湯をさましてじっくりとお茶を入れてみたが、渋味と苦味がかろうじて出て来た程度で、日本の香りは出て来ない。渋味と苦味だけでも充分にうれしいものだったが、ネパールで茶の味を出すことが出来ないというのが残念であった。しかしそれは当然である。

諏訪之瀬では紅茶が飲めないという話があるように、やはり国や風土というものがあって、原料は日本のものであっても、その味が思うように出てくるということはないのである。存在の味は空

なのである。

結局いただいたものは、秀夫君の血の通った愛であることが判る。初めて彼と血が通ったのが嬉しい。子供達、順子は元々血が通っているのだからというわけでもなかろうが、久し振りの日本の味に舌つづみを打って食べていた。太郎がスーパーマーケットの商品故にこちらへ来る前の定価をまだ覚えていて、これは幾らだった、これは幾らだったというのを聞いていると、平均して二割方は値上がりしているのが判る。カトマンドゥの物価値上がりも相当のものだが、一応しっかりとした資本主義国として世界に誇りを持っているはずの国の物価が、わずか半年の間に二割方も値上がりしていることを思うと、実際に日本の経済の混乱ぶりが察せられてゆううつな気持ちになってくる。日本へ帰って一体どうやって生活してゆけば良いのかという不安さえおそって来る。

しかしそれはさておこう。

この頃は林を見つけるために毎日のようにカトマンドゥへ出掛けるが、そのたびに釣り橋のたもとで死体を焼いているのに出会うようになった。今まで気がつかなかったのか、このところ、死者がつづくのかははっきりしないが、釣り橋の両方のたもとが死体焼場となっているのだから、それに出会わない方がおかしいといえばおかしいのである。薪を倹約するためか、二本の足が薪の外へ突き出されたまま死体は焼かれている。匂いも激しい。しかしそういう光景を見てももう格別に衝動は受けなくなり、ああ今日もやっているな、と思う位になってしまった。重苦しい気持ちがないではないが、それよりも今まで書くのを怠ってきたが、一番激しい衝動を受けたのは、何週間か前に見た犬の死であった。私たちが歩いて行くと（ちょうどバザールの真ん中へんで商店も人もごちゃごちゃ混みあってぃる所)、眼の前で突然、一匹の犬がひっくりかえり、四つ足を激しくワナワナと震わせていたかと思うと、キッと四つ足を伸ばし切ったまま死んでしまった。その眼がすさまじかった。光るだけ光を放ち、虚空よりもさらに遠い所まで届くような強烈さで四つ足のけいれんと共に天にうったえていた。死んでしまったあとでも四つ足の硬さと眼の虚空性とはそのまま残っていて、その死がどれほど突然な、そして激しい死であったかを物語っていた。まともには見られぬような光景だったが、眼を放すすきもないほど強烈で、すべてを見せられた。すると側《そば》の大きな店の中から天然痘のあとの傷穴だらけの顔をした肥ったバブー(旦那)が出て来て、犬の死骸を蹴り転がして、店の前からそばのどぶのような所へどけてしまった。私に事情は判らないが、それは多分、その旦那が犬に毒を盛ったにちがいなく、如何なる理由があったのかは知らないが、眼で見、感じた限りでは、それは私をしてネパール、カトマンドゥ、ヒマラヤの国という、一連の平和の予想を叩きつぶすような強烈な出来事だった。そして今も、ネパールという国を支える様々な要素の中に、あの強烈にけいれんして死んでいった犬の死がはっきりと残っているのである。

カトマンドゥもまたヴェナレスとはちがうけども、常に死と直面している街という点でかなり似たところがあるのを最近は感じはじめている。

ヴィシュマティ川の水は黄土色というか泥水のように濁っている。ガートにはきのう人を焼いた灰がまだそのままに残されている。今日はこちら側の岸で焼いている。鳥辺山の煙立ち去る日はないのである。時は雨季、しっかりと不動の信仰の柱を立てる時である。

七月二十九日（月）

シャンタヴァワンホスピタルでの検査の結果、順子の妊娠は間違いだったことが知らされた。もう八ヶ月になるところで、実は子宮の中は空っぽなのだと言われてもその方が嘘だとしか思えないが、血液検査の結果も内診の結果もそのような事実はないというのだから、待っていても何も生まれてきはしないのである。

ヴェナレス以来、では私達は何を産もうとしていたのか。順子に生理はなく、お腹も少しずつではあるが大きくなり、一週間ほど前には、胎動さえも感じたというのに、子宮の中は空の空だったというのである。

私には生まれてくるはずの赤ん坊が突然に神隠しに会って消えてしまったとしか思えない。このインド・ネパールの旅を通じて、その赤ん坊は或る意味で旅の眼には見えない中心であり、すべての私達の行為が生まれてくる子に記されることを思ってどんなに励みにもし抑制もし、又妊娠期間特有の重苦しさにも耐えてきたことだろうか。それが、いよいよ産みにかかる段階に入って、初めて医者に見せに行ったら、そんなものは居ないというのである。

一ヶ月や二ヶ月なら間違いということもあろうが、すでに順子には八ヶ月も生理が来ていないのである。そんなことが有り得るのだろうか。

しかし有り得たのだから仕方がない。病院からの帰り、vanish（消失）という英語がずっと心に宿っていた。確かに赤ん坊は消えてしまったのである。

何が残ったかと言えば、生まれた子につけようと思っていたカーシーという名だけが残った。死なせたわけではない。始めからいなかったものを、いると思い込んでいただけなのである。悲しいではないか。虚しいではないか。ヴェナレスでは子供を産もうとして行為をしたわけではない。だが、一ヶ月、二ヶ月、三ヶ月とたって次第に妊娠の可能性が強くなってきた時に、四人目の子供とは確かに少ない数ではないけれども、ヴェナレスで出来た子供である故に、しっかり引き受けて産もうと気持ちをかため、月日がたつに従って、ヴェナレスへの愛がそのまま生まれて来る子供にたくされて、まだ見ぬ子であり、四人目の子であるにもかかわらず、今までのどの子にも優るとも劣らぬ思いをこめてきたのだった。ヴェナレスで妊まれヒマラヤで生まれる子であるから、どんなに素適な子が出てくるだろうかと内心では少々得意でもあったのだが、それはまるっきりの虚妄で、インドの旅自体でさえもがまるきり虚妄であったかのように思われて来るのである。

ますます無上の慈悲深い神に祈り、頼りつつ生きる以外にはない。子に希望をたくすというのがそもそも虚しいことなのである。

七月三十日（火）

『バルドソドル』第三回を読み終わり、礼拝し終わる。

体への欲望を棄てよ。汝の心を断念の状態に保ち、そこに留まるようにせよ。という決定的な教えは、ラーマクリシュナの「女と金」から離れていよ、という唯ひとつの教えらしい教えと同じである。

めぐりめぐってやはりラーマクリシュナに帰ってくる。オームに帰ってくる。それが私の有難い宿命である。ラームプラサードは又、歌っている。神に祈ることなしに過ごされた日は、無駄に過ごされた一日である、と。近頃その感情を非常に強く感じる。林をたずねて、又順子の妊娠検査もあって、毎日カトマンドゥ方面へ出かけ、店に入り、なにがしかの食べ物を食べ、仏像や、神様の絵や仏の絵が売られているのを眺め、ネパールやチベットの色々なめずらしい民芸品や仏具などを眺め、欲しいと思ったり、買えないと思ったりし、人々の行き来、西洋人たちのふるまいの中を行ったり来たりしていても、虚しさはつのるばかりで、ただひたすら慈悲深い神へ涙をもって祈る時がやってくるのを待っているだけである。どうすれば神を求めて泣くことができるのか、どれほど神を愛せば、神は私の心に流れこんで下さるのか、ある時は途方にくれ、或る時は空の明るい光に励まされて、マントラを口ずさむが、欲望は涙よりも激しいことが私にも判りはじめている。

体への欲望を棄てよ、という『バルドソドル』の教えはそのような私にとって強烈で正確である。生まれて来るはずの子供が消えてしまった今、私にはもはや欲望をたくするべき対象がなにもなくなってしまった、という気持ちがしている。ガンジャを吸ってもチャンを飲んでも何にもならない。それは祈られない限りは無駄に過ごされた時である。

たとえ祈られたとしても、それはラーマクリシュナが祈られたような、全身に喜びの戦慄が走るような祈りでなければ、私の祈りをかなえてくれるものではない。それをしも欲望とみなす気持ちがないではないが、祈りを深めることが欲望であると言われたならば、この世にもあの世にも彷徨《さまよ》いつづける柱が存在しなくなる。

祈りは深められ、深められてゆかねばならない。私の心の濁りはそこにある。私にとって祈りが深められなかった日は無駄に過ごされた一日なのである。夜眠る前にゆっくり般若心経を唱え、今日の一日、私は慈悲深い神と心を共にしていただろうか、と思い返す時、確実にその一日の実りが判るのである。多くの日はなにごともない普通の無為の一日である。それはマハカーラに、死神に捧げられた一日である。その中でたまに、きらっと何か光るものがあるなと思うと、それが慈悲深い神への礼拝がとどいた一瞬なのである。誠に、紀子が手紙に書いてきたように、その一瞬は河原の砂粒の中の砂金の数ほどに少ない。

多くの日々はただ無駄に過ぎ去ってゆく
私の願いはかなえられない
それでも私は為すべきことは為し
せいいっぱいの捧げものを慈悲深い神なる　主に捧げている
しかし　主は暗い顔をしておられる　主は欠けた顔しか見せては下さらぬ
慈悲深い神の　慈悲そのものの光に溶けこむことが願いである私にとって
だから多くの日々が　ただ無駄に過ぎ去ってゆく
この無駄を　行と呼ぶのであると思えばこそ
耐えもするが
これではまるで永遠に輪廻の中を巡ってゆかねばならないのと同じだ　という気持ちがする

祈りを深めるためには　どうすればよいのか
慈悲深い神よ　教えて下さい
河原の砂粒のすべてが　黄金にかわる時は　いつの日なのか！

私はこうして日々神の名を呼びながら遊んいるだけなのか
神の御名と戯れ　大きな時の輪にはめこまれているだけなのか
夕陽が斜めの光を放って沈み　夜が来ようとしている
もう何日も　何年もこうやって夜を迎えてきた
それでもこのゲームは終わりそうにない
至福の時は死の時と共にしかやってこないのだろうか
めぐりめぐって　一歩信仰の深みに入っただろうか
めぐりめぐって　心は正しく信仰の正門を叩いているのだろうか
慈悲深い神よ
魂はいったい何を求めてこんなにさまよいつづけているのか
あなたを求めているのではなかったのか
おお慈悲の光であるもっとも深い神
観世音菩薩　チェンラジー
ローケシュヴァラ　アヴァロキテシュヴァラ

今も私は貧しい悲嘆の岸辺にいます
この岸辺に希望はありません
おお夕陽が斜めに頬を照りかえし
日が沈み　夜がこようとしている
どうぞ私のくちびるに　しびれるようなあなたの慈悲の御名が宿り
御名をとおして不滅の確かな手ごたえをお与え下さい
私には何にも確証がない
それが私の淋しさです
マンゴーを食べたものにしかマンゴーの味は判らないと
師は言われました
慈悲深い神よ　信仰の道はそんなたやすいものではないのでしょうか
妻と三人の息子をつれて歩み切れるような道ではないのでしょうか
いや　そんなことは絶対にない
私は逆です　妻や子供達だけではない
私の父と母　心優しい兄弟姉妹たち　親戚のものたち
多くの友人達　仲間達　見ず知らずの人達までも
すべて共にこの信仰の道を行こうとしている
それが出家ではない信仰者の命です

主よ　そのように定められたのはあなたです

七月三十一日（火）

いつのまにか月が落ち、雨もよいの雲の間から出た月はもう十三夜ほどのまるさになっている。月が満ちてくるとターラーの信仰も満ちてくるのが判る。二、三年前から月が美しく輝く夜には、その光のしずくをターラーの恵みとして飲んできたのだが、どうやら今月の月の光の中に仰ぐターラーこそは、今までとはちがって、生きた手足を持ち呼吸をしておられるターラー女神に相違ないと感じる。

Jay　TaRa！

スワヤンブナートへ来てからハルティマターアジュマキのお堂へ何回行っただろうか。スワヤンブナートの中心はもちろんお山の上から四方のすべての出来事を見つめているブッダのまつられたストゥパであるが、この大きなストゥパの正面横に、小さな四角いお堂が建てられてあり、その中に至福を与える母、アジュマキがまつられてある。お堂の前には、雨でも降らなければ堂守りの人がいて、お参りに来る人の一人一人の面倒をみてくれる。その人をとおりこして直接アジュマキにお参りするのは自由だが、その人が堂守りであるからにはその人の祝福を受けて、お米をまいてもらい、色粉を額につけてもらい、マントラを唱えてもらってからでないと、どうも正式にお参りをしたという気持ちにはならない。私はまだ一度もそれをしてもらったことがない。というのはその人の所にはいつでもネパール人が寄っていて、外国人であり、言葉もよく判らない私がどのようにしてお願いをしてよいのか判らないし、又そのようにするすきも与えられないのである。それで私はお堂に参ると、お堂の正面横の回転筒からまわし始めて、一まわりし、正面に戻ってくると、扉の外から母の像を拝むことにしている。扉はしまっていることの方が多く、そっと恐る恐るのように開くと、中には必ず、一人か二人か三人ぐらいの人がいて、ひっそりと、必死に母の像の前に坐りこんで額を足につけてお祈りしている姿が見られる。お祈りをする人の姿にかくされて母はめったに姿を現わして下さらぬばかりか、その前でお祈りをしている人の真剣さに打たれて、長くはそこに居られない気持ちとなり、私もまた低く頭をしきいの所につけて帰ってきてしまうのである。しかし何度か行っている内に一度ははっきりと母の姿を拝することが出来、そのあまりの美しさ気高さにぞっとなったことがある。お堂はバターランプというのか、油のしみや色粉などがしみついて清潔などとはお世辞にも言えない、ネパール独得の匂いを放つ場所なのだが、その中に祀られてある母の姿は真っ黒で黒光りしておられ、その光はしかし静かにやさしく気高く沈んだ光で、礼拝するものを有無を言わせぬ信仰の核へと引きこんでしまうのである。

初めてその姿と表情を見た時、私の心はぶるるっと震えた。ああこの方がマザーブッダと呼ばれてカトマンドゥ界隈の仏教徒のハートを魅了してきた方であったのかと、即刻の有無を言わせぬ納得があった。あとから聞いて知ったところでは、この母なる神は、子供の病気を治す神なのだそうで、お堂に入って礼拝する人は多く身内に病人をかかえて、その重荷を背負ってこの山にのぼり、そうしてお堂の中で必死に頼みごとをしている人々だったのである。私のような外国人が信仰からとは言え、興味を中心にして寄りつけるような神ではないのである。

しかし、アジュマキのその静かに沈んだ黒い美しい姿は、一眼見るだけでも心を落ちつかせるし、心を崇高な信仰の世界へ引きあげてくれる。

パタンの幾つかのお寺でもそうであったが、外面の飾りや門番の神々のグロテスクな、気持ちの悪い姿にうってかわって、内なる本尊の姿は、たとえようもなく美しく、優しく、崇高な姿を見せてくれるのが、ネパールの仏教寺院のひとつの特徴である。本当に見ているだけでうっとりするような仏様が何体かある。だがうっとり見ている暇はない。次から次へ参拝者が押し寄せてきて、自分一人がいつまでもそこに立っているわけにはゆかない。いつでも、その崇高さには、ちらっとお眼にかかれるだけで、また次の機会まで待たなければならないのである。ハルティマターアジュマキこそはその代表的なもので、今までに何回お参りしたか知れないが、まだ私は母の御足に触れたことがないばかりか、お堂の中へ入れてもらえたこともない。いつ行っても、お堂の中にはひっそりと必死の背中のみを見せてお祈りしている人が居り、私が入って行ける余地がないのである。アジュマキがターラー女神とどういう関係にあるのかは知らないが、ターラー女神がスワヤンブナートにあっては幾分形式化した信仰の対象になっているのに対して、アジュマキこそは生き生きとして生きておられ、呼吸をして悩みを持ちこむすべての人に不可思議な恵みを与えてくれるのである。私達もここへ移ってきて以来、何度かピンチに陥った。今度もラーマが風邪をひいているけども、アジュマキにお願いするとただそれだけで、たちまちに効験があらわれて、元気になったり食欲が出たりするのである。現世利益などというつまらぬ批判をはるかに越えて、この世に悩めるものにはその場で力と恵みを与え、信仰を求めるものには信仰の核心とも言うべき、崇拝の感情を即座に与えて下さるのである。魅了するのである。

ここのところ、林をたずねてカトマンドゥ通いをしているためスワヤンブナートに登れず、お堂にも行っていないが、しばらく行かないでいると、早く来なさい、と呼んでいるのが感じられる。それは確かに母なるものの声なのである。私は誰よりも母を愛しているもの故に、母なるものの声は本能的に即座に判るのである。

ハルティマター　アジュマキ　ジャイ！

ハルティマター　タネヴァアジュ　タネメジュ　ラトヴァアジュ　ラトメジュ

ワシヴァアジュ　ワシメジュ　ハルティマター　アジュマキ　ジャイ！

八月九日

四日のガイジャトラ（牛祭り）の日に風邪気味の体で昼寝していると、林とその友達の花田さんという人が一緒にやってきて、きのう八日、空港に二人を送り出すまで、何か、けたたましいような日々がすぎていった。その間、林と二人で、往復二十五、六時間バスに揺られてポカラへ行き、雨季のポカラの夜と夜明けの見えないヒマラヤをひたすら瞑想して帰ってきた。ポカラへの往きのバスでは熊沢上人と一緒で、途中、二ヶ所目の土砂くずれの場所で増永上人とすれちがい、ポカラの仏舎利塔造成中止令が出て、警官がとりこわしに来ていることを知った。ポカラからの帰りでは、空港のバス停の近くで、私服警官に付き添われている三人の御上人に会い、話をきけば前日に逮捕されて一晩留置され、その日にポカラ退去命令が出て、これからカトマンドゥに行くところであるということで、同じバスに乗って帰ってきた。ポカラの旅は見えないヒマラヤの瞑想、日本山の一歩後退の事実、それからPewa HOTELというホテルで食べた不思議な味のするソウルマーチャという魚カレーの味であった。

花田さんは二日目の夜から体の調子をくずしてポカラには行かず、ここの部屋で横になっていたが、柔らかな心の持ち主であることが感じられた。

二人とも大人の世界の人々であるが、私はかつてナナオが言っていたように、ナメられるままになっていた。なめられる心というものは相当に苦しいものである。きのうはシャンカジにあなたはこの四、五日の間何処へ行っていたんだ、と言われた。四、五日というところを二回繰り返されたので彼が言っている意味が判った。私は二日間行っていただけのポカラへ行っていたと答えた。ポカラはどうだったか、暗い所だったたと答えた。自分はまだ一回もカトマンドゥ以外の所へは行ったことがない、とシャンカジは言った。カトマンドゥは良い所だ、と私は口の中でもぐもぐしながら言った。そして今日私のブラザーがカルカッタへ向けて発ったこと、彼がよろしく言ってくれと言っていたこと（実際には二人にはそのような配慮はなかった）を告げると、日本人だ、とあきれるような、あきらめるような調子でつぶやいた。シャンカジは、便所の前のみぞをきれいに掘り広げ、その上に石の橋をかけて、今まで飛んでいたのが歩いてゆけるようになった。

きのうの夜、人を責めたり自分を責めたりする暇があったらホトケに祈った方が良いと、順子にさとされた。自分はそう思ってそうしているが、本当にそうだろうかと確められ、私は親鸞上人を思い浮かべつつそうだと答えた。有難いことである。

八月十日

クリシュナジャンムノウミのお祭りである。シャンカジの所からジャガイモのトルカリと、とうもろこしの焼いたものが来る。両方とも大変においしかった。

泉へ体を洗いに行き、先客のチベット人三人、ネパール人一人にまじってゆっくり頭から洗っていると、順子とラーマがやってきて、たちまち水場は賑やかになった。この間の時よりもていねいに体を洗い、晴れあがった気持ちの良い空の下を陽を浴びながら帰ってくる。陽ざしはカッとしているが、暑いという感じは少しもない。それにしても、きのうも今日もよく晴れたものである。

謙二、日吉さんあてに手紙を書く。書き終わって一人で一服吸い、スワヤンブナートへお参りに登る。アジュマキのやさしさの権化のような姿に初めて米粒を投げた。ターラーにもブッダにも米粒を投げた。特に左側のターラーには息があって一瞬、御足に触れようとして気が遠くなりかけた。ピーちゃんのイメージがあった。各ブッダは深くじっと坐っておられた。チベット寺には形だけお参りしてきた。今日はクリシュナの生まれた日のお祭りなので、太郎と次郎にカトマンドゥまで甘いお菓子を買わせに行かせたのだが、二人で結構正確に買い物をして帰ってきたのには感心もしたし安心もした。何の不安もなしにもうカトマンドゥまで歩いて行かせられるようになった。

アジュマキ仏母には、今日生まれたゴパーラクリシュナが、すべての人々のハートの内に健康にすくすく育ちますようにとお願いをしてきた。ハルティマターアジュマキは美しいやさしさの権化の御顔で黙って私を見られた。今日こそはまた、クンダリーニの上昇のための日でなくてはならない。

今日は林たちが日本に着いている筈である。

しっかり役割を果たしてくれれば良いが。

八月十二日（月）

きのう久し振りに日本山へ行ってみる。増永上人を陣中見舞いのつもりであったが、どうもまだあの思いあがりは、ちょっとやそっとではなくなりそうにもない。僧だから仕方がないのかも知れぬが、血のかよわない話に少なからずうんざりとして帰ってきた。帰ってくる道すがら、ふと何だ自分は日本山とは別に何の関係もないのだ、ということが判った。

私の内実なる母への愛はすさまじいものがあり、その母から送られてきた毛筆、それも大変に上等な毛筆を、増永上人にあげたのだが、彼は自らは一言の礼も言わなかった。心の通じない人は友人でもない。増永上人、御上人と祭りあげたこちらの姿勢にも誤りがあったと思う。それはエゴの裏返された姿であったかも知れぬ。彼は私にとっては殆ど関係のない人間となってしまったが、以後は、もうお上人とは呼ばぬ。

そんな風な感情の動きの中で日本山と縁が切れて気持ちはさっぱりとしている。母が通じぬ世界に、私は何の興味もない。仏舎利塔が建とうが建つまいが日本山一寺の興味であって、私には興味もない。人類の平和のために必要なものなら建つであろう。必要でないものなら建たないであろう。仏事とは常にそのようなものである。

行為というものが、その独断を支えるために為されるものであるならば、行為自体が無意味であると言わねばならぬ。

おおい　雲よ
見ていてくれたか
私はたくさん歩いたすえに自分の信仰をとりもどした
何処の宗派にも属さない
何処の国にも属さない
真理の光のままにある　自由人としての信仰をとりもどした
それは友情が原因で
南無妙法蓮華経の空にひっかかっていた凧のようなものであった
もう凧上げの時は終わった
楽しい時は終わった
雲よ
うつむいて歩く　私自身の時が
再び眼の前に　長い道となって続いている
オーム
オームよ　導き給え

スワヤンブナートのお山のまわりを、チベット人のように後ろ手を組んで数珠をまさぐりながら、初めてまわってみた。出かけるまえはひとまわりすることはかなり大変なことのように思われたが、まわってみるとずっしりとした充実感が体に残されるだけで、行と呼ぶような大袈裟なものではないが、それでもこれを毎日欠かさず繰り返すとなると確固とした信仰なしには出来ないことが判る。今日も部分的ながらヒマラヤが見える。林達が去って以来、連続して四日間もヒマラヤが見えるのだから、彼らも運が悪いと言えば悪い時に来たものである。

ヒマラヤを見やりながらオンマニペメフーンを心の内につぶやきながら歩いていると、身も心もいつのまにかチベット人のようになってきて、着て歩いているネパール服がそぐわないような感じがしてくる。歩き方まで肩をゆっくりと左右にゆすって歩くチベット式の歩き方になってくる。

ブッダガヤでもそうだったが、お寺の周囲をまわるチベット人の殆どはお寺の内へ入ることはない。ただ周囲をめぐって、それだけで満足して帰ってくるのである。そうすると、それだけ本尊が尊いものに思われ、明日もまたそのめぐりをめぐろうという気持ちが起こってくるようである。それは長い年月をただ礼拝に生きるものの智慧なのかも知れない。私も今日はそのようなチベット人の智慧を感じながら、お山には登らずに、そのまま家に帰ってきた。

途中から買い物に来ていた太郎と次郎と一緒になり、二人を連れて夕方の美しい雲を見やりながら、幸せなチベット人のような気持ちで帰ってきた。オンマニペメフーンは口ぐせになってはなれなくなる。

順子にたのんで、床に塗る土を仕入れてきてもらい、初めてこの部屋の床の上塗りをした。土は実は牛糞とまぜるのだそうで、ここの家のミーラという十一歳になる女の子が教えてくれて、洗面器に土と牛糞を練って、順子はていねいに床を塗ってくれた。心地よいかすかな牛糞の匂いと、湿った土の匂いがまじりあい、部屋は今、新鮮な雰囲気である。見た眼も、まるで新しい部屋に入った時のように気持ちが良い。

八月十三日（火）

日本では今頃は夏の盛りで、地方では盆踊りや盆行事が行なわれ、都会でも、何か熟れきったような暑さが支配しているのであろうが、スワヤンブナートにそのような気配はまるでなく、今日も一時雨が降っただけで透明な美しい日々がつづいている。特に今日の夕暮れは素晴らしく、何もかもをその中に溶けこまさずにはおかないような、しっとりとした色彩豊かな、天国の夕暮れはかくもあろうかと思われるようなやさしい深々としたものであった。南の空が金色に光っているかと思えば、西の空は橙色に燃えており、北の山にはしっとりと霧が流れ、その上方はまだ明るい陽を受けて輝いているといったふうで、四方八方どちらを見ても心をとろかす風景の要素がまるで詩人の国に入ってしまったかのように待ち受けているのだった。一昔前の私であれば、心をときめかせ涙を流さんばかりに喜んで、この風景の数々を自己の欲望の内にしまいこみ、カトマンドゥ讃歌、ネパール讃歌として人々の心へ贈ることに無中になったであろう。

しかし、この美しい風景、透明で清らかな風景の中で、死にきらぬ私の欲望は病いとなって悲しみ、私はまるで亡者のように、茫然としてこの風景を見るだけである。私の体と意識がはっきりと清らかさの側に立つことが出来れば、私はまたその立場から美しい歌を歌うことが出来るであろう。しかしそれが出来ない。隣りの部屋のアメリカ人のカップル、下の部屋のオーストリア人の女の人が帰って来て以来、性的欲望は日ましにつのってきて、喜びは性的なものからしか来ないのではないかと思われるような勢いとなった。

性欲、食欲が生活を支配している限りは、神の喜びはやって来ない。私はあがき、敗け、たちまち病気になって、今日の一日を寝てすごした。気持ちは暗く、希《のぞ》みは何もない。ただ低く低く祈り、生活の喜びがもう一度この身に帰ってくることを願うだけである。

私の前途にはきら星のごとく、多くの聖なる人々が歩いている。私もまたその人達と共に歩むものでありたい。その希み以外にはこの世での私の希みはないはずなのだ。それなのに性欲と食欲が、恋への希みが私をしめつける。私の生活を虚しくする。これではまるであやつり人形だ。

恋なくしては生きられない、という青春のテーマがまだ生きて幅をきかせているのを見ると、私は絶望的な気持ちになる。こんなことで聖なる人々の群れへ入ってゆくことが出来るわけもない。書くことまでがまるで高校生じみて来るではないか。

心衰えた日にも、同じく無上の慈悲深い神に祈れ。

オーム　オーム　シャンティ　シャンティ　シャンティ！

身を孤独者の位置において、その寂しさの根元から祈る作業が進められなければならない。この孤独者の特徴は、家族から離れ、友人からはなれて一人死んでゆくものの寂しさである。それ故それは人間に普遍的な共有される寂しさであり、共有されるにもかかわらず決して共有され慰めあうことのゆるされぬものである。朋あり、遠方より来たる、亦楽しからずや、という時に、その根底にはこの寂しさがこめられている。今度の林の来訪については、子供達の喜びもさることながら、私もそのような己れの孤独性を一時的に失ってしまい、あたかも彼の来訪によって、何ごとかが解決されてしまうような、つまり人生の一大事が彼の来訪によって補われてしまうかのような錯覚をもってしまったところに大きな失敗がひそんでいた。結果は林に失望し、日本に失望し、そして自分自身の弱さに大いに失望するという結果となって現われた。

無上の慈悲深い神。神よ、あなたは私以外の誰の神でもない。あなたと私だけの秘密の関係を、どうして他者に判らすことが出来、また判ってもらう必要があろう。私はただ本能をもってあなたに話しかけ、あなたに祈り、あなたの慈悲を待つ。どうぞ答えて下さい。人類のひとりとして私がどのような祈りをし、どのような生活を生き、どのように死んでゆけば良いのか。あなたは私の柱である。あなたは私の中心であり、私が私である所以であり、私以外のものからは決して理解の出来ないお方です。

今夜、順子は慈悲について話して下さいと言った。私はしばらく間を置いた後、最初にひらめいた言葉。それは上からやってくるもののようだ、という答えをした。それは雨のように上から限りなく降りそそいでくるものであり、上を向いて手を合わせれば、誰でもその光を浴びることが出来るもののようである。そしてそれは言葉でいうと、シャンティという言葉のもつ内容ととてもよく似ている。白光を放ち、静かにみなぎり、沁みこんでくるものである。

おお無上に慈悲深い神、観世音菩薩、どうかあなたの慈悲の光の中にいつもいつもこの私を立たして下さい。私の孤独をあなたの慈光で刺し貫いて下さい。それでないと私はもうこれ以上歩けません。

八月十四日（水）

ブラフマンを実現するためには希望を棄てなくてはならない、とウパニシャッドに書いてある。希望を持つと絶望するからなのでしょう、と順子は解釈する。

とにかく私には希望がなくなった。孤独者に希望はゆるされない。

犀の角のごとく唯ひとり歩め。

今日もまた美しい夕暮れ、美しい夕焼け、ヒマラヤが今日で五日間もつづいて見える。今日のヒマラヤは最前哨の山にもかかわらず、合掌するほどに美しく神々しかった。しかし、そのように美しく神々しい風景を見ても、私の体に元気はわいてこない。この肉体を自分のものと思う心から離れなくてはならないのだろう。一方では、この肉体を神殿としてその内に神を祀れとも言われている。しかしこれも肉体を自分のものとする考えとはほど遠い。残るものは、つとめ、日々のつとめ、仕事である。仕事をすることは礼拝することであると、彼のサチャサイババは教えている。

すべてが神の網にかかっている。インドラ天の投げ打った天の網にかかったのであろうか。

希望を棄てた　この身に
　夕方のヒマラヤの姿は限りなく美しいだけだ
希望をうばわれた　この身に
　夕方のヒマラヤの姿は神々しく遠い
　しかしながら合掌　合掌である

ヒマラヤは遠い
寂しいほどに遠い
しかし　元気を出して行かねばならぬ
巡礼の　旅だから

ヒマラヤを拝んで
心はやはり寂しい
しかしこの寂しさが光に変わる時
私は大道を歩くことが出来るだろう
ヒマラヤは希望を越えた所にあった

私はいつしか希望を越えてきてしまったのだろうか
もう帰ることはできないのだろうか
日々の濁った暖かさに！

オーム　オーム　シャンティ　シャンティ　シャンティ
この肉体と意識を　不滅のブラフマン　オームに献げます

八月十五日（木）

一頭の黒い牛と、一匹の黒い犬と、何羽かのニワトリと、四羽の生まれたばかりのヒヨコと、六人のネパール人と、四人のアメリカ人と、一人のオーストリア人の女の子と、五人の日本人とが、ひとつの屋根の下に平和に暮らして、今日も夕暮れ時には、スワヤンブナートのお山に虹がかかった。私の体の調子は相変わらず最低であるが、平和はすみずみまで沁みとおっているようである。太郎たちは買い物に行って、一人のネパールの女の人が急に倒れて死ぬのを見たという。その報告を聞きながら夕方の食事をする。西の空は今日も激しいほどの黄金色に輝き、南の空はどんよりくもり、東の空はぽっかり晴れている。私はアレクサンドル・デヴィッド・ニール女史の『チベットの秘密の口伝の教え』という本を読み終わり、林が太郎におみやげに持って来た『今日は一寸法師』という相当につまらないお話を読み終わり、現在はM・P・パンディットという人の『タントラとヴェーダに学ぶ』という本を読んでいる。本を読むといっても結局は神からのメッセージに耳を傾けることで、それが私の仕事であり、サイババの言い方によれば瞑想でもあるのだが、まず不服を申したてては申し訳ない日々であると言える。

今日はターラー菩薩を礼拝したあとで（今日の一日の核はターラーであった）、無上の慈悲深い神に、元気を与えて下さいとお願いをした。その答えはどうやら、ヒマラヤを瞑想せよ、ということであったようで、サガルマーター、アンナプルナ、マチャプチャリといった女神の名をつけられた山々の姿が心には浮かんでいる。山がシヴァであり男性であるという考えは一般的であるが、山々は同時に女性形でもあることが、サガルマーター（大海の母）という名によって証明されているようである。

今日はとうとうヒマラヤを見なかった。

私の仕事はタントラの訳を完成することであることがはっきりしているが、そのことについての助力というか援助が、M・P・パンディットという人からやってきた。今日は、もしタントラが価値低いものとしておとしめられていたならば、私はその価値を高めせしめよう、というぐらいの気持ちを持った。タントラは喜びの肯定の書である。日常生活の肯定の書である。ブラフマンがそのように祀られているのである。

決して楽なわけではないが、この仕事をつづけてゆこう。嘘がない、ということが仕事にとっては肝要なことであるから。

友、林にはこう言おう。私はあなたのように、新聞社が寄って作った協会に就職して食べているものではない。友よ、あなたは少なくともこの原初の一点に負い目をおわねばならない。友、日吉さんはサントリーをやめることによって五年も前にその負い目を解決したが、友、林はそれを解決しないばかりか、逆に世間一般の評論家的愚かさに陥って私達を行為＝生産をしないものだといって批判しはじめている。十五年間もそのような仕事をしてきたものが、その実績にもとづいてものを言いはじめる時が来ているのかと思うと空恐ろしい。しかも彼は、私の友である。

この肉体を神殿として、そのハートに神を祀るという興奮を覚える礼拝の方式。思いもかけず、ネパールという国がそれを与えてくれる。

日本山と精神的に切れたせいで、ネパールへの愛は一段と深まっている。ローソクをともし、線香をたき、花を供え、水を供え、胸の内は祭壇に無上の慈悲深い神である観世音菩薩チェンラジーを祀る。そのマントラはチベット人の真っ黒な快活な口から現われるのと同じオンマニペメフーンである。この肉体は私のものではない。それが智慧の内の最上のもののひとつである。意識は、どうかこの意識から私という思いをなくして下さいと祈りつづける他はない。

日常生活はすべてターラー菩薩からやってくる。ターラーへの礼拝を核としてそれが行なわれる。スワヤンブナートに居る限り、それで完全なみなぎりがある。ターラーの背後には有難いアジュマキ母神がおられる。観世音の背後には聖者オームがある。

神は常により高く、より深く、より恐ろしい所におられる。

それを思ってのぼせあがって神を忘れてはならない。と同時に卑屈になって背すじや首をちぢめていることもない。
眼を下向きに閉じて額に神を瞑想するのが、静かさを保つ最良の方法であるように思われる。第三の眼である。

八月十六日（金）

南無多羅《ターラー》菩薩
あなたの恵みが成就し給え
あなたの喜びが成就し給え
私のエゴがぬぐい去られますように
この地上にあなたの浄土が出現しますように

ポンより「オーム」一〇号が手紙とともに到着。

八月十九日（月）

私の詩は大地に埋蔵されたままにある。
詩が埋蔵された大地の上を歩くこと、それも詩人の生涯の仕事のひとつであるのか。

天を信じ、天の下を心安らかに歩め。
この頃雨が少なく、雨季なのに、これで稲やその他の雨によって恵まれる種々のものは大丈夫なのだろうかという気づかいがあり、それにしても晴れた気持ちのよい日がつづくことはうれしく、従って、天を信じ、天の下を心安らかに歩め。

この国にあってはすべてのことはヒマラヤからやってくるのだから、ヒマラヤを瞑想することが日常的な最上のヨガなのである。ヨガとは最上なるもの、神聖なるもの、神との結合を願う行為を言う。

ネパールでは、シヴァダルマ　ナマスカール　ブッダダルマ　ナマスカールでちがいはない、と善い茶屋のおじさんが教えてくれる。三人の息子がいて、その息子の名はゴヴィンダ、ムクンダ、ゴパーラというそうである。陽の美しい午前、泉で体を洗ったり帰りに、茶を飲みながらひとときを過ごす。おやじさんは順子が家からお金を持って来ると、シスターが来たと言った。シスターとは美しい言葉である。まるでネパール語のように美しい。

きのう、ほら貝時代のお客さんであった中村さんという人が訪ねてきてくれる。ネパールへ飛行機で入りながら、サンセイの住んでいる街だと思って来てくれたというのだから、ほら貝でのつき合いが生きたものであったことを感じてうれしい。今は小学校の絵の先生をしているという。髪を長くし、ひげも生やして、私よりもずっとヒッピーらしい風ぼうなのだが、夏休みを利用し、初めての教師としての職から与えられたボーナスを使って、インドをまわってやって来たのだそうである。

おお偉大なるヒマラヤよ、私のエゴをぬぐい去るか流れる白雲のように美しいものにして下さい。

ヒマラヤへの思いと共に朝眼覚めるならば、その一日は必ず善い一日であるだろう。

Jay Himalaya！

ネパールは何よりもヒマラヤの国、そしてインドはガンジス河の国である。

八月二十日（火）

ターラー女神の恵みによって、自らを清めつつ、愛の道を歩むことができる。ネパールへの私の愛は、ヒマラヤへの愛であると同時にターラー女神への愛であったことが次第に判ってくる。

ターラーと礼拝することにより、私は自分に素直になることができる。簡単に言えば、かつて恋なくしては生きられないと悟った私のサガが、ターラー女神の恵みによって救いとられるのである。

街を歩き、又部屋の中にじっとしていても、ターラー女神を想うことによって愛がおとずれ、色彩がおとずれ、空の青さ、雲の白さが感じられ、ネパール人の女の人や西洋人の女の人をもターラー女神御自身の現われとして礼拝し、又その輻射を受けることが出来るのである。ターラーに出会えたことは幸せである。かつて花を愛した私が、今は花を愛するように女の人を拝み、愛することが出来、その清らかさはとりもなおさずターラー女神の恵みなのである。

Jay Tala！ Jay Tala！

このように思う私は、疑いもなくシャクティ派の仲間である。

ターラー女神の背後には母がおられる。母の背後には聖音オームがある。幸せを求めすぎてはいけないが、生きつづけるのに必要なアーナンダ、アムリタの汁をターラー女神の御名から飲むことをどうか神はとがめられないように。かつてセックスによって与えられていた喜びを、ようやくこの花のようなターラー女神の微笑にまで旅してきたことをどうか肯しとして、いっぱいいっぱいの喜びをお与え下さい。ターラー、私はあなたの限りない讃美者です。又、あなたへの帰依者でもあります。

空が青い、雲が白い、その下に立って微笑している女の人がいる。その人はターラーの現われである。その微笑をエネルギーとして飲み、私はこの困難な旅を清らかさへとつづけてゆきます。

庭に立って空を見上げたら、陽ざしの激しさにくらくらとした。そのよろめきがうれしいのである。順子は最近私は陽に焼けたという。陽に焼けるなんて与論島以来のことである。灼熱のインドを歩いていた時でさえも陽焼けしなかったこの身が、雨季のネパールで、雨の合い間の陽ざしに陽焼けするのだから、ターラー女神の輻射こそは私にとって太陽のごとき有難いものであることが判る。

しかしながら変わりやすいこの雨季の天気のように、ターラーの恵みは途絶えて空無な時間がおとずれて来る。パタンのお寺では増永上人らは何をして過ごしているのだろうかと思う。サチダーナンダの充実はハッピーな数日として過ぎ去ってゆこうとしており、苦いターラー女神の味がこの空無の午後にみなぎっている。これはちがう。この苦いターラー女神の味わいこそがターラー女神のアムリタなのであり、ハッピーな花の時間はやはり欲望の時であったのでもあろうか。それはサチダーナンダの充実とはちがうもののようである。御名を呼びさえすれば魔法のように喜びの泉にぶつかったこの数日の時は、真実であると同時に過ぎてゆくものであり、時のひとつの表情にすぎない。後を追ってはいけない。孤独者のクンダリーニヨガを思い出せ。孤独者のつとめを思い出せ。仕事を思い出せ。

ターラー女神の御名を深く地の底からわきあがるように唱えよ。むしろそれはオームの音に似ているかも知れないが、ターラーに帰命した私は、ターラー女神の御名を呼ぼう。

Jay Tala Jay Tala !

孤独者である私の想いからエゴの思いをぬぐい去って下さい。いつでも真摯にあなたの御前《みまえ》に立ち御足《みあし》をいただけますように。あまりに豊かな光の流れの中では私は抑制心を失ってしまうかのようです。少しでよいはずです。透明な静かなみなぎった沈んだ光の中を永遠に歩いてゆきます。牛のように、山羊のように。奈良時代の坊さんのように。
Tala Jay　Tala Jay！

八月二十一日（水）

石谷さんがインドへ発つということで、きのうの夕方から四人集まって残りものの整理をかねた夕食会があった。

私にとっては、久し振りに出会った友達であり、インドへ行かせたくない気持ちは山々であるが、ヴィザが切れたし、そのようになっているのだから心をこめて送り出すのが友情であった。

朝、七時すぎに、もしかしたらまだいるかなと思って行ってみたが、やはりすでに出発したということであった。

よい旅を！

そして、私はネパールの旅をつづけよう。ターラー女神に祈りつつ、ハルティマターアジュマキに祈りつつ、シッキーブッダを礼拝しつつ、この地にとどまって自らの旅をつづけよう。孤独者の旅であるだろう。

八月二十三日（金）

きのうは次郎の七歳の誕生日だった。昼間はミーラからノービンまで大家の四人の子供達を呼んで、ビスケットか何かで簡単な子供達だけのお祝いをし、夜は来てくれた鈴木さんをまじえて、のり巻き寿司やフルーツヨーグルト（マンゴー、ナシ、バナナ入り）や、ぜんまいとトマトと玉ねぎの煮つけ、枝豆のゆでたもの、それに順子が初めて作ったアップルパイもあって豪華なお祝いの夕食会になった。又、別に次郎にはパンツと小さなサイの置き物が誕生日のお祝いとして贈られた。サイはおととい次郎と私でドルヴァール広場の露店を歩いて見つけたものである。私の気持ちの中には、頭からいつでも突き抜けそうに周囲の雰囲気に支配されてしまう次郎に、サイの角の如く、唯ひとり歩め、というブッダの言葉のひびきを与えたかったのだが、次郎も一目サイを見るやこれがいいと言うのですぐに決まったものである。インドでラーマ、太郎、順子の誕生会をやり、きのう又、次郎のをやり、残っているのは私だけとなった。

今日はまた何かのお祭りで、シャンカジはチュラとダヒと三つのマンゴーを持って来てくれた。チュラもダヒもシャンカジのお母さんの手製になるものである。特にダヒは店で売っているものとちがって濃厚で大変おいしいものであった。最近では子供達はシャンカジの子供達とすっかり仲良くなり、もう日本人とかネパール人という見境いもなしに言葉の障害を越えて遊んでいる。会話は殆ど英語でしており、自然に必要な英語の単語や簡単なセンテンスを覚えてゆくのが面白い。特にラーマはもともと言葉の世界以前であるから、シャンカジの部屋に入りびたりみたいになって食べ物をもらったりして可愛がられ、家で食事の時にはお腹がいっぱいで殆ど食べられないほどになっている。逆にそのことで少々困ってしまうほどである。

おととい、チマから手紙が来る。クリスの手紙が同封されてある。又、ヨウから『手のひら療治』という大変良い本と、ヨウ、トヨの二人からの妊娠見舞いということで三〇〇ルピーの送金があった。

チマは元気なようである。愛する妹はもう妹の位置から抜け出して、私にとって母の位置に昇ろうとしているのが感じられる。東京にあって、確実に私を愛してくれる人がいることが、どんなにか嬉しいことであろう。

人は愛の中で生きてゆくことができるものである故、彼女からの手紙は私にしっかり生きて日本に帰っておいでと、母からの手紙同様に告げてくれるのである。クリスからの手紙は一人のアメリカ人として、ヤマハの問題に正直に直面し、それに苦しみ闘っている者の姿が赤裸々に述べられている。真摯な手紙を読むと、私もやはり何かひとことふたこと又書いて送りたくなってくる。カトマンドゥにあってヤマハ問題にそのようにして巻きこまれる。ヨウからの手紙は、「オーム」一〇号に載せられたポンあての太郎の手紙を読んで、彼女がワッと泣き出したことが伝えられてある。彼女の胸をつかえさせたその涙は何処からわいてきたのか、と私は探る。人がワッと泣く時には、それまで胸につかえていたものが一度に吐き出される時であるが、ヨーの胸につかえていた実体は何だったのだろうか。

辛い人生への共感だったのだろうか、それとも諏訪之瀬の夢への絶望の涙だったのだろうか。

ここのところ、秀夫君から送られてきたものや林が持ってきてくれたもので、日本の食べ物を毎日のように食べ、石谷さんを送り出すためにしげく彼とつき合い、チマを始めとする日本からの便りに接し、ヤマハの問題にとらえられるなどして、すっかりネパールにあることを忘れてしまっているような感じである。格別日本を意識しているわけでもなく、来るものは来るもので少しもかまわないのだけど、ひとつの所に二ヶ月も住むと、自然に旅の気分は失せて生活の気分が強くなってき、おまけに日本からのヴァイブレーションが強くて、シャンカジの家で新しく飼った子犬に、ジャプシーという名がつけられると、何だかそのことを気にせずにはいられないような気持ちもおこっている。まさか故意にジャップをもじってつけたわけでもあるまいが、子供達が声を張りあげてジャプシーと呼ぶのを耳にすると、よりにもよっておかしな名をつけたものであると腹を立てたりもするのである。

ともあれ、私達のこの国での生活は、ヒマラヤへの瞑想と、この国の生活の実態を学ぶことにつきている。深く入りこめばこむほどトゲも出てくるし毒も出てくる。同じように蜜も出てくるしアーナンダも出てくるのである。すべてはヒマラヤへの愛からやってくる。ヒマラヤを愛すれば、ヒマラヤは生活を与えてくれる。朝、ヒマラヤへの想いと共に眼覚められれば、その一日は必ず善い一日なのである。しかし実際には寝起きの一服への思いから眼覚めたり、ラーマがドアを叩く音に眼覚めたりして、ヒマラヤと共に眼覚めることは仲々に至難なことなのである。

夕方はお山の周囲をまわることにしている。首から数珠を外してチベット人の仲間に入り、両手を後ろに組んで、右手で数珠くりしながらゆっくりと歩いてゆく。ネパール服を着てお山まわりをする者は私以外にはいないけども、私は私のやり方しか出来ないのだから許してもらってまわっている。一周するとオンマニペメフーンを約一八〇〇回ほど唱えることになり、回数からすれば微々たるものであるが、そうやって観世音のハートの中へ一歩一歩歩いてゆく姿勢が立つことを思うと、お寺参りや瞑想とは又異なった喜びが与えられる。今日もそうやって歩きながら、この歩みが日本へ帰っても何処へ行っても生涯つづき、決して歩調が乱れることなく、淡々としてつきぬものであることを願ったことだった。一まわりして部屋へ帰る道にさしかかると、東のヒマラヤの方向に、太い色の濃い虹の柱が、まるで火事かと思われるほど鮮やかに立ち昇っているのが見られた。オンマニペメフーンとはハスの花の上なる宝石に帰命しますという意味であるが、その宝石は、実は今日、空にかかって鮮やかな虹の柱だったわけで、それを支えているハスの花とは実は大地そのもの、カトマンドゥヴァレイそのもののようでもあった。深くおじぎをし礼拝をして部屋に帰ってきた。チマと私との共通のテーマは、甘えずに愛すること、愛の酔いの中にあってふと気づけば、すっかり甘えていたという苦い記憶の連続なのである。しかし、愛とは甘えなのではなかろうかと神に祈る時にふと感じる。祈りの喜びは神に甘えきる時、特に女神や母神に祈るその帰命の酔いの内にあるからである。と同時にその愛は、もっともっと深く掘られてゆかねばならぬ。その愛はバクティと呼ばれる愛の真髄へと昇華されねばならぬ。

おお無上に慈悲深い神、観世音チェンラジー。

この孤独者のゆっくりとした歩みをいつまでも途切れさせないで下さい。歩いて数珠をくっている限り、私のエゴが顔を出すすきはないのですから。

オンマニペメフーン　オンマニペメフーン　オンマニペメフーン

八月二十四日（土）

自分のためには何をしても無駄である。

八月二十五日（日）

お山をまわりながら、数珠くりをしながら歩いていると、バザールのあたりで声をかける人があり、話しながら記憶をたどってみるとブッダガヤで会ったインド人で、私の数珠はその人の家で手に入れたものだった。子供達が今でもよく話題に乗せるジャガトー・ラージャのお父さんで、日本語を少しは話し、ヒンドゥ教徒というよりは仏教徒である。仕事で来たのであろうが、カトマンドゥ市内のホテルなどに泊まらず、こうやってスワヤンブナートまで来て民家に泊まっているのは好感がもてる。タローは元気かというので、明日の朝連れて行くことを約束して別れた。

今日は山をまわりながら、その数珠のことを考え、正面参道の左側にある仏足跡に数珠をささげながら、ブッダガヤのことを思い出し、どういう経路をたどってこの数珠が私の手元に届いたかを確めていたところだっただけに、直接的にその数珠を預かっていた家の人に出会うとは驚きでもあり嬉しいことでもあった。

ノン、ゲタオより手紙が届く。少し陽かげり気味の諏訪之瀬からの手紙である。かなりきつい労働（遊びと表現されている）の日々が、ナンダ、ゲタオ一家から感じられる。開拓農民のようなものだから、そのきつさは想像以上なのであろう。しかし子供達を始め、皆んな元気そうなのは何よりである。

線香をたくのはエゴをぬぐい去るためである。線香が静かに燃えて燃えつきるように、エゴは静かに燃やされ燃えつきて灰となるのである。エゴの燃えつきた体を何に献げるのかと言えば、人類の平和と幸福な歩み、具体的には、日本の仲間達の歩みや、両親の死や、ここネパールの人々の歩みのために捧げるのである。たくさんの友人達もいる。

出来事はいつも向こうからやって来る。それで、神が出来事を私に投げかけてくれるのだということが判る。私自身はこれからどういうふうに動いてゆくのかということは皆目判らないが、例えば太郎が、今日の夕食の時に、パパはヒマラヤを見るために旅に来たのだろう、それなのにもうインドへ行くことを考えている、と言うのを聞いていると、私にとってヒマラヤが何であったか、何であろうとしているのか、ということが再び明瞭になって来る。ヒマラヤは私の命である。

この一ヶ月をスワヤンブーで過ごし、雨季を越したら、いよいよポカラへ移り、ヒマラヤの旅に入らなければならない。カトマンドゥもヒマラヤの旅ではあるが、それは入口である。

ヨウから送ってきた『手のひら療治』という本を読む。

京都の一燈園で長く生活をしており、現在は一燈園の代表格の人である鈴木五郎さんという人の著になるもので、手のひらから放射される慈光のようなものによってすべての病気がいやされるという内容のものである。一見唐突な感じもするけども人間の体をひとつの不可思議な生命体としてとらえ、手のひらから放射されるその生命力によって病んだ生命体の部分をいやすという考え方は、全く共感の出来るものである。昔から手のひらは神秘な効力を発してきた。ブッダもキリストも手のひらを活用した。慈が肉体化した時に手のひらの活用が始まるのである。それは手のひらに限らず、慈が肉体化すれば、その肉体存在そのものがひとつの慈となって限りない生命慈光を発するようになるのである。一燈園の思想が維摩経にもとづいているだけに私としても大変興味深いものがあり、在家でありながら僧でもありうるという長い間のテーマの一致を鈴木五郎という人の生き方を通して見ることが出来るのである。『手のひら療治』は病気を治すための書物であるが、それを一歩すすめれば、人間の存在、生物の存在自体がお互いの存在の深い静けさにおいて震動しあうという（慈において震動し合うという）、ひとつの存在の様式、即ち実現に到りつくのである。

今日お山をまわりながら、一匹の猿と共感があった。歩いてゆくと何か感じられるものがあり、見るとそこに一匹の猿が坐っていた。猿からは涼しい、しびれるような震動が伝わってくるので、これはめずらしいことと思い、よく見れば猿が坐っているのは小さな仏のほこらの側で、ほこらには三〇センチほどの小さなブッダらしきものがまつられてあった。私はそのブッダと共に横にいる猿にも礼拝をしてとおりすぎたが、そのサルを感じている間はずっとその涼しいしびれるような感覚が流れつづけていた。この感覚はめずらしいものではなく、インドに入って以来、時々感じるものので、ハヌマンのヴァイブレーションと呼んで良いものである。アヨーディアの猿の大ボスが私の足に触れていった時の感覚がその最大のもので、それは猿のみではなく、人間との関係においても時々与えられるものである。これは顕著な例としてとりあげたわけであるが、存在自体が持つ不可思議な慈力というものは、発掘すればするほど深められ、あらわにされる性質のもので、私達はそのような慈光の中で、様々な慈光に恵まれ育まれながら、究極の一なる慈光へと旅してゆくのである。

存在自体が病いであるこの時代において、手のひら療治が切り開いて見せた地平は想像されるものよりもはるかに深く偉大なものを含んでいると私には思われる。いずれにしても長い忍耐を必要とする菩薩行の歩みである。

八月二十六日（月）

私の内なるエゴがぬぐい去られ、そこに平和が主となりますように。この祈りを朝も昼も夜も繰り返そう。

大切なことは私の内からエゴがぬぐい去られること、そしてその場所に真実の平和である深いものが主人となることでしかないのだから。真実の平和とは又別の言葉を使えば慈というものでもある。

慈が主となる時、姿は平和そのものであろう。

八月二十七日（火）

私の内なるエゴがぬぐい去られ、そこにあなたの平和が主となりますよう。
オンタレ　トゥタレ　トゥレ　スヴァーハー
朝と夕べにたてる二本ずつの線香は肉体と心のエゴを燃やしつくす儀式である。心のエゴイズム、肉体のエゴイズムが、このかぐわしいネパールの民衆の愛用している白壇粉の香りのように、静かに苦しむことなく燃えつきますように。そしてすかさずその場所に朝の太陽のような、夕方の空に昇る月のような、深夜の星のような、平和が主となりますように。
しかし、あまりにも苦行する姿ではなく、落ちついた静かなローソクの炎のような喜びが、生きとし生けるものの生の喜びとして与えられますように。
オンタレ　トゥタレ　トゥレ　スヴァハー
ターラー女神に帰命します。

今日は朝からすっかり曇り空で、起きぬけより心は内面に向かっている。この一日を生きてゆくことが、より深い平和を実現するためにのみ捧げられる以外には、もはやすべもないことがはっきりしている。そこでいつもより一杯多くバケツ二杯、水汲みに行く。水場の両側の田んぼは一週間ほど前からもう穂を出している。この間、田植えと思っていたら、もう穂の時期が来ている。水場には赤いダリヤの花が二つ、それに色をつけたお米が捧げられている。先に来ていたギータがプージャだと言って、その花やお米に水をかけている。しかし今日水は大変汚れている。表面に油が浮き、バケツですくってもすくっても何処からともなく沁み出してくる。水自体も濁っている。ギータは顔を洗う。ネパールの女の人たちが皆んなそうするように、何度も何度も十回ぐらいも水をかぶって、ていねいに水でみがきあげるようにして洗う。ギータはまだ八歳であるが、もうしっかりとそのように顔を洗う習慣を身につけている。私はまだ新しい上等のタオルを貸してあげる。
ヴェナレスの鈴を鳴らし、ダラムサラのシンバルを打つ。鈴にしてもシンバルにしてもただその

音色が心地よいから鳴らすわけではない。それは儀式として、鈴の場合はそのように心を打ち鳴らして捧げることを意味し、シンバルの場合は合掌のように神聖なるものと、この個人との合体を祈りこんで、震える心とともに打ち合わせるのである。打ち合わされたその音は次第に細く遠く消えていって帰ってこない。

祈りはききとられ、人は祈ったように生きてゆくほかにないのである。とすれば、祈りの言葉自体が、神から与えられる慈悲の具現である。

私の内なるエゴがぬぐい去られ、そこに真実の平和と深い喜びが主となりますように！

今日は一日雨もよいで、夕方、お山まわりに行くと、無数の猿どもが道に出て盛んに木の実のようなものを食べあさっていた。赤ん坊連れのおっ母さん、小さな子供達、親父猿に爺さん婆さんの猿、青年猿と全く人間の姿そっくりに群れているのを見ていると、相手が猿であることも忘れて、おいとか、やあとか声をかけたほどである。猿たちは常に強烈な緊張の内に生きており、一見呑気に群れ遊んでいるようであるが実は強度の信仰、大地に対する信仰の内に生きているのである。大地を支配しているヴァイブレーションがちょっとでも乱れると、鳴きかわし警戒し合って防御のかまえに入る。だからこちらが大地のヴァイブレーションと一体となって、平和に何の害意もなしに歩いてゆくと、猿の中に猿が入ってゆくようなもので、振り向きもせずにエサをあさりつづけている。お山をまわりながら猿に行き合い、やりすごして行くのはひとつのヨガである。私はこの頃はますます猿が好きになり、どうしたら猿と仲良くなれるかということ、猿と話したり遊んだり出来るようになれるかということをしきりに思っている。カルカッタのダクシネスワール寺院でガンジャを吸った一人のサドゥが野生の猿を呼びよせ、ひざに乗せて遊んでいた姿が何とはなしに思い出される。

今日は一日中、『マハーニルヴァーナタントラ』にかかりきりで、約十頁も進むことが出来た。雨の日は雨の日で又楽しいものである。

八月二十八日（水）

月暦の白分の十一日なので、久しぶりにエカダシをとることにした。順子の助けである。

何故か今朝の眼覚めは自然で、苦しむことがなかった。自然な眼覚めが夜明けと共にやって来ることをどんなに希むことだろう。

パタンでのお寺の眼覚めは、行としての眼覚めだった。行として眼覚め、一日を行の内に過ごし、夜疲れきって倒れるように眠るのが、パタンでの日々だった。それはそれとして善いものであるが、私は行としての眼覚めにどうしても無理を感じる。なればそういうこともなくなるのであろうが、やはり自然な眼覚め、それも充分に睡眠をとった上での自然な眼覚めではなく、睡眠は少な目でそれでいて自然に夜が明けるように眼が覚めるのが一番良いと思う。言うならばウパニシャッドの眼覚めである。古代的な眼覚めとも呼べよう。

今日はインド香をたいている。祈りは、
私の内なるエゴがぬぐい去られ、そこに真実な平和と深い喜びが主となりますように！

である。

今日の一日も、この祈りによって否応なしに完全にされる。何故なら、心から出た祈りは、そのまま聞きとられ、今日の一日はそのまま、エゴをぬぐい去り、真実な平和と深い喜びのしもべとなることに費やされることが約束されているからである。祈りとはそのように強く、決定するものである。ただそれは私個人の運命についてだけ言えるのであって、他の人や団体については、私はただ祈ることが出来るだけである。

ここスワヤンブナートにあっては、私達は自分から出た祈りによってさえ、自分を制御してゆくことが出来るという恵みに浴している。つまり祈りは一見自分から発されたようではあるが、実は祈りそのものが恵まれているのであって、祈ること自体がすでに恵みなのである。

大地を信頼し、毎日出会う人や近所の人を信頼し、頼りすぎることなく、柔和にこの旅を歩んでゆこう。


アートマンとつぶやき、アートマンを思うと、透明なオレンジ色の喜びが訪れる。それは静かな充ち足りた喜びである。主よ、この私が消え去り、私がいつでもアートマンと共に、アートマンの内にありますように。タット　トゥヴァン　アシ。世の一切のことを放棄してこのアートマンの静かな喜びの内に永遠に瞑想していたいけども、私のカルマのくさりはそれを許してはくれない。主よ、時々私をして、アートマンの至福の内に甦らせて下さい。私は本当はただアートマンとひとつであることだけしか希んではいないのです。それなのに自分の欲望のためにカルマのくさりにつながれて、存在のよるべもない岸辺を線香のけむりに導かれてうろつきまわっている。この香りは良い香りであるけどもやがて消えてゆく香りである。

サットチットアーナンダであり　黄金の輝きである主よ
私の内なるエゴを微塵にぬぐい去り　そこにあなたが主となって下さい
Jay Ram！　Sri Ram！
Sri Ram　Jay Ram　Jay Jay Ram.

林と花田さんを送って空港に行った帰りに、アサントールの靴屋でラーマに新しいズックを買ってあげた。古いものはもうすり切れて何ヶ所も穴があいていたのでそのまま棄ててきた。新しいズックは紺色が主でところどころに白がまじっており、ラーマは大変に喜んで私と順子に両方の手をつながせて、歩きながらもうズックばかりに見とれて、いつまでもいつまでもピカピカ輝くものが地上を歩いてゆくのを驚嘆している様子だった。

その時、私はいつもにも増してラーマを愛した。ズックを買ってもらったくらいであのように激しい素朴な喜びを現わす、ラーマの心の奥にあるものが愛おしくて仕方がなかった。

今まで何度もこのことを書いておこうと思いながら、ついやめてしまったり忘れたりしていた。今日それが出来るのもエカダシのお陰であろうか。あの短い時は、家住者としての私が感じることが出来た最高の幸せの時であった。

八月二十九日（木）

目当てにしていたターラー菩薩の像を買いに行ったら二〇〇〇ルピーということであきらめることになった。私は一〇〇ルピーを財布に入れて、それも少しおつりをもらうつもりで行ったのである。そこで鈴木さんと会う。

線香とバターランプのみを買って帰ってくる。久し振りに美しいカトマンドゥらしい夕焼けで、雲がオレンジ色に染まり、美しい緑色がかった青い透明な空には十二夜の月が浮かび、しばしは夕ーラーを入手出来なかった思いも消え去ってしまった。今はまた雨が降っている。今日は天気が何度も変わり、昼間は激しい熱い陽が照ったかと思うと雨になり、虹が何本も出、やがて夕焼けとなり、又雨が降っているわけである。

お山は太郎と一緒にまわった。猿の死骸を見た。それは初めてのことであった。

山は存在する。存在するものの内に寺を建て、寺に直接お参りするのではなくて、お山のまわりをまわる。それはチベット人の智慧であると思う。お山まわりを始めてみると、山を登ってお寺にゆくことさえもがあるいは不信心な行為なのではないかと思われてくるから不思議である。山の周囲をまわり、山自体から来るどっかりとした存在を礼拝すると何の心配も不安もなく、そうやってただいつまでもゆっくりとしっかりと歩いてゆけば良いことを教えてもらえる。山には甘えるということがない。甘えたところで、ただ吸収されるだけで、何のはねかえりもない。だから自分の足でしっかりと歩く以外にはない。

今日の祈りもやはり、
どうか私の内なるエゴがぬぐい去られ、そこに真実の平和と深い喜びが主となりますように……である。
私の肉体及び心のエゴがぬぐい去られ、と言いたい気持ちがおこってきているが、まだそうは言っていいない。瞑想の位置はサハスラーラチャクラ、頭の頂上の少し上の位置である。
バンヤンの『天路暦程』という本を読み始めている。久し振りに西洋の書物を読むが手答えはほぼ同じという気がしている。

八月三十日（金）

朝の歌

暗い朝である
鳥は啼かず　黒雲は地を覆おうとしている
私は土の部屋を掃き清め　着替えをして線香をたき
主なる神々に　みほとけに祈り　涙を流す
私の内なるエゴがぬぐい去られ　そこに真実の平和と深い喜びが主となりますように
大慈大悲なるお方　あなたにこの一日を捧げます

この土の部屋に
私は二つの机を持っている　二つとも木の箱を机として置いたもので　ひとつには白い布のおおいがかけられ　ひとつは木の目がむき出しである　白い布がかけられた机の上には　大いなる解放（マハーニルヴァーナタントラ）と題されたサンスクリット原文からの英訳版の書物と　それを日本語に訳しているノートと辞書が　きちんと重ねて置かれてある
もうひとつの木の目がむき出しの机の上には
色々なものが置かれてある
まず岩波文庫の『ブッダの言葉』が厚紙の箱に入れて置かれてある。筆入れとインクビンがその隣りにある
その隣りには『神を求めて』というヴィヴェカーナンダの詩集と『アシュターヴァクラ・サムヒター』と題する古代インドの聖典の二冊が　共に英訳版のものとして重ねておかれてある
次には部厚い大学ノート一冊に仕上げられた『大いなる解放』の日本語への翻訳　全体の約三分の一があり　その上に『手のひら療治』と題する京都一燈園の鈴木五郎師の書物がのせられてある
手前にはバンヤンの『天路歴程』の正編　次には宇宙の子供連合という所から出され　私もかつてはその編集にたずさわったことのある「オーム誌」の九号と一〇号が重ねられてある
次にはこれから母なる国の人々へ出されるべき手紙が三通　便箋用紙の上にのせられてある

その他にアーサというタバコとマッチ　万年筆の汚れをぬぐうためのガーゼ　そして木製の使い古したコマがひとつ転がっている

私はこの土の部屋の主人であり　守り番にして奴隷でもある　私の涙は今や両頬に乾いたところである

バンヤンの書物を開くと

前の方を御覧なさい　この狭い道が見えますか　これこそ君のゆくべき道です　それは族長達や預言者達やキリストやその弟子達によって築かれたものです　定規で出来るだけ真っ直ぐになっています　これが君の行くべき道です

ですが、と基督者は言った　不案内な者が道に迷いそうな曲がりくねりはないでしょうかありますよ　この道に通ずる道が沢山あって曲がっていて幅が広いのです　だが正道だけが真実で狭いですから　正道と邪道の区別はつきますよ

それから私が夢に見ていると　基督者は更に　背中にある重荷を下ろすのを手伝っていただけまいか　と聞いた　というのは　まだそれを下ろさずにいたし又手伝ってもらわなければどうしても下ろすことは出来なかったからである

彼は答えた　君の重荷については救いの場所に来る迄は不平を言わずに背負っておいでなさいそこへ行けば自然と背中から落ちますから

黒雲は地上に下がり　どしゃ降りの雨となって降りそそぐ
この土の部屋の中で
私は　狭い道　を見ている　そこには私には意味の分からぬサンスクリット語で　アシュター
ヴァクラサムヒターと記されている
それは私の背なる重荷の名でもある
私は白い布をかけた机に向かい　奴隷としての私の仕事『大いなる解放』英訳版の頁を開かね
ばならない

『天路歴程』の著者ジョン・バンヤンは「今やキリストは凡てであった。私の知恵のすべて、私の義の凡て、聖潔の凡て、贖罪の凡てであった。自分は主の体の肢である。というのは、若し主と私とが一つであるならば、主の義は私の義であり、主の功績は私の功績であり、主の勝利は私の勝利であるから」と認識して、彼のシュトルムランドドランクは去った。かくてギフォードより洗礼を受け、彼の教会の十九番目の会員として、正式に新しい生活に入った。時に一六五三年、バンヤン二十五歳の時であった。

と記されている。「自分は主の体の肢である」という言葉が、時と場所と信仰のちがいの三つを越えて、私の胸に突きささった。

バンヤンが四人の子供をもち、中でも盲目の娘を非常に可愛がりながら、信仰故に前後十四、五年も牢につながれ、この『天路歴程』も牢の中で書かれたことを思うと、思いはいっそうつのり、

「自分は主の体の肢である」という認識が、同じ旅の道を行った先達の言葉の宝石として、それを与えられた喜びにむせるものである。

八月三十一日（土）

雨の中をカトマンドゥへ出かける。途中小川があふれて道全体が流れになっている所を通り、吊り橋にかかると先客は四頭か五頭の水牛とその水牛を追う人とで、橋をゆらゆら揺らしながらゆっくりゆっくりと下の濁流を眺めたりしながら渡って行った。雨の日もまた良いものである。街は雨のために洗われて赤みの強いオレンジ色のレンガの敷石が明るく美しく、家々からはラジオの音楽が流れ、旅行者相手の店からはロック音楽なども流れて、私の心の内には何やら聖なる詩《うた》の街を歩いているという気分がおとずれてきた。ドルヴァール広場につくと近くからハルモニアムの美しい音色が人々の雑踏の内から聞こえてきたので思わずお寺の中へ足を踏み入れると、そこにシータラームの絵と、クリシュナの絵をかざった白いインド服を着た人がいて、自らハルモニアムを弾きながら、マイクを通して静かな美しい声で歌っているのだった。私が近寄っていくとバジャンはちょうどシュリラーム　シュリラームとラーマの御名を歌うところにさしかかり、私は心もとろけてその場に坐りこみ、バジャンが終わって説教に移ってからもしばらくは、美しいシータラームの絵やクリシュナの絵や、三つの花輪の首飾りをかけられて尊敬を示されている真っ白い服を着た人と、周囲の一〇〇人ばかりのネパール人の信者の群れを眺めたりしていた。その内用事で街に出てきたことを思い出し、寺を出ようとすると、毛並みが光っている美しい牛が一頭人混みの中にたたずんでいたので、その牛を礼拝して、雨の中へうっとりとした気分で出て行った。カトマンドゥはこの雨季の盛りでも、やはり聖なる詩の街である。郵便局で新貝、及びチマあての手紙、順子からヨウ及びトヨあて、二本松あての手紙を出してから日本大使館へ行くと、合計五通の手紙がとどいていた。いずれも待たれていた手紙であった。諏訪之瀬からナーガ、国分寺からポン、東京から宮内君と喜美子さん、神田から母、そして深沢の家からアキラとカナの手紙だった。どの手紙も寸分のすきのない、大切な必要な手紙ばかりで、かえって私が、そのように多くを身のまわりに持っていることが感じられもした。すべての人々が私達の旅を祈ってくれ、私達の旅を自分の旅のように思ってくれ、喜んだり心配したりしていてくれる。私達がその祈りの内に旅していることを決して忘れてはならない。夕食後、全部の手紙を子供達にも読み聞かせるようにして声を出して読んだところ、次郎の曰く、まるで長い日本のお話を聞いているようだった。

神田では日々倒産の恐怖と闘って父母の家で紀子がイサクと名づけられた男の子を産み、深沢ではアキラとカナの間に観音の音をいただいた音という女の子が生まれた。アキラはその子が生まれたとたんにこれでインド行きの旅費が出来たとつぶやいたそうである。

しかし父母の家は深刻な経済状勢の波の中で日々倒産の恐怖と直面しつつ闘っているという。一億円という借金が、父母及び兄弟姉妹たちの上に鉄の重さでおおいかぶさっている。しかしその重圧の下で母は今日しっかり生きれば明日死んでも良いという気持ちを固め、美しい白い雲や鳥のさえずりなどを俳句に書きとめる心も残しているという。それはまさに闘いの日々で、それを自覚しさえすれば、たとえ老体であろうとも闘いの日々は生命の糧となるものと思う。父は下痢をしているがアルバイトのガレージの仕事には毎日出勤していると言う。父は働くことの好きな人である。神田の家がそのような状態であるからには、何も出来ないかも知れないがインドへもう一度出かけることはとりやめにして、十一月下旬には日本へ帰ろうかという気持ちもおこってきている。父母の肩にあまりにも重荷がかかりすぎては私としては申し訳ないことになる。私の愛が父母から全く切り離されているのであれば問題はないのだが、父母から帰りの旅費を送ってもらう立場にあるようでは、父母に対する仕事がまだ私に残されているわけである。

さて今日もまた雨である。

マードウとパシュパティに出かける約束をしているが、ちょっとおっくうな感じもする。庭には二週間ばかり前にかえった四羽のにわとりのヒヨコが親鳥と共に雨にも負けずにエサを探しまわっている。親鳥とヒヨコの姿は日に何回か眼に触れるけども、いつ見てもほほえましく、寸分のすきのないその愛の生活は清潔で高貴でそれでいてなごやかで、心をなぐさめてくれる。ヒヨコどもはもう足でゴミ場を掘ってエサを見つけることを覚え、中に一羽、乱暴者というか勇敢なのがいて、母鳥から離れて自分だけで遊ぶことを得意としているのがいる。時々他の三羽にまじって遊ぶが、じきに自分だけ勝手によそに行き、そうしながらも母鳥のひびきをそこで感じている。母鳥も母鳥で、一羽がそういう行為をとることをゆるして、自分の感覚を他の三羽と同じくその乱暴者にもそそいでいるのが判る。

チャタレイ夫人が、赤ん坊を産みたいと思った光景とはまさにこのような光景だったのだろうと思う。私など三人の子供を持ちながら、親鳥とヒヨコ達を見ていると又しても四人目の気持ちが動かぬわけでもない。しかしその時はどうやら去ったようである。主のおぼしめしに依るものゆえに私には何とも言えないが。

ナーガはバンヤンの中に六角堂なる小屋を作り、そこに住むようになると言ってきている。海から上がり、六角堂に横になって一人御岳を眺めることをするのだそうである。清らかな姿である。

ポン達が福生《ふっさ》会館で行なったコンサートには八木上人、成松上人らが在家信者さんらと共に来て、約二十分、お題目をとなえて下さったそうである。福井の在に帰れば、生き仏として人々から涙をもって迎えられる八木上人が、ロックコンサートという会場に来た上に一万円もの寄付をして下さったということである。

宮内君からの便りは、神棚を作りそこに色々な神をごっちゃに祀ってあり、時にはその前で手を合わせることもあるけども、それは神棚をとおして宇宙自体へ開かれてある宇宙を見ているようなものであるとして、自分の信仰の質のちがいをくやんでいる様がうかがえる。正直な自分を大事にする人の態度である。また死後の世界について心から知りたいと思うという希望が述べられてあった。団地の十一階に住んで病気の金魚を飼っているそうである。喜美子さんはそれを一匹ずつとりあげて薬をぬってやり、宇宙旅行をしたいという夢を洩らしている。

五通の手紙どれを取りあげても、信仰の道の上にないものはない。ということは、いつしか私達の歩みは信仰者の歩みと定まり、私達はそのような人々に有難く取りかこまれているということである。

九月二日（月）

きのうは満月であった。と言っても終日雨、それも休むことなく一日中降りつづけた雨であった。今年はヒンドゥの暦（太陰暦）でいうと九月が一年に二回ある年で、今月はその特別に加えられた月の満月なのだった。

前日、ブッダガヤから来たプラサードさんと約束していたので、雨の中を多少無理を感じながら、車とバタバタとを使ってニールカンタへお参りに行った。カトマンドゥから一〇キロぐらい離れた所にあり、そこには水に横たわっている大きなナーラヤーナの像がある。バタバタを降りて、花と線香を買い行ってみると、三〇メートル四方ぐらいの四角い池の中に、色粉と花々に半ばはうずもれた大きな像がはっとするような気高さを放ちながら仰向けに横たわっておられた。ナーラヤーナ（水に住むもの）の姿である。花を献げ、御足をいただいて、久し振りにヒンドゥダルマの華やかな礼拝の気分に引きこまれ、待っていてくれたプラサードさん、日本人の写真家で松本さんという人、その奥さん、ネパール人の一家と共に店に入って食事をした。プラサードさんが前日から言ってあったと見えて、私達五人の分も食事が家から持ってこられてあって、その店から取りよせたプリや甘いものなどと共に大変な御馳走となった。私はもうネパール人にそっくりであるということになり、ではこれからパシュパティナートへ出かけようということになった。順子と子供達をアサントールから先に帰らせ、ネパール人の一家もそこから家に帰り、松本さん達は途中で帰っていたので、パシュパティに行くのはプラサードさんと私の二人となり、しばらく待ったがバスが来ないのでタクシーで乗りつけた。途中、パシュパティに入ったら一言も口を聞かないようにとプラサードさんは私に戒めた。

パシュパティナート寺院はネパールがヒンドゥ世界に誇る聖地の中の聖地で、ネパールにパシュパティ在り、とインド人の間にも広く響きわたり、国境を越えて礼拝にやってくるインド人は一年中後を絶たないのみか、ヒンドゥ教徒以外の外国人は決してその寺院の中へ入れてはならないという政府からの命令が出ている所なのである。私の日本での仲間もずい分たくさんネパールに来ているが、まだパシュパティに入ったという話を聞いたことはない。またこちらで会う日本人、西洋人もパシュパティに入ったという話を聞いたことがない。二回も三回も試みたが見破られて追い返されたという人もある。入口の左側の店のお婆さんから花を買い、ぞうりをあずけて、ざんざん降りの雨の中をプラサードさんの後について難なく中に入った。あまりきょろきょろすることも出来ぬので、ただプラサードさんのあとからついて行くことのみを考えて本堂に達した。中にはシヴァの顔を多分四面に彫りつけたジョティリンガが祀られており、礼拝する人々でごった返し、スワヤンブナートの静かな深い感じとはまるっきり逆の激しい熱気が渦まいていた。大きな鐘がいくつもがんがん打ち鳴らされ、お堂の中は中でがっしりした幾人かの僧が、まぎれもないシヴァ派のティラカをぎらぎら光らせて、これまた手に持った鐘を打ち鳴らし、参拝人の捧げる花を次から次へとジョティリンガに降りそそぐようにして献げ、その顔にサンダルペーストをぴたっとつけて返すのである。

私も他の人々と同じように、ナモシヴァヤー　ナモシヴァヤーと声に出して歌いながら花を差し出し、それは私のヒンドゥ教徒としての心からの捧げものとして差し出し、僧と眼をぴたっと合わせた時もたじろがないで額にティラカを受けた。花は無造作にジョティリンガへとばらまかれ、そのお返しとして別の木の葉に盛った花が返って来た。それは多分僧に一ルピーを渡したためかと思われるが、私は大事にその花を自分のバッグにしまい、そうする間もつめかけて来る参拝人の人垣をかきわけてプラサードさんが待っている所へ戻って行った。打ち鳴らされる鐘の音に身も心ものぼせ上がらされて、もうもうと香る甘い線香の香りに陶然となって、他のことは一切考える余裕もなしに、ナモシヴァヤー　ナモシヴァヤーとつぶやきながら寺院の外に出たのであった。

雨はざんざん降りつづけていたので、それでも帰るのかと思ったら、そうではなくて、お寺の横から聖なるヴァグマティ河の橋を渡って、対岸に到り、そこらはもう外国人も入って良い場所なので緊張も一応は解いて、プラサードさんの知り合いのサドゥの所に行った。そのサドゥは五十歳ぐらいの人でカーリーとパシュパティナートの絵を飾り、前には直径三〇センチぐらい長さ一メートルほどの大きな木を一本くべて、線香のけむりほどの煙を立たせながら、七、八人の信者というか仲間と共に、終日そこにあって世のために善を為している人であった。灰を顔にぬってもらうだけかと思ったら、おどろいたことにプラサードさんは一ルピーを払ってガンジャを買い、その仲間に入りこんで私にも上がれと誘った。ヴェナレスのガートのことなどを思い出しながら、久し振りのヒンドゥ世界の陶酔に浸っているとやがて大きなチロムがまわって来て私も一服いただき、一服いただくともう仲間であることがはっきりとして、そのサドゥはグルである性質をあらわし始め、集まっているすべての人々の幸福と信仰心がわき出るように気を使いながら、ゆっくりと神聖なヴァグマティ河の流れるのに時をまかせるのであった。その内プラサードさんが首から数珠を外して、サドゥに聖なる灰をぬって潔めてくれるように頼み、サドゥはしっかりと灰で清めた後、自分の体にも灰をぬったので、私もやはり首から数珠を外して清めてもらい、それを首にかけてもらった。インドでは何処の聖地に行っても、私はブッダガヤのプラサードさんの所で仕入れたその数珠を清め深めてもらってきたが、きのうは図らずも、その当人のプラサードさんと共に、同じインド菩提樹の数珠を清めてもらうことになったのである。大木から出る灰は清らかでさらさらしていて、傷口にも効くし（実際一人の別のサドゥは傷口に灰をもらって塗っていた）、体にぬれば体が清められて力がつくものであるから、そうやってしばらく共にある内に、シヴァ派の行者の生活というものが水と火と灰から成る簡潔な高貴なものであることがよく判ってくるのであった。その内、前よりも強い二服目のチロムがまわってきたので、これも有難く受けて、ますますそのサドゥや周囲の人達と仲良くなってきたが、プラサードさんはまだ案内する所が残っていることを言って、そこを出て低い丘に登り、そこからパシュパティの全景を見下ろしながら少し話をした。その丘の上には幾つかのベンチがおいてあるが、雨の日のこととて人影もなく、私達はこうもり傘を広げてベンチに腰かけ、決して尊敬心を失わぬように注意しながら話をした。それからもうひとつドゥルガ寺院の近くまで行き、そこはちょっと距離があるということで坂の上から長い間、静かに深くお祈りをして、更にもうひとつの寺に行った。そのお寺は尼寺でやはりヒンドゥ一の何とかいう神が祀ってあり、ワイルドフェイスの神とプラサードさんが言ったのだけが理解できたが、とにかくそのお寺の門前でプラサードさんが動かなくなったので、私は一人で中に入って礼拝して帰って来ると、プラサードさんは怒ったようになり、この寺に入って祈ることが出来る男は非常に位の高い僧以外にはないのに、あなたは何故入ったのかと言い出すので、私はただ知らなかっただけなのだ、という以外はなかった。しかし私の心の内にはひとつのことがあった。尼寺と知らず、高僧以外には入ってならぬ寺に入ってしまったことは、私もまた僧ではないながらも、高僧に匹敵するような清い身心の生活をするべく定められてあるのだろうと。パシュパティに入った時もそうであったが、私の身の証しとしては、ここ数ヶ月の間、性行為が絶たれており、私はそれを今後も持続してゆくであろうという決意があったのである。

その寺は又、サドゥにとっては有難いお寺で、寺の周囲にしつらえられた寝泊まりの出来る場所にサドゥが寝おきしている限りは、寺の外から誰かがやって来て食事の世話から着るものの世話まで召使いとして面倒を見てくれるのだそうである。その日そこには一人のサドゥも来ていなかったが、パシュパティの格式のある尼寺故に、そこに寝泊まりすることの出来るサドゥはサドゥの中でも限られたものしかないのだろうということが察せられた。

案内はそれで終わりということにし、ゴシャラまでのちょっとした距離を歩いてミニバスに乗り、カトマンドゥへ帰ってきた。私は先日買ったタイヤゴムの草履がはきなれず足に豆が出来たので、片方だけ裸足になってスワヤンブナートまで歩いて帰ってきた。

スワヤンブナートも雨に煙っていたが、頂上のブッダの眼玉はよく見えた。ネパールという国は不思議な国である。元々ヒンドゥ教と仏教とは兄弟のような関係であるとは言え、スワヤンブーに住んでいるネパールのヒンドゥ教の人々は毎日のようにパシュパティに出かけ、あの激しい火の出るような礼拝の内に浸って、またこの仏教の地であるスワヤンブーに帰って来て四方をにらみ見つめているブッダの眼の下で暮らすのである。私もまたその人達と同じように一日のヒンドゥ教の旅の終わりをこのブッダの内に捧げ、ヒンドゥ教と仏教の共存という嬉しい有難い一日を、自分の部屋に戻って主なる観世音チェンラジーへと捧げたのである。

この特別の九月の、特別の満月の日のお参りには普通の日の一千倍の功徳が与えられるとか、プラサードさんは言っていた。私はとにかくパシュパティに入ることが出来、ジョティリンガを礼拝できたことで、もう喜びで一杯で功徳のことなどどうでもよいが、長い目で見れば、やはりこれは私が仏教徒であると共にヒンドゥ教徒でもあることを神の側で認めてくれたことであるから、ヒンドゥの神々を愛する身としてはそれは何よりもの功徳であり、その功徳をもとにしてますますヒンドゥの世界に深く入ってゆくことが出来るだろうと思うのである。しかしそれは私がインド人となることではなくネパール人となることでもなく、日本人でありながらということでもなく、ただひとりのヒンドゥの神々を信仰するものとして、そのようになってゆくのだろうということを感じているだけである。

ナモシヴァヤー　ナモシヴァヤー

ネパールではインドでも見たことのないような巨大な牛がたまに居る。実に山のような牛といってもよい程に大きい牛なのである。インド人がネパリーといって軽蔑する時、ネパリーの姿は小さい従属民族の姿としかうつらないが、この山のような牛を見ると、インドにはこんな大きな牛はいない、という不思議な思いがわいて出るのである。そしてきのうパシュパティに行ってみて、その寺院の信仰の姿の巨大さというか、がっしりとした感じはインドの各地の聖地の寺院と比べて、中でもヴェナレスのヴィシュワナート寺院と比べて決してひけをとらないばかりか、同じジョティリンガ信仰の寺としても、明らかに別のひとつの存在であり、ヒマラヤを背後にひかえたシヴァ寺院というネパールの面目が躍如としていて、私はすっかり感心してしまった。まったくあそこではさすがのインド人もネパール人のように小さくなっているのであった。何十万というインド人が参拝に来るのもパシュパティのヒマラヤを背後にもった力強い激しさに魅かれてくるのであろうことが判る。

　ともあれ、ナーラヤーナとシヴァとのヒンドゥのお寺をたずねて、久しく眠っていた私の内なるヒンドゥ的情熱が目覚めさせられ、以後の旅はまた一段と興味深いものとなってきた。

しかしながら今日はまたチベットの人達と一緒にオンマニペメフーンのお山まわりの旅であった。スワヤンブナートのアジュマキ母神に祈り、ターラー菩薩に祈り、ブッダにパドマサンバーバに祈って、私の内なる成就の旅を続けてゆくのである。

近頃のハルティマター（曽祖母神）へのお祈りは次のようなものである。

ハルティマター　アジュマキ　ジャイ
タネヴァジュ　タネメジュ　ラトヴァジュ　ラトメジュ　ワシヴァジュ　ワシメジュ
ハルティマター　アジュマキ　ジャイ

遠い国のことではありますが、私の両親が日本の一角に建てましたビルが入居者がなくて借金の返済に困り倒産しそうです。このビルが人類の真の平和と深い喜びに役立つよう、誓ってこの私が守り番をしますから、どうぞ入居者を恵まれ、両親が倒産の憂き目を見ないで済むようお取りはからい下さい

ハルティマター　アジュマキ　ジャイ！

ネパールまでやってきてこんなお願いをするのは奇妙なことであるが、実際、この現世を離れてはいない私にとって、今一番の苦しみは、父母が苦しんでいるその苦しみなのである。父母の生涯の希みをかなえさせてあげたい。ただそれが願いである。どうか母なる神アジュマキよ、あなたの不思議な力をこの私をとおして日本なる父母の仕事へとお示し下さい。

日本ではまた、人間と宇宙のまつりがきのうで終わったはずである。このまつりにも私は結局、自分の行為をとおして参加することとなった。私も参加した。

九月五日（木）

お山をまわりながら二、三日前に、道ばたの石に新しくオンマニペメフーンを刻んでいるチベット人を見た。坊さんではなくて普通のチベット人である。部厚いチベット人特有のぼろ服を着た四、五十歳ぐらいの人で、ああやっているなと思いながら通りすぎ、次の日行ってみるともう立派に彫りあげて色彩まで施してあった。

今日何気なしにその石を礼拝しながら思ったことは、日本に帰ったら私もオンマニペメフーンのチベット文字を日本のあちこちに彫って歩こうかということであった。一〇八ヶ所を最初の願かけ

として、日本中のこれと思われる所に、その文字を刻みこんでゆくならば、これは日本の人々及び人類のために何かを為したことになるのではなかろうかということであった。最初（二、三年前）、チベット語を完全にマスターして、チベット大蔵経から阿含部の経典を訳そうかと思い立ったこともあったが、これからチベット語を習うのは少々遅すぎるので、石に文字を刻むという行が思いつかれたのは有難いことであった。それなら少しずつ少しずつやってゆけば良いので、そのままその行が生涯を通じて私を導いてくれることにもなるだろうからである。

今日先を歩く一人のチベット人が何気なく触れた何も刻んでない石に私も触れてみると、驚いたことにその石は生きていて、私の腰のあたりにストンと大きな力を放りこんでくれたのである。石のもつ生命というか力というものは大したもので、チベット人はそれを知っていること、チベットの宗教はそれを知っていることを如実に教えてもらったわけだが、その教えをやはり私は自分の国の人々に伝えてゆきたいと思うのである。

石は硬く、大きく、長い命を持っている。石は清潔でそれ以上に清らかである。恐山への旅以来、私も少々石の旅をしているが、チベット人の信仰は石にオンマニペメフーンの文字を刻みこむことが大きな部分を占めている。俗人は石に刻み、僧は読経（プージャ）をする、ときまっているようなところがある。石は暖かく依存することが出来る。人の心は変わりやすいが、石の心は変わらない。ひとたび引き受けるや、石の心は、一〇〇年の単位で不変なのである。

今日はまたマードウよりマッチェンドラナート（ローケシュヴァラ）のタンカを買い求めた。良いものである。私は今や自分（達）の旅を信じることが出来る。一歩一歩真理へ、清らかさへ、平和へ、究極の喜びへと歩んでゆくのである。

当家のヒヨコは四羽ともずい分大きくなった。と思ったらもう一羽のめんどりはまた新しくひなをかえしているという。そのようにして時が流れ、ネパールの雨季が終わっていこうとしている。又、太郎と次郎はこの家の牛飼いをすることに夢中になって、今日などはもうすっかり牛を動かすことに自信を持ったと言うようになった。日本に帰ったら牛を飼いたい（屋久島で）、という希望をもらしている。

九月六日（金）

今日はまた美しい夕焼けである。カトマンドゥの夕焼けほど美しい夕焼けをいまだかつて見たことがない。深い藍色の空と、オレンジ色の輝く雲と、黄色とピンク色と紫色と白雲と、まだまだ無数の色が光の中でとけあってほんの四、五分の間だけ、まさに黄金の炎のように燃えあがる。悲しみにある人は悲しみを深くし、絶望にある人はなぐさめを得、祈りにある者は更に深く祈ることが出来る。胸に祈ることのほか希望もない身であるが、この黄金の炎の時にあってはあたかも祈りもひとつのロマンのようである。

スワヤンブナート寺院はその反映を受けて静かに光り輝き、今日もまたこの盆地が世界の何処の国にも増して平和であり、ここに住むことの出来るということが神々及び諸仏の恵みであることを示している。

マードウから一〇〇〇ルピーのローケシュヴァラ（観音）を買う約束をしたので、カトマンドゥへお金を作りに行った帰りにこの夕焼けに出会ったのであるが、多分素晴らしい仏像を手に入れることが出来、その仏像のお伴をして日本に帰ることが出来るように思う。

朝から一日翻訳にかかりきりで、午後おそくカトマンドゥへ出かけただけなので、世界のことは何も判らない。ここの家では思っていた通り、今朝四羽のひよこがかえった。約三週間、めんどりは殆ど飲まず食べずで卵を暖めるのである。今日はまた、とうもろこしの取り入れの日で、シャンカジの家は総動員で畑に行き、太郎や次郎も手伝いに行き、晩方にはたくさんのとうもろこしをもらって大満足のようであった。シャンカジは単にバラモンであるだけでなく、ここら一帯の大地主であるらしく、畑は小作に出し、自らは仕事らしい仕事もせず、一日、アメリカ人達と遊んだり、家のまわりの細かい仕事をするぐらいで過ごしているが、小作の人が作ったものにせよ、取り入れとなるとやはり百姓の本能をとりもどすらしく大変な上機嫌であった。

九月七日（土）

午前中からスワヤンブナートに全員でお参りし、いつもの通りにストゥパの全ブッダ及びターラー女神、アジュマキ母神、カーリー女神、チベット寺のブッダ及びパドマサンバーバにお参りしてから、マードウの案内でヴァグマティ河とヴィシュヌマティ河の合流点にあたり、少し小高くなっているシヴァ寺院のプージャに連れて行ってもらった。寺に行く前にマードウのカトマンドゥでのグルであるバヴァの家に行き、そこで八十二歳になるというヨギニーに会った。枯れ果てた人で、若い時の写真を見せてもらったが、そこには髪の毛を編んで長くたらしたシヴァ行者の絵があるだけでやはりヨギニーの姿があるだけだった。

その人からビコークという灰のかたまりをいただいた。灰のかたまりと言ってもその中に色々のものがまじっていて、それを毎朝、顔と体を洗いイシュワラにプージャしてからティラカとして額につけると、大きな恵みがあると言われているものである。灰のようにひれ伏して祈る、という言葉があるが、実際、シヴァ派の行者がシヴァドニ（いろり）として決して火を絶やさずに、線香のひとすじの煙のような煙をあげて火をたもっている場所には、灰というものが如何に神聖なものであり、灰がいかにエゴの消滅、エゴの浄化として存在しているか、ということをはっきりと教えてくれる特殊の雰囲気が宿っている。ひとつまみの灰を顔にこすりつけると、それだけで清められたような安堵感がわいてくるから不思議である。灰は聖なるものである。線香をたいてエゴが燃やされると感じる心地よさは、ひとつにはそこからほろりほろりと灰が落ちてゆくことも原因している。シヴァドニは灰の山であり、焼きつくされ清められたものの巣である。ビコークを八十二歳の老ヨギニーからもらったことは、有難くまたうれしいことであった。その灰を顔につけるたびに、私は、私のエゴを灰にする旅をつづけてゆくだろう。ダヒを水で割ったおいしい飲み物を御馳走になったあとで（リシケシのシヴァナンダアシュラムでもそれを飲んだ）、寺へ行ったが、寺といってもシヴァリンガムがまつってあるだけの所で、その奥にプージャ用の小屋があり、そこに十四、五人の人々が集まって、ハルモニアム、バイオリン、太鼓、シンバル、その他の楽器でリズムとメロディーをつくりながら、何時間も（夜の六時まで）バジャンをつづけるのである。必ずしもシヴァの讃歌というわけではなく、ナーラヤーナもゴーヴィンダも讃歌され、一冊のパンフレットのようになっている讃歌集に沿って、心をひとつに合わせてバジャンをするのである。

私達は子供連れで、しかもその講のような集まりのメンバーではなく飛び入りの形なので、二時間ぐらいしかいなかったけども、その間、ガンジャがまわり、ガンジャはまわってもただ清められるだけ深くなるという感じで次から次へバジャンをつづけてゆき、いつのまにか私自身はすっかりその仲間に入ってしまっていた。順子と子供達が帰りたがっていたので一足先に帰ってきたが、そうやって共に歌い、楽器を打っていると、自然に心はただ神にだけ向けられるようになり、しかもそれが楽しく心地よいのだからバジャンとはたくさんの人が集まってする最高のプージャの仕方であるように思う。ただし、しっかりしたグルがいないと、単なる歌うたいになってしまうこと必定である。

帰り道でどうしたことか順子と少しも気持ちが合わなくなり、私はそれはそれとして棄てておくことに心を決めた。

マードウは今度はカーリーテンプルに行こうという。このところすっかりヒンドゥ教の方へ向かっているが、それも良いだろうと思っている。どの神にプージャしたところで、いずれひとつの神にもどってくる。その確信さえあれば、どの神のプージャをしてもひとつの神、イシュワラのプージャに帰るのである。私の場合であれば、観世音菩薩、チェンラジー、ローケシュヴァラ、アヴァロキテシュヴァラに帰ってくるのである。

帰り道、久しぶりに雪をいただいたヒマラヤの一峯をくっきりと見る。

九月九日（月）

きのうもヒマラヤを見る。前峯であるが雲の上に鋭くつらなっている姿は神々しいものであった。

お寺から帰ってくると、次郎が投げた石がリッポウの頭に当たって怪我をし大変だというので急ぎシャンカジの所に行ってみると、リッポウは頭に包帯を巻いているもののニコニコして元気だし、シャンカジ夫婦ももう怒った時はすぎて、その経過を例の早口で説明し、一度だけ次郎をおこってくれればそれで良いというふうであり、とにかく大したことではなかったと胸をなでおろしたことであった。しかし私がいない時、次郎はシャンカジに髪の毛をつかまれて引きずりまわされたというから、シャンカジも仲々たいしたものであると言わなければならない。

お寺ではお参りを済ませたあとで、マードウと手に入れるローケシュヴァラのことについて相談していると、チベットの坊さんが来て、こいつはよくない奴だからつき合うのはやめた方が良いと言う。マードウはそう言われてがっくりして見るも可哀そうなものにしょげてしまったが、私は彼のその様子をかえって真実なものと見なし、依然として彼をとおしてローケシュヴァラを手に入れるという線を維持している。パタンの仏像作りの人とも連絡がついたので、山にない場合にはパタンのものを手に入れることに心を決めている。

パタンのものは新しく作るものではあるが、二〇〇〇年近い仏教信仰の中心地のひとつであり、クリシュナテンプルもあるような土地なので、そこから生まれてくるものであるならば、信用は充分におけるものなのである。ただ私としてはもしかしてヒマラヤから日本に行っても良いというローケシュヴァラが現われて下さるのではないかと願い、そのためにゴルカ出身のマードウに手数をかけてもらっているわけである。マードウは明日ゴルカへ向けて出発することになっている。

近頃は猿と親しくなって、供養にもってゆく米の一部を手にのせて差し出すと、猿たちといっても一匹ずつだが、近よってきて食べるようになった。ボス猿などは手を差し出すと、もっと近くまで手を引っぱって自分の口元に引きよせ、直接に口から食べるということを始めている。猿たちに対してはハヌマンとしての信仰を私は確として持っている。犬にはまだ持てないが、やがてバイラヴァとしての信仰が近づいて来るだろうことが判る。山羊はベェベェ鳴いて可愛らしいが、やがて首をはねられて肉にされる運命がちらついて信仰の対象にはなりにくい。ただ、猿や犬など油断のならない連中にとりかこまれていると、ベェベェ鳴いて無害な大人しい山羊は心をほっとさせるものを持っている。それは山羊のもつ徳である。牛はたしかに神聖である。毛並みのよいつやつやした牛に出会うと自然に礼拝するようになってきている。マードウは牛はラクシュミーだというが、私にとっては牛はやはりナンディーである。

きのうはまた、チベットの坊さん達の中に、日本山のお上人方のような不退転の強い決意の姿を見ることが出来た。静かにただ経を唱えている暗赤色の僧衣をまとったお坊さんの姿ではなくて、自分の国と信仰とを守るきっとした僧の姿、それはパシュパティの僧の姿にも通じるもので美しい迫力をもっていた。

茶屋で三つのチベット語をおしえてもらった。〈今日は、ニングンデレッ。今晩は、グンダヂレッ。有難う、トゥクチチェ〉の三つである。

九月十日（火）

夜明け前だったろうか。奇妙な感じがして眼覚めると夢精をしていた。性的な夢もなく性的な快感さえもなく、何か清められたようなほっとしたような感じでそれが終わっていた。それ故今朝の眼覚めは雨がしとしとと降っているにもかかわらずさわやかな気持ちのよいものであった。

きのうあたりから今年いっぱいに日本に帰るという気持ちが固まってきた。ひとつには太郎の学校の問題（一年間の休学の期限が十二月までで終わる）もあるけれども、旅自体がそのような方向に向いており、従って今回の旅では南インドまで私達が足を伸ばすことは殆どなくなったと言って良い。この度の旅がほんの始まりの旅であり、今後の私の旅がインド的なるもの、ネパール的なるもの、そしてチベット的なるものの探究であることが明らかである以上、家族連れで無理をして南インドまで下ってゆくことはないと考えられた。ひとつには神田の家の問題があり、これ以上旅をつづけると、母の体がもたないのではないかというような心配もある。

以後はポカラ、ルンビニ、ヴェナレス、ブッダガヤ、そしてカルカッタのダクシネスヴァル寺院の旅の順番となるだろう。

私の心はしっかりとオームなるオンマニペメフーンにつながれている。私の日々の生活はオームなるオンマニペメフーンに捧げられ、オームなるオンマニペメフーンからやって来ることが実感される。平和、喜び、真理が三位一体となす具体概念である。平和であれ。喜びにあれ。真理であれ。

九月十一日（水）

お山をまわっていると小雨がまた降りはじめる。一日中雨でお山まわりの頃になったら止んでいた雨だったのだが、近頃はアーナンダクッティという小さなまるで無人のように静かなお寺を北側、ヒマラヤの見える側の山腹に見つけて、毎日お参りしている。パコダ様の白い円いストゥパがあり、それはあまり大きなものではないが、多宝山の宝塔様を思わせるようにしんとして美しく、周囲には赤褐色のレンガが敷いてあって、そのレンガは少し緑にこけむしている。そのしっとりとした感じは日本の感じに少し似ている。しかし周囲には丸葉の樹々の森がおおい、その森の中にはたくさんの心優しい猿たちが住んでいることが日本の寺とはちがうところである。私はそのストゥパを四方から礼拝する。それから本堂の方に行きそこに祀られてある不思議なブッダを礼拝する。その像はすべすべした石のようなもの、大理石のようなもので出来ており、少し着色もしてあるがネパールでは異質なインド的な清らかさを持ったブッダである。

無人の寺かと思うとそうではなくて、やさしいひっそりとした電灯のついている部屋があり、そこに尼さんのような人が住んでいる気配がある。それは観音の閉じられた眼を思わせる、ひそっとしたしかし確然としたやさしさである。愛する場所である。礼拝の場所である。

ハスの花の時期はもうすぎて、ハス池は葉ばかりである。雨が少しひどくなってその無数の葉の上に落ち、たまって水玉ができている。水玉は透明で水銀のように光りながら清らかな微笑めいたものを送ってよこす。オンマニペメフーンはその時、洗われて甦る。

今日はまた雨で、雨の中を水汲みに行くとカヤツリ草が生えているのを見つけた。向津具《むかつく》（山口県長門市）にいた六、七歳の子供の頃に好きだった草である。今はもう草や木と話すすべを失ってしまった感じであるが、子供の頃にはたしかにああして草や木と話をしていたのだということが判る。

カヤツリ草でカヤをつるのは少々技術がいるのだが、ある時、急にその仕方を納得出来て喜んだことがあった。嬉しかったことがあった。

しかしそのつり方はいつのまにか忘れてしまってもう思い出せない。

ただそのような記憶を持った草として、カヤツリ草は思い出されてくる。植物と話をしながら生きてゆくことは大切なことだと思う。何故かというと植物は静かでひそやかで決して怒らず厭な時には視界から消えてしまう生き方を身につけているからである。ひそやかなものを失った時に、人は傲慢者となる。ひそやかなもの、それは神の透明な慈悲である。

二日つづきの雨の中で、私はひそやかに静かに生きてゆくのもよいと思う。すでに気がついているようにネパールにはこのひそやかさがあり、このひそやかさはヒンドゥ世界にはあまり感じられないものである。日本には不思議なことに更に深いひそやかさがあるように感じられる。

きのう突然のようにして、ラマナマハリシの名と姿とを思い出した。アルナチャルナ山をシヴァの神体とみなして、ティルヴァンナマライなるその場所に住みつき、以後、死ぬまでそこから出なかった、と言われている方である。

「私は誰か」というマントラにして問い、音と意味の合体したひとつの課題を提出し、その道をシヴァに、神体なるアルナチャルナにまで行った人である。

私はシヴァである。

そうラマナマハリシが言い放つ時に、深い深い喜びと解放がある。


私は私ではない、という点で私は自分の意見を納得している。

ここで自分とは何かを問わなくてはならない。

自分とは仕事であるという応えが帰ってくる。つまり自分とはカルマである。サチャサイババはカルマ（義務）は神であると言っている。その神に仕えることによりカルマの緒をいつの日にか切ってもらうのである。カルマの緒が切れた時に背中の荷は自然に落ちて救済があるだろう。それまでは不平を言わず、それどころか心をこめてしっかりと仕える以外に道はないのである。

私は私ではない時、私は誰であろうか。

まず最初に思い浮かんでくるのは、私は平和であるという応えである。アルナチャルナ山のシヴァは、平和な深いシヴァの姿であったにちがいないと私は思う。


夕方お山まわりの頃になると今日も雨が止み、工事場附近の道路も昨日よりはずっとよかった。

今日は一日、庄野潤三の『夕べの雲』という小説を読んですごした。小説は普通は横になったりして楽な姿勢で読むものであるが、今日は翻訳の仕事の代わりに読むのだと思って机に向かい姿勢もくずさないで読みつづけ、一息のようにして夕方までには読んでしまった。夕方外に出るとまだ空はくもっていたけども、そのくもり空の向こうにくっきりと雪をいただいたヒマラヤが見えた。今まで中でと言っても良いほどにくっきりと見えた。秘かに手を合わせて礼拝した。それからお山まわりに行き、アーナンダクッティにも寄った。ストゥパは今日も静かにひっそりと白く輝いて迎えてくれた。本堂の方へ行くと、石畳の上に頭のないトンボが一匹落ちていて、まだ生きているのを蟻が引いているのを見つけた。遠くにちらっとチベット僧の暗赤色の衣のはしが見えた。ひとまわりしてから今日は線香がなくなったのでスワヤンブナートへ登った。登る頃から雲がぐんぐん切れてゆき、上で礼拝している頃には西の空は黄金色に輝き、空全体がうっすらと青くなって、ヒマラヤの方角もやはりきれいに晴れてきた。景色を見たい誘惑にかられたが、ゆっくりとストゥパの周囲をめぐり、アジュマキにいつもの通り神田のビルの入居者のことをお願いし、チベット寺もひとまわりしてから、見晴らし場に行ってヒマラヤを眺めた。消え残った雲は盆地を囲む山の下方にたなびき、その雲は夕陽を受けてピンク色に染まり、その彼方には純白のヒマラヤの山々がはじめて思っていたとおりの美しい姿をあらわしてくれた。ヒマラヤもまた夕陽を受けてうっすらと赤く染まっていた。オンマニペメフーン　オンマニペメフーンとつぶやきながら私はその恵みを戴いた。ヒマラヤを眺めることは恵みである。まして今日のように夕方から突然晴れだして、下手をすればポンチョをかぶってお山まわりをしなければと思っていた身にとっては、思いもかけぬ突然の恵みであり、それに空全体がこの盆地特有のうっとりするような、とろけるような色合いに染まり、しかもまさに神々のすみか、いや神々そのものの姿としか呼びようのない高貴なる姿がまるで嘘のように眼の内に見られるのである。

雨季の終わりが近づいていることが感じられる。境内に何人かいたチベットの坊さん達も、このすばらしい光景に誘われて見晴らし場の方に二人、三人と集まって何をするというでもなくヒマラヤを眺めているようであった。一人の外国人が無中になってあちらこちらと走りまわっては刻一刻と変化してゆく雲の色と山々をカメラに収めているのが、唯一の不平といえば不平なことであった。しかしそれも微笑ましいといえば言えるもので、久し振りに突然に訪れた酔いをさまたげるほどのものではなかった。

今日は私は大変に疲れたようである。

九月十二日（木）

朝少し遅れて起きる。すでに靄は去り、空全体はうっすらとした青緑色に近づき、すばらしい夢のようなカトマンドゥ盆地の晴天である。

ヒマラヤにはこの二、三日の間に大量の雪が降ったらしく、雪の白さがくっきりと眼に沁みこんでくる。雲がむくむくとわきヒマラヤをとりまき、隠したりのぞかせたり様々な変化を与える。雲とヒマラヤとはひとつになって希望というひとつの遊びに戯れているようでもある。私の内に、現世的な同時に宗教的な希望が宿っている。

牛達が日を浴びて輝きながら牧草地へと歩いてゆく。赤牛である。牛の歩み方を人がならえば一番平和な歩き方であると、石谷さんが言っていた。石谷さんはきっとヴェナレスのサドゥの口からそのことを教えてもらったにちがいない。歩き方の中で最も私の意にかなう歩き方は牛のようにゆっくりと誰ともそでふれあったりすることなく、自己をわきまえ、平和に歩いてゆくことである。試みに牛になったつもりで歩いてみると、それが一番よく判る。牛の歩みは平和で、いくら歩いても疲れない。ただそういうことがネパールだから出来るのであって、日本の東京でそれをやったら或いは逮捕されるかも知れないような代物ではある。

日を浴びて輝きながら、ゆっくりと草場に向かう牛の群れは美しい。水場への道には今日は山羊が群れている。大きいのや小さいのや、黒いのや白黒や茶色のまだらや、色々な奴が光を喜んで吸収しているような様子で静かに草を食べている。八歳くらいの女の子がひとり橋の石に腰かけてその番をしている。こちらでは牛をさばける年頃という言葉があって、それは十歳から十一歳ぐらいの子供を呼ぶのだが、七、八歳ぐらいでももう牛を追い、山羊をさばく子供はいくらでもいる。牛をさばき、山羊を追い、水を汲み、その他の家の手伝いを何でも大人と同じように大人の手助けをすることが子供達の学校である。ネパールでは就学率は五パーセント内外であると聞くが、残りの九五パーセントの子供達にとっては、昔ながらの生きる智慧を学ぶことこそが学校なのである。

順子は早速に洗濯に行き、体もついで洗って帰ってきた。体を洗ってきたせいか気持ちがひきしまっていて「体を洗ってきた」と言った時の表情が娘のように新鮮であった。水場は皆んなのものであり、誰もがそこを使うのだから、そこで体を洗うのは仲々に技術がいるのだ。ネパールの女の人たちは布でうまく体を隠し、隠しながらも全身を洗ってしまうこつをよく心得えている。しかもそういう習慣に育ってこなかった順子などは気持ちばかりが先に立ってどうもうまくゆかないのである。下手をすると布がずり落ちて乳房があらわになってしまったりする。雨つづきのあとの今日のような晴れの日には、体を洗いに来る人もたくさんいるから技術が下手なものはそれだけいっそう気をつかい、つい面倒になって体は洗わずに済ましてしまうことになりがちなのである。

しかし、彼女は今日は頑張って体を洗い、洗濯も終わってきた。「体を洗ってきた」という短い表現の中にそういうわけで喜びがこめられているのである。

今日は、黒分のエカダシ、断食の日である。子供達は食べるが順子と私は紅茶を飲むだけである。約二週間おきに訪れるこの断食は良いものである。わずか一日であるが、食欲を断念し、食欲ではない楽しみを求めることを強制される。胃も癒やされる。満月の日と、闇夜とがはっきりとし、月にリズムがとれる。

ヴェナレスで始め、それから彼女の妊娠が確定してから中止し、カトマンドゥに来て想像妊娠だったことが判って再び始めたものである。

今朝の祈りは、どうかこの私の肉体及び心のエゴがぬぐい去られ、そこにあなたの真実の平和と深い喜びが主となりますように、そして十方に平和と実りがありますようにであった。そのように祈る時、肉体のエゴもまた許されなくなる。肉体のエゴとは睡眠、食欲、怠惰などが象徴するものである。しかしゆったりとした気分でゆったりと生きてゆくことは必要なことである。それはエゴではなくてエゴの逆のもの、この時代の人々の心の底に半ば眠り半ば眼をさましていて、日の目を見ることを願っている存在である。私はゆったりとした気分でゆったりと生きてゆくことを希む。それが私の行である。

九月十三日（金）

エカダシ明けの朝食を食べているとお山の方からラッパやシンバルの音が聴こえてきたので、風の具合によってはこんなに近々とチベット寺のプージャの音がするものだなあなどと話していると、ギータが来てマインフィニッシュだという。人が死んだというのである。まさかと思っているとそのラッパやシンバルの音は次第に近づいて来て、窓ごしに見ていると、お山まわりの道を一列の葬列がゆっくりと進んでくるところであった。音楽はチベット式のラッパとシンバルなのだが、窓から遠く見ている限りでは列をなしている人の中にはネパールの尼さんの黄色の僧衣が目立ち、普通の人もたくさんいるがチベットの坊さんは見えないようであった。多分ネパール仏教の尼僧が亡くなられたのであろう。俗人ではラッパやシンバルを鳴らしてお山の周囲をまわるというようなことはあり得ないからである。

ラッパの響きは哀悼の感情を深く宿しているもののようであった。りゅうりょうと哀しみを吹き鳴らしているもののようであった。

そして私がはっと気づいたことは、普段のプージャで吹き鳴らされるラッパの音には感情などはひとかけらも入っておらず、そこにはただ音があるだけなのだということであった。チベット僧はスワヤンブナートだけでも二、三十人はおられると思うが、彼らは一人一人個性がちがい顔形は異なるけども、一人一人の僧に宿っているものは決して感情ではない。言わば感情というものを持たない個性なのである。それがチベットの坊さんのあっけらかんとした非人間的とも言える特徴である。しかもこの非人間は人間の顔をしており、善をなすこと仏につかえることしか眼中にないので、実にあっけらかんとしたやさしい透明な微笑をその内に持っているのである。

アメリカインディアンにも感情がないと順子は言ったが、そういう感じもあるけれども、チベット僧、チベット人にあるのはオンマニペメフーンというひとつのダルマだけで、他には何も存在しないのではないかと思われるほどである。

しかしながら今朝のラッパの音はまちがいなくチベット僧が鳴らしていたものであるが、りゅうりょうとして哀しみを吹き、聴いているものをして、ああいつもとはちがったことが起こっている、そうだ、僧が亡くなられたのだ、という気持ちに駆りたてるのである。

ネパールの尼寺は、スワヤンブーにも一ヶ所あり、そこの奥に鈴木さんが部屋を借りている関係で二度ほど行ったことがあるが、陽当たりのよい静かなお寺である。その静かさは普通の静かさとちがって、陽がしんしんとあふれるように降り、中庭には小さな一メートルほどの高さのストゥパがあり、やはり四方から礼拝出来るようになっている。中庭には石畳が敷いてあって清潔である。尼さんたちは何処かにいるはずなのだが、ひっそりとしていて何処にいるのか判らない。そこに立つと祈らずにはいられない。何も悪いことをしていなくても、尼寺に入ったというだけで、たたずまいを正し自分の生活が怠惰な遊戯に費やされているものではないことを証明しておきたいような気持ちにかられる。そういうことをひと言も物言わず、しんしんと降る陽当たりのよい静かさが柔らかく体を包んで教えてくれるのである。門を出ようとして門の両側に大きなヤマ天の絵がかけてあったのに驚いた。足元には又二匹の黒犬が、ヤマ天の化身のように寝そべっていた。ヤマ天とは

死神のことである。

昨夜はどういうわけか眠れないで夜明け近くまでローソクをつけたり消したりしていた。チマから来た手紙を読みかえしたりした。ますます眠れない感じとなったが最後に『ブッダの言葉』を読んでやっと眠りにおちた。一冊の『ブッダの言葉』（スッタニパータ）があれば、この生涯は足りるという感じであった。犀の角の如くただ一人歩め。しかしあのような不眠は近ごろめずらしいことであり、尼さんの死が昨夜中かけて進んでいたのではないかと、今朝になって思われたりしたのだった。今朝もヒマラヤを見ることが出来た。

九月十六日（月）

おとといの夜、この家で飼っているジャクシーという小犬が、どういうわけか突然に元気がなくなり、ぐったりしているかと思うと突然わなわなとふるえ出したり、時々奇妙な今にも消え入りそうな声を出したりするようになって、シャンカジ一家とうちの一家が皆んな出て来て心配した。シャンガジ達はラーマが首をしめたのだと例によって行きすぎの解釈を与えたが、私は何か悪いものを食べたせいで一時的にそうなったのであろうと思い、部屋から出ずに皆んなが騒いでいるのを聞いていた。

夜は静かで物悲しい淋しい夜になった。多分ジャクシーは死ぬだろうという感じが誰の胸にもひそんでおり、時々それを思いおこすと、この家にジャクシーが来て以来、ジャクシーを中にして起こった様々なことが思われた。まずその生まれたばかりのような可愛らしい仔犬が来て、ジャクシーと名づけられた時に、私はそれをジャプシーと受けとり、ジャップに通じるものありと感じて不愉快だった。子供達がジャプシー、ジャプシーと呼ぶのを聞くと、それが可愛いものの名を呼ぶ声だとは知りながら、何故そのような気にかかるような名がついてしまったのかということを考え腹をたてたりした。

しばらくしてジャクシーがいなくなった。シャンカジの本家の方に引きとられて行ったようだった。これでよかったと思っていたら、いつからか又帰ってきて家の子供達も、シャンカジの子供達もジャクシー、ジャクシーと呼んでは可愛がった。ギータが言うには、これはアメリカンドッグで良い犬なのだと自分達の誇りに思っているのだった。アメリカンドッグの名がジャプシーとは、何だか変てこりんだと感じながら、日本人である我々と、アメリカ人のグループとが同居しているこの家では、ジャプシーと呼ばれる時にはそれはアメリカンドッグであると思いなおすことによって、心の内の厭な屈辱感を和らげることが出来た。私としてはここに共に住んでいるアメリカ人達に好意こそ感じるが何もこだわるものはなく、ただロック音楽を一日中聞いているような生活は自分にはそれが如何に静かでやさしいものではあっても、関係のうすいものであるから、積極的にはつき合わないで、ただ出会った時にナマステと言って微笑するだけなのである。だからアメリカンドッグと思って心を和らげるということも、それほど執拗なものではなく、それもすべて子供達の可愛らしい無邪気な声をとおして、しかも可愛い盛りの仔犬を対象として呼ばれるものであるから、日々の生活の中のほんの小さなさざ波のようなものではあったのである。

しかし、四、五日前に、その名が実はジャプシーではなく、ジャクシーだということが判り、自分が如何につまらぬことをこだわりつづけていたかに気がついて恥じ入ると共に、七、八歳の頃に初めて下関の駅で金髪碧眼のアメリカ人を見て鬼を見た時のように恐ろしくなり、必死になってその者達から身を隠した時の経験を思い出したりしたのだった。昭和二十一年か二年のことだと思う。

どのように努力をしても淋しさと物悲しさが身につきまとい、風邪も少しひいていて、やはり不眠もつづいているという夜を明かして、きのうは家族全員でパシュパティナートへ行った。予想どおりお寺の中に入ることは許されなかったが、入口の所で礼拝をし、ちょうどそこにぶらぶらしていた人をつかまえて、花のプージャをジョティリンガまで届けてもらい、お返しの花輪とサンダルウッドのペーストとを持ってきてもらった。身は届かなくとも、そうして心は届いたのである。送られてきたサンダルペーストのキラカを子供達と順子につけてあげ、それから門の前の門前市で数珠だとか首かざりだとか神様の絵（パシュパティの絵）などを買ってから、甘いもの屋で一休みし、雨が降りはじめたが小雨だったので、そのまま寺の外側をぐるりとまわり、聖なるヴァグマティ河の水をガートの所で戴き、石の橋を渡って、先日会ったサドゥの所に行って灰をもらった。バヴァは眼尻にちょっとときついしわを寄せて微笑んで、たっぷりと灰をよこした。「バヴァ、どうもありがとう」と私は二度繰り返した。子供達も順子も皆んなそのバヴァから額に灰をつけてもらった。それは聖なる灰であった。ティラカのように色もなく、ただの灰であるが、それは聖なるものにすべてを献げた聖なる行為の果実として生まれた聖なる灰であることが感じられた。

無数にあるシヴァリンガムのお堂の林立する裏山に登り、河を見下ろしパシュパティのいらかの群れを見下ろす地点で、持参してきたのりむすびの弁当を食べた。キュウリはネパール式に切って

山尾三省ライブラリー

インド巡礼日記

インド・ネパール巡礼日記❶

1973年の年末から一年間、山尾三省は家族5人で、インド・ネパールのヒンドゥ教・仏教の聖地を巡礼した。祈りと思索の日々を克明に綴った当時の貴重な日記を今回はじめて刊行する。
「とうとうヴェナレスに来た。鉄橋を渡る時、パイサ銭を多くのインド人にまじって放りこんだ。母なるガンガーの向こうにヴェナレスの名高いガートが見えた時には胸の内に熱い感動があった。同席していたインド人の青年が私の肩に手を置いて、ガンガーはインド人の心の母だと二度繰り返した。胸が躍りヴェナレスヴェナレスと子供達に何度も教えた。」（本文より）

ISBN978-4-7877-0881-6

四六判上製／504頁／3000円＋税

山尾三省ライブラリー

ネパール巡礼日記

インド・ネパール巡礼日記❷

本巻には、インド・ダラムサラからネパール滞在中の日記を収録。ヒマラヤを仰ぐ静かな日々で祈りと思索はますます深まってゆく。巻末に〈解説〉宮内勝典「永遠の道は曲がりくねっている」収録。
「君達はこんな美しい土地に暮らすことが出来て幸せだ、というと、彼はただ幸せなだけだ、と答えた。それはただ生きているだけだ、ということと同じである。美しい土地があり、豊かな人の心があり、何もかもすばらしくても、人はただその中で生きるだけである。幸せというものは常に人の心の内で願われ、幸せこそは人がその人生において求めるに値するものである。」（本文より）

ISBN978-4-7877-0882-3

四六判上製／500頁／3000円＋税

山尾三省ライブラリー

ここで暮らす楽しみ

屋久島暮らし二十年をむかえた1996～98年に書かれた名エッセイ集。わたしたちが地球に属し、地域に属し、森や山、海、川、花、石などと共に、場所（ここ）に生きることの意味を静かに語る。99年、山と溪谷社より刊行されたが、長らく品切れであったものを装い新たに刊行。
「森には宝物が無尽に秘められている。自分の生涯の一度や二度を費やしても決して味わい尽くせないほどの宝が（つまりカミが）、森には秘められている。森だけではない。眼を静めさえすれば海にも山にも川にも、野にもそれは秘められている。」（本文より）

ISBN978-4-7877-1187-8

四六判上製／352頁／2300円＋税

山尾三省ライブラリー

森羅万象の中へ

その断片の自覚として

『ここで暮らす楽しみ』に続き、1999～2001年に書き続けられたエッセイ集、待望の復刊。この道の途上で、手術も叶わぬ胃ガンと診断された著者は、「ぼく達は森羅万象の断片ながら、やはり最終的には『永劫』という究極の存在の断片である」と、「あとがき」に記すのである。
「冬の終わりの乾燥した森の肌に、ぼくは仰向けに長々と体を伸ばす。すると自分が森の一員である実感はますます強まり、一員というよりは一部なんだという感覚になってくる。その感覚はとても暖かく、深い安心感を伴ったものである。」（本文より）

ISBN978-4-7877-1188-5

四六判上製／256頁／1800円＋税

矢追日聖 著

やわらぎの黙示
ことむけやはす一

ISBN978-4-7877-9182-5

「地下水の如く清く流れ、紫陽花の如く美しく咲け」敗戦直後の混乱の中で、自然信仰をもといとした「大倭紫陽花邑」が誕生した。戦後とともに歩んだその足跡は、現界と霊界の両方に生きる著者と邑人達の神ながらの実践そのものであった。

A 5 判上製／ 304 頁／ 3000 円＋税

矢追日聖 著

ながそねの息吹
ことむけやはす二

ISBN978-4-7877-9681-3

神武以前の古代ヤマト〈長曽根〉のくにの中心地「大倭神宮」で、親子四代の霊感者として生をうけた著者が、現界と霊界を結ぶ「一大事の因縁」を物語る。源平、南北朝、神武と長曽根…の鎮魂浄化の調べは、日本歴史の深層に光をもたらした。

A 5 判上製／ 320 頁／ 3000 円＋税

ティク・ナット・ハン 著
山端法玄、島田啓介 訳

ブッダの〈気づき〉の瞑想

ISBN978-4-7877-1186-1

フランスで僧院・共同体プラムヴィレッジを開き、生活と一体になった瞑想を実践しつつ、世界各地での講演活動を通じて仏教の教えと平和の実践を説いている著者が、ブッダの瞑想法を示した教典を現代人が実践できるようにわかりやすく解説。

「瞑想とは、深く見つめ物事の真髄を見抜くことです。真実を見究め理解することから、心の解放、安らぎ、喜びが生まれます。

瞑想を学びたいと思うなら、このサティパッターナ・スッタを基本に据えてください。つねに座右の一冊として本書をそばに置かれることをお勧めします。」（ティク・ナット・ハン）

四六判上製／ 280 頁／ 1800 円＋税

ティク・ナット・ハン 著
島田啓介 訳

ブッダの〈呼吸〉の瞑想

〈近刊〉

『ブッダの〈気づき〉の瞑想』と対になる瞑想の基本図書。呼吸の重要経典アーナパーナサティ・スッタを現代語に全訳し、ていねいに解説する。「呼吸は目覚めへの道であり、呼吸によってわたしたちは心の解放にたどり着くことができます」

渡辺 眸 写真集

天 竺

ISBN978-4-7877-8384-4

「風・土・砂ぼこり・ベナレスの水。そこでの空気を眸さんは、とことんからだに沁み込ませてきている。インドに行けば〝何かある〟ということではない。インドに行って彼女自身の内宇宙である〝天竺〟が揺り動かされたのだ」（喜多郎）

B 5 判函入／ 160 頁／ 4000 円＋税

北川 天 写真集

天竜川の神人
生と死の祭り

ISBN978-4-7877-9980-7

南信濃、三河、遠江を流れる天竜川沿いの村々では、千年の昔からの祭りが受けつがれ、神と人との交流が毎年くりかえされる。この霜月祭り、田楽・田遊び祭り、念仏踊り・送り火を記録した本書は、「いのちの永遠」を見事に写しだした。

A 12 取判上製／ 160 頁／ 3000 円＋税

ナナオサカキ 詩集

犬も歩けば 新装

ISBN978-4-7877-0382-8

日本で初めて発刊されたナナオサカキ詩集。ビートニクスの詩人アレン・ギンズバーグに「ナナオの両手は頼りになる　星のように鋭いペンと斧」と讃えられたナナオの詩は、世界 17 カ国で翻訳され、朗読会では熱狂を持って迎えられた。

A 5 判／ 144 頁／ 1800 円＋税

川口由一

妙なる畑に立ちて

耕さず、肥料は施さず、農薬除草剤は用いず、草や虫を敵としない、生命の営みにまかせた農のあり方を、写真と文章で紹介する。数えきれないほど多くの草々、虫達、小動物達と共に育つ、健康な稲や麦、そして野菜達。この田畑からの語りかけは、農業にたずさわる人はもちろん、医療、教育、芸術、宗教、政治、経済……等々、あらゆる分野に生きる人々に、大いなる〈気づき〉と〈安心〉をもたらすだろう。

〔主要目次〕春の生命　夏の生命　秋の生命　冬の生命、そして春へ　美しき花園の生命達　楽園に生かされる生命　地球は神々の花園、宇宙の楽園

ISBN978-4-7877-9080-4

Ａ５判上製／328頁／2800円＋税

中井弘和 編著

生命のかがやき

農学者と４人の対話

自然も人間も共にいのちを輝かせて生きる21世紀へ。稲の自然農法研究を続ける農学者が、千葉茂樹(映画監督)、川口由一(自然農)、高木善之(環境NPO主宰)、龍村仁（映画監督）と重ねた対話と自然農法実験の成果を報告した講義録を収録。

ISBN978-4-7877-0682-9

四六判上製／240頁／2000円＋税

髙橋ゆりこ 編著

ナワプラサードが選ぶ100冊の本

たのしくふかい暮らし方をさぐる東京・西荻窪ほびっと村の本屋「ナワプラサード」があなたに贈るオススメの本100冊を写真入りで紹介。1994年から2006年までの『ほびっと村学校かわら版』編集後記とほびっと村学校の活動の記録も収録。

ISBN978-4-7877-0681-2

四六判変型／240頁／1800円＋税

東井 怜

浜岡　ストップ！ 原発震災

3.11以後、福島県内各地から聞こえてくる呻吟。大震災で原発が過酷事故を起こせば、人類が経験したことのない未曾有の惨禍「原発震災」に見舞われる。「地震は止められないが、原発はひとの意思で止められる」と警鐘を鳴らし続けたい。

ISBN978-4-7877-1189-2

Ａ５判／208頁／1500円＋税

ニールセン北村朋子

ロラン島のエコ・チャレンジ

100％自然エネルギーで暮らす島

かつてめぼしい産業がなく、デンマーク国内でお荷物自治体といわれていたロラン島。それが原発建設計画を阻止し、風力発電を振興して、今では自然エネルギーを島外に供給するまでになった。ロラン島の試みから、明日の日本を考える。

〈近刊〉

羽倉玖美子

ホピの太陽の下へ

女三人、アリゾナを行く

経済発展を突き進む社会に波紋を投げかけたドキュメンタリー映画「ホピの予言」(1986年公開)。2003年夏、病床に伏せる監督宮田雪に代わり、宮田のつれあいレイコと娘アヤ、友人のハグが映画の舞台となったホピ族居留地に向けて旅立った。

ISBN978-4-7877-0581-5

四六判／256頁／1500円＋税

山本佳人

かみさまみたよ

子どもたちの向こう側の世界

子どもはしなやかな心をもっている。それは未熟で、幼くて、危ういものに見えるが、自由に姿を変え、どこにでも流れていく水に似ている。著者とその子どもたちが体験した不思議な物語の数々に、私たちは「子どもの宇宙」を思い出すだろう。

ISBN978-4-7877-0182-4

四六判上製／256頁／1800円＋税

立松和平 エッセイ集

旅暮らし

2010年2月に急逝した著者が、生前に野草社へ託した3冊のエッセイ集。この本は、亡くなる直前までのほぼ10年間に書かれた文章より選んだ、最後のメッセージである。本巻は旅にまつわるエッセイを収録。「旅は生きることなのだから、あらゆる機会をとらえて旅に出ようではないか。」

〔主要目次〕
Ⅰ 北の大地へ　Ⅱ 日本の原風景、東北へ　Ⅲ 故郷、栃木へ　Ⅳ 住む街、東京で　Ⅴ 甲信越の山並みへ　Ⅵ 西国へ　Ⅶ 南の島へ　Ⅷ 海の彼方へ

ISBN978-4-7877-1181-6

四六判上製／288頁／1800円＋税

立松和平 エッセイ集

仏と自然

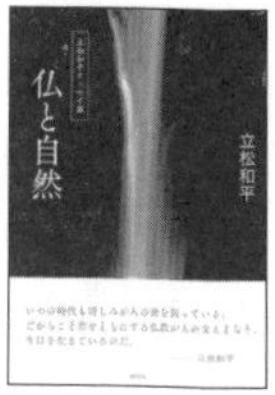

『ブッダのことば』をポケットに入れてインドを旅した青年時代から、著者は仏教に深く関心を寄せていた。本巻『仏と自然』では、ブッダや道元を通して思索した仏教に関わるエッセイを収録。「いつの時代も苦しみが人の世を覆っている、だからこそ苦をともにする仏教が人の支えとなる。」

〔主要目次〕
Ⅰ 瑠璃の森で　Ⅱ 道元と私　Ⅲ 是れ道場なり　Ⅳ 古事の森　Ⅴ 門を開けて外に出よう　Ⅵ 円空と木喰行道

ISBN978-4-7877-1182-3

四六判上製／280頁／1800円＋税

立松和平 エッセイ集

いい人生

本巻『いい人生』では、生い立ちから父母のこと、青春の彷徨、作家への苦闘の日々を綴った文章と、太宰治、坂口安吾、芥川龍之介といった近代作家の批評、中上健次ら作家仲間との交歓などを描いた掌編を収録。「私は幸福であった。いい人生だったなあと、心から思っている。」

〔主要目次〕
Ⅰ 子供の頃　Ⅱ 青春時代　Ⅲ 壮年になって　Ⅳ 父のこと、母のこと　Ⅴ 足尾に緑を育てる　Ⅵ 歌と詩へ　Ⅶ 文学者・芸術家たち

4-7877-1183-0

四六判上製／296頁／1800円＋税

かなこ

があぐりびとになるまで

の
就農物語

農業未経験の若い夫婦が、自分たちの力で生活を組み立てる暮らしと、有機農家としての自立をめざして茨城県の山中に移住。重機を使わず自力で開墾、家をセルフビルドし、「あぐりびと（アグリカルチャー × 人）」になるまでを描いた奮闘物語。工藤公康投手夫人、工藤雅子さん推薦

「子育て、家族の絆、愛、いのち…『あたりまえだけど大切なこと』。わすれかけていた心の扉を開いてくれる1冊です」

〔主要目次〕Ⅰ　飯田農園誕生物語（峠のわが家、旅の途上で、坂道、とまどい、仲間、新しいはじまり）Ⅱ　飯田農園の農と暮らしほか

185-4

四六判／256頁／1600円＋税

おいしいごはんの店探検隊 編
石渡希和子 イラスト

おいしいごはんの店 充実改訂版

自然派レストラン
全国ガイド

「安全で健康的なおいしいごはんが食べたい」。そんな声に応える、自然派レストラン＆カフェガイド。オーガニック、ナチュラル、スローフードなどをテーマに全国各地に足を運び、自信をもってお薦めできる47都道府県308のお店を紹介。

「この本は、私達探検隊スタッフがすべて実際に足をはこび、舌で確かめ、つくりました。安全でからだに良い食事ということだけでなく、暮らしを彩る「楽しみの食」ということも同じくらい大切にしています。生産者が丹念に育てた食材を、大切に扱って、おいしい料理を手頃な価格で提供するお店を厳選しました。」（「はじめに」より）

ISBN978-4-7877-0981-3

四六判変型／352頁／1600円＋税

やさしいくらしの店探検隊 編
石渡希和子 イラスト

やさしいくらしの店

自然派ショップ全国ガイド

安全で良質の食材が手に入る店、自然派の石けんや化粧品、オーガニックコットンが揃う店、安全性に配慮したおもちゃの店、フェアトレード商品を扱う店など、暮らしに安心と心地良さを与えてくれるお店278店を紹介。自然派ガイド第2弾。

ISBN978-4-7877-0583-9

A5判変型／320頁／1800円＋税

松井一恵 文　石渡希和子 文・イラスト

東京ナチュラルガイド

東京玄米ごはん

東京で本当においしい玄米ごはんを食べさせてくれるお店20軒を厳選し、カラーイラスト入りで紹介。お店自慢の玄米の炊き方、玄米ごはんと合う料理、玄米をつかったお薦め料理、玄米味噌、そして玄米焼酎・玄米もちなど話題も満載。

ISBN978-4-7877-0781-9

A5判変型／128頁／1400円＋税

松井一恵 文　石渡希和子 文・イラスト

東京ナチュラルガイド

東京ナチュラルスイーツ

安心できる素材、自然の素材を用い、体に負荷をかけないスイーツを心をこめて手づくりするケーキショップ、カフェ、甘味処など、都内および近郊の約50店を紹介。甘い物大好きな方、子育て中のお母さんに贈る、自然派スイーツガイド。

ISBN978-4-7877-0782-6

A5判変型／128頁／1600円＋税

R・V・アーバン 著　片桐ユズル 訳

愛のヨガ

世の中には性についての情報があふれているように見えるが、性そのものの真実が語られることはない。本書は〈愛のヨガ六ヵ条〉を提案し、全人間的な身心一如の感覚としての性をとり戻す手助けをする、ハクスレー激賞の古典的名著である。

ISBN978-4-7877-8282-3

四六判上製／296頁／2000円＋税

津名道代

芭蕉星座

「日本のこころ」表現のひとつの極まりを示した〈蕉門星座〉。だが、芭蕉はもうひとつの星座の種子を実の世にこぼしていった。生身の人間芭蕉をもとめ、山に問い、海に聴き、風にたずねた著者の〈芭蕉への道〉は、新しい芭蕉像を描きだした。

ISBN978-4-7877-9483-3

A5判上製／392頁／3200円＋税

乾 千恵 著　川島敏生 写真

「風」といるひと「樹」のそばのひと

脳性マヒでからだも言葉も不自由な著者が、8歳から書を、20歳から語りをはじめた。縁あってその書が届けられた、工藤直子、水上勉、岡部伊都子……との出会いが11篇のエッセイとなり、山尾三省との対話、50数点の書とあわせて1冊に。

ISBN978-4-7877-9781-0

A12取判上製／156頁／1900円＋税

山尾三省

原郷への道

四半世紀を屋久島の森に住み、直進する文明の時間ではなく、回帰する自然の時間に学び、この時を大切に生きた詩人・山尾三省。鹿児島発の「文化ジャーナル鹿児島」、屋久島発の「生命の島」の二つの地元誌に連載した珠玉のエッセイを収録。

ISBN978-4-7877-0381-1

四六判上製／256頁／1700円＋税

山尾三省

観音経の森を歩く

『法華経の森を歩く』で、「法華経」を万人に普遍的な真実の言葉として、狭い宗派の呪縛から解き放った詩人は、その第25章「観世音菩薩普門品」にさらに分け入り、観音性の根源を見つめ、病と向きあう中で、全20回の完結を見たのである。

ISBN978-4-7877-0481-8

四六判上製／240頁／1700円＋税

山尾三省 詩集

びろう葉帽子の下で

「歌のまこと」「地霊」「水が流れている」「縄文の火」「びろう葉帽子の下で」と題された全5部252篇の言霊は、この時代に生きる私達の精神の根を揺り動かさずにはいない。詩人の魂は私達の原初の魂であり、詩人のうたは私達の母の声なのだ。

ISBN978-4-7877-9381-2

四六判上製／368頁／2500円＋税

山尾三省 詩集

祈り

2002年8月28日、屋久島で初めて行なわれた「三省忌」の日に出版された本書は、詩集未収録作品、未発表作品を中心とした8冊目の詩集である。木となり、森となり、山となり、海となり、魂は星となり、光となって、詩人は今日も詩い続ける。

ISBN978-4-7877-0282-1

A5判上製／160頁／2000円＋税

山尾三省 文、山下大明 写真

水が流れている

屋久島のいのちの森から

屋久島の深い森を育む豊かな水の恵み。屋久島の森に暮らし、自らの生を見つめ続けた詩人と、屋久島の森に通い、いのちの時間を撮り続ける写真家。二人の作品が織りなす「水」への讃歌集。入手不可能だった幻の書が、野草社版として蘇る。

ISBN978-4-7877-0181-7

B6判上製／104頁／1400円＋税

山下大明 文・写真

森の中の小さなテント

テントで寝起きしながら屋久島の深い森に通い、そこに積み重なっていくいのちの実相を撮り続ける写真家。雨の暖かさ、樹のぬくもり、森の音の豊かさ、巡りゆくいのちの確かさ……失われた感覚と生死の輝きを呼び覚ます待望の写文集。

ISBN978-4-7877-0383-5

A5判変型上製／148頁／1800円＋税

山下大明 写真集

月の森

屋久島の光について

森は暗い。森は怖い。そして、森は美しい。息を潜め、何ものかの気配を背中に感じながら、歩き、佇み、しゃがみ込み、そしてまた歩く。『樹よ。―屋久島の豊かないのち』の出版から20年の時を経て、山下大明の目に映る、屋久島のいま。

ISBN978-4-7877-1184-7

A4判上製／84頁／3800円＋税

山下大明 写真集

樹よ。

屋久島の豊かないのち

南の島に雪が降る。不思議の島を鮮やかに切り取り、屋久島写真の流れを変えたエポックメイキングな作品。20年前に刊行され、多くの写真家に影響を与えながら、長らく入手困難だった幻の写真集、待望の復刊。

〈近刊〉

山尾三省

アニミズムという希望

講演録●
琉球大学の五日間

1999年の夏、屋久島の森に住む詩人が、琉球大学に招かれ、5日間15回にわたる集中講義を行なった。詩人の言葉によって再び生命を与えられた新しいアニミズムは、自然から離れてしまった私達が時代を切りひらいてゆく思想であり、宗教であり、明日への確かな希望である。

〔主要目次〕
土というカミ／山に向かって／小さ　愛さ／家族について／新しい自然神話／私は誰か／存在するものの知慧／ユウナの花／水というカミ／ついの栖／「出来事」というカミ／静かな心／びろう葉帽子の下で／回帰する時間／日月燈明如来

ISBN978-4-7877-0080-3

四六判上製／400頁／2500円＋税

山尾三省

聖老人

百姓・詩人・信仰者として

1981年秋、『聖老人』と題し1冊の本が出版された。〈部族〉での活動、インド・ネパールへの巡礼、無農薬の八百屋、そして屋久島での新たな生活を書き綴ったこの本は、人々の心へ深く静かに沁みていった。30年読み継がれる著者の代表作。

ISBN978-4-7877-8880-1

四六判上製／400頁／2500円＋税

山尾三省

狭い道

子供達に与える詩

縄文杉〈聖老人〉の神聖な霊気に抱かれ、百姓・詩人・信仰者としてもうひとつの道を生きた著者が、同時代に生きる私達、そして次に来る子供達に人生の真実を語る。ここには〈自己〉という光と深く出会った原郷の詩人の平和への願いがある。

ISBN978-4-7877-8284-7

四六判／280頁／1700円＋税

山尾三省

野の道

宮沢賢治随想

「野の道を歩くということは、野の道を歩くという憧れや幻想が消えてしまって、その後にくる しさや苦さとともになおも歩きつづけることだと思う」賢治の生きた道と著者の生きる道 きあわせるなかで、賢治が生き生きと現代に

ISBN978-4-7877-8383-7

四六判／240頁／1600

山尾三省

島の日々

1981年3月発行の『80年代』8号から掲 「島の日々」は、水と緑の島、屋久島の かで見えてきたことを書き綴り、雑誌 に10年39回の連載を終えた。その た本書は、この時代を語る貴重な証

ISBN978-4-7877-9180-1

四六判上製／296頁

山尾三省

リグ・ヴェーダの智慧

アニミズムの深化のために

インド最古の文献「リグ・ヴェ 水、火、風、太陽といった自然 満ちている。アニミズムを現 根源思想とする詩人が、リグ 通して、自然と人間の再生

ISBN978-4-7877-0180-0

四六判上製

山尾三省

南の光のなかで

『自然生活』第1集から 表の2章、本書のため 日」、「子供達への遺言 セイ集。屋久島の森 詩人の言葉は、時と

ISBN978-4-7877-0183-1

四

塩をふり、トウガラシの粉をふりかけて食べる。それに特別にゆで玉子が一個ずつあるのだった。

それから裏山を登りきり、やはりシヴァリンガムのお堂が林立している殆ど人の見当たらない静かな敷石の道をドゥルガ寺院へと歩いた。そのあたりには人は殆ど見当たらずしんとして、ただ無数のシヴァのお堂があるだけなのだが、気をつけて見ていると、そのお堂の奥の方にところどころ、人が住めるようになっている所があり、そこにサドゥ乃至はそれに等しい生活をしている人達がまったく静かに、シヴァリンガムそのもののように物言わずゆっくりと動いているのが見えたりした。

ドゥルガ寺院はヒンドゥ教徒以外の人々も入ってよいと聞いていたが、行ってみるとやはり入ってはいけないという赤い掲示板が出ていたので一旦は引きかえしかけたが、せっかく来たのだからと思って、エイッとばかりネパール人になって皆んなで入ってゆくと、警官も眼に入らず、そのままお堂のまわりをひとまわりして礼拝してきた。本尊のドゥルガを礼拝することが出来なかったのだが、それはお堂の中に祭られてあるわけで、お堂に入る入口が私には眼につかなかったのである。お堂は何やら金色堂といった感じで、金箔がぬりつけてあり、しぶい黒光りするような金色のお堂だった。ドゥルガを拝みたかったが、扉もなければ入口もないお堂ではどうすることも出来ない。お堂の金色に頭をこすりつけて礼拝したにとどまった。夜になって順子が言うには、そのお堂の一つの側に下の方に這ってなら入れそうな小さな四角い入口のようなものがあったから、多分そこから這って入って礼拝をするのだろう、ということであった。とにかく外国人禁止のそのお寺にも入って、それから前にも行った尼寺に行ってお祈りをし、その帰りに、七、八十歳のお婆さんのサドゥ、ヨギニーに会いナマステと体をかがめて挨拶したら、低い、しぼるような声でナーラヤーナという挨拶が帰ってきた。耳にするだけでも快い言葉ナーラヤーナにそんなところで触れることが出来るとは夢にも思わなかっただけに、嬉しい出会いであった。

それからミニバスにのってカトマンドゥへ帰り、日本への帰り仕度の品物を少し買いこんでスワヤンブナートへ帰りついたころには、風邪がいよいよひどくなり起きていられなくなったので、横になってカルロス・カスタネダの『分離したリアリティ』を読んでいると、不意にマードウが入って来た。大きな梨とたくさん実のついた一房のバナナをおみやげに、ゴルカから待っていた十一面観音を持ってきてくれた。マードウは引きしまった良い顔をしていたので、私には一層好感がもてた。

マードウはそのものについて、名はエカダシローケシュヴァラであること、マハカーリーテンプル（ゴルカ）の現在のグルジーのグルのグルがそれを作ったものであること、銅と銀との合金であること、生きたプージャの対象としてまつられていたものであること、などを知らせてくれた。

何処から見ても良いものであった。ただそれを買うという一点のみが気にかかり、マードウの側も売るという一点を気にしているようであったが、それはブッダガヤ以来、私の内にすでにある問題であり、私が肯定している問題でもあるので、約束の一〇〇〇ルピーを支払い（マードウは五〇〇ルピーで見つけて来たと言ったが）、きのうの夜からかくて、観世音菩薩、チェンラジー、ローケシュヴァラ、アヴァロキテシュヴァラと私が呼んでいるその神が、この部屋にまつられることになったのである。マントラは言うまでもなくオンマニペメフーンである。

ジャクシーは不思議なことに死なないで、きのうはもう元気に走りまわっており、今日も元気にしている。

九月十八日（水）

きのうは新月で火曜日にあたり、カーリープージャに最も適する夜だということで、前から予定していたようにチキンを一羽、その他アムロードとか柿とか甘いもの、魚などを買ってきて捧げた。「アーディアカーリースヴァルーパ」を三回、日本語に訳したものを読み、ブリンダーバンで買ったバラの香をたいて、それが終わってからはネパールの白檀香をたいて、その香りの中でむせるように食事をした。私達の家でそのようなプージャをするのは初めてであったが、そのようにしてプラサードとして食事をいただくと本当に清められた食べ物を食べている気持ちになるから、その恵みたるや不可思議なるものである。肉も少しも肉のいやらしさがない。私達は大いに食欲を出してたちまちの内に鳥一羽を食べつくしてしまった。肉を食べるのは先月の次郎の誕生日以来のことである。普段は格別に肉を欲しいとも思わないが、食べてみるとやはり肉はおいしい。この四、五日、風邪で弱っていた体もこれでどうやら回復してきたようである。

カーリーの好きな香料は、じゃ香と樟脳である。ここにはじゃ香も樟脳もないけども、スヴァルーパを読みあげていると、何処からともなく、じゃ香や樟脳の濃厚なそれでいてきーんと澄んだ特有の香りが香ってくるようで、その香りが何よりも肉や魚の生臭さを香ばしい豊かな食べ物に変えてしまうのである。よいプージャであった。

ロークシュヴァラがこの部屋に来てから三晩たつが、不思議に夜は静かに清らかに眠ることが出来、眠りは半ばは夢のような半ばはさめているような眠りで、それはすべて宗教的な儀式の連続から成り立っている。夜明け頃にその儀式が次第に核心に近づき、やがて私自身が清められたという自覚をもつとともに目が覚め、するともう夜は明けていて、シャンカジの家から声が聞こえニワトリがヒヨコを呼ぶ声や、ヒヨコ達がピヨピヨ歌っている声が耳に入り小鳥の声も聞こえてくる。眼覚めがスムースで今日は久し振りに朝食前に部屋を掃除し、水汲みを終わり、礼拝を終わってディヤナの時をもつことが出来た。いつもはそれらすべてのことは食後のことなのである。風邪が良くなってきたせいもある。ローケシュヴァラが来た寺はマハカーリーテンプルではなくてマハカーラーテンプルであり、先に書いたのは間違いだった。

ポカラへ行ったら、そこから歩いて二日だということだから、出来ればゴルカまで行って、そのマハカーラーテンプルを礼拝してきたいと思う。眼が覚めている時は、ローケシュヴァラは始終心から離すことが出来ない。それは深いやさしい魅力をもって私の心を魅了してしまった。ひまさえあれば、その慈悲深い、深い瞑想の内にあるやさしい御顔をながめて手を合わせてみたり、ちょっと近くまで寄ってよく御顔を見せてもらったり、ぼんやりとマントラを繰り返したりしている。こんなに好きになってしまった像はほんとうに初めてのことである。性は男性でも女性でもないその二つを共に越えている存在である。それがまた有難い。ローケシュヴァラというからにはシヴァ神の別名であり男性神であることは知れているのだが、そのような感じは起こってこない。そうかといってシャクティ神の感じもしない。ただそこに神聖なやさしい美しいものが存在していて、私はそこに仕えさえすれば、その神聖さ、やさしさ、美しさ、そして清らかさは日一日と深まってゆくことを知っているのである。有難い方が来て下さったものだ。さすがはヒマラヤである。私はヒマラヤの精として無数に存在はするであろうが、ヒマラヤの与えてくれたパドママニ、蓮の花の上の宝石として彼の方を礼拝する。オンマニペメフーンは従ってこの頃、今までの感じとは少しちがってきて幾分チベット的(私の解する)な感じからはなれて、ヒマラヤ的ヒンドゥ的色彩を帯びてきているようである。オンマニペメフーンというマントラそのものがサンスクリット語であり、チベット語ではないにもかかわらず、チベットの守護神チェンラジーのマントラになっていることが非常に興味深いけれども、オンマニペメフーン自身が私に見せ私を導いてくれる世界は、どうもそのようなヒンドゥ的な仏教世界というか、仏教的なヒンドゥ世界というか、その辺りにあることが確実である。かくて私は今、この降りつづく雨の中で旅のひとつの頂点に立つ幸せを、鼻をすすり、咳をしながらも噛みしめている。実りとはこのように豊かで有難いものなのである。そしてもっとすばらしい日々、雨季あけの日々が日々の礼拝と共に近づいて来ている。そんなに遠いことではない。私の心と肉体がこのエカダシローケシュヴァラの存在にもっと馴れ親しみ、恐らくもうひとつの何かの新しい発見をした時、新しい何かを見せていただいた時に、雨季は去り、私の内なる雨季も去り、新しい季節が始まるのだろう。それは『マハーニルヴァーナタントラ』の訳の進行とも関係があるし、神田のビルの入居者のことも関係あるし、諏訪之瀬のことも国分寺のことも関係があり、日吉さんや唐牛のことも関係があるだろう。カルロス・カスタネダの良い本『分離したリアリティ』が示している「戦士」というメキシコインディアンの概念も関係があり、バガヴァットギータの行為《カルマ》という息も関係をもってくるだろう。しかしそれらは格別のことではなく、私達は静かにポカラに到着し、美しいヒマラヤのふもとで涙を流しながら罪の清めの日々を送ることだろう。

九月二十日（金）

きのう、今日と二日つづきの晴れで、そろそろ雨季も終わりに近づいたことが感じられる。今日は午後から次郎だけ残して皆んなでカトマンドゥへ買い物に出かける。陽ざしは澄みきって暑いが、雲が出るとすぐにひんやりとする。うすい黄色のドーティを一枚買う。黄色はこちらでは僧が身につける色で、たとえドーティだけとは言え黄色を身につけるのは恥ずかしいような気持ちでいるが、順子は外国人なのだからかまわないという意見なので、私もそれに同意して黄色を買ってもらった。しっかりした布地の良いものである。『マハーニルヴァーナタントラ』に先が見えてきたので、次に取りかかる仕事として、ラマゴヴィンダの『白い雲の道』という本を仕入れた。以前から読みたいと思っていた本ではあるし、ドイツ人の著者がチベットに入り、僧となって、ヒマラヤ山中に住みつく話でもあるので、私にとって大変に興味があるばかりでなく、これからの日本の若い人々にもひとつの生き方を与える書物として有意義であろうかと思い選んだわけである。この本に出会えたこともやはりオンマニペメフーンの恵みであることを感じている。このようにして仕事を与えられ、その仕事を完成することによって身すぎをすることが出来るならば、私としてはこれ以上にありがたいことはないが、さて、時はそのように廻ってくれるのかどうか。しかしそれもひとえに信仰の道であって、私としてはオンマニペメフーンと記されてある石に導かれて、この道を歩んでゆくだけのことである。おとといだったか、例によってお山まわりをしていると、一人の酔っぱらったチベット人が近寄って来て、話しかけ、お前はラマなのか、と少し詰問するような調子で問うた。私はラマではない、というと、では何故数珠を持って歩いているのか、というので私は不振になり、数珠くりしながら歩いているのはラマなのかと自分に問うてみたが、はっきりしなかった。というのは、今まではラマと言えばラマ僧のことだと思っていたのだが、先日マードゥが部屋に来て、壁にかけてあるチベット人の帽子をかぶった俗人の絵を見て、あれはラマだ、と言ったので、それはラマなのかと思ったが、ラマとはでは何のことなのか、聞かずにおいたのでそこのところが判らなくなっていたところだったのである。順子は、チベットの俗人でも呪術的なおまじないをしたり医者の代わりをする人をラマと呼ぶそうで、私をそのようなものと見たのではないかというのだが、それにしても私はネパール服を着ているのだし、いくらチベット式にお山まわりをしていても、そんなラマと間違えるのはおかしいと思ったが、相手の男は私から数珠を取り上げて、これは何処で手に入れたかと聞くから、ブッダガヤだと答えるとニッコリして、それはいい、お前がラマなら、おれとお前とは友達だ、と言って握手をして離れて行った。ラマとは何かをはっきり確かめなければならないが、順子が言うのが本当なら、私もずい分チベット人の世界に親しくなったものだと感じているところである。

私に初めてオンマニペメフーンが聞こえてきたのは、一九六七か八年頃、アメリカでフラワーチルドレンが花開き、ゲーリー・スナイダー*がたくさんのマントラを私達に書いてよこした中で、〝ハスの花の上なる宝石（水玉）に心を捧げます〟という意味のこのマントラが一番好きになり、直接神を信仰するマントラではなく、抽象的なところが良いとして、ひそかに自分のマントラと思いなしていた頃のことである。その後ナーガがインドに入り、帰ってきた時だったかに、それが観音のマントラであることを知らされ、すでに東大寺の不空絹索《ふくうけんじやく》観音を本尊として瞑想をかじり始めていた私は、その一致にびっくりし、以後私達の仲間でヒンドゥ教の嵐が吹きまくった時でも私一人は観音を祀って、オンマニペメフーンをつぶやくことはないとしても観音のマントラとして大事に胸の内にしまってきたものであった。つまり私にとってのオンマニペメフーンはアメリカ経由のものとして最初に入ってきたものであり、現在ではそのことはもうどうでもよくなってしまったが、少なくともチベットの人がオンマニペメフーンを唱えるのと私がそれを唱えるのとでは、雲泥の差があると共に越えがたいちがいのようなものもあり、それはオンマニペメフーンがこの時代に世界の各地へひろがってゆくひとつの流れの中からおこって来たものであるから、そのようなものとして自分にも、チベットの人にも了承してもらう以外にはないのである。

私とてもラマゴヴィンダのようにラマ僧になる道がないわけではないが、それは少なくとも現在の時点ではあり得ないことで、そうである限りは耳で聞き、書物で読み、眼で見、肌で感じる自分なりのオンマニペメフーンの道をゆく外はないのである。それはそのマントラ、オンマニペメフーンそのものを信じる道である。オンマニペメフーンがある時、耳に聞かれ、私がそれを好み、観世音と一致して、やがてこうしてインド、ネパールにやって来て、生きているオンマニペメフーンの人々に実際に接するようになったのは、これはすべてオンマニペメフーンそれ自体の導きによるものである。そして『バルドソドル』との出会いが又してもこのマントラと私との関係を不動のものとした。そして今私は、オンマニペメフーンに導かれながらヒンドゥ教の聖典である『マハーニルヴァーナタントラ』の翻訳という仕事をし、又同時にヒンドゥの多くの神々を心から観世音と同じように愛して、そのマントラをも唱えるのである。ローケシュヴァラは観世音であると同時にシヴァである。シヴァであり観音であるもの、観音でありシヴァであるもの、そのものの前で私はオンマニペメフーンを唱え、唱えながら私の心と肉体のすべてをそのものに与えつくさせて下さいと祈っている。

九月二十一日（土）

お山まわりは夕焼けのピンク色に染まったヒマラヤを見ながら急ピッチで行なわれた。一週間ほど前からの風邪がぬけ切らず、今日はまた悪化しそうな気配なので、歩調を早め、一回一回のオンマニペメフーンから活力をもらおうとしたのである。ふと見上げると空に月が出ていた。もう五日の月である。しかし月を見るのは今日が初めてで、月から活力をもらうことによって風邪を直すことに心を決めた。まわり終わるとちょうど日暮れで、お山の上には明るい木星の輝きがある。お山を礼拝すると自然に木星を礼拝する形になる。新鮮なほとばしるような黄色の輝きは、ともすれば沈みがちの心に若々しい活力を与えてくれる。ここでは月も星も礼拝の対象になる。月も星もハス

＊――ゲーリー・スナイダー（Gary Snyder）　現代アメリカを代表する詩人。五六年から日本に滞在し、禅の修行と仏教の研究を続ける。六三年、ナナオ・サカキと出会い、三省、ナーガら「部族」の仲間達と交流。帰国後、カルフォルニア州シエラネバダの標高一〇〇〇メートルの森に暮らす。

の花の上なる宝石の輝きである。だが今日は、知らない内に私は五日月そのものをハスの花びらに思い、木星の輝きをその花びらの上なるマニの光にたとえていた。

夕方、雨上がりのあとに大きな虹が出た。今までに毎日のように虹を見ていたが、今日のように地面から出て地面に消える一八〇度の虹は初めてのことだった。特に虹の着地するあたりは太さも太く、色は濃く燃えるように輝いていた。視界の全体を支配する大きな虹であった。順子と一緒に眺めたが、彼女はこんな大きな虹を生まれて初めて見たと言っていた。

食事前に〝笛吹き〟と称する人が諏訪之瀬から来たということで、日本からのおみやげを持って訪ねて来た。日本を出て以来初めて会う仲間の人間である。肝炎にやられて二十日間も入院し、出て来てビザの申請に行ったら一週間しかくれず、もう出て行かねばならないということである。ナンダがよろしく言ってくれとのこと、五ヶ月もたってから届いた伝言である。日本ではトマトが一個一〇〇円、キャベツの小さいのが二〇〇円もするという話をきかされてぞっとする。

九月二十二日（日）

宮内君から手紙がくる。手紙らしい手紙、遠く離れているものが心をかよわせ理解を保ち合うという性質の手紙である。死及び死後の世界のことについての対話である。喜美子さんからの手紙も同封されてある。桜（八重桜）の花の押し花が同封されてあり、自己をみつめはじめた女の人の優しくて恐い世界がちらと見えている。

日本大使館で、手紙を受けとるのは久し振りのことであり、嬉しくなって夢中になって読み了った。読み了って、庭に出ると、水蓮の花が二つまだ開いていた。二つとも黄色い水蓮の花であった。

まことに私達はわいわいがやがや楽しむために生きているのではない。私たちの生を完成させるためにこそ生きているのである。

雨季は確実に去りつつあり、今日一日の晴天は秋を思わせるすばらしいものであった。しかし日射しはかっと熱い。緯度から言えば熱帯なのだから日が照りさえすればマンゴーが実るのに充分な暑さがまだあるのである。一日、雲は様々な姿を見せて純白に流れ、心を楽しませてくれる。以前の私ならば、このような美しい一日に出会ってはとめどもない憧れが流れ出し、自らその流れ出た憧れに染まって幸福でもあり、又欲望の新たな洗礼を浴びたものであったが、今はただ美しい一日の雲の下で、オンマニペメフーンを唱えつつ生きたというだけである。

問題なのはオンマニペメフーンであり、太陽の熱さ、雲の白さ、青い青い空の色はオンマニペメフーンを彩る虹の姿にすぎない。世界が美しければ美しいほど、欲望は美をとおして高まるから、オンマニペメフーンは厳しくなる。美から欲望が脱落し、美自体として澄む日はまだ私の現実ではない。私は欲望を抑制するという学校の一年生なのである。

九月二十四日（火）

きのう体を洗った時にどうも寒いと思ったら夜に入って気管支が痛みはじめ、今日は一日お山まわりも出来ないで、じっと家の中に閉じこもっていた。私の体の欠陥は気管支から肺にかけての部分にあり、不摂生をするとそこへすぐにひびが入ったように痛みがくるのである。気管支炎から肺炎までは一足であり、ゆうべは眠れない一夜を過ごすと共に、ちょうど良い機会でもあるので死について思いをめぐらせていた。どうやら恐怖に負けないで死ぬことが出来るようになったようである。しかし『バルドソドル』によってだけでは死にきれないで、やはり『バガヴァットギータ』の古くなった着物を脱ぎすてるように魂は古びた肉体を棄てるのである、という声がはっきりと聞こえてくる。どちらによって死を選ぶかと言えばギータの死を選びたい気がするが、実際に死に臨んだ時には、ギータを思いながらも無上の慈悲深い神、観世音菩薩、チェンラジーにすがって無量光世界へと導かれてゆくような気がする。西方極楽浄土である。

墓は不要であると思う。骨や灰はガンガーか海かヒマラヤの一部に棄ててもらえばよい。墓のないヒンドゥ文化というものが私には大変に生命的なものに思えて有難い。

いずれにしろ、要は、死を人々の幸福と平和のために捧げるということである。ギータに導かれて死を迎えても、無上の慈悲深い神に導かれて迎えても、その要が守られているならば、私の死などはどうでもよい。

雨季はどうやら去ったようである。この四、五日、強い風が吹き、夕方になると空気は冷たく空が澄み、季節の変わり目にあることがはっきりと感じられる。夕暮れどきは毎日刻々と心を踊らせながら過ごしている。今日で八日の月は、チャンドラマーと呼ばれて純粋な光を放っている。星はターラー、大きな星、たとえば木星はドルヴァターラーと言うのだそうである。ドルヴァターラーの光は黄金の生きているもののようで、そのアムリタの汁を私は毎夜飲ましてもらっている。天の河も見える。北斗七星が登りはじめ、北極星は少し淋しく変わらずに北を示している。
今日からアメリカ、オーストリア人の二組の男女がこの家を出て行ったので、大変に静かである。ロックテープを聴く連中が二組去ったのだから、ずい分ちがうわけである。だがシャンカジは淋しそうである。

夜に入ってやっといつもの信仰の気持ちが戻って来る。それまでは重苦しい体を支えるのが精いっぱいで、信仰の中に浸っていることなど出来なかった。体に少し力がついて咳と啖がとまってくれると、またその特有の雰囲気の中に静かに浸ることが出来、それがどんなに有難くうれしいことかということが判るのである。
ポカラへ行く日が近づいている。

今日は一日くつ下をはいて過ごし、ラーマにまで、どうしてパパはくつ下をはくの、と言われている。子供達が水浴びを楽しんでいる昼間である。ラーマはしきりに熱をはかったり、足の裏に乗っかったりして私をなぐさめてくれる。順子はやっと手当て療治をはじめている。

九月二十六日（木）

スッタニパータの小なる章、ダンシカの中に在俗信者への教えが述べられている。
（一）生きものを害してはならぬ

(二) 与えられないものを取ってはならぬ
(三) 嘘をついてはならぬ
(四) 酒を飲んではならぬ
(五) 淫事たる不浄の行ないを離れよ
(六) 夜に時ならぬ食事をしてはならぬ
(七) 花輪(環)をつけてはならぬ、芳香を用いてはならぬ
(八) 地上に敷いた床にのみ臥すべし

これこそ実に八つの部分より成るウポーサタ(斎戒)であるという。苦しみを終滅せしめた仏が宣示し給うたものである。そうしてそれぞれの半月の第十四日、十五日、八日とにウポーサタを修せよ。また特別の月に、八つの部分より成る円満なウポーサタを、清く澄んだ心で行なえ。ウポーサタを行なった識者は次に清く澄んだ心で喜びながら、翌朝早く食べ物と飲み物とを適宜に修行者僧らにわかち与えよ。法に従って得た財を以って母と父とを養え。正しい商売を行なえ。つとめ励んでこのように暮らしている在家者は、死後に「みずから光を放つ」という名の神々のもとに生まれる。

九月二十七日(金)

雨季は去ったようである。このところ毎晩のように鋭い全天をおおうような稲光りのする日がつづき、雷が鳴ると梅雨が空けるという日本の季節感を思い出したりするが、稲光りの迫力は日本の

ものとは大分ちがい、底深い恐ろしさを感じさせるような、ヒマラヤの怒りとでも呼べるような鋭い透明なものがある。稲光りがはじまると、人はその全天をひらめかす青白い光の元に、耐えていなくてはならぬことを知らされる。やはりシヴァ神を思う。このような底深い光と轟きとに雷電神なるルドラと名づけた古代のヒマラヤの人々の心がわずかながらも理解できるようである。

朝は深い霧におおわれている。霧の流れの中に盆地全体がすっぽりとおおわれて、太陽は霧の底から昇ってくる。昇ってくると太陽は、この大量の霧を熱によって溶かしはじめ、霧は濃密に流れてゆきながら次第次第に溶かされ露となり、水蒸気となって消えてゆく。やがて空の一角がうす青くなり、太陽は霧の奥から光を増しながら少しずつその姿を現わしてくる。毎朝このことは殆ど同じように行なわれ、目覚めた時にいちめんに灰色の霧におおわれて灰色の流れの底にあるかのように感じることが少しも苦痛ではなく、太陽の光と熱によってなされる溶解の姿を無意識の内に心をときめかせつつ眺めているということになるのである。朝食をとっている頃に霧は晴れあがり、空はうす緑色を残しながら青色に変わり、彼方にひとつの啓示の姿として永遠の窓から眺められる光景のようにヒマラヤが現われる。それは私の心の内に宿されるただひとつの現実的な希望の姿である。神の窓が開かれ、そこに見られるものは永遠の風景、しかも人がそこにたどりつくことが可能な光に満ちたやさしい高貴な世界なのである。

空は深い青色である。雲は純白で、ある時はむくむくとわきあがり、ある時は棉《わた》のようにぽかりぽかりとたなびき、ヒマラヤの方はもとより、盆地を取りかこむ三〇〇〇メートル以下の低い山々のまわりに一日中花のようにまつわりついて離れない。おお雲よ！　と日に何度言葉にはならず感嘆の叫びをあげることだろう。その胸に沁みこんでくるような白さにじっと身を晒《さら》していることさえがひとつの行《ぎょう》である。雲も空も樹々もすべて生きていて言葉ではなく無言のひびきとしてしんしんと語りかけてくる故に、そのひびきに耳を傾けることは神の美しさを瞑想する行そのものなのである。

最近は、感覚諸器官を収める、亀が手足を引っこめるように、というダルマの声をしばしば聴いている。何処へ収めるのかというとやはりローケシュヴァラに、マントラ、オンマニペメフーンに収めるのであるが、感覚を収める、亀のように、という感覚そのものが非常に気持ちがよくて、めまぐるしく諸方へ放たれている感覚を、まるで亀のようにすっと自分自身の内にひっこめてしまうのである。眼は自然に内部に傾き、思考は閉じられてハートが存在の中心となる。

来週はいよいよポカラへ行くことになる。

風邪がぐずぐずしている時なので、今日のエカダシは少々きつい感じもあったが、一日翻訳の仕事に過ごし、夕方はお山まわりのあとにお寺へ登った。ラーマと順子と一緒である。夕方の雨のせいで素晴らしい夕焼けにはならなかったが、静かにつつましくアジュマキを始め、チベット寺のブッダや諸仏陀にお参りをすることが出来た。エカダシの日は自然に感覚が静かになり、つつましくものごとを進めることが出来るが、そのような状態に持ってゆくまでが仲々に大変である。夕食時の少量のハルーがとてもおいしく、エカダシ流しには最適の食べ物であることが感じられた。

やっと風邪が去ってゆくようである。長い二週間もつづく風邪だった。やっとのことで心に静かな信仰心がたまり、雨後の水たまりのように美しいローケシュヴァラの姿を写しだすようになってきた。ローケシュヴァラが来て以来、夜はひりひりとして眠ることが出来ず、風邪は治らないしでずい分とあがきまわったが、今日のエカダシを境にしてどうにか静かな日常的な自分の信仰のペースを取りもどすことが出来ると思う。それに補助的というわけではないが、ドルヴァール広場のチベット人から仕入れた小さな小さなブッダが素晴らしく、ローケシュヴァラの高貴な美しさと調和して静かな落ちついた気分をかもし出すようになってきた。

何と言っても、私の心と肉体のエゴがぬぐい去られて、そこに彼の方の真実の平和、深い喜びが主とならぬ限りは、平和も喜びも私にはあり得ないのである。そのことが夕暮れのうす暗闇の中で礼拝していてつくづくと感じられる。この世に喜びと平和がある時にはそれは必ずこの世のものではなく神のものなのである。

今日はずい分と性欲に苦しんだけども、精を放出したあとの限りない虚しさのことを考えると、やはり一見光のない道のように感覚には思われても、この道をゆっくりと確実に歩いてゆく以外にはないことが判る。お山から降りてくる途中に美しい虫の音をききながら歩いていた。その音は軽く心地がよくてまるでハートが愛撫されているようであり、耳を澄ますと、オンマニペメフーンオンマニペメフーンと啼いているのであった。有難いことである。しかし依然としてチベットのお坊さん達との間にはしっくりしないものが流れている。私はそれも仕方ないと思っているが、オンマニペメフーンはどのようにこれから私を導いてゆくつもりなのであろうか。

山を下りながら順子とスワヤンブナートはまるで私達の故郷のような感じになってしまったと話

し合う。四ヶ月も旅で住んで、まだ少しもあきないところがまだまだ住みつづけたい気持ちなのである。チベット寺のブッダの姿はますます美しく気高く感じられる。

九月二十九日（日）

きのうは朝からダキニカーリーのカーリー寺院へ出かけた。

ミニバスでゆく予定だったのがミニバスが来なくてタクシーで行くことになり、大分お金はかかったが大きなプージャをすることになった。

ダキニカーリーはカトマンドゥ盆地を取りかこむ山々の一角を南へ文珠師利《もんじゅしり》菩薩が切り落としたという水路に沿って越えた山の中にあり、現在でも時々は虎が出没する所だそうである。カーリー寺院は土曜日（休日）のせいか大変に混み合っていて、こんな山の中に何処から人が集まったのかと思われるほどたくさんの人々が参拝に集まっていた。脇を流れている小さな谷川で足を洗い境内に入ったが、境内は犠牲供養される山羊とニワトリの血の海のようで裸足の足はたちまち血まみれになり、ぬるぬるする中をカーリー像へ進もうとするが、プージャの混雑はひしめくようで押せども割りこめども前へ進むことが出来ず、脇では山羊の首が切られてどくどくと血が流れ、その血は横のドゥルガ神を祀った像にざんざんとふりかけられてドゥルガは血まみれどころか血の流れの沐浴をしているのも同じことで初めて接する私達には驚きであった。見ると順子が青い顔をしているので、こんな所で貧血でもおこされては大変だと思い、彼女に持たせてあったプージャの木の葉の器をこちらにもらって、それからは腰に力を入れ直して、一路カーリーへと突進したのだった。押しわけても押しわけても入ることが出来ず、その内カーリーへ至る道は力ではなくて信仰であることに気づき、ジャイカリー！　ジャイカリー！　と心の内で叫びながら一心に押しわけ進んでゆくと、ようやくカーリーの御像が見えはじめ、礼拝の時いつもするようにその御顔をとくと見つめるすきもないほどにただカリー！　カリー！　と突き進んでゆくと、ようやくのことで最前に出ることが出来、興奮してぶるぶるふるえる手で足だとか御顔だとかめたらやたらに触れながら、持って行った花や米をプージャし、その同じ手でプージャされて散らばっている花だとか何だとかを夢中になってかき集め、あらかじめ順子に言われていたように、無事に日本へ帰れますようにとお願いをしてふと横を見るとどこからもぐりこんで来たのか太郎も来ており、太郎のプージャも受けとってカーリーの御像にばらばらと降りそそいでやっとのことでその場をぬけ出してきた。

順子も次郎も人混みのすきまからちょっとだけ像をおがむことができたそうで、よかったよかったと喜び合ったことであった。境内は線香と血の匂い、鐘の音、人の声でわーんとわきかえっていたが、不思議なことに供養される山羊とニワトリの悲鳴のようなものは一切なく、すさまじい混雑と血の流れの海であるにもかかわらず、そこに存在するのはただのぼせ上がるようなカーリーへの信仰の熱意のみであった。その熱気が一切であり、その他には実は血の海も人も山羊もニワトリもなにもなかったと言ってよいほどであった。

そこをぬけてしばらく山を登ると、そこの山の頂上にはハイビスカスの赤い純粋な花の木のある小さなカーリー寺院があり、そこには血などのかけらもない静かな雰囲気が支配しており、二人の五十年配のヨギニーが静かな厳粛な態度で私達を迎えてくれた。そこは参拝人も少なく、お寺に入り、ドニが切ってあるそばのむしろに坐ると私達とヨギニー二人だけになって、今度は静かに力をこめてカーリーに祈ることが出来た。そのお寺は母なるカーリーのその母であるマザーカーリーが祀られているとのことで、夕方になり人気がなくなると何処からともなく虎が現われて、カーリーを礼拝するように堂内を歩きまわってそれから又静かに何処かへ去ってゆくのだそうである。

二人のヨギニーの内一人の人は太っていてどしっとしたゆるぎのない厳しい感じの人で、しかしその眼の奥には虎が来ても慈悲を感じてしまうだろうと思われるほどの不滅のやさしさをこめた眼の光がある人、もう一人の痩せ気味の人は、全身がやさしさだけで出来あがっているかと思われる美しい人で、二人とも私の好きな母の感じにぴったりの人達であり、プージャを終わってプラサードのアムルードとナシを御馳走になりながら、この世でそのような人を目の前にし、そのような人に触れることが出来る有難さをかみしめていると、この人達はバクティだ、という声が二人のヨギニーの間で何度か繰り返され、又、ネパールの田舎から出て来た人のようだとも言われて私はすっかり嬉しくなってしまった。おみやげにナシとビコース（灰）をもらってそこを辞し、つづいてヴィシュヌ神がまつられてあるお寺へ車をとばした。

そこは水の美しい所で、ナーラヤーナとも呼ばれるヴィシュヌ寺院にまさにふさわしい所で、石畳の上を水がゆったりと流れている場所を裸足で歩いてわたり、水を少しいただき、冷たくて氷のようになった足を引きあげて階段をのぼると、そこはいつ始まったか誰も知らないといわれるほど古い（カーリー寺院もそうである）ヴィシュヌのお寺であった。本尊のヴィシュヌは眺めるだけで瞑想してはいけないことになっているそうで、眺めるだけに終わり（石の像）、お堂の屋根の上の乳房のような岩を見ていると、マードウが言うには、それはサチャユガの時代にはミルクをしたたらせていたそうであるが、今はカリユガの時代なのでただ水滴だけが垂れており、そのようにしているのは牝牛に化身しているラクシュミーその方である、という説明を聞いている時、ちらっと右手から高貴な視線が走り、見ればそこにはヴィシュヌ派のバヴァらしい真とした風格のあるバラモンというかサドゥというか仙人のような人がおり、恐る恐る近づいてみると、厳しい風格のある眼の他に高貴な光があって、それとなく話をしている内にラーマの上に眼がとまると、その人ははっきりと予言するように、この子は大きくなったら偉大なる王になる人であると言った。マハラージャという言葉はしばしば使われる言葉で、ちょっと尊敬する人には気軽にマハラージャと呼びかけるのがヒンドゥの人々の常であるが、そのような感じではなしに、その人がラーマを見つめる眼からは、親である私を心から喜ばせ夢中にさせるような、高貴な響きがあり、私はまるでウパニシャッドの古代にでも戻ってしまったような感じをもち、その人の言葉を大切にラーマ及び私の胸の内にしまいこんだのだった。その後ガネシャ寺院にもうで、文珠師利が切りおとして水路を作ったと伝えられているその場所にかけられた吊り橋の上に立って、やがてガンガーに合流するヴァグマティ川を見下ろしたりしてからタクシーをとばしてスワヤンブナートへ帰ってきた。まだ正午をすぎたばかりだった。午後から一休みして再びヴィシュマティとヴァグマティの合流点にある先日も行ったことのあるシヴァ寺院へ行き、二時間ほど美しく楽しく厳しいバジャンの仲間に入れてもらってから、ゆっくりと歩いてカトマンドゥへ行き、チベット香を少し買ってスワヤンブナートまで帰ってくると、スワヤンブナートのバザールの道は人群れで完全にうずまっており、二本の高い旗が立てられていた。聴けばラマ僧が亡くなってこれからお山まわりの葬列が出るところだというので、小高い所に坐って行列が出るまで眺めていると、泣き女の声は真実に悲しげに声をはりあげて泣いており、そういう人が二、三人いるらしく、いよいよ坐り棺が持ち上げられる時になると、その声は張り裂けんばかりになって、思わず私ももらいなきの涙を流しながら、行列のあとについて家に帰ってきたのだった。その葬列はたしかに悲しみを最高に宿した哀悼の行列ではあったが、同時に葬列そのものがひとつのプージャ（信仰の祭り）であることをはっきりと思わせるような華やかさがあり、棺は見事に美しい花々で飾られ、スワヤンブナート中の人々が出たのかと思われるほどの人々が道をうずめつくしたまま、ゆっくりとお山まわりの道を太鼓を打ちながら進んで行くのであった。その人は非常に深い信仰の内にあったラマ僧にちがいはなかった。死が死の影をもたず、プージャであるような華やかさと同時に、側にいる者がもらい泣きをしてしまうほどの悲しみがその中心にはあるのであった。

夜、私はどういうわけか買ってきたチベット香をローケシュヴァラの所にはじめてたいた。大乗仏教の匂いがした。

今日は岩村さんの所と日本山へ行ってきた。増永上人、森下上人、熊沢上人、いずれも元気そうであった。きのうは王宮のまわりを御修行していてついに逮捕され、トラックに乗せられてパタンまで連れて来られて釈放されたそうである。皆、戦士である。帰る時、お寺の入口の石の階段に大きなコブラらしい蛇がいて、ひとさわぎあったが、南無妙法蓮華経でお別れをした。おみやげにイスクルのぬかかみそ漬を戴いた。岩村さんの所へは順子が腹に巻くはずであったサラシを二包み、贈り物とした。きのうから今日にかけて、ヒンドゥから日本仏教、チベット仏教、ネパール仏教、そしてキリスト教と、私達は何故か、必死になったようにしてプージャにプージャをかさねている。私はプージャという言葉を〝ささげる行為〟という意味に使っているが、同時にプージャは祭りのことでもある。ネパール人もインド人もプージャという言葉を何よりも愛する言葉のひとつとして使っているようであるが、いつしか私もプージャこそは好きなもの、となってしまったようである。

夜、ローケシュヴァラに初めて観音経をプージャした。

九月三十日（月）

今日で九月も終わりである。スワヤンブナートにもずい分長くお世話になったものである。土曜日に行ったシヴァテンプルのバジャンの構成が興味深いので書いておこうと思う。

ヒマラヤ山中ゴルカ出身の四十歳すぎと思われるサドゥがいて、この人はサドゥというよりも家に住んでいるのでグルジーに近い存在だが身なりもふるまいもサドゥであり、やはりサドゥと呼んだ方が適切な人である。その人が住んでいる家にはシヴァドニが切ってあり、一年中火が決して絶えないのは他のクッティ（隠者小屋？）に住むサドゥと同じである。そこの家には八十二歳になるというお婆さんのサドゥ（ヨギニー）が共に住んでおり、その家は所有からいえばそのヨギニーに属するものであるらしい。その他に家には小母さんが一人おりシャーマという名の四、五歳くらいの女の子もいる。多分小母さんの子供であるが、お父さんが誰かは判らない。サドゥは牛を一頭飼っている。その乳でダヒも作るしチアも飲むのであろう。家のすぐ側には小さなシヴァリンガムの聖堂がある。バラモンだとかそこらの商人らしき人とか家住者が寄りにくると、小母さんはヨーグルトを水でうすめてカルピスのようにした、しかし甘くはなくただほのずっぱいような飲み物を出したりしてもてなす。サドゥは話をしガンジャ吸いの相手をし自らも立ち動きまわるが、ヨギニーの方はお年寄りなので坐ったままあれこれの指図などをしている。思うにこのバヴァの一家は、ヨギニーが小母さんのお母さんで、シャーマのお父さんは早く亡くなったかして、そこに風来のサドゥが招待されて、半分家住者のようなバヴァとなり、ヨギニーとバヴァを中心にしてひとつの信仰の集まりが出来上がっていった。バヴァの家から数百メートル離れて、ヴァグマティとヴィシュマティの二つの川の合流点のあたりの丘の上に別の小さなシヴァテンプルがある。テンプルと言っても古いものであることが確かなシヴァリンガムのお堂があり、ちょっとしたストゥパとバジャン用の小屋があるだけの所だが、あたりには林が繁り、繁みの間からは川面の水の光も見下ろせて静かな落ちついた所である。おととい私が行った時にはシヴァリンガムの守りをしていたのはシャーマで、礼拝をしたあとであまりに眼がピカピカ輝いて可愛いのでおもわずその頭を自分の娘ででもあるかのように抱きしめたほどだった。この寺には堂守りのバラモンがいて、この人は明らかにサドゥではない。静かにしていているのかいないのか判らぬほどであるが、厳しい許し難いというような眼つきをしていて、私には二度とも一度も微笑みを与えてくれたことがない。バジャンに行くと、このバラモンが仲間に入ってよろしいという風に額のティラカをつけてくれる。明瞭にしっかりとつけてくれる。バジャンの間、この人は庭で静かに火の番をしたり時にはガンジャを作ったりしているが、新しい人が来るとその人に祝福のティラカを与えたりもしている。バジャンには直接に参加しないが、そのような役割をとおして明らかにこの平和な美しいしかし厳格なバジャンの構成員の一人である。僧はこのバラモンとサドゥの二人であるが、時に応じて友達のサドゥだとかが参加して来ているようである。その他に具体的にバジャンの中心をなしている人がハルモニアム弾きの家住者、五十がらみの小太りの人でインド風に言えばバブーであるが、信仰深く信仰にのみ生きている人であることはひと眼で判る。どちらかというと美しいハルモニアムのメロディーをいくらでも弾き出す人にもかかわらず厳しい表情をくずさない。その横にバイオリン弾きがいる。この人もやはり家住者でしっかりした経済を持っていることが判る人であるが、顔は痩せぎみでひきしまり色つやがよく眼はピカピカしていて、微笑すると眼尻に上品なしわが寄る人である。メロディーはハルモニアムが主でバイオリンが従であるが、バイオリンが聴こえはじめるとバジャンは最高の喜びに美しさに達したことの証しのような感じで、どちらが主であるとも言い切れない。その他にドラムだとかトライアングルとか小さなシンバルとか、各自楽器を持っているけどもそれほど一定はしていないという感じである。

最後に一人の貧しいような感じのバラモン、家住者のバラモンがいて、この人は本を持ってきており、一人か二人の弟子のような若者にバジャンの歌の章句をとおしてなにごとかを時々教えている。

バラモンであるが労働者のようでもあり、席もいわば末席に連なってしかし確固とした自分の場を保持している。参加者は大体二十人前後で、午後二時頃から六時頃まで時々休んで一服吸いながら殆どつづけざまに行なわれる。バジャンのテーマはラーマチャリタマナスだというのだが、私の感じたところではその時その時に心に浮かぶ神々を殆ど自由に讃歌しつづけるといった風で、シヴァもラーマもナーラヤンもクリシュナも何のこだわりもなしにハルモニアムのメロディーにつられて引き出されてくる。バジャンはひとしきりひとつのテーマでつづき、調子が良いとかなり長く十分か二十分ぐらいもつづくが、あまり気乗りがないと二、三分で終わってしまうこともある。誰が中心になってことを始めているのか判らない。

最初私はサドゥが中心なのだろうと思っていたが、サドゥは中心であることは確かだが、彼は自分が中心であることを引き受けておらず、他の所に中心をおいている。バラモンが中心かというと、彼は直接バジャン小屋には入って来ないほどだから、それは有り得ない。ではハルモニアム弾きが中心かと言えばそんなこともやはり有り得ない。ひとつの集まりに中心がないということは有り得ないわけで、ではこのお寺のシヴァリンガムこそが輪の中心なのだろうと思ってみると、確かにこのシヴァリンガムは中心であるが、そうなるとその堂守りであるバラモンが輪の中心にならざるを得ず、それはおかしい。

要するに私の見たところではこの美しく厳しいバジャンの構成の中心を為しているものは、シヴァリンガムというひとつの神を中心として、サドゥの「自分は中心ではなくてシヴァリンガムが中心である」という思いを中心とするひとつの集まりなのである。

エゴが少しでも顔を出すと、美しさに罰せられて引っこまざるを得ない。逆に自己放棄がなされれば、何処までも美しさは深まって行き、殆ど酔いの境い目まで行くが、酔いはひとつの過度として退けられているようである。それがこのバジャンの輪の半径であると言える。静かで平和で何よりも敬虔である。わずか二回ほど仲間に入れてもらっただけであるが、たくさんの勉強と喜びを与えてもらった。二回とも終わりまでいることが出来ず、途中で退出することを余儀なくされたのではあるが。バクティバジャンの話である。

土曜日の午後と言えば、ネパールは土曜日が休日だから、人々が集まってくるには一番適当な日であり、そのようにしてバジャンすることを休みの日のひとつの楽しみであると同時に宗教的な行《ぎょう》として過ごしている点は特徴があって、何のてらいもなく、運動でもなく、楽しみであると同時に行でもあるこの人生をそのように過ごしている人々の一群がそこにある、というだけのことである。そして人生はそれで充分に完全に満ち足りているのである。

十月二日（水）

美しい満月であった。カトマンドゥに来て四回目の満月を迎えたのだが、前の三回は雲と雨のためにその片鱗さえも眺めることはできなかった。きのうはヒンドゥの人々にとっては女神タマリーのプージャの日であり、カトマンドゥのバザールには大きなだしが二台並び、何かこれから途方もなく楽しいことが始まるような印象を与えていた。きのう〈ママ〉は又、ガンジーの生誕日でもあり、ガンジーを愛するものにとってはそれだけでプージャの日でもあった。夕方、スワヤンブナートの横から昇った月はそのまま雲にかくされることなく一晩中ゆっくりと輝きながらその月の道を渡って行った。晩方には月の光と白雲の輝きが深い蒼い空を希望のように飾り、夜更けになると雲は跡方もなく去ってただ蒼い空に月の輝きのみがあった。山の方には雲がかかってヒマラヤを見ることはできなかったが、それはやはり感じられるものとしてそこにあり、月に神々しさと深さとを与えていた。ターラー女神、或いはソーマが瞑想され、チャンドラマーと呼びかけることも自然なことであった。

いい月の光だ、満月だ。そうですね、いい月の光だ。というようなことを九時か十時頃、家の扉を閉めに庭に出てきたシャンカジと挨拶をかわした。スワヤンブナートの人々と外国人とまじっているらしい満月の行列が十時をすぎた頃、笛を吹きながらお山をまわって行った。笛の音は何処からか時々思い出されたように聞こえてきた。騒ぎは何処にもなく静かな澄んだ夜であった。前の部屋に居るアメリカ人がリュックを背負って帰ってきた時、自然にナマステと挨拶をし、彼もナマステとこだわりもなしに挨拶を返してきた。この背の高い痩せた求心的な静かなもの言わぬアメリカ人と言葉で挨拶をかわしたのは初めてのことだった。

この家の庭の野菜類、雑草類、ガンジャは、きのうとおとといの二日で全部とり入れられ、秋まきの種がまかれたようである。ガンジャは二・五メートルほどのもの一本を残し、イスクルの棚を残すだけとなった庭の畑はさっぱりとして床屋に行ったあとのように少々物足りなくもあったが、営みの変転の生々しさが月の光の下に黒々としていた。

私は朝、夜明け前におきてお寺へプージャに行ったせいもあり、少し疲れていたが、月の明るさに眠ることもできず、ローソクをともしてローケシュヴァラの像を眺めていた。すると月が見たくなり庭に出た。しばらくして部屋に戻りまたローケシュヴァラ及び小さなブッダを眺めたりしていた。

ラーマが何回かむずがり、その内とうとう庭に出て月を見ながら何かしゃべっている声が聞こえてきたりした。ラーマも月に興奮して眠れなかったもののようである。チャンドラマー！　ソーマ！　ダーラデヴィ！

私はしずくを何回も飲み、それから「西天巡礼記」というタイトルでこの旅の話を私達の時代の人々へ語ってみたいという気持ちになった。欲望の制御と神へのバクティという二つのテーマを中心にしてインド及びネパールの神聖さを万分の一でも日本の人々に伝えたいと考えた。神について何を語ろうとするのかと自分に問うた時、バクティという明確な答えが戻ってきて、私は確信をもった。私も人生の半ばにあって、ひとつのはっきりとした責任の持てる仕事を残すべき年齢に達している。家住者として詩人として、結果はともあれ、全力をもって少しく形の定まった仕事の果実を実らさなくてはならない。それは物心ついて以来自分の天職と信じている、文筆による作業をおいてはないであろう。

そんなことを思いながら一人で静かに興奮していると、何処からともなく眠りの神が訪れて全く久しぶりに熟睡、夢もみない眠りに入って行った。

眼を覚ますと今日もまた霧の中である。しかし太陽と共に霧は去りしっとりとした午前の光が今は世界にあふれている。雨季は完全に過ぎ去ったようである。

きのうの昼はトレッキングのパーミッションをもらいに行ったが、目的としたポカラ北西方面の一日、二日のトレッキングコースは、多分ムスタング族の反乱騒動のために不許可ということで、あきらめることにした。家族連れでジョンリンまでの山の旅はきつすぎる。タトパニの温泉、その先のアンモン貝の化石がごろごろしている河原は如何にも未練を残すが、この度はポカラでフェワ湖とマチャプチャリとアンナプルナを眺めて過ごすことにとどめよう。その代わりにルンビニまでの旅をトレッキングと考えて行き、もし許されるならば十一月の末にでもゴサインクンドまでの旅をつけ加えよう。ポカラに適当なお寺がなければ、ドゥルガプージャにはカトマンドゥへ戻ってパシュパティにもうでてもよい。

この二、三日の祈りの言葉は次のようなものである。

南無観世音菩薩　チェンラジー　ローケシュヴァラ　アヴァロキテシュヴァラ！

どうぞ私の内なる心と肉体のエゴがぬぐい去られ　そこにあなたが主となられますよう

そして朝と夕方に観音経を声を出して読むことにしている。

日本で読んでいた時の観音経とは大分ちがうようである。どうちがうかというとお経が外にあるのではなく内に存在するものであることが感じられるのである。しかし観音経を読むと頭のしんに痛みが昇ってくる点は変わらないようである。

うす暗くなってお山まわり及びお寺から線香を買って帰ってくる時、ふと振りかえるとお山の横から少し赤味をおびた月がぽっかりと昇っていた。静かな美しい月であった。思わず礼拝し、同時に不思議な感動が走って涙がこぼれそうになった。晩飯のあとで庭に出るともう月はすっかり黄色く澄んで高くのぼり、シャンカジの子供達も家の子供達も浮かれて歌いながら飛んだりはねたりしていた。私は腰を下ろしてタバコを一本ゆっくりと吸った。ラーマはヒマラヤキンコンカンの歌をすっかり調子にのって歌っていた。ミーラとギータは学校で習ったラジオ体操のようなことをエク、ドウ、ティン！　とかけ声をかけながら始めていた。太郎がすっとそばに来て、あの月は以前はウサギがいるように見えたが、今は月の表面の写真でみた所のような影に見えると言った。次郎はやたらとはしゃいでぐるぐる走りまわっていた。

心は大変に静かである。何処かで涙が流れている。夕食後になった瞑想のあとでチベット寺のブッダの像の種類を調べてみると阿閦《あしゅく》如来（アクショービア）であることが判った。東方世界を支配しているブッダである。

ポカラ

十月七日（月）

きのう約七時間高級バスのミニバスに乗って、午後二時頃ポカラへ着いた。前に林と来た時には約十二時間もかかって着いた時はもう日暮れだったことを思えば、ミニバスというものは矢のような速さだったことが判る。おまけに夕方から雷鳴をともなう物凄い雨でああこれがヒマラヤの歓迎の挨拶であるかと思われるほどのすさまじさであり、ホテルの部屋さえも雨洩りがしたのだった。道路がくずれて今日はもうポカラ―カトマンドゥ間は不通になってしまったという。

今日借りた家は大きな農家の屋敷の中の一軒家で、純ネパール風の土の家でありカマドもついており、水をフェワタル（フェワ湖）からくんで来ねばならない点が少々不便な他は、便所として穴もあけてあり、何よりも広大な屋敷の中を子供達が自由に走りまわれる点で抜群のすばらしさをもっている。同じ屋敷の中の上等の家には子供連れのスイス人の一家が住んでおり、その子供と次郎などはもう友達になって相撲を取ったりして遊んでいる。シャンティという娘がいて一三歳にしてはずい分一人前の様子をしているが彼女が英語を話すので、真鍮製の一度は使ってみたいと思っていた大きな水ガメやこの文を書くのに使っている机も貸してもらい、まずまず一ヶ月のポカラ滞在の基礎は出来上がったようである。

ポカラの人はカトマンドゥの人に比べてはるかに純朴な感じで、さすがに一年中雪山を頭上に戴いて住んでいる人々であることが知られてくる。今日は必ずしも良い天気ではなかったけども、それでも朝、待望のマチャプチャリがまるで塔のような高さで雲の上にその頂上を現わしてくれた。その突端はあたかもシヴァリンガムのような形をしており、絵はがきなどで見なれている姿よりもはるかに厳しい神秘なたたずまいであった。しかしながら朝食を食べている間にマチャプチャリも他の山々も雲の中に見えなくなり、あるのはバナナやパパイヤの樹が豊かに繁り、フェワ湖がしーんと静まってあり、外人連中が行きかい、子供達がさわぐ、ポカラのまずは夢と現実の境い目のような光景であった。

フェワ湖の中に浮き島があってそこにバライデヴィーという名の女神がまつられているそうで、それはこちら側の陸の突端にシヴァリンガムのお堂があることから当然シヴァの系列の神であることが察せられ、尋ねた何人かの人もシヴァの関係の神であることをほのめかしていた。しかしくわしく知っている人は少ないようで、バライデヴィーだとは答えるが、それがパールヴァティとどういう関係にあるのかと聞くともう判らない。それでももうすぐドゥルガプージャの日々が近づいていることは誰でも知っていて、ドゥルガプージャは結局バライデヴィーのプージャであり、ドゥルガプージャはバライデヴィーの祭りの日々になるのである。

竹を編んで作った壁で一軒の家を二つに仕切り、カマドのある方を小さな部屋なので私の居室と決め、机を持ちこんでみたが、何せ採光ということはまったく考えていない家なので、扉を閉めると昼間から真っ暗のようになり、扉を開けておくとガンジャ売りだの手伝い志望の子供達がわんさと押しかけてくるという状態なので困ってしまうが、物めずらしさもあるのだろうからしばらくは仕方なく相手にしたりもしなければなるまいと思う。今日は色々な少年達や人々と話をしたので、近くに見晴らしの良い山や、山向こうにチベタンキャンプがあることなども判り、少し落ちついたら出かけてみるのも良いだろうと考えている。

何しろポカラも今や雨季あけでありヒマラヤビューのシーズンオンであるため外人客の多いことおびただしいが、特にキャンピングカーで乗りこんで来た連中が十台ばかり車を連ねて、レークサイド的な一角を作りあげ、そこでビキニの水着姿となったりしているのには驚いてしまった。物価はかなり高いようで昨日は自炊もできずレストランなどものぞいてみたが、トゥッパが四ルピー以上もし、飯は五ルピーもするので、これではやりきれないと、茶屋のおやじに頼んで飯とトルカリ、ダルを作ってもらったがそれでも三ルピーもし、日本円に直せば七五円だから高いとは言えないとしてもネパール、インドの価格に馴れた身には一食一人三ルピーの食事はとてつもなく高いものに思われるのである。

しかしながら、カトマンドゥ到着以来四ヶ月ぶりの旅なので、何となく心は浮かれるようで、つい気を許しているとたちまちポカラの人々に囲まれてジャパニ　ジャパニとちやほやされてしまうようである。

ヒマラヤを瞑想する以外には宗教的なヴァイブレーションは殆どないようで、あまり長く滞在する気持ちにはなれず、早い所『マハーニルヴァーナタントラ』を仕上げて、ルンビニにお参りしたら、来月早々にはカトマンドゥに帰らなくてはいけないと思いはじめている。

十月八日（火）

ゆうべの雷鳴もまたすさまじいものであった。全天が神鳴りにみちみちており、その轟きは骨の髄まで振動させるようで、これこそは彼の有名なルドラ神の身震いであるのかと、しばしは放心したようにその音に聞き入っていた。雨は少なく、全天を青く光らせた後すぐさまやってくる轟音は人間の営みが自然の支配の元にあらねばならぬことを、腹の底まで真剣に教示してくれるものであった。

順子は大分恐ろしがって、まるで罪を犯したもののように身をちぢめていたが、恐ろしがってはいない私にとっても、それはひとの神の裁き、お前の魂は神に従順であるのかという審判のようでもあった。ぽつりぽつりと話をした。

私達がカマドのある家に住んだのは今度が初めてである。深沢の家は初めからプロパンでやるように出来ていたし、諏訪之瀬には家族で行ったことはなかったから、こうしてカマドのある家に住んでみると、お前らもカマドを持たんばよォと進めてくれた諏訪之瀬の人々の心がようやく判るような気持ちもして来た。家の前には大きな何百年も経っているような菩提樹の木があり、その枝が屋根の上まで伸び繁っていて、家の前の庭のようになっている所には菩提樹の葉や小枝が落ちている。順子は菩提樹の葉や小枝をたきつけとして火を燃やすのが本当に嬉しいことだと、ここでの生活の基本的な条件への満足を示していた。菩提樹はその葉の一枚一枚に神が住んでいると言われている樹である。仏教はもとより、ヒンドゥ教においても神聖な樹のひとつとして人々から愛され、尊敬されて眼には見えない形で礼拝されているものである。

又この家の大家はきのう順子がお米をゆずってもらいに行った所、クリシュナの美しい絵が飾ってあったそうで、クリシュナ系列つまりヴァイシュナヴァの信仰の家であることが判ってきた。シヴァの絵も貼ってあったそうだが、まず眼に入って来たのがクリシュナの絵であることから、ははぁここはクリシュナなのだなと判ったそうである。

この家に入るまでに四軒の家を見て歩いたが、一軒は四つベッドがあって一〇〇ルピー、一軒は家の真ん中にいろり（ドニ）が切ってあってやはり一〇〇ルピー、一軒は何もないただの土の家で一五〇ルピーといっていたが、私達の心が一番魅かれたのはやはりカマドがあって一番ぼろっちい家で一五〇ルピーのこの家であった。庭が広いのが何と言ってもよい。子供達はのびのびと裸で遊べるし、一分も歩けばシヴァリンガムのお堂から湖へ出る。お寺というものが殆どないポカラではここはまさに最高の地であると言えよう。シヴァのお堂から正面にバライデヴィーの祭られた浮島が見え、対岸の山の上には日本山妙法寺の破壊されたシャンティストゥパの痕跡が見える。しかしそこからやってくるものは破壊された信仰の姿ではなくて、姿がこわされた故に余計に心をえぐってくる聖なる印象である。

南無妙法蓮華経は山に沁みこんで、そこにシャンティストゥパはなくとも、そこから仏教の清らかな平等の精神が流れこみ、湖をとおして伝わってくる。きのうクリシュナ君という十七歳の青年と話をしたところによると、グルン族、ネワリ族、シェルパ族、モゴール族などのヒマラヤの民はカーストから言えばすべてシュードラつまり奴隷階級に属するのだそうで、私達の家族はその内のグルン族にそっくりであるという。現在騒動をおこしてポカラ以外のトレッキングが不許可である原因になっているムスタング族の場合も、やはりシュードラであり仏教徒である。グルン、ネワリ、モゴール、ムスタングこれらの部族は殆どが仏教徒であり、ヒンドゥカーストからすれば最低の労働者階級であるが、ブッダダルマからすれば雪山に住む信仰深いウバソク、ウバニ衆なのである。私はカースト制を否定するものであるけども、やはりカースト制は好きである。人は生まれによってバラモンとなるのではなく、その行ないによってバラモンとなるのだ、というブッダの言葉は、バラモン階級というカースト制度を否定する刀で同時にバラモンという輝かしい人間の光を肯定しているのである。

カマドの話から始まってそんな話をすさまじい雷鳴の中でコップ一杯のロキシーを飲みながら交わしていた。ロキシーはちょっと泡盛に似た匂いがするが透明で果実から作る強い酒である。おかげでゆうべは全く久し振りにぐっすり眠ることが出来た。

夜は本当に深くてもの音ひとつせず、この世に生きて意識を働かせているのは私と彼女とだけであるような錯覚を持つほどであり、その静かさこそは、その姿を一眼見ただけですべての罪は太陽の前の朝露のようにぬぐい去られるというヒマラヤ山の静かさなのであった。スワヤンブナートから小さなブッダの像を一体、お連れして来たが、それが本当にラッキーなことであったことをゆうべはつくづくと感じた。

私の体の中には何といってもブッダダルマが生きており、その清らかな平等の精神をこうしてヒマラヤ山のふもとで実際に感じることが出来たのは、そのブッダの小さな像に刻みこまれた命からであったからである。ここでは自然があまりにも偉大である故に、神社や寺院やお堂はそれほどの必要がないようである。シヴァリンガムのお堂の石畳に腰を下ろしてマチャプチャリを眺めていれば、何処の偉大な寺院に参拝するのとも変わりのない宗教的な途方もなさに打たれるのである。

今朝はヒマラヤが凄いという順子の声で眼が覚めて、外に出てみれば北の山々は雲ひとつなく晴れあがり、右手のドウラギリから始まってアンナプルナI峰、マチャプチャリ、アンナプルナ南峰の連山、マナスルに至るまですべて一望の元に見渡され、それはとりもなおさず神々の坐します姿そのものなのであった。マチャプチャリは偉大な雪山である。その三角形の姿は厳然としており、その頂上のシヴァリンガムに見えるいただきは光を放って、まさにジョティリンガ、光の凝固体そのものと見える。ジョティリンガとは知識の光と呼ばれる光の凝固体の呼び名なのである。ダウラギリもまた偉大な雪山である。アンナプルナもまた偉大な雪山である。ヴェナレスにアンナプルナ寺院というお寺があり、シヴァの妃としてのアンナプルナが祭られているが、これは食べ物を与えてくれる女神で、ヴェナレスの街はどのようなたくさんの巡礼者、乞食の群れが集まろうとも、このアンナプルナが祭られてある限りは誰ひとりとして飢え死にするようなことはないと書かれている。そのアンナプルナ女神とは、とりもなおさず、このアンナプルナ雪山連峰のことなのである。エヴィレスト山が、実はサガルマター（大海の母）と呼ばれる女神であるように、この三つの峰を重ねたアンナプルナ南峰を始めとしてアンナプルナと名づけられている雪山はその名からして当然シヴァ大神の妃である女神アンナプルナの海なのである。

子供達は海水パンツ姿となって湖に泳ぎに行っている。順子は今湖での洗濯から帰ってきたところである。庭には黄色いカンナの花が咲いている。今は何時頃であろうか。マチャプチャリを始めとする山々は、すべて雲におおわれて見えなくなってしまったという。

十月十二日（土）

ヒマラヤは殆ど一瞬ごとに表情を変えてたちまち雲の奥に見えなくなってしまう。ヒマラヤは安心を与えてくれるわけではない。美しいけれどもその美しさは峻厳である。やさしいけどもそのやさしさは神秘の暗闇を持っている。日々ヒマラヤと共に過ごせることはこの上もない喜びである。きのうなどは朝、ヒマラヤだという順子の声にもう何十年もそんなことはなかったという気がするのだが、がばっと跳ね起きて外に出てみたが、すでに彼女がそのように叫んだ時はすぎ、彼女が見たヒマラヤを私は見ることができなかった。きのうで私は三十六歳の誕生日を迎えた。

朝食直後にクリシュナが来て家で朝飯を食べようと誘うので、一緒に行き、ダル、トルカリに加えて、ミルクとモヒまでついている朝飯を御馳走になり、これ以上は一滴も入らないほど満腹になって帰ってきた。

クリシュナの家ではお母さん、お婆さん、カーリカという名の十歳の女の子、チャヌという名の七、八歳の女の子にも会った。お父さんはもう十年以上もインド、マドラスに行ったまま帰らないということである。

湖に行き、頭の毛を短く切ってもらいヒゲを剃り歯をみがき、ていねいに体を洗って五、六メートル泳いで体をすすいでから家に戻ると、入口の所でチベットキャンプから来た人に会い、バターランプ用の灯明皿とプージャ用のお米入れの二品を買った。ラサから来た人で両品ともラサの家からもってきたものであるという。少々高い感じはあったが、ラサという名に魅かれ、また品物自体もしっかりした如何にもチベットのものらしい良いものであったので、買うことにした。私の誕生日の仏様へのプージャのつもりでもあった。その後街へ買い物にゆき、ガヤトリ、ドゥルガ、ナーラヤン、シヴァ、サラスヴァティ及び双子の子供達に弓をおしえている森住まいのシーターの絵を買ってきた。ここでは観音経の後半を読み、観世音菩薩の御名を唱え、マハムリチュンジャヤマントラを唱え、シヴァの御名を四度呼んで朝夕のお勤めとしている。

夜は何もないので、日本から来た海苔《のり》とポカラのぼろぼろの米でスシを作り、洋一君、佐々木さんの二人のお客さんを迎えて食事をした。佐々木さんは焼き物をやりたいと思っている人のようであった。

一昨日はクリシュナ君と共にサランコットという近くの山へ登ったが、ポカラの人間である彼の足は私の約二倍の早さで、私はとても同等に行くことが出来ない感じであった。菩提樹の樹がヴィシュヌの木であること、バンヤンの樹はバウルということ、この二種の木がところどころに並んで植えられ、その下で休むものをこよなく慰めてくれるものであることが判った。山の中腹で彼の伯父さんの家という所に行き飲んだ水、青いみかんなどは大変においしいものであった。

きのうの誕生日を境にして又新しい旅の始まりである。どのような旅が待っているのか私には想像もつかないが、ただ捧げつづけてゆく旅であることだけがはっきりしている。明日から三日間、太郎と共にちょっとしたトレッキングに出かける。

十月十五日（火）

行ってきたトレッキングのコースはジョンリンコースの上にあるもので、その最初の泊まりの場所だったサランコットまでの登りがちょっときつかっただけで、あとは太郎でも充分歩ける気持ちの良い道であり、下に湖を見下ろし、空に雲を眺めながらの山行はなかなか素晴らしいものであった。

山腹には何とかいうバラモンの部落が散在しており、その四角い家や円い家のたたずまいは上品で静かであり、そこにそうして住み死んでゆくことが幸福なことであるかのようにも感じられた。雲はネパール語でバザラと言い、鎌はアシィという。雲の姿は大きく純白で平和で清らかであり、途上の茶屋で茶を飲みながら眺めているといつまでもあきることがなかった。鎌はカーリーの絵で見なれている三日月形の鎌で、女の人達が振りあげている姿を見る度にカーリーのことが思われる不思議な姿であった。途中、山頂にカーリカーを祭った小さな部落があり、明日に迫ったドゥルガプージャには、多くの人々がその山頂に登り、山羊、水牛などの首を切って、その首を山からごろごろと転がし落とすのだそうである。帰り道だったが、太郎は多分そのようにして転がり落とされた水牛の立派な角を日本へ持って帰るのだと言って拾ってきた。

ナウダンダの宿は山の鞍部《あんぶ》になっている所に位置し、マチャプチャリを始めとする連山を眺めるのには最適の場所で、夕方と朝には心ゆくまで刻々と変化してやまない雲の動きの中で異なった表情を見せるヒマラヤの山々を見ることができた。マチャプチャリはそこから見るともう眼の前で、陵線までもはっきりと見え、もしそう希むならばそのまま歩いて行くことも不可能ではないもののように思われた。前人未踏という言葉が思い浮かび、前人未踏のその陵線を一歩一歩神へ向かって歩んでいく自分の姿が思われたけれども、それはそうなるとしてもまだ先の定かならぬことであり、それにすべての人の人生は前人未踏の人生であることも思われて、その想念を止めてしまった。しかし帰って来た今思えば、あのマチャプチャリの陵線はヴェナレスのガンガーとはまたちがった姿の、ちらと見えた死に場所の姿であった。私の人生がそこまで行けるかどうかは別として、ヴェナレス及びマチャプチャリに二つも死んでも良い場所を見つけたことは逆に私の人生を大きく支配するものであることは確かであろう。

ゴムパニ、タトパニ、ジョンリン方面へはその道をたどって行く他はなく、その意味では恐らくネパール国内を無数に走っているただ人間と牛のみが通れる山道の宿場のひとつなのであろうが、ナウダラの宿は夕食を取れば無料で泊めてくれるがっしりとした気持ちの良い宿であり、むしろの上には毛布まで敷いてあって、ロキシーもあり、ゆったりとくつろいで眠ることが出来た。朝のヒマラヤもすばらしいものであった。夢にみた高度こそ夢だけのものであったが、陵線を示してくれたマチャプチャリをはじめ、アンナプルナⅠ峰、アンナプルナⅡ峰、Ⅲ峰、そしてマナスルの山々と、巨大な雪山がその全姿を現わして次々に朝日を浴びてゆく有様はまさに息を飲む時の連続であった。朝日が昇りきり、空がすっかり青色になると白亜の雲面がきらめき、巨大な山々の下の方からゆっくりと白い雲が立ちのぼり始め、山と雲との遊戯が始まる。霧が急に流れ出したかと思うとたちまちの内にあたりは霧におおわれて見えなくなり、今度は霧のすきまから淡く美しい夢のような山々がぽっかりと浮かび出して見え、マチャプチャリが見えるかと思えばアンナプルナが見え、アンナプルナが見えるかと思えば第Ⅱ峰が見えるという具合に、雲の前に立ちはだかった霧と遊んでいる内にいつしか霧はなくなり、今度はゆっくりと立ち昇りはじめた雲が次々に山々をおおいかくしてしまうまで、朝食のことも忘れて眺め入っていたことだった。意識的な思いは、先に書いた前人未踏ということだけで、それもやはり霧のように流れ去ってしまい、ただ白く巨大で神々しい山々が青い静かな空の下にそびえているのを見ているだけだった。

米がおいしくトルカリもおいしく、しかもポカラ近辺では最高に安い三ルピー半という値段で、ガイドをしてくれたプリーミー君がいうようにそこは大変に住みよい豊かな村なのであった。プリーミーはもう一日滞在しようとしつこくすすめてくれたが、私は日に十五ルピーのガイド料のことを考えて断乎としてゆずらず、結局十三、十四の二日間のみで帰ってきた。

宿場だからそこに滞まって何かをする所ではなく、夕方そこにたどりついたものが、翌朝は夜明

けと共に発ってゆく所なのである。折からムスタング族との戦争を終わらして引き上げてゆくネパール軍隊の一個小隊が泊まっており、彼らがヴェトナムのアメリカ兵のような軍服を着て、分解した大砲だとか弾薬だとかを人夫にかつがせ、或いは馬に乗せ、あるいは一人一人が背負ってゆっくりと山を下ってゆくのに出会ったが、彼らはやはり戦争をしてきたせいか、何処となくすさんだ空気をもっており、私は恐らくネパールでの今度の旅での一番奥地において、自分がそのような軍隊に出会ったという事実を嘆きながらも見つめる他はなかったのである。しかし、馬の首にぶら下げられた大きな鐘のような鈴は、馬が動く歩調につれてローンローンといとも哀調をおびた透明な美しい音であたりの空気にしみ渡り、それは戦争というような荒々しい事実とは関係がなく、ヒマラヤの道を歩く静かな美しいものの音であった。宿の二階の毛布の上に横になって山々を眺めながらその鈴のローンローンと鳴り響く音をきいていると、自分が戦争もまた童話のようなことになってしまう国に、地上の何処かの国ではなく、ヒマラヤという神々の国に来てしまったという哀しみと喜びとを同じほどに感じているのであった。それは二日間の旅において唯一の情感の生じたものであった。スワヤンブナートでもそうだったが、私は殆ど情感、それも私の好きな哀しみという情感を失ってしまったか、或いはそれが生じた時には押し殺すようにして無いものとして来たが、今度の場合は無感動にその情感に身をまかせていた。

太郎は深沢近辺の自分が歩いたことのある山のことばかりを思い出しておしゃべりをし、ここがヒマラヤ山中であることはすっかり忘れてしまっているようであった。

ここの家に帰ってきたきのうの夜はまた大雨が降り、全天をゆるがしひらめかせてすさまじい雷鳴が二、三時間もつづいたが、今朝は底がぬけたような晴天で、山々は今度はかなりの距離の彼方に変わらず美しい姿を見せていた。私とラーマは水汲みをかねて湖まで行き、シヴァのお堂の鐘を鳴らして帰ってきた。行く途中、お山がきれいだねえ？　とラーマに言うと、ラーマはすかさず、ジャイラーム？　と言うのでひとたびはジャイシヴァよ、と否定したが同じことだと思って、うんうんジャイラーム　ジャイラームと言ったりもした。ラーマは昨夜から咳込みがひどく、弱ってはいないが調子が良いとは言えない。次郎の下痢は快方に向かっている。しかし現在は三人とも湖へ水遊びに出かけている。

まだまだ日中の日射しは暑く、水泳や水遊びには最適とも言える季節なのである。バナナの花は次々に咲き、パパイヤの実も次々に大きくなっている。その実が無料で私たちにまわってくるほど豊かではないが、そのような果実が実っているのを眺めているだけでも、心は何がしかの楽しみを享受しているのである。

今朝のお勤めで、観音経の最後の部分に出てくる、世尊と呼びかけるところで、実際に眼の前に世尊がおられるような気持ちになって呼びかけ、そう呼びかけたあとで喜びの涙が静かに頬を伝わり、その感動はお勤めが終わったあとまでも、いつまでも尾を引いて消えることがなかった。最近は観音経を読み、観音の御名を三度唱え、マハムリチュンジャヤマントラを三度ゆっくりと唱え、シヴァの御名を六度讃えてお勤めをすることにしている。お勤めの時、私はまぎれもなく私自身であることが出来、そのようなものとして私自身エゴを否定することが出来るのである。

日々はこうしてすぎてゆく。明日はドゥルガプージャである。私としてはディルバードルに英語の教科書とノートとペンを買ってあげてささやかなプージャとしようと考えている。

十月十七日（木）

いつからどうまちがってそう思ったのか、ドゥルガプージャは二十三日でありきのうではなかった。どうしてきのうだと思いこんでしまったのかもう私には判らない。しかしきのう郵便局は休みで手紙を出すことは出来なかった。ぼろぼろの日本だったらさしずめ屑屋行きのような自転車を二台借りてポカラのバザールまで行き、ディルバドールに約束の品物を買ってあげ、順子から頼まれた穀類などを買ってきたが、途中でディルバドールの自転車の空気がぬけてしまい、それだけでせっかく楽しみにしていたバザール行きもあくせくしたつまらぬものになってしまった。

別れぎわに彼は、プージャがすぎたらホテルスカイレークに働きに出ることになったと言っていた。本屋で本を買いながら聞いてみると彼はネパール語も読み書きは出来ないそうで、英語の本を買ってあげるつもりがまずネパール語の教科書を買ってあげることになり、もくろみがちがってがっかりしてしまった。日本的な感覚はここでも通用しない。ドゥルガプージャの日を間違えたことと、英語の教科書を買うつもりがそれも買うことは買ったけどもネパール語の教科書を買うことになってしまったこと、自転車がパンクしていたことなどで、私の夢は空転していったことが判り、もうこういうようなことをするのはよそうと心に決めた。捧げることとはやはり心をその対象に傾けることであり、それ以外の何物でもないのである。

ヒマラヤの日々はゆっくりとすぎてゆく。

ラーマの神経的な咳がひどいのが気にかかるが、その他には何ごともなく夜明けから日暮れまで順子は洗濯と食事つくりに精を出し、太郎と次郎は泳ぎや魚つりや少しは勉強らしいこともしている。私は翻訳の仕事を進め、この分でゆくとポカラ滞在中に『マハーニルヴァーナタントラ』を仕上げることが出来そうである。太郎は湖の中の浮島、バライーデヴィーのお寺までの約一三〇メートルほどの距離を泳ぎきることが出来るようになり、次郎も犬かきながら四、五メートルの距離を確実に泳げるようになった。

時がくれば、泳ぎなどというものは自然に覚えるものではあるが、その時が来ていることを思うと感慨なきにしもあらずという感じである。太郎は時折りもうすっかり少年に成長した姿を示すが、気弱というか腰が弱いというか真面目さが足りないというか、ふにゃふにゃしているくせは仲々になくならない。次郎は裸足歩きがすっかり身について、すっかり自然児のおもむきを示しているが、落ちつきがない点は変わりがない。ラーマはたくさんの言葉をおぼえ、ネパール語、英語、日本語をちゃんぽんに時に応じて使いわける感覚は、二歳ぐらいの年齢なら当然なのかもしれないが、可愛がっている親から見ると、行末が楽しみに思えてくるのである。

十月十八日（金）

きのうは誰かの誕生日だとしきりに思っていたら、林の誕生日だった。順子がそれを覚えていた。彼も三十五歳になったはずである。遠くから心の内でおめでとうを言い、彼の眼鏡の奥の微笑を思い出した。

二、三日前から、恐らくはチベット人にその源があると思われる山サンゴの首飾りを、大家の家の人たちが次々に持って売りに来る。ヒマラヤの山の人々はたいがいこの山サンゴの首かざりをつけて、黙々と堂々と歩いているが、朱又は赤の色が仲々美しいし、チベット起源でヒマラヤの山の人々がそれを愛していることを思うと、貴重な女の人の装飾品に思えてついつい買ってしまう。三、四ルピーから十五ルピーくらいの安いものであるが、日本にはない石であるし、お土産としてもマリーナでの商品としても結構楽しめるものになるだろうという気持ちが私にはある。買い物もまたひとつの旅路である。ポカラのこの湖のほとりには茶屋や宿泊所はたくさんあるが、みやげもの屋のような店は一軒もない。カトマンドゥが土産物屋の巣窟のようであるのに反し、ここでは土地のものは土地の人の手をとおして買う以外にないのである。ゆうべ順子とすでに買っていた二つの小さな腕輪程度の山サンゴを眺めて良い時を過ごしたので、山サンゴに対する愛情は確信めいたものにまでなっており、これは悪いものではないと思っていると、今朝はめずらしくどんより雲っている天気の下を二十五、六歳の女の人が又売りにきて、二十ルピーだというのを十五ルピーにまけさせて買った。今度のものは大きな石で首飾り用のものである。多分ドゥルガプージャのために来ているシャンティのお姉さんで、シャンティとちがい落ちついて静かな人だが、シャンティと同じように女の魅力を持っている人である。

女の魅力とは何かと言うと、男の心をとろかしてしまうこと、男の孤独な心をとろかして幸せにさせること、それによって自らも幸せになる女の人の事だと私は思っている。順子はそういう種類の人ではない。彼女は男の言うことをよく聞いて仕えることによりひそかに男を喜ばせるという性質の人である。それはまた女の人のもつひとつの大きな徳である。私は彼女のそのような徳のおかげで男としての道を歩んでいるという気がするが、心はやはりとろけるような幸せを時々思い浮かべる。チマは男の心をとろかす人である。男の心をとろかして自らその幸福の内にとろける人である。私にとって魅力のある女の人とは静かに耐えつつ男に仕えることを喜びとする人か、男の心をとろかしてその喜びの内にとろける人であるが、その両方を兼ねそなえている人はなかなか居ないように思われる。それは多分その二つの性向が女の人にとっては相反するものだからであろうが、この世での幸せということに心が向く時、私はやはり心をとろかすような性質の女の人の側にいたいということを痛切に思う。それは順子には無いものねだりなので、そのことで彼女は苦しむが、私にしてみれば女の人とはそのようであってこそ女の人であるという気もあるので、これは私達夫婦にとっていつでもついてまわる欠けたもの、なのである。心の内の理想である夫婦の像を思い描けば、この欠けたものはひりひりと浮かびあがってくるけども、人間というものはそのようにして欲望の道へ転落してゆくものであることが知られているので、このひりひりするものは、むしろ私達の宝として人間の道として耐え歩いてゆくより他はないことを思っている。山サンゴの首飾りは、そのようなひりひりするものの傷を癒やしてくれる清らかな朱色であって、身体を飾る装飾品とは、装飾品であることとは、常にそのような意味を持っているのである。自由な欲望に身を任す青春の氾濫はすでに私の宗教がゆるさない。装飾品はあくまで装飾品であって、本体ではないのである。本体は祈りである。本体は礼拝である。しかし神々も諸仏もまた荘厳を好まれるのであり、人もまた装飾を愛するのである。

今日はどんよりとくもり、当地に来て以来はじめて朝のヒマラヤが拝せない日であるが、十五ルピーの山サンゴを買うにあたってシャンティやそのお姉さんらしき人や、大家の家のお姉さんの顔に楽しそうな笑顔が浮かび、娘らしいはしゃいだ声が飛びかうのを聞いたり見たりしていると、女の人のとろけさす愛というものの有難さを装飾品としてではなくやはり本道そのものの特質として感じるのである。しかし三十六歳になった私の愛はもはや静かである。ヴェナレスのガンガー、マチャプチャリの左陵線、二つの死に場所のいずれかの完成ということの方が、女の人への愛よりも大きなものであることが確かである。そのように思う男の心は淋しいものである。そこに花がしのびこむすきがある。

ポカラはハイビスカスの花の赤が清らかな純色の赤で私のように花の好きなものの心をしばしばなぐさめてくれる。ハイビスカスの花は琉球諸島ではアカバナと呼ばれ、与論島でも一年をとおして咲いていたが、ネパールに来るとその色の清らかさに胸を打たれ、ロマンチックな花という印象がなくなって、清らかな高貴な花と思いはじめているが、ポカラではその感じはいっそう深く、純色の赤花として、ひそかな清冽な悲しみに似た感情をさえ与えてくれるのである。

同じ大家の屋敷内に住んでいて、クライフという五、六歳の男の子がいるスイスの夫婦がいるが、今朝は朝から激しい言い合いをしていると思ったら、女の人の方が荷物をまとめて大きなリュックを背負って何処かへ出て行ってしまった。出て行く時、出口の竹の柵が邪魔になってぐずぐずしていると男の人が出てきて手伝ってやり、そのまま何処かへ行ってしまった。クライフも犬も男の人も残されている。西洋人の激しさというか、厳しさというか、そういう側面を見せつけられているようで興味深かったが曇天の天気と合わせて、私の心には何やら信仰とは関係のない煩悩のようなものが見えているのである。

十月十九日（土）

大家の家のお嫁さんは黙々と一日中働いている。日本でも戦争前まではあのような雰囲気で夜明けと共に起き出して一日中黙々と働くお嫁さんの姿があったと思うが、眼の前に三十年もさかのぼった農村の姿を見ていると、なつかしいようなもの、悲しいような気持ちに打たれて、好意だけは確実にそのお嫁さんに持つのである。

今度こそは確かにドゥルガプージャが近づいていていて、ここらの農家は何処の家も嫁さん達が一生懸命に家の塗りかえをやっている。

もう十日も前からそれは行なわれていて、まず傷んだ土壁の部分に新しい泥を塗りこんで補修し、それが乾いてきたきのう今日は、レンガ色の土を水でといて塗料とし、それをほうきのようなはけを溶かして壁に塗ってゆくのである。バシッバシッと叩きつけるような単調な音が、静かな日中をとおして聞こえ、気がついてみると家はいつのまにかすっかり新しいレンガ色に塗りかえられている。何処の家でもそのようにやっているので、これがネパールのドゥルガプージャを迎えるためのひとつの年中行事であることが推察される。塗りあげられた土の家は、土の匂いがプンプン香り、新鮮で美しい。今日は私達の借りている家が塗られる番になって、昼前から始まったが、小さな家のこととて三時頃までには塗りあがってしまい、私達は今すっかり新しくなった家の中に少し幸せな気持ちになって住んでいる。シャンティは十三歳の小娘ながら、この国ではもうすっかり一人前の娘であるらしく、お嫁さんと同じように朝から晩まで一刻の休むひまもないようにあれこれの農家の仕事に励んでいる。お嫁さんとちがうところは、彼女は陽気で、時には歌も歌い、大きな声で叫び、愛想よくにこにこ笑い、結構英語も話し、何にでも首をつっこんでその世話をし、働くことをまるで遊びのように楽しんでいる点である。恐らくそれがネパールのヒマラヤの娘の姿なのであろう。私はいつのまにか、朝、目が覚めるとシャンティはいるかな、と眼で探し、仕事の合い間に一服しながら庭に出るとシャンティは何処かなと殆ど無意識の内に探すようになってしまった。そして彼女のきゃしゃなきびきびとした姿を見ると、何となく安心して静かな平和なポカラの昼の時を味わうのである。太郎はきのう火吹竹を作って順子に渡したので、順子は火を燃やすのが少し楽になったはずである。いつのまにか家の前に火吹きにするに丁度よい竹が一本転がっていて、太郎に火吹きを作りなさいと言うと、十分もしない内にたちまち作りあげて彼が小刀の使い方に上達したことを示していた。

今日は新しい月の三日である。きのう久しぶりに二日月を眺めることが出来、母が手紙に書いてよこした、ヒマラヤの月を見たら帰ってきなさいという言葉を思い出したりした。生まれたばかりの月は糸のように細く淡く新鮮で、私は思わずターラーのマントラを唱えて礼拝したことだった。

今日もまた月が出ている。しかし今日は一日ヒマラヤを見ることのない日であった。フェワ湖は静かに神秘的に澄みきっているが、ヒマラヤが見えない日は今日がはじめてでやはり物足りない気持ちもしている。どうもきのうから天気のパターンが変わったようで、今までは夜明けは雲におおわれていて陽が昇るころに少しずつ雲が去り、ヒマラヤが見えはじめ、やがてヒマラヤの全貌が拝され、美しい朝となり、日中は白雲の戯れ、午後遅く黒雲が出て来て夕立のようなスコールのような雨が雷鳴と共に降りそそぎ、八時頃になると上がる、というものだったのが、きのう今日は、朝はどんよりとくもりで陽がのぼっても陽は見えず、もちろんヒマラヤも見えず、午前おそく十一時頃から少しずつ雲が動きはじめ陽がさし、午後は大体ずっとよい天気でそのまま日が暮れる。しかしヒマラヤの雲は動かず一日中山が姿を現わすことはないのである。きのうももう駄目かと思っていたら日暮れ前にちらっとアンナプルナI峰とマチャプチャリの頂上が見られて、これでポカラに来て以来ヒマラヤを見ぬ日はまだないと思っていたら、今日は日が暮れてしまった今、もうヒマラヤを見ることは出来ない。その代わり三日月の月が美しい。木星も美しい黄色の光を放っている。ラーマをつれて夕方の礼拝に出かけてゆくと、これからは日々にふくらんでゆく月を拝する楽しみが増えたようである。湖畔のシヴァリンガムのお堂は、私達の他にはお参りする人もないかのようにいつお参りしても人はいないが、それでもシヴァリンガムには花が献げられてあり、赤い小さな花や少し大きい黄色い花が、日によってちがう風に置かれていてやはりお参りの人があることを示している。今日は私もハイビスカスの花を捧げて、人生の終局の解放とこの世での幸福を与えて下さるよう、シャンカラヴァガバンにお祈りしたことであった。

十月二十三日（水）

待っていたドゥルガプージャの日がやってきた。

朝からヒマラヤも良く見え、うろこ雲が流れ美しい天気であった。外国人である私達にも、ネパールの人達の胸に押さえ込んだプージャの喜びが自然に伝わってき、いつのまにか心が浮き浮きしてお祭りの気分になっているのであった。ドゥルガプージャは又、山羊や水牛を犠牲供養するプージャであり、ここらの農家では何処の家でも二頭や三頭の山羊又は水牛をプージャするようで、庭につながれているプージャ用の山羊が、二、三日前からしきりにべそべそと鳴き立てているのだった。山羊は寺に連れて行かれ角や体に色粉をつけてもらって、帰ってくる。運の良い山羊はお寺で、女神の前で首を落とされるけども、何百という家々からの山羊や水牛がすべてお寺で首を落とされるわけではなく、ただ色粉だけをつけてもらって帰ってき、自分の家の庭などでそのようにされるものと思われた。

きのうポカラのバザールへ行ったが、街にはそのような山羊の群れがべそべそ鳴き散らし、引っぱられている縄をぐいぐい引いてあらぬ方へ進んでゆくものも居れば、じっと動かずぶるぶる震えている大山羊もおり、どれもこれも明日の首はねの運命をもうとっくに知っているもののようであった。以前から今日はお寺の周囲の湖は山羊の血で真っ赤になると教えられていたが、そのようなことは少なくとも今日はおこらず、何頭かの山羊が船に乗せられて行き首なしになって帰ってくるのを見はしたが、湖の水はいつもと変わらず清らかで、私はラーマとお祈りに行った時にはひとしずくの水を飲むことも出来た。昼間、ラーマは大家の家からひとかけらの肉をもらった。大家からの御馳走はその他は一切なしで、これには少々がっかりした。シャンカジはもう二十日も前からプージャには山羊肉をうんと御馳走するぞと言っていたのに、ここの大家はラーマにひときれの肉をくれただけである。場所がちがえば人情も風習も異なるのだろうが、ネパールの人々が一年中で一番たっぷり肉を食べて満足する日に、私達はヨーグルトをたくさん作って夜はヨーグルトのプージャ、昼はダル豆のお汁粉を作ってお汁粉のプージャであった。

三月以来取り組みつづけてきた『マハーニルヴァーナタントラ』の訳が、今日のお昼をもって完成した。このドゥルガプージャの日にそれが完成したということはひとつの深い因縁であり、私はとるものもとりあえず、まずこの訳を女神ドゥルガに捧げることとした。プージャは今日から三日間つづきその間はガバメント関係も休日なのだから大した祭りなのであるが、昼間は普段と変わりもなく静かな日射しが村の道を照らし、菩提樹の木陰で五、六人の大人達が何かのゲームに興じていたが、それとても普段でも時々は見かけるものであった。

夕方から前の道の広場に、回転ぶらんことでも呼べばよいのか、遊園地にある観覧車の小型のようなものが作りあげられて、子供達が集まり無中になって乗ったりまわしたりする遊びを始めた。思い出してみれば、このドゥルガプージャはぶらんこ祭りでもあり、以前に八ミリの映画かで、ヒマラヤを背景にして飛ぶような勢いでブランコに乗っている子供達や、回転ブランコに乗っている子供達の姿を見ることがあった。子供達はもうすっかり無中で、合計四つのシートに十人近い子供が乗り、それを少し大きな子たちが手で押してまわしてやるのである。仲々まわらないが、まわりはじめるとぐるぐるまわり、その一番高い所は地上から四、五メートルの高さになるので、乗っている子供達は必死になって支え棒にしがみつき、それが面白くて押している方は無中になって押すので回転はますます早くなる、という風で、三、四十人集まっている子供達はわいわいがやがやとどまるところを知らない騒ぎなのである。我が家からは太郎と次郎も参加して、ジャパニ、ジャパニと可愛がられたりはやされたり冷やかされたりしながら、夕食の前と後の一時間ばかり、眼の色を変えて一緒に遊んで来た。二人とも乗せてもらえたそうで、下がる時にどんなに恐いかということを食事をしながらも無中になってしていたかと思うと、食事が終わるや再び飛んで行って、やっと今帰って来たところである。ヒマラヤのぶらんこ祭りに二人とも乗せてもらってどんなに楽しかったことだろう。私はそうやって外国の子供もわけへだてなしに祭ってくれるネパールの子供達、大人達の心に、心から有難うと言わずにはおれないものである。

十月二十四日（木）

夜明けとともに子供達は回転ブランコに集まって騒いでいる。ゆうべもずい分遅くまで、大人もまじって熱狂的に騒いでいたが、夜中に雨が降ってその音に目覚めた時にはいつもの静かなポカラの夜であった。雨は激しくすべての山羊達の血を洗い流すもののように降り、私達の家は雨洩りに見舞われ、ポンチョをブランケットの上からかけて寝る仕末であった。しかしいつのまにか雨も止み、深い眠りの内にあったようである。

朝は起きるとすぐに、シャンティがミルクを持ってくる。やはり大家の家族の方が朝が早く、私達が起き出すのを見計らっているように、誰かが起き出すと部屋にシャンティがミルクをもって現われるのである。真鍮製のネパールの家庭なら何処でも使っているポットに入れてくるのであるが、ただそれだけのことで何か不思議な感じのする、ネパールの愛とでも呼ぶ他にない世界に巻きこまれてゆくのである。ナマステ　シャンティ、とこちらからも日本の愛の声をかけたいところだが、寝起きでまだ顔も洗っていないこちらは明らかに一歩先を越されていて、たじたじとなるのみである。

ドゥルガプージャの第二日である。

今日も朝から浮き島のバライー女神へカヌーに山羊を乗せて行く人たちがぽつぽつ見える。三日間に渡って山羊は次々に献げられるもののようである。ここの大家の家でもまだ一頭残っていてべえべえ鳴いている。シャンカジの本家では六頭も首を切るのだと言っていたから、一軒の家で二頭や三頭も捧げるのはめずらしいことではないのだろう。

今日は朝から雨である。湖へ顔洗いと礼拝に行く頃まではどうにか降らないでいたのだが、帰りにはもう降りだしていた。しかし子供達はこのくらいの雨は一年に三日間しかないぶらんこ祭りに比べたらむしろ感じもしないくらいの勢いではしゃぎ立てている。朝から盛んにとんびが飛んで鳴いている。私の小さい頃の向津具《むかつく》での祭りの感じが遠くとんびの鳴き声とともに甦ってくる。私もその頃はネパールの子供達と同じように無中になり熱狂して祭りを楽しんだものである。

きのうの午後、翻訳を終えたあとのゆったりとした気分で湖へ体を洗いに行った。ヒゲをそり、煙草を一服し、体を洗って、服を着替え、ふと足元を見ると大きなナメクジが足にたかっているので払い落としたが、そのあとからぬるぬるした血が流れており、ナメクジではなくてヒルだったことが判った。ナメクジとまちがえたほどだからよほど血を吸われたものと見えて、一時間ほどしても血が止まらぬので、カットバンを貼っておいたが、夜になってはがしてみるとまだ血がにじんでくるのだった。大峯山へゲーリーやサカなどと登った時にも皆んなヒルにやられて騒いでいたが、私にはどういうものか一匹も来ず、内心私は得意であったが、今度はヒルなどいそうもないような湖畔で見事にやられてしまった。もっとも近辺にはコブラも出没する場所であるからヒルくらいは居ても当然のことなのだが。順子が言うには、昔肩凝りのひどいおばさんがいて、幅三十センチぐらいの小さな流れからヒルをつかまえてきては肩に置いて悪血《おけつ》を吸わせている人がいたそうである。痛みは全くなく、ただだらだらと出血がとまらない、不思議な世界である。もしかすると犠牲供養に捧げられる山羊たちも、あんな風になんの痛みも感じず、不思議な感じに打たれてそのまま神のひざもとへ昇ってゆくのであろうか。

日本に帰ってラマゴヴィンダの『白い雲の道』に取りかかるまでは、せねばならぬ仕事はない。久し振りにゆったりとした気分で、天気が良くなったらボートでも出して魚釣りでもしようかと思いはじめている。とは言えそれは子供達へのサービスである。サービスではあるがそれが同時に私の人生でもある。きのうあたりから、お勤めの時に〝私の内なる心と肉体のエゴをぬぐい去り……〟というところを〝私及び私達の内なる心と肉体のエゴをぬぐい去り……〟ということにしはじめた。少しためらいがあったが、家族というものは緊密なひとつの共同体であり、家族と共にある限りは、私、ではなくて私達、という発想をとることが、あらゆる真剣な場合には特に必要であると思われてきたからである。かくて私達家族は日々、その全行為のすべてを観世音菩薩、チェンラジー、ローケシュヴァラ、アヴァロキテシュヴァラに捧げることになり、そのようなものとして人生の道を歩んでゆくことになるのである。長い時間をかけて、私の信仰が私達の信仰まで熟してきたことを私は嬉しく思っている。

　今朝のお勤めでは眼に熱いものがこみあげて来、それは他の何処から来るのでもなく、仏の心からまっすぐに輻射される感動なのであった。

　こうやって人生を生きてゆくのかという声がし、そうだこうやってこの人生を生きてゆくのだという声がする。後の声はむしろ喜びに震えている声である。『マハーニルヴァーナタントラ』はドゥルガプージャと共に終わった。私はこの中から大いなるマハムリチュンジャヤマントラ、不滅を成就してくれるシヴァの大マントラを戴いた。その他にもたくさんの知識をいただいたが、それはマハムリチュンジャヤマントラを戴いた恵みの大きさに比べれば無いも同然である。何故なら、このマハムリチュンジャヤマントラひとつでもこの人生を生きてゆくに値することがはっきりしているからである。この人生には祭りもあり性交もあり食事もあり、友もあり、色々なものがあるが、それは結局、わいわいがやがや騒いで終わるものではなく、静かに充実して終わるべきものであることが明らかである。

　日々の生活を支配するものは祈りの言葉、ヴラダ（誓い）とヒンドゥ教で呼ばれているものである。それはマントラでもあり、真言と呼ばれるものであるが、それは大きく見ればダルマである。私達は祈りの言葉に支えられつつ、ダルマの大いなる空の下に生きている。それ故、すべてのことは静かに祝福されてあれ。

　旅行者の話では、パタンの日本山妙法寺が今度は閉鎖されて、お上人がひとり逮捕されているというが、それは増永上人であるにちがいない。対岸の山の上にその残骸の土盛りだけ残しているポカラの日本山の跡と共に、切ないものが私の胸をふさぐ。信仰の道も易しいものではないことを日本山妙法寺は身をもって教えてくれる。ちなみに、私がこのごろ日々読み上げている観音経は、ラジギールの成松上人からいただいた『法華経要文集』の内に乗せられてあるものである。その要文集をまとめた人は恐らく日達上人その人であるにちがいない。

シヴァよ　シヴァよ

仏教徒にも恵みを与え給え　ムスタング反乱　日本山の閉鎖と　このところ仏教徒はあまりにも王法の下敷きになっております　シヴァよ　仏法もまたそなたの法であり　そなたの法が王法の下にあるということは許されません

十月二十五日（金）

今日も早朝から回転ブランコのきしむ音、子供達のはしゃぐ声が聞こえている。きのうも夜遅くまで、一体いつになったら終わりになるのかと思われるほど遅くまできしみの音と騒ぐ声が聞こえていたが、夜中をすぎたと思われる頃にやっと静かになっていったものだった。

一年に数えるほどしかない大きな祭りと言っても、ここらでは出店ひとつ出るわけではなく、次から次へ山羊が捧げられてゆくことと、この回転ブランコのきしむ音が、祭りを現わす唯一の事象であり、他のすべてのことは心の内に秘められた内心の祭りとして存在しているにすぎないもののようである。きのう大家から山羊肉の相伴《しょうばん》を受け、夜は肉うどんの食事となる。やわらかなおいしい肉であった。次郎は夕方からどう思ったのか、木綿糸に五パイサのハリをつけてガートに行き一人で釣りを始めた。たまたま順子が夕方のお祈りに行って見ると、そこに次郎がいてうす暗くなってきた中で一心にハリにエサをつけては投げ入れていたという。それは魚を釣るためというよりは、魚にエサをやるために投げ入れているもののようで、おかしかったという。しかし次郎に言わせれば、一回ほどびりびりっと引いたそうで、その時には確かに魚がかかり、見ていると水面に赤い血が一滴昇ってきたから、その魚はきっと怪我をしたにちがいない、ということで、エサをやっていたのではなく明らかに釣っていたのであるらしい。

今日はドゥルガプージャの三日目、最後の日である。

私達は一日ボートを借りて湖で遊ぶことにしているが、今のところは天気がどうも思わしくない。ゆうべ順子と共に茶を飲みパパイヤを食べた後に月があまり良いので散歩に出ると、ヒマラヤの山々が月明かりの奥にうっすらと白く神秘的に、信じられないほどの遠い距離に静かに沈んでいた。それは恐ろしいほどの美しさであった。月夜のヒマラヤということは思い描かなかったことではないが、普段は、夜は雲が山々をおおうか雨が降るかするのでとてもヒマラヤを見ることが出来る感じではなかったのだが、きのうはふと思いついて、というより、順子に誘われて外へ出たものだった。シヴァのお堂までゆっくり歩いて礼拝をし帰ってきた。帰ってくる途中、アンナプルナII峰の丁度頂上のあたりに星が光り、それはあたかもアンナプルナの頂上御自身が光のサインを送って下さったもののようでもあった。しかしそれは星の光であった。あたりにはうっすらともやのようなものがただよい、月の光の淡さも手伝ってヒマラヤの山々は意識と無意識のさかい目のあたりにほの白く確然とした姿を現わしていた。ネパールの月を見たら帰ってきなさい、という母のなぞのような言葉を私は思い出していた。母はヒマラヤの月と書くつもりだった筈である。それを何とはなしにネパールの月と書いてしまい、そのまま見過ごしてしまったのであろう。

しかし主題は逆である。ヒマラヤの月ではなくて月のヒマラヤである。私と順子とは月のヒマラヤを見た。

その頃太郎はボートに乗って湖を渡ってゆくと江戸時代に入って行く夢を見ていたらしい。江戸時代から更に行くと中学校の校長先生がプールのコンクリートの修理をしていたという。

ゆうべは私は眠れなかった。何処から眠りをもらったらよいのか判らなくなってしまい、そういう時にいつもするように、時そのものの時間の中で小さな信仰者としてじっと体を横たえていた。夜明けは非常に冷えこみ、寝袋にもぐりこんでやっと体が温まるほどであった。大家の家の人達は、朝の水汲みには皆んなセーターやストールをかぶって出かけたほどであった。

ドゥルガプージャはこの亜熱帯の国においてもやはり秋の祭りなのである。

きのうの夕方は、一日降った雨があがり美しい夕焼けに見舞われた。マナスル連峰が遠くにすっかりその全貌を現わし、夕陽をあびてあかね色に染まっていた。マナスルは当地から見える山々の中では一番遠い雪山であり、雲にかくされて仲々その全貌を現わすことはないのだが、きのうはあます所なくその姿を現わし、逆に西の方、つまりこちらに近い方の山々は雲の合間からほんの少しだけ黄金色の肌を見せるだけであった。

湖は静かで、澄みきった神秘の鐘のようであった。私はヴィシュヌの木である菩提樹の大木の下にラーマと二人で坐り、美しい夕焼けの雲と、山々と、湖をかわるがわる眺めていた。二、三人の日本の若者が湖畔にたたずみ、やはり静かに彼らはひたすら西方の壮大な夕焼けを眺めているようであった。

十月二十六日

女神ドゥルガの恵みによるものか、きのうの午後から眼もさめるような快晴となり、ドウラギリからマナスルに至るヒマラヤの山々はあます所なくその全貌を現わしてくれた。夜に入っても雲ひとつわかずそのまま朝を迎えたようで、今朝もまた雲ひとつない真っ青な空に、白亜の山々が輝いている。ドゥルガプージャと共に、私が〝ヒマラヤの日々〟と名づけたポカラ滞在は完全に熟してきたもののようである。

きのうはお弁当にごまむすびを作って、機嫌をそこねた太郎を残して、皆んなで湖の北岸の方へ遊びに行った。途中で青々とした菩提樹の繁っている所があり、家が二軒並んでいて、いずれも西洋人が借りているものだったが、そこにたくさんの菩提樹の実が落ちていた。

大きな菩提樹が生えている所はバンヤンの樹も同じだが、必ず樹のまわりを囲って石組みがしてあり、そこで人々が一服出来るように出来ている。それは樹を祀る意味も含まれているようで、菩提樹及びバンヤンの樹は明らかに他の樹々とは異なった扱いを受けているのである。ヒンドゥ教では菩提樹はヴィシュヌの木であり、バンヤンはシヴァの好む樹とされている。ラーマも次郎も順子も私も、皆んな無中になって短い草の中に落ちている青と紫色のまじったような実を探しまわった。その実の中に数珠に使われる固い核としてのルドラーチが入っており、ルドラーチを取り囲む果肉は香ばしいにおいがしてあたかもおいしい果物であるかのようであった。出来れば百八つ集めてひとつの数珠にしようと思い、それが出来なければ半分の五十四でも良いと思ったが、樹には無数の実が成っているにもかかわらず、落ちているものはあまりたくさんはなかった。

きのうの目的は魚釣りであったので、菩提樹の方はそこそこにして、そこからしばらく歩いた湖岸の斜面に場を占めて、太郎が作った釣竿で釣りはじめたが、うんともすんとも音沙汰がなく、その頃から、家を出る時には空をおおっていた雲がどんどんなくなってゆき、太陽は熱く正面から照らし始めた。陽が照りさえすれば、まだ日本の真夏よりも熱い日射しがさしてくるのである。昔々「野いちご」というベルイマンの映画があった。順子と私とは結婚式をあげたあとで、父から少しばかりの小遣いをもらって、二人で新婚旅行にも行かずに新宿へその映画を見に行った。その映画の最後を飾るシーンに、父が池に向かって釣竿を投げ、その横で母が毛糸編みをしている静かな夢のような風景を老人になり死期の迫った主人公が思い浮かべているところがあった。それは涙のこぼれ落ちるシーンで、私は魚釣りというとその映画のことを思い出し、新婚旅行にも行かず、新宿の映画館へ映画を見に行った私達の結婚の儀式を思いうかべるのである。

その内どうまちがったのか浮きが沈み、はね上げてみると十センチ足らずの小さなフナのような魚、だがフナではなくもっと金色が強くひらべったい魚が釣れていた。それに元気を得てしばらくは浮きを見つめることに熱中していたが、その間は、赤いとんぼが飛んできたり、蜂が浮き草の花の蜜を吸っていったり、緑色のバッタがいつまでも私の服にとまっていたり、黄色い少し小さめの蝶がひらひらと夢のように視界を舞ったりといった風で、家の中で翻訳の仕事をつづけていた時には思いもよらないような静かな視覚の世界が開けているのだった。山を背にしているためヒマラヤを見ることはなかったが、そこらはもう部落からはすっかり離れており、底知れないヒマラヤの静かさが熱い熱い太陽の光に燃やされて光となって氾濫しているフェワ湖の湖岸なのであった。右手にいくつかの小屋があり、そこで飼っているアヒルが六、七羽、平和そのもののように水を切って私達の所まで遊びにき、その内迎えに来た子供に追われて賑やかに家の方へ戻って行った。向かいの低い山の上には半ば以上建てられて王権によって破壊された日本山妙法寺のシャンティストゥパのあとがまるで清らかな墳墓の感じで土まんじゅうを見せており、そこからは私も親しいお坊さん方の、日本仏教の中では飛びぬけて生命の世界を支配しているあの南無妙法蓮華経が聞こえてくるようであった。

次郎も自分で作った八十センチばかりの小枝に木綿糸を結んだ釣り道具で釣っていたが、足場は悪いし竿は短いのでちっとも釣りの構えに入ることが出来ないでいらいらしている風だったが、文句も言わずに何とか工夫して糸を水中につけるまではやっていた。順子は毛糸を編みながら、ラーマの世話に心を奪われていた。というのはそこはかなりの傾斜の斜面で、草は生えているけども、ちょっと気を許せば、ラーマはすぐに水中に落ちてしまうような所だったからである。その内ひょっとしたはずみから水筒が水中に落ちてしまい、それをきっかけにしてお昼の弁当を食べることにした。

ポカラには丸い日本的なお米と、インド・ネパール共通の細長い米と二種類があり、私達はやはりねばりのある丸い米が好きなので、先日空港のバザールから買ってきた米で作った、少しはましなごまむすびなのである。

その他にウリにちょっと似ているイスクルというもので作った塩づけのつけもの、がそえてあった。順子はそれだけのものを作るのに、かなりの苦労をしているのである。何しろ村では殆ど何も売っていない。タバコとマッチぐらいしか売っていないのである。そのような場所から、ごまむすびとお新香を弁当とすることはかなり大変なことであることを私は知っている。

食事をするころから暑さはじんじんして来て、日よけの場所もなく、ラーマは汗を流してぐったりして来てたので、元々それほど興味があるわけでもない魚釣りはそれまでとして、先の青々とした菩提樹の木陰に戻り、そこで再び菩提樹の実を探したり、おやつのバナナを一本ずつ食べたりした。西洋人の女の子がその内ギターを弾きはじめ、その音はかなりうまくあたりに響き、こんな所で突然に聞くギターの音もそれほど悪いものではないと思われた。

菩提樹の実は念入りに探したけどももう殆ど落ちておらず、皆んなで合わせて四十六個になっただけであった。もう八個、と思ったけどももう落ちてなく、あきらめることにして帰りについた。数珠の数はヒンドゥ教も仏教も同じ百八つである。半分、というのがあってそれは五十四個である。このことひとつからもヒンドゥ教と仏教が異なってはいるけども根本においては同じダルマであり、ヒマラヤとガンガーから生まれた大きな自然法の分岐であることが察せられるのである。菩提樹はヴィシュヌ神の樹であり、その葉の一枚一枚に神が住んでいると言われるものであると同時に、主ブッダの樹でもある。菩提樹の樹の下で悟りを開かれた世尊は同時にヴィシュヌ神の十の化身の内のひとつでもある。神格から言えばブッダはラーマやクリシュナと同じヒンドゥパンテオンを形づくる神々のひとつなのである。

ラーマは人間の理想の徳を体現したものであり、クリシュナは人の不可能な希みを体現したものであり、ブッダは人間の体にニルヴァーナを体現したものである。帰り路には一ヶ所清らかな水が田の下からわき出している所があり、次郎、ラーマ、順子はその水を飲んだ。あたりは見渡す限り実った稲田であり、プージャが終わると刈入れが始まるばかりなのである。

十月二十七日（日）

後夜祭の日であるきのうを含めて、ドゥルガプージャは過ぎて行った。

今朝まだ回転ブランコは設置されており、子供達ははしゃいで乗りまわっているが、不思議なものでもうプージャの間のような新鮮さはない。

私達はきのうは一日ボートを借りて上天気のフェワ湖の休日を楽しんだ。朝、再びごまのおにぎりを作り、開店しはじめたパン屋から熱いほかほかの丸パンを仕入れ、アメとか水筒の水なども持って、ガートにあるカヌーの内で一番大きくがっしりしたものを借りることになった。そのカヌーはもちろん大木からの一木彫りのカヌーで、幅が一メートル近く、長さは四メートルほどもあり、ラーマが飛びはねたくらいではびくともしない頑丈なものであった。その代わり、漕ぐのは大変で、漕げども漕げども船足は遅々として進まないというものである。

ガートにいる四、五人のカヌー屋達の一人が、私の顔及び私達を見て、少し意味ありげににやりとしてお前にはこの船が良いという風に推薦してくれたのだった。他のカヌーは皆ほっそりとしていて軽そうで、安定は悪そうだが、船足は速そうだ。太郎は細い方が良いと主張したが、私は推薦されるままに、その大きな頑丈な奴をラーマと順子の乗心地のことを考えて選び、のろのろと湖上に乗り出して行った。乗り出すとすぐに対岸のグルン族の小母さん達がやはり小さなカヌーにまきなどを積んで来て、見れば手に大きなパパイヤを持っていて、順子とは前からの顔見知りらしく、呼んでいる。パパイヤを見ると、順子は興奮してかけ引きも忘れたかのように、早く来いと呼び寄せ、私達も近づいて行って湖上で三ルピーといくらかの小銭を払って、今まで見たこともないような大きな奴を手に入れた。太い所では直径が二十センチ近くあり、長さもゆうに三十センチはあるという化け物のようなパパイヤである。順子はボートに乗る日にはどうにかしてパパイヤが欲しいと思っていたそうで、うまい具合に手に入ったことを子供のように喜んでいた。

カヌーは最初の内方向がとれず、ぐるぐるまわる一方で、これは大変な船を借りてしまったものだと後悔されたが、浮き島のバライー女神にもうで、バラモンにしっかりと祝福のマントラを唱えてもらい、ティラカをつけてもらって再び船を出すと、どうやらふらふらと動き始め、その内太郎が舵をとることをやりはじめてから大体思う方向へ進むようになった。

一時間ほど漕いでひとつの入江に入り、そこに船を着けて、子供達をしばらく泳がせた。山の中腹に農家もちらほら見えたが、静かな水の透明な入り江で、眼の前にはマチャプチャリを始めとする白亜の山々が見られ、太陽は熱く照っているので、子供達はすぐさまに泳ぎ出した。驚いたことにしばらく見ない内に次郎はすっかり水を愛するようになっており、平泳ぎ、横泳ぎ、背泳ぎまでも出来るようになっているのであった。まるでアヒルの子かなにかのように、水の中でもぐったり沈んだり、ひっくりかえったりする様子は、まったく水に対する恐怖心がなく、水を愛しているものの仕草であった。昔、私もそのように水を愛し、太陽の熱に守られて泳ぎや水遊びを楽しんだことがあった。今次郎はむしろそれ以上に気持ちよさそうに眼をきらきらさせて泳ぎまわっているのであった。次郎もようやく少年になってきた。

太郎は日本に帰ってから学校の水泳一級の試験を受けてそれに合格するのが目的のようで、平泳ぎ、クロール、背泳ぎと、かなり型の整った泳ぎを練習のような雰囲気で示していた。何しろこのポカラでの水泳の先生は、高体の東京地区予選で七位に入り、代表にはなれなかったけども、東京の高校生全体の中で七番目のスピードを持っていた佐々木さんという人なので、太郎にとってはこの上もない先生だったのである。驚いたことに順子もペチコート一枚になって、それをネパールの女の人達のように胸の上まで持ち上げて結び、その姿で泳ぎはじめたのだった。

太郎と次郎があまり気持ちよさそうに泳ぐので、水の精は愛を示してきらきらと光り、宝石のようであったので、彼女もついそれに魅かれてしまったのだろう。彼女は殆どといってよい程泳げないので無恰好ではあったが、泳ぎをやめて体洗いにかかるとさすがにしっかり引きしまった婦人であった。ラーマは水際の浅みに浸って石や空かんで他愛もなく遊びつづけていた。そろそろ昼飯にしようということになったが、その前に是非ともパパのクロールを見せてくれと子供達と順子にせがまれて、私としてはお寺でつけてもらったせっかくのバライー女神のティラカが落ちてしまうことを気づかって気がすすまなかったが、水が余り美しいのと、子供達にパパも本当に泳げるのだということを示すために、肌身はなさず腹に巻いている路銀の入っている腹巻きを解いて、これまた全く久しぶりに中学校の時に覚えた恰好の良いクロールの手本を示したのであった。多感な中学生の全努力を傾けてゆったりとしかもスピードのある型を覚えこんだもので、その型は何年使わなくてもひとたび水に入れば即座に甦ってくるものであった。思えば私は海の好きな少年であり、海を自分の魂のように愛していた少年であった。

私の泳ぎは子供達にも順子にも満足のゆくものであったと見えて、私も満足し、皆んなで、幅広いがっしりした船の中で、昼の弁当を食べた。出がけに順子が何処からか手に入れてきたゆで卵も一人一個ずつあてがわれた。ポカラでは卵は貴重品で滅多に手に入らないのである。

食後ひと休みして又船を出し、遅々として一向に進まない船足を今度はむしろ愛しつつ、二つ、三つの岬を越して、私が漕ぎ太郎がかじ取りで進んで行った。最初の入江では他に人影もあったけども、人のいない無人の入江に船をつけてそこでもう一度泳ごうというもくろみだったのである。一時間以上もかかってやっとひとつの入江につけ、そこは無人だったので、では私達家族だけでここを独占して楽しもうと思っていたら、山の間の小道をどかどかと音がして五頭の水牛が現われ、次いで水牛追いの少年が二人現われて、ものめずらしさからそこらに坐りこんでしまったので、独占の希みは消えてしまい、次郎だけがほんの少しばかり泳いだだけで、引き上げることになった。ずい分遠くまで来てしまったので、元まで戻るには相当の時間がかかることが予想され、私が予定していた五時間十五ルピーの範囲内から外れそうになって来たことも感じられた。帰ろう、ということになり、漕ぎ出したが、目的が距離をちぢめて帰ることとなると船は一向に進まないもののようで、漕いでも漕いでも同じ岬が同じ所に見え、これでは日が暮れてしまうのではないかと思われたが、「これでは女の人には歌でも歌ってもらわないとかなわんなあ」という私の一言に応じて、順子が船べりを叩いて元気よく歌い出したので、その歌に応じて私も元気を出して漕ぎ、時計の針のようではありながらゆっくりと進んで行った。太郎がカジを取っていることが確実に感じられた。カジを取ると言っても櫓を水中に突っこんで、それを手でしっかりと握って舵にするのだから力もいるし、漕ぐ楽しみはないし、地味で大変な仕事なのだが、不平も言わずにしっかりとやっている様は、頼りになる相棒、人生を共に歩いてゆく連れに、彼が成長しつつあることを示していた。彼女が歌うシヴァの讃歌やクリシュナの讃歌、サヴィトリーの讃歌に合わせて私は黙々と漕ぎ、時々眼をあげて雲や山々を眺めた。雲は純白で山々の上に壮大な様々な形を繰り広げていた。その雲の合い間から時々、アンナプルナやマチャプチャリの雲よりも白い固い山肌が陽を受けて光っているのが見られた。ようやくバライー女神の浮き島に近づいた時には陽は西の山に入り、ラーマが、おひさまさようなら、またあしたね、と言っているのが聞かれた。もう夕方であった。バライー女神のお堂から鐘の音が聞こえ、岸のシヴァのお堂の鐘の音も聞こえて来た。予定より一時間近く長くなってしまったが十五ルピーにまけさせて岸に立つと、もう夕方の晴れが始まっていて山々をおおっていた雲が少しずつ晴れてゆき、マチャプチャリはその全貌を現わしていた。

前の日の夜にはちょっとした事件があった。王様が来る日が近いらしく、警備にあたっている兵隊達と、地元の人達とが何かのことから喧嘩になり、双方とも四、五十人ずつ集まって激しいののしり合いから石を投げたりするなどになり、ドゥルガプージャの最後の夜の一杯機嫌も手伝って、地元の人々は激しく兵隊どもを追い散らし、結局兵隊は追い返されてキャンプに引きあげてしまった。信じられないことであるが、それはひとつの小さな暴動であり、力を持つ兵隊たちが武器をもってもう一度引き返してくれば、それは明らかに怪我人を出すに至る動きにまで発展する性質のものであった。双方とも四、五十人の人間が集まって石まで投げているのである。ワァーッといって攻めているのは地元の人々である。兵隊たちはクモの子を散らす勢いで追い返されてキャンプ地に入りこんでしまった。月の明るい雲のない夜で、ヒマラヤの山々もくっきりと見られ、順子と私は散歩をしていたのであるが、そのさわぎに巻きこまれては大変と急ぎ引きあげて来た。そういう時に走ったりしたらかえって怪しまれると、わざとゆっくりとシヴァのお堂から帰ってきた時が最高の争いの時で、はからずも私達はその小暴動の立会人のようになってしまった。兵隊のキャンプはお堂の横の王領地内にあるので、私達はそこからやって来て、退散してゆく兵隊の走り姿とすれちがってゆっくりと地元の人々の中へ入って行ったのだった。地元の人々の放った石のひとつが私達のすぐ側を過ぎて行き、その時私ははっきりと身の危険を感じたが、やはり走ることだけは決してせず、ゆっくりとあくまでも通行人の姿勢をくずさずに行ったのだった。勿論私は兵隊に味方する気持ちは微塵もなかった。それどころか、王の別荘地であるこの附近を近頃兵隊がうろうろ歩きまわり、歩哨に立っていたりして気味悪く、何故王はそのような厳重な見張りを必要とするのかと腹を立てていたくらいであるから、原因が何であれ、無条件に地元の人々の味方なのであった。しかし騒ぎが大きくなって武器が持ち出され、地元の人々が傷ついたり逮捕されたりする破目になることは厭だった。しかし不思議なことに、兵隊たちは武器をもって引き返して来ることはなく、地元の人々の騒ぎもすぐにしーんと静まって気持ちの悪いほど静かな夜になり、何ごとかが起こるにちがいないと耳をそば立てていた私もいつのまにかぐっすりと眠ってしまった。目覚めたきのうの朝は何ごともなく、誰かが逮捕されたという噂もなく、私達は平和に船を出したのだった。だが太郎が何処からか噂をきいてきて、今晩も兵隊と一戦まじえるのだと地元の人々が言っている、というので、ゆうべは私はかなり緊張していたのだが、ゆうべも又何事もなかった。事件はどうやら、ドゥルガプージャの最後の夜に酔っぱらったかした兵隊が悪かった、ということで落ちつき、兵隊も明日は王様が来ること故、変な小競り合いが起こったという話を王に伝えるよりは、何事もなく王は平和に迎えられたと報告する方を選んだのであろうと推察された。

しかしひとつはっきりと判ったことは、ここの地元の人々はヒンドゥ教徒であり、先頃反乱を起こしたムスタング族のように仏教徒ではないのだが、それでもヒンドゥ教徒の王者である王が、この人々にはそれほど愛されていないということである。王が愛されているなら、王の兵士も愛されているはずであり、そこには自然に愛をとおしたつながりがある筈なのだが、兵士達の見張りの厳重さは、全学連に対する警察の警戒心のような不信を示しており、ポカラがムスタング族の居住地に近い場所であるという事情を考えに入れても、それはあまりにも住民の気持ちと相容れない形の警戒であるという以外にはないのである。

思い出すのは愛され尊敬されているダライラマのことであるが、少なくともネパール王はネパール国民にダマイラマの一〇〇分の一も愛されていないことは明らかである。ネパール到着当時、ネパールの人々が王国の象徴と思われる独得のネパール帽子をかぶっているのを見て、私は王国というもののもつ平和を感じたのであるが、この頃になってみると、それは確かに王国の臣民のしるしとしての帽子ではあるけども、敬愛され戴かれている帽子ではなくて、日本における民主主義のように愛でもなんでもない、ただの形骸化した程度にすぎないものであることも判ってきたのである。むしろそれは良き美しき王国の時代への追憶の帽子なのかも知れない。ちょうどわれわれが投票に行く時に、民主主義の夢をちらっと見ることもあるように。

さて明日は、王様が当地へ来るそうである。今日から湖は水泳禁止のお触れが出ている。何だかポカラは急に警察国家のような厳しい雰囲気になってきた。明日は私達は破壊された日本山の跡へもうでよう。

今日は私達はエカダシである。二週間おきのエカダシがまるで矢のような速さでやってくる。

夕方、といってもまだ陽は高いが、ラーマを連れて湖へ行ってみる。明日王様が来ると思っていたら、今日もう来ているそうで、今日と明日の二日間は湖は水泳禁止ということになり、見張りの兵隊たちも多くなっているようであった。

王法は永遠のダルマの下にあるのが当然なので、私は普段どおりに湖岸のガートでバライデヴィを礼拝し、ふと思いついてコンクリートの塀の向こう側の外人キャンプ地と呼んでいる地域に行ってみた。そこは数台のキャンピングカーが駐車しており、テントもいくつかあって、ビキニの水着姿の娘達や男達がいつでも幾分の華やかさを保って群れている点で、ポカラにあっては明らかに特殊地域なのであるが、今日は数十人の群れが集まって思い思いの姿で坐り、輪を作っているようで自由にたむろしており、自由にたむろしているようで明らかにひとつの輪を作っていた。

皆んな水着の姿である。ギターの音が静かに流れ、フルートの音がそれに混じって聞こえてくる。西山の上に傾いた陽が真向かいから強烈に照りつけ、湖水に反映して限りなくきらきらとしている。兵隊たちはこの特殊の一団を見つめているが、格別彼らを見張っていることはないわけで、それでも一方では見張っているような緊張感が明らかに流れている。兵隊たちは本当は何も見張るものはないのだが、王が来たという緊張感の中では、そのような緊張感になじみのない私達外国人には、あたかも見張られているようにも感じられるのである。外国人の何人かは、知らぬ振りで禁止の湖へ泳ぎ出して行く。それを見ていても兵隊たちは特別に注意を向ける風でもない。しかし、彼らが禁止の湖で泳いでいるということを兵士は知っているし、泳ぐ方もそれを承知の上で素知らぬ素振りで泳いでいるのである。

湖はいつもと変わらず静かで美しい。西洋人たちの群れの中では何人かがアサナを組んでしっかりと坐っている。彼らがむやみに時を浪費しているのではなく、ある経験から何かを求めてこの湖畔にヒマラヤのふもとにやって来ているものであることは明らかである。ギターの音も笛の音も耳ざわりではない。静かに抑制がきいていてあたりの光みなぎる雰囲気の中から決して浮かび上がったりはしない。しかし大変に重い。身なりも軽く、音楽の音はやさしく、その眼つきもやさしい人々の集まりであるが、全体としていかにも重いのである。身を任せているという生活人の安らぎというか、大地性がなくて、必死になってそこにそうしているという重さがずしんと感じられるのである。同じ旅行者の一人として私もその感じを共有することが出来る。私もまたジャパニの旅行者であり、このヒマラヤの国の土にまみれた住人ではないのである。

私のそばでラーマは無心にココナッツオイルの空き缶で水遊びをしている。湖からそのカンに水を充たし再びそれを湖に返すということを何度も何度も繰り返している。雲は美しく、空は青い。

このひとこまを私は心によく誌《しる》しておこうと思った。私は彼ら西洋人を愛することが出来るし、王様の存在さえも殆ど愛することが出来たと思った。

緊張と重さとは心と肉体に心地よいものではないが、しかしそれにもかかわらず世界は美しいし、平和は保たれているのである。それも良いのだ。王もまた悪いものではない。しかしこうしてやって来た王の到着は、三日も四日も前から線香をたいて待ち、到着の当日になると朝から集まった人々の群れの中で身動きもできなくなるほどであったダライラマの到着の光景とは何と異なっているることであろうか。そしてこれがもし民主主義国、西洋的な民主主義国の場合には、その首相が到着しようとしまいと、一部の政治好きの他には我々には何の興味もないことであり、興味なしにすませることが出来るシステムが出来上がっているのである。統治者というものがこの地上に必要なものであるかどうかは私にはまだはっきりと判らないが、私が統治者の形として希むものは、熱狂的に線香をたいて迎えることが出来るダライラマのような僧にして統治者でもあるような人であることは確かである。

統治者はクシャトリヤ、王様であると同時に世俗を脱した人、僧でもなくてはならない、というのが私の気持ちであり、順子の気持ちでもある。

十月二十八日（月）

ゆうべも良い月夜であった。十一日のラーマの月は雲ひとつない空にこうこうと輝き、ヒマラヤの山々も月明かりの中にくっきりとその姿を現わしていた。

季節ははっきりと秋のきざしを示している。朝夕はめっきり冷えこむようになり、もはやストール一枚をかぶって眠っていることは出来ず、寝袋に入って朝の温もりを楽しむようになっている。しかし昼間は空気の透明度が増しただけ日射しは強いようで、光の中に坐っているとそれだけで全身が清められてしまうような激しさをもっている。今朝もヒマラヤの透明度は素晴らしく、朝日が昇ってくると、湖からは水蒸気がどんどん立ちのぼり、草原や道ばたからは朝露の湯気がしんしんと立ちのぼっている。草原も道も畑も朝露がびっしょりと降っているのである。昼と夜の温度差が激しいだけに朝露のはげしさはひとしおである。朝露が完全に乾きあがってしまうのは午前も十時すぎのことである。

きのうネパール人の若者が一人、湖で溺れ死んだという。オートバイに乗ってきた若者で、どうして溺れ死んだのかは判らないが、私が時々湖岸に出て見ていた限りではそのような事件がおこった兆しはなかった。

今日も湖は静かで波ひとつなく鐘のように澄み、カヌーが一そうか二そう静かに漕ぎ進んでいる。カヌーというものは乱暴に漕いだらひっくりかえってしまうから静かに水に密着して漕がなくてはならず、それがボートではなくカヌーを漕ぐことが瞑想に近い作業である所以なのである。カヌーは水すましのように水の透明度を増しながら進んでゆく。

ほんとうにこの地はこの天気のもとでは何もかもが透明である。空気も山々も湖も畑も樹々も人々の心も透明である。心が透明であるとは許すということである。許す時、人の心には悲しみが流れるが、許すという行為をとおして心は静かさを瞑想せざるを得ず、静かな心は自然に澄んでくるのである。心がどんなに傲慢な瞑想に走ろうとも、ヒマラヤの白亜の前では一言の弁明もない。人の力を越えているものの前で、人は謙虚さが徳としてあるのではなく、自然の要素のひとつとして存在する自然界における徳であることを学ぶのである。人々は必要不可欠のことのみを瞑想して生きている。女達なら洗濯、食事作り、畑の世話、男達は男達の仕事、余計なことはここには一切存在しない。それ故に人々の姿は峻厳で自然で美しい。畑道を歩いてくる少年の姿は美しいし、湖岸で朝の沐浴をしている女の人達の姿も美しい。茶屋にたむろして一杯の熱いチァを飲んでいる男達の姿ものんびりしているように見えても一分のすきもなくひきしまっている。気持ちがだらけていれば即座にその分だけのおつりが来ること、おつりは時として病気にまで発展し、取り返しのつかない坂道を下ってゆくことを彼らはよく知っている。朝早く起きて沐浴をし、一日の仕事を次から次へゆっくりとしかしひとときも心を抜くことなく果たしてゆくことが、生きる秘訣である。生きる秘訣とは、静かにしっかりと為すべきことは為すことである。能力以上のことを希んでも無駄なことである。ヒマラヤを人が越えることは出来ない。

ゆうべも祭りの余韻なのか遅くまで月に浮かれた人々がブランコの周囲に集まって歌ったり手を打ったりしていた。ゆうべは女の人達の出番であった。いつまでも単調な同じメロディー同じ文句の繰り返しで歌うのだが、それでも一回ごとに情念がちがっており、時とともに流れてゆくのは心を楽しく幸福に感じさせ、しかし決してのぼせ上がるようなことはなく、眠りにつこうとするものには子守り歌になり、まだ起きて時を楽しもうと思うものにはワインのような軽い楽しみを与え、何よりも歌っている本人達は人のことなどいざ知らず歌うことに酔っているのである。しかしその酔いは静かで月の光のように沁みわたってくる酔いである。馬鹿騒ぎというものを支える邪悪な欲望を知らない人々なのである。

私はゆうべはエカダシの御利益が現われたのか、たくさんのホーリーな夢の中で闘いつつ充実した眠りを眠ることが出来た。夢の中でも聖なるものへの闘いが行なわれているならば、納得がゆくのである。眠りとは結局納得がゆくことなのである。長時間惰眠を貪っても、納得のゆかない眠りの眼覚めは暗い。しかしゆうべのように三回も小便に起き出し、とぎれとぎれに何ひとつ覚えていない夢の中で闘い、目覚めているのか眠っているのか定かではないような眠りでも、そこに聖なるものへの一点の献身の意志が貫かれてあるならば、それはよい眠りなのである。地元の女の人達の美しい歌声に送られて、美しい眠りの世界に入りこんだのだ、というべきであろうか。

翻訳の仕事が終わった今は『奇蹟の人—サチャ・サイババ』という本を読んでいる。以前に読んだサチャ・サイババとは又別の人であるが、この人はそのサイババの生まれ変わりであると言っており、インドにおいてはこのことはすでに事実として承認されているようで、そのことだけでも奇蹟と呼ぶにふさわしいが、その他に様々な奇蹟というか魔法というか、そういうものを日常的に行なう人で、一方では深いバクティの心をもった神の化身でもありそうな人のようである。インド・

ネパールを通じて街頭などで写真をとおして最も多く見られるグルで、それでも私達がまだ行ったことのない南インドに比べれば、その数はうんと少ないというから、その人気のほどが知られるというものである。たまたま前生のサイババの本を読んだので、その生まれ変わりという人についてのものも読んでみようと思っているのだが、どうも手品師の仕草を見ているような不信感がぬぐい去れない。それは恐らくオーストラリア人の著者の態度がそうだからで、行なわれている奇蹟の内に信仰の核を得ようとするそのやり方は、信仰者の姿勢としては最低の姿勢であると言わなくてはならない。

午後から皆んなで破壊された日本山妙法寺の山へ登る。カヌーをやとって裏手から登り、約一時間ほどで登りついたが、途中無数のヒルのいるヤブをとおり、肩に高々をしていたラーマをのぞいては全員十四以上のヒルにたかられ、ヒルを払い払いしながら登って行った。王がこのポカラに来ている今、私としてはどうしても山に登り、三声の南無妙法蓮華経を唱えたく、明日はナウダラ行きではあったが、予定どおり登ってきた。頂上は湖をはるか眼下に見下ろし、王の別荘地も同じく眼下に箱庭のように見下ろされ、眼前には今日は雲にかくされて見ることが出来なかったが、ヒマラヤの山々がはるかに連なっているはずで、場所としてはまさに絶景の地であることが知られた。仏舎利塔は取りこわされたまま大きな石の山になっており、私達は、途中でつんで行った花々をお寺に捧げるのと同じ気持ちで捧げ、皆んなで南無妙法蓮華経を三度大きな声で唱えた。森下上人などがこの石の山を見たならば、涙なしではいられないだろうと思うと、こちらまでもらい泣きしそうであったが、廃墟で涙するのも悔やまれて、石の山に登り、頂上から私の礼拝用の鐘を打つ小石をひとつ拾い求めてきた。帰りは本道からと思って本道と思われる方に行くと、そこには元お寺であった筈の建物が取りこわされたあとが生々しく、木材やトタン板、ガラス窓、ベッドなどが他の建築材料にまじって投げ出されてあり、そこには早くもネパール人の一家が仮小屋を作って住んでいる様子であり、門の所には太い木が渡されて立入り禁止の様を示していた。横をとおってしばらく行くと、警官が一人立っており、こんな山の中のことゆえ、日本山用の見張り警官であることが明らかで、もし私達が本道から登っていたら、頂上までは上がれなかっただろうことが予想された。下り道では猿を一匹見た。猿がいるとはもう聖地の兆しである。ネパール王ももう少し度量の広い人であるならば、このヒマラヤの地に、日本山をはじめとして、続々と仏教の寺院やヒンドゥ教の大寺院を建立して、ここを聖地の中の聖地として人々の礼拝の場所にすることを通して、ネパールという信仰の国の存在を世界に示すことが出来るのにと思い、色々とむつかしい政治上の困難はあるのだろうけども、気の毒に狭量の科《とが》をやがて自分自身が受けることになるだろうと思いやられたのだった。

帰り道は遠まわりになったが、ルンビニへ通じる素晴らしい道であり、アンナプルナ、マナスル、マチャプチャリを左手に、右手には見渡す限り黄金色に熟れた稲田で、その明るさ、豊かさ広大さは、途中で眠ってしまったラーマを抱いての山歩きの疲れを完全に忘れさせるものであった。

十月三十一日（木）

二十九、三十日と再び月夜のナウダラへ行ってくる。今度はラーマも連れて全員で丸々二日間の山歩きであった。

前に行った時には霧が出て途中の風景は殆ど見えない程であったが、今度は行きも帰りも快晴にめぐまれ、きついサランコットへの登りも右手にヒマラヤを見ながらの登りでは元気百倍するようなものであった。このコースは最終的にはジョンリンという八〇キロばかり離れた山里までつづいているこの国の代表的なトレッキングコースのひとつで、サランコットまでの登りを登ってしまえば、あとは軽快な尾根歩きがつづき、山歩きというよりは、高い空中を下にフェワ湖を見下ろし、右にヒマラヤを見て歩く快適なハイキングコースのようなものである。朝四時起きで出発しサランコット頂上についたのが約十二時で、その間はずっとヒマラヤの景色にめぐまれ、右下にはシェティガンダキと呼ばれる青々とした河がマチャプチャリ、アンナプルナの雪水をごんごん流している姿も見られた。河は白く泡立ち流れの音は山の上の私達の歩くコースまで響きわたっていた。

サランコットを少し過ぎたまさに夢のような草原の中で、見えてきたフェワ湖を左下に見下ろし、右手にダウラギリからアンナプルナ南峰に至る山々を拝しながら昼の弁当を食べたが、それは私達家族の歴史が始まって以来最高のシチュエイションにおける昼食であったと思う。ハゲタカが一羽ゆっくりと空を舞っていた。一時間ぐらい歩くと小さな部落に着き、そこには一軒の茶屋があって、激しい透明な日射しの中を歩いて来た私達にとっては有難い休み場であり、コップ一杯二十五パイサのチァを五人が一杯ずつ飲んで一ルピー二十五パイサ、日本円になおして三十円そこそこという安さだから、財布の方もそれほど心配することなしに茶屋に入ることが出来るのである。

途中でラーマが昼寝をしてしまったりして、我々の歩みはきわめてのろのろとしてはいたが、一日行程の内三度茶屋に入り、その他ところどころの涼しい木陰で度々休み、太郎を先頭に立て次郎が二番手、私とラーマが三番目、最後に順子と、順序もしっかりきめて夕方の五時頃には予定どおり、ナウダラの宿についた。前に行った時の見晴らしのよい宿に行ってみたが、先客で満員ということで、仕方なく別の見晴らしの悪い宿に入る。その宿からはアンナプルナの一部しか山を見ることが出来ず、如何にも残念だったが、宿の窓から寝そべって山を見ようという気持ちの方が甘いのだと思い直し、与えられた宿に満足してそこに坐を占める。このコースの宿は夕食と朝食を取りさえすれば宿賃はただで、飯代もポカラなどの街の食堂よりは一ルピーから二ルピー近く安いのである。その代わりベッドも何もない。ワラむしろを敷いた上に毛布を敷いて眠るのである。しかし、私達の旅にあってはワラむしろと毛布が敷いてあるだけでまず上等の部類に入るアコモディションであり、ヴリンダーヴァンのダルマサラ、マナリなどでは毛布はおろか、ワラむしろもなしに地面に直接眠る旅も普通になっているのだから、宿に関しては何の不平もないのである。太郎も次郎も与えられたその寝場所に枕がついていることに満足して、一日の山歩きの疲れも何処へやらにこにこして笑いが絶えない。

夕方のヒマラヤを見ようと、近くの山の上まで登ったが、その時にはもう十三夜の月が澄みきった雲ひとつない空にぽっかり昇り、ヒマラヤの山々は夕陽を浴びて全山ピンク色に染まっていた。

山の中腹に小さなお堂があるので近づいてみると、オンマニペメフーンを誌《しる》したお堂で、ここまで来ると、ラマ教はチベット人の宗教であることを越えたヒマラヤの民の宗教としての力を持ちはじめていることが感じられた。山の上ではすぐにネパール人の小さな女の子が近寄って来て、そういうこともすっかり馴れてしまった子供達は、すぐに一緒になって遊び始め、順子と私とは静かに、やっとたどりついたヒマラヤの月を味わっていた。

夕食はマース（肉）のトルカリで一人五ルピーと少々高かったが一日の山歩きのあとなのでふんぱつすることにし、ここまで来ると電灯文化ははるか山の彼方に去っている故、ネパール式ランプの明かりの元でダル、トルカリ、バートゥ（米）の食事をする。宿の人達はアンマ（母）を始め皆親切な人達で、日本人の家族が食事をするのをめずらし気に集まって眺めたりし、もてなしたりしてくれたが、前の旅の時もそうであったが驚くべきことは、その飯の量である。直径三十センチほどの金属製のふちのある容器にガバッと御飯がついであり、別にトルカリと呼ばれるカレーのおかずと、ダルという豆汁がついてくる。ダル、トルカリ、バートゥの三身一体はネパールの代表的な食事で、私達も日常にそれを食事としているが、店で食べることは滅多にないので、その量の多さにたまげるのである。しかし以前にプリーミーの案内で来た時、普通のネパール人がどんな風に食事をするかをつぶさに見ていたので私もその真似をすることにし、背すじをしゃんとのばして、トルカリの半分を御飯の上にかけ、スプーンでかきまぜながら、時々ダルをかけ、それをろくにかみもしない猛烈な勢いで、しかしあくまで姿勢はしゃんと背すじをのばし、威厳を保って、しかも静かに、流れるようにスムーズに、絶えずスプーンで飯をかきまぜつつ、流しこんでゆくのである。

息をつくひまなどはない。一息に胃の腑が満杯になるまではわき目もふらずそれをつづけてゆくのである。飯の量から言えば最後に盛ってあるだけでゆうにどんぶり二杯分はあるのだが、そのようにしてあたかも行のように熱心に食べてゆくと、大体はまずダルとトルカリがなくなる。そこで近くにいる店のものにダル、又はトルカリ、と小さな声で命じるようにつぶやくと、それを待っていたかのように、店のものは別の器からダル豆の汁を再び一杯に注いでくれ、トルカリの方は最初より少し少なめに注いでくれる。更に飯が来る。飯は完全に食べ放題なのであり、先に書いたように胃の腑が完全に満杯になるまでは客は飯を要求する権利があるのである。私は真似をしているわけだから（と同時に食欲も完全にそのようになってしまっているので）、飯もやはりお代わりをもらい、合計どんぶり三杯から四杯に近い飯を黙々と流しこむ。久しぶりの肉の味もこたえきれぬほどおいしいが、それをよく噛んで味わうひまもあらばこそ、せっせせっせと次から次へ流しこむのである。しかしどんなに流れるように動作を運んでも胃の方が受けつけなくなってくる。スピードが落ちてくる。その時は胃はすでにほぼ満杯なのであって、店の人はスピードが落ちて来たのを見て、ああ、これで終わりだな、ということを知り、そばについていて給仕をすることをやめ、他の仕事にかかるのである。スピードが落ちてから残りの飯を静かに自然に食べ終わるのは仲々に大変なことである。しまった、こんなに食べるのではなかったという気持ちがわいてくるし、それかといって自分から要求したのであるから残すわけにはゆかないし、まさに苦行として、わずかに残っているかに思われる胃の膨脹力を利用してそこへ飯をおしこむのである。やっと終わると、ああ食べ終わったという解放感がくる。そして満足するのである。太郎も次郎もよく食べた。太郎は前回に食べすぎて苦しんだ経験があるので少し節制していたが、次郎は初めてであり、元々大食いなので、小さな体を全身胃のようにして食べるだけ食べて物も言えないほどになり、満足したようであった。順子はこのネパール式食事のペースに乗らず、あくまで自分の日常の食事の仕方をしたので食後も眼を白黒させるようなことは起こらなかった。

日本だったらそんな無茶な食事をしたらひっくりかえってしまうところであるが、ここではすべての人々がそのように食べられるだけ食べるという食事法なので、腹のきつさもそれほど気にかからず、三十分もすると、もう他のものも食べても良いような気持ちになるのである。

そんな猛烈な食事のあとで、子供達はすでに眠りにつき、ランプを消してから私と順子とは外にでて、こうこうと輝きを増した月の光の下でしばらくヒマラヤの山々を眺めた。季節のせいもあるが高度のせいもあって夜はかなり冷えこむようである。順子はストールをかけ、私はセーターを着こんで尾根すじの人家の外れまで行ってそこの石に腰を下ろして待望の月のヒマラヤの人となった。電灯のない地域の月の光というものは、又別のものなのである。月の光が生きている。そうやってたたずんでいる私達の前を、何人かの部落の人々が鎌を光らせて通ってゆく。人々は今、畑の仕事を終えて帰ってくるところなのである。「月がいいからちょっとかかった仕事を終わらせて来た」と、私の婆ちゃんなども月夜は帰りが遅かったものである。

宿の主人はトゥクチェという部落、ナウダラから歩いて約一週間ほど山奥の部落から出て来た人で、国籍はネパール人であるが顔はきわめてチベット人に似ている。感情もそうである。家にはブッダの像が祀られてある。グラス製の大きなカップから小さなカップまで順々に、八つほどのカップに新鮮な花が捧げられてある。前に来た時泊まった宿は完全にヒンドゥの宿であったが、今回はヒマラヤの民の宿である。窓から山が見渡せないことで不満だった最初の思いは、主人がトゥクチェの出身だと聞いた時から完全に消え失せ、よい宿に泊まることが出来たという気持ちに変わって来た。

　夜の八時ともなるとここらはもう深夜のおもむきである。宿に帰ってくると主人はもう眠ってしまったのか見えず、アンマと十四歳になる娘の二人が静かにランプの光の下で後仕末をしている。アンマとカマドの前に坐り、赤土を水で溶いた粘土で一日使いこんだカマドのいたみを修繕している。私達はロキシーを注文し、間違って娘がもって来たカンティーンという果実酒の香りがあまりよかったので、別に順子の分としてそれを一杯注文して、二人でそれを飲みながら、アンマのカマドの掃除を見ていた。順子には別にワラの丸い尻敷きをカマドのすぐそばに与えられて、それがよく見えるようにしてくれた。カマドは一家の主であるとはよく聞く話であるが、そんな風に、一日の仕事が終わったあとで、丹念に掃除され修繕され、みがきあげられるカマドを私も順子も初めて見るのだった。アンマは六十歳くらいのお婆さんであるが、がっしりとした骨格の賢そうな優しい微笑を浮かべる人で、私は最初からこの人が好きになっていたのだが、今そのアンマはカマドの前にどっかりと腰を下ろし、まるで大事なものを取りあつかう様子で、少しずつ粘土を取り出し、それを指先に乗せて、いたんだ部分にすりこみ、直線の部分は直線に、平面の部分は平面に、円の部分は円が出るように正確にていねいに塗りあげているのである。それは宗教的な儀式ではなく日常の仕事であるにもかかわらず、そのていねいさ、大事に取りあつかっている様は、雑な宗教的儀式など及びもつかぬ厳しさと愛情がこもっており、順子も私も、カマドを守るとはこういうことであるのかと、すっかり感心し、また教えられたのだった。そういうわけでコップ一杯のロキシーは私には幾分多目の量ではあったが、楽しく飲むことができ、順子もカンティーンなるオレンジ色のワインを飲んでしまったので、アンマと娘にお休みなさいを言って二階に上がった。二階には私達の他にもう一人誰かが眠っているようであった。私はとにかく疲れてもいたので早速眠りにつこうとしたが、余り静かで何やらヒマラヤの霊気が押し寄せてくるようでもあり、ロキシーの酔いもけっこうまわってきて心臓がどきどきしてしばらくはうつらうつらの時を過ごしていた。それから少し眠ったらしくふと眼が覚めると酔いはなくなっており、あたりは完全な静けさの中にあり、窓から洩れる月の明かりがこの世で生きて動いている唯一のもののようであった。

酔いが覚めて眼が覚めるのは、私には最も苦手な夜の過ごし方である。体は疲れていても眠ることが出来ずじっと夜明けを待つ他ないが、その夜明けはいつもまだまだ遠い先で、実際にはほんのひと眠りうとうととしただけなのである。タバコが吸いたかったがあまり周囲が静かなのでそれもはばかられ、夕方もらっておいた水をコップ一杯飲んで少し落ちつき、あとは仕方なく、ヒマラヤの夜の音でも味わおうという気になってじっとしていると、ヒマラヤからやってくるのは想像することも出来ぬ奥深い陰々とした霊気で、その力は息を押し殺してしまうほどに圧倒的に大きな強烈なものであった。

私はじっとしていることが出来ず、何度も寝返りをうって、霊気というより妖気とさえ感じられてきた奥深いものに向かいあっていると不意にオンマニペメフーン　オンマニペメフーン　オンマニペメフーンという低い祈るようなつぶやきが側で眠っている見知らぬ人の口から洩れたのである。それはすぐさま寝言であることが知られたが、寝言にしてもその祈りの言葉は真実味をもっており、私にはヒマラヤの山の奥の妖気から聞こえてきたつぶやきそのもののように思われた。そしてそれは私にとっては至福の時でもあった。ああここはオンマニペメフーンが生きている場所、ヒマラヤの民の国であったのだ。

私はすぐさま心の内でそのマントラをつぶやきはじめ、オンマニペメフーンの響きの内にたとえ朝までおきているとしても、それは幸せなことであると思われてきた。しかしやがて眠ることが出来た。深酒をしたわけではないから眠れるのは自然なのだが、オンマニペメフーンの波に乗せられて眠ったヒマラヤの夜の眠りは、眠りの質から言えば上等の部類に入るものであった。

夜明けは小鳥の声と共にやってきた。快晴の静かな美しい朝となった。近くの水場まで顔を洗いに行き、朝の用足しを済ませている内に夜は明けきり、ヒマラヤは再び朝のピンク色に染まっているのであった。

朝飯もネパール式に喉につかえるほど食べて出発。ここで始めてインド以来のカラーフィルムを取りかえて白黒フィルムとし、何枚かの写真をとった。三時すぎに、大変疲れてポカラの街へ着いた。湖畔の家にもどって来るとバライー女神のお寺は王様が参拝したお祭りだとかで、茶屋が出たり、風船売りや笛売り、神様の絵売りの店まで出て大変な賑わいであった。

シャンティがニワトリを買わないかと言ってきたので全部さばいてくれることを条件にして買うことにし、夜はニワトリ一羽を皆んなでペロリと食べてしまった。しかし私には何故かこのニワトリはおいしいものとは思われず、食べている内に段々と気分が悪くなるものであった。順子は山からとって来たワラビを、疲れているにもかかわらずアクぬきをして肉と一緒に煮たけども、このワラビにも何かわりきれない味が残った。とにかく疲れていて一刻も早く眠りたかったが、隣りのロキシー屋のあたりでは祭りは今夜はドゥルガプージャの夜よりも激しく派手で、太鼓と歌とが夜遅くまで、順子が時計を見たら夜中の二時にはまだやっていたということで、王様というものは大したものだと思わなくてはならなかった。

山で私は銀の石、及び金の石を拾ってきた。石が好きな父におみやげにするつもりである。その他にボーケプールという香りの強い花をたくさん摘んできた。この花は押し花にしておいても香りが消えず、その香りはちょっと薬草のような甘味を放つので、やはり日本の人々におみやげにしようと考えたのである。

明日から一週間ほど、今後はルンビニへの旅である。皆元気なので、きっと釈尊誕生の地へ行くことが出来ると思う。ただし、バスの終点からルンビニまで約二〇キロの距離をどうしのぐかということが今度の旅の課題である。

ルンビニ

十一月二日（土）

ポカラからバイラワ、バイラワからルンビニへの旅はかなりきびしいものであった。バスは満員で、あのインド―ネパールのバスの旅を忘れかけていた身に、再びきびしいこの国の現実の旅の姿を教えられる感じであった。南へ南へと山を登り山を下ってバイラワの町に着いたのは三時頃だっただろうか。バスを降りた途端に例の何処へどう進んだらよいかという困惑に包まれ、少しうろうろしながら食べ物屋を探していると、乗ってきたバスの運転手が手招きして、ルンビニへ行くのならN.C.C.N.の事務所に行って自分の名を告げれば助けてくれるだろうと言う。名前を書きとめろというのでノートを出すと、プルナ・カジ・シャキャだと言う。私は眼をあげて彼の顔を見、シャキャか！　と問い直すと、イエスと言ってニッコリ笑った。ポカラバザールの家具作りの店にも、○○シャキャという店名があって、現在でもシャキャ族の後嗣が生きていてシャキャの姓を名乗っているのだなと嬉しく思ったのだが、今度はブッダの像を運転席の前に飾って私達をこの巡礼の旅に連れてきてくれた男がシャキャ姓のものであることを知って、又その彼が困っている私達に導きを与えてくれたことによって、私はすっかり嬉しくなってしまい、大きな声でナマステと言って別れた。

N.C.C.N. の事務所に行ってみると不思議なほど簡単に、これからすぐ事務所のトラクターに巨大なソ連製のキャリヤーをつけて連れて行ってくれるという。金はいくらかと聞くと、N.C.C.N. はコーポレーションだから一銭も要らないという。覚悟としてはきのう一晩バイラワの町のホテルに泊まり、きょう一日をかけてルンビニまで歩くつもりであったので、こんなに簡単に行けることになるということは、これはブッダの有難い導きによるものと大いに感謝して、早速その巨大なキャリヤーに乗り込んでみたが一向に出発しない。いざ出発してみるとそのキャリヤーのタイヤがパンクしていて、使いものにならずもう一台のものに接続しなおす。接続しなおしてすぐに出発するのかと思ったら、そのまま何時までたっても動かない。行くのかと聞くと行くと言う。しばらく待てという。その内自転車を積み込む人やトランクを積み込む人、色々な人が現われて、私達のためにわざわざその巨大なトラクターを動かしてくれるわけではなかったことが分かり、半ばほっとしながら、どうなることかと思いつつ待っていると、そろそろ日も沈もうという頃になってようやく出発の段取りとなった。その間いつ出発するか判らない状態であったので、私達は食事をすることも出来ず、動き出したら二一キロの距離ゆえいくらトラクターでも一時間もすれば着くだろうとのんびり構えていたのが間違いの元であった。道は飛行場のある辺りまでは普通の自動車道路で、その間、N.C.C.N. の事務所で停まって新しく人を乗せたり降ろしたりしながらのろのろ進んで行ったが、飛行場を越すともう道はあるにはあるが殆どが工事中の半ば以上は未完成の道であり、案内書にジープのみ通行可能と書かれてある意味が判ってきた。大きな橋のない河に着く前に、陽は沈んでしまい、その河の斜面をキャリヤーがなにしろ巨大な体重のものなので登りきることが出来ず、そこでキャリヤーを切り離すことになった。

キャリヤーに乗っていた私達は全員そこで降され、これから先はトラクターのみしか行けず、トラクターはどうみても四、五人しか乗れず、しかもその内の一家族は引っ越しと見えてたくさんの荷物をもっており、とても私達を乗せて行くことは出来ないという。ここからあとどの位あるのかと聞くと、八マイルだという。八マイルと言えば一三キロ、一人身なら月夜のことといざ知らず、ラーマを背負って夜の道を行くのはまず極度にきつい道のりであった。N.C.C.N. の人もそのことは察しがついたらしく、仕方ないということになり、私と太郎はフェンダーの上とか、トラクターのジョイントの上とかにぶら下がることになり、それもリュックを背負ったままという条件でやっと乗せてもらい、途中の何処かの家でロープを借りて、トラクターのジョイントにロープを張りめぐらして臨時の荷台とし、荷物をそこに積んで私はその上に坐り、同時にその荷物の見張り役ということになった。トラクターは悪路を右に左に揺れながら何本かの橋のない河を渡った。ある河ではトラクターのジョイントまで水が達し、荷物はずぶぬれになった。月が昇り、あたりは明るくなったが、目指すルンビニは一向に現われず、ぶら下がっている手はしびれてくるし、何処へ行くのか判らない、目印のない初めての道だから、時には家族皆んなでトラクターにさらわれて行く身であるような錯覚さえして来る。ずい分長い間走ってやっと新しい事務所に赴任したらしい一家の三人（赤ん坊も含めて）が降りて、残ったのは私達だけとなり、もうこれ以上は歩けというのかと思っていると、そうではなくてルンビニは近いから送ってゆくが運転手に少々心づけをやってくれという。異議はないので再び右に左にぐらぐら揺られてのろのろと月夜の大平原を進んで行く。一体この世にルンビニ園という場所が本当にあるのかと思われるほど長く長く走って、ぶら下がっている太郎をはじめ順子もふらふらになった頃、あと五分でルンビニに着くという。月明かりの中でみると、それまでにあそこがそうかと期待しては裏切られてきたたくさんの森影と同じひとつの森がうっすらとドームの型を含んでひろがっていた。ルンビニであった。電灯がないところとは思っていたが、明かりひとつ見えぬ暗い森の中に、スワヤンブナートのストゥパと同じ型のそれよりずっと小さなストゥパが見え、その型がここが仏教の四つの聖地のひとつであることを示していた。ゲストハウスがあるからそこに行こうということになり、正面玄関に図体ばかり巨大なトラクターの音をごうごうと響かせて乗りつけ、交渉の結果ようやく泊めてもらえることになる。朝からろくにものを食べていないので、お腹はぺこぺこだし、体は疲れ切っていたし、泊めてもらえるのはよいが、飯はあるかとつたないネパール語で尋ねるがそんなものはここにはないと言う。とにかく泊まることにして、部屋をもらい、食べ物も近くのバザールまで少年が走ってくれてプリとサブジーを少々もって来てくれ、どうにか形だけでも食事をして眠る。太郎と次郎はベッドに横たわるや否や倒れるように眠ってしまい、ラーマも順子も殆ど同様であった。

心に想像していたとおりの困難な旅となったが、私はその途中で大きな火の玉の流れを見、その火の玉が流れている間に、オンムニ　マハムニ　シャカムニ　エースヴァーハーというブッダのマントラを唱えることが出来たこと、ルンビニに着き最初にストゥパのドームが眼に入った途端に青い流れ星、火の玉ほど大きくはないが美しい流れ星を見ることが出来たことに満足し、それは今までとは完全に質のちがう聖地への旅であったことを認めた。

途中のネパールの部落も今まで見た何処の光景とも異なり、原始的な地面にへばりつくような村々で興味深かった。実際、大きな河の所で、ここまでで降りてもらうと言われた時には、こんな原始的な空間に放り出されてどうやってそこを通りぬけて行けるだろうかと思ったほどである。わらぶきの小さな低い小屋の屋根にはカボチャとウリの中間のような植物がわらの部分をおおいつくすように繁茂しているので、小屋はまるで植物におおわれているようで、人々は小屋というより植物の茂みの中に暮らしているという感じがしたのである。私達のこれまでの旅の中で初めての電気のない地域への旅なのであった。電気がないというだけで、どれだけ私達の心に不安がかきたてられるものかを私は初めて知り、それが初めての体験であるだけにルンビニという聖地の姿がホトケの生まれた土地として鮮やかに心に刻まれたのであった。

十一月五日（火）

ルンビニ園はインド的な静かさをたたえた、広大な園であり、彼方には雪をいただいたヒマラヤの山々が十一月の澄んだ空気の故にくっきりと見晴かせる所であった。昔、ブッダがラジギールの王舎城を托鉢し歩いていると、王がその姿を認め、あそこに行くものは眼を下に向け、感覚を制してしっかりと歩いている、ただの人ではない、と感じて家来のものに後を追わせその住んでいる場所を霊鷲山のふもとのほら穴の中に見つけ、自らそこに出向いて問う。そなたは何処から来られたか？　ブッダは答える。私はここからずっと北の雪山のふもとにあるカピラヴァストゥという王国に生まれ、そこから出家してやってきたものである。スッタニパータの内に書かれてあるこの短い問答の内にある、「雪山のふもとの生まれである」という光景がどんなものかと心に思い描いたり期待をもっていたのだが、そこは想像を越えて美しいヒマラヤの姿が見晴かせる静かな、十一月の午前でさえも燃えるような暑さの平原であった。そこもブッダガヤ近辺と同じく大平原に限りなく広がる米やヒエの畑の中にところどころに小さな森があり、その森の周囲に人々の小さな集落の見られる土地であった。カピラヴァストゥの城趾そのものはそこからまだ九マイルの西方にあるという話であったが、ブッダの母である王妃マヤ夫人が里帰りから帰ってくる途中で、このルンビニの地でとある樹の下で右手を枝につかんでそのわきの下から生まれおちて来られた方が、ブッダとなる星の下にあった聖シッダールタであったわけである。

現在そこには三つの寺が建てられている。ひとつはネパール仏教徒の手になるストゥパをもったネパール寺であり、その中にはかなり大きなブッダの像が安置されてあり、私達がお参りした時には、甘い香りのインド香が数本たかれ、寺内にその香りが静かに強烈にただよっていた。ブッダの像にはたくさんの花が献げられており、すべての花は生き生きとしていた。日本仏教のポスターも二枚ほど張られ、その他各国の仏教徒からの旗のようなものも献げられてあった。丹下健三さんの設計の元に、国連の援助によって進められようとしているルンビニ園造園大計画の見取図などもこのお寺の中にあった。裏寺の若い菩提樹の下には京都の仏教徒の子供達が中心になって送ったという誕生仏の小さな像もあった。私達はそこでひと休みしてから、少し離れた所にあるインド風のお寺へ行った。そのお寺の中にパンフレットなどに印刷されてルンビニの象徴として配布されているマヤ夫人と王子シッダールタの浮き彫りのような像が置かれてあり、そのお堂の前では一人のサドゥがシーターとラームの名がしきりに出てくるヒンドゥのスートラを読み上げていた。私達も内部に入ってお祈りをし、外に出て周囲をひとまわりし、アショカストゥパと呼ばれる小さいけれども二〇〇〇年以上も昔のものである塔の前でひと休みして、又正面に戻ってくると今度は別のサドゥが来ていて、ジャイナラヤーンと美しい声で祈っていた。仏教の四大聖地のひとつであり、その中心である誕生寺で二人ものサドゥがヒンドゥ教のお祈りをあげているのに出会って、私は不思議な気持ちがしたが、悪い気持ちは少しもしなかった。ジャイナラヤーンと祈っていたサドゥはインド人でインドから巡礼に来た人であり、シーターラームの方の人はネパール人だということであった。それでお寺の雰囲気は田舎の小さな村の、人にはあまり知られていないヒンドゥの非常に貴重なお寺といった感じであり、仏教をヒンドゥ教のひとつの流れと見ているヒンドゥ人の感じ方がそのまま生きているようであった。と同時に背後のアショカストゥパが象徴し、また祭られているマヤデヴィとブッダそのものが明らかにしているようにそれはブッダ誕生の地の誕生寺であった。

お寺の壁は白いしっくいのようなもので塗られてあり、入口には菩提樹の木が繁り、日射しは熱く、遠くにはヒマラヤの山々が見渡され、明るい静かな広大な風景がそこからは展《ひら》けているのだった。次に私達は少し離れた所にあるチベット寺へ行った。チベット寺には予想に反して小さなブッダの像が三体おかれてあるだけであり、最初に眼に入ってきたのは、ダライラマの写真であった。その写真は中央におかれ、三体のブッダの一段下の正面におかれてあった。ブッダ誕生の地のチベット寺にダライラマの写真が最初に眼に入るような巡礼をしたことを、私はよくないとは少しも思えなかった。むしろそこにダライラマがおられたということに自然な満足感があった。周囲の壁に描かれた極彩色の壁面がこの世のものとは思われず美しく、それはブッダ誕生にまつわる絵物語のようでもありながら同時にひとつの大きなマンダラを成しているものでもあった。チベット人の心の内にある天界の図というものが如実に感じられ、それは私の内にある天界の図と透明度においてやや相違があるが、殆ど同じものと言ってよい美しい平和な充実した姿が本尊を囲む三方の壁いっぱいに描かれてあった。僧と二言、三言、言葉を交わしたが、僧は無気力な人のように感じられた。入口の所で出会った尼さんはその反対に透明な力強い眼をした人であり、ナマステと一言挨拶をしただけであったが、私の心の内にあるラマ僧の姿そのものの人であった。チベット寺を出るともう巡礼は終わりであった。その他には、あるブッディストのストゥパと説明されているちょっとした本山のストゥパがその頂上に小さな塔を建てたものがあり、その姿は素朴でいかにも釈尊誕生の地にふさわしいものであったが、それはそこにあるだけで充分に美しいものであり、参拝することもないものであった。その他にマヘンドラストゥパという名の、多分アショカストゥパにならって現在のネパール国王が献じたと思われる塔があり、それは大理石で出来ているようであったが、これから造られようとしているルンビニ園建造計画の姿を想わせるような、信仰の真実とは別物の、何か義理で建てたという感じのものであった。近寄ってみると、何枚かの大理石が外されて持ち去られており、はがされたあとには内側のセメントがむき出しになっていた。同じ王でもアショカ王の二〇〇〇年という年月を支えた信仰と、マヘンドラ王の十年もせぬ内にセメントが現われて来た信仰とは、元より比べることも出来ないものなのであった。

私達は大きなバンヤンの樹の下に強すぎる日射しを避けて腰を下ろし、いつのまにか順子が用意していたピーナッツとみかんのおやつを食べた。バンヤンの樹は大きなゆったりとした影を私達に与えてくれ、私達は静かな充ちたりた休息をとった。近くにはたくさんの白牛が草を食み、牧人が時々声を放って牛を制しているのが聞かれた。「私は北の雪山のふもとの王国で生まれたものです」と言った時のブッダの心にあった生まれ故郷の姿は、今そのまま私達の前にあり、思うのはただブッダダルマの永遠の流れの姿であった。

午後は食事を抜いて宿のゲストハウスに帰り、のんびり横になったりして過ごし、夕方近くのバザールですでに始まっているインド世界の強い波と、インド世界に入ったものなら誰でも闘わなくてはならない心楽しいが強烈な闘いの遊びをして甘いものを食べ、それから日が広大な田野の彼方に真っ赤に燃えて落ちてゆくのを眺めた。陽が落ちたあと西の空はしばらく火のように燃えており、その赤い色に森は底の方から染めあげられていた。ヒマラヤの山々はピンク色に染まり、やがて夕もやの奥に見えなくなっていった。順子と子供達を原っぱに残して、私はもう一度誕生寺へ行った。もう誰もいないかに見えたお寺の敷石を歩いてゆくと、一人の堂守りらしい老人のサドゥのような人が来るのかと眼で合図をするので、行くのだと合図を返すと、引き返して、もう鍵をかけてしまったお堂の扉をもう一度開いてくれた。お堂の中にはまだ火をつけたばかりのローソクが灯されており、ローソクの明かりをとおして見られる誕生仏の浮き彫り（年月の分からぬほど古いものと言われている）に数珠と頭をこすりつけて讃嘆のお祈りをした。

オンムニ　マハムニ　シャカムニ　エースヴァーハーというお祈りの言葉は、そのまま釈尊がこの世にお生まれになったことに対する感謝と讃美の祈りであった。堂守りの老人にナマスカールと気持ちよくお礼を言ってお堂を出、裏手にまわってアショカストゥパを前にしてしばらくアサナを組んで瞑想をした。眼の前には広々とした田園がはてしもなく広がり、地面にはまだ夕焼けの残りが赤い遠い線となって水平に伸びていた。私に唱えられる唯一のお経である般若心経を静かにゆっくりと三回ほど唱え、又しばらく瞑想に入って、この美しい至福の地から離れることにした。もう殆ど日は暮れており、その中をお寺から出てゆくと順子と子供達が黒いシルエットになってゲストハウスの方へ歩いてゆくのが認められた。

心の内に何かの神秘的な啓示のようなものが与えられることを期待する気持ちがないではなかったが、ただひたすら静かで充ちたりた心がある他には、何事も起こらなかった。それで充分であった。

前の日にトラクターのジョイントの上に坐って、右に左に大きく揺られながら来た時に、南から北のヒマラヤの方へ流れた大きな火の玉の流れ星、その流れるごおーっという音さえ聞こえたと思われたものを見ながら、あたかも畢生のマントラのようにオンムニ　マハムニ　シャカムニ　エースヴァーハーと心をこめてゆっくりと唱えることが出来た恵みだけで、神秘界からの恵みは充分なものと思われた。何故なら昔から流れ星の流れている間に願い事を託したものは、その願いを叶えられると言われているのだから。

夕食も又おいしいトルカリ、バートゥ、ダルの食事であった。

翌朝は四時に起きた。バイラワまでの二一キロをラーマを肩車にして歩くことに決めたので、ここらの人がバイラワまで行く時には皆んなそうするということなのでそれに倣って四時半には十七夜の月に照らされた土の道をわき目もふらず東へ向かって歩いていた。そんな時間に見知らぬ土地を歩くのは初めてのことなので、最初はずい分緊張していたようであるが、馴れるに従って、朝のその時間に、月の光に恵まれて歩くということがどんなに気持ちのよいものであるかということが判ってきた。月の光は明るかったが見晴らしが効くというほどではなく、道の両側の田んぼの中からは時々人の大きな声がしていた。最初は何のことか判らなかったが、月明かりをすかしてよく見てみると、百姓が牛を追っているのだった。昼間は暑いので、多分こうして、月の明るい夜には夜明け前のこの涼しい最高の時間に仕事を済まし、暑くなってくる十時すぎにはもう引き上げてしまうつもりなのだろうと察せられた。あっちからもこっちからもそういう百姓の声が聞こえ、月の明かりの中でも白い牛の動く姿がほのかに見えた。私が先頭に立ち、順子を最後にして、車のワダチの跡に沿って、ただひたすらに歩きつづけ、やがてゆっくりと夜が明けてきた。夜が明けるに従って月の光は淡く影法師もうすくなり、気がついた時にはもう月明かりの中ではなく朝の白さの中を歩いていた。やがて最初の大きな河にさしかかった頃に一団のバイラワ行きとおぼしい人達に追いついた。三人は徒歩で、二人は馬を連れて徒歩で歩いていた。その人達の後からついてゆくと、ある地点まできて車のワダチの跡からふっとそれて彼らは河へ下ってゆくようであった。私がちょっとまごついていると、〝友達よこっちだ!〟という声が一人の人から聞こえてきた。その声のままに私達は河に入った。私はずぼんをひざ上までたくし上げただけだったが、太郎と次郎はズボンを脱いでパンツ一枚になって河を渡った。水は殆ど私のももの下まであった。ラーマは肩の上から自分も歩きたいと少々駄々をこねた。河を渡ってしばらく行くと朝日が昇ってくるのが拝めた。ちょうどそこに茶屋があり、小母さんから声をかけられたので、一休みすることにし、大きな樹の下で、樹から落ちて来る朝露のしずくに時々打たれながらチャイを二杯のみ、チャイに漬けて何枚かのパンのようなものを食べた。その店のチャイはショウガの味がうまく効いており大変おいしいチャイであった。それから再び歩き出したがその頃には街道上には何人かの人影が現われており、自転車に乗って行く人もいた。二つの小さな川を渡り、三つ目の大きな河（来た時にそこでキャリヤーが登れなくなった河）を渡るともうそこはN.C.C.N.の工事用のトラックが来ている地区であった。九時すぎだっただろうか。順子はへとへとになっていた。しばらく朝の明るい太陽を浴びて休息をし、私もそれから先はラーマを下ろして、リュックに変えることにして、もうバイラワに着いたも同然のことにしてゆっくりと休んだ。振りかえると月はまだほの白く明るい森の上にあった。もう昼の月である。太郎も次郎もよく歩いたので、特に次郎をほめてあげた。ラーマも考えてみれば肩車の上でよく頑張ったものであり、仕方ないとは言え、終わりまでぐずりもしないで、しっかりと私の頭を押さえていた。

そこから先はラーマを歩かせ、私はリュックを背負ってのんびりと遊び半分に歩いて行った。バイラワのホテルに入ったのは十一時半ぐらいであった。そう、ルンビニのゲストハウスを出たときに見上げた月のことを書くのを忘れていた。いざ出発といきごんで空を見上げると、空には鮮やかな赤から青の虹に囲まれた月があった。月の周りの虹というものはたいていは、月の輪から少し外側に、或いはうんと外側に大きな円を描いて出来るものだが、その日の虹は月そのものに密着して月の黄金色そのものを包んでいる虹であった。しかも赤から青の色がくっきりと眼も覚めるほどに鮮やかに見ることが出来た。後で順子はそれをラダークリシュナの月の虹のようだったと形容した。ラダークリシュナを描いた絵の中に二人の神の光輪としてそのような色合いが描かれてあったのである。

ルンビニは眼の奥に有難い涙がすーっと流れるような静かな土地であった。又十一時間もバスに揺られてポカラへ帰ってき、四日ぶりに眺めるヒマラヤの姿は眼を見張るほど大きくすばらしいものであった。終点の空港についたのが五時頃だったが、もう夕焼けが雪の肌を染めており、アンナプルナの巨大な輝く姿と、マチャプチャリの見上げるほどの高さとは初めて体験するものであった。ヒマラヤは日々に異なる。以前のヒマラヤとは又異なったヒマラヤが今そびえ立っているのだった。私は合掌礼拝をしてから改めてこの山々の偉大さを思い知らされた感じであった。日が落ちると山々の雪の肌は蒼白になり、一瞬何とも言えぬ寂しいほどの壮厳さを見せた。日が暮れきると山々は再び何処からかさしてくる光に包まれて少し黄色っぽい光を放ちはじめた。月が出ているわけではない。十八夜の月がそんな時間に出るわけはない。多分明暗の対照からそう見えるのだとは思うが、一瞬蒼白になって暮れた山々が再びまるで底光りするもののように、自身光を放つもののように光りはじめるのを見た時には私は再び合掌礼拝するもの以外ではなかった。

夜、アキバーという日本の人がラジギールのマモからの言伝《ことづて》として、十一月六日つまり明日、ラジギールに日達上人が来られるので、出来ればインドへ下って来るようにということを知らせて訪ねてくれた。出会い、を感じさせる気持ちの良い、力強い人である。今日カトマンドゥへのミニバスの切符を買いに行った帰りに再び会ったので、全く他の人と茶を飲むなどは久し振りのことだったが、近くの茶屋で一杯のチャーを飲んで別れた。ちょっとボブに似た感じの、純粋でありながら、力強さを感じさせるたちの人である。

キングがカトマンドゥへ帰ったということで、兵隊の姿も見当たらず、ポカラは今日、昼間から大変に静かである。思いを白亜の山々に走らせると、山々からはたとえようもなく静かな光が返ってきて、頭の芯がしーんと静まってしまうほどである。このような静けさもまた初めての経験である。カトマンドゥへは明後日発つ予定である。

十一月六日（水）

ポカラの最後の日は昇る太陽を待ち受けながら迎えた。

今日も空は快晴で空気は澄み、光は世界にあふれている。陽が昇るまでは冷えこみが強いが、日が昇ってしまうと光はまだ暑い。

短期間にトレッキングに行ったりルンビニにもうでたりしたので少し疲れがたまったようで、ラーマは下痢と吐き気、次郎は左足の親指にちょっと悪質の怪我をしている。今日のバスチケットが買えず、明日になったのがかえってよかったようである。今日一日はゆっくり休養だが、昼には知り合ったアキバーさん、カイさん、洋一さんに声をかけて、彼らをインドへ送り出す意味も含めて一緒に昼食をとろうかと用意をしている。

生活はすべていと高きものに捧げられてある。それ以外に私及び私達の人生を支えるものは何もないし、それ以外に生きている目標のないこともはっきりしている。唯、人はその人に応じて神に捧げる捧げ方を工夫しなくてはならない。それが生き方というものである。

ポカラでのヒマラヤと太陽の透明な光と湖の生活は幸せな生活であった。ゴルカまで足を伸ばせなかったのが唯一の心残りであるが、それは諦める以外に仕方がない。

最初の頃にクリシュナ君に会い、君達はこんな美しい土地に暮らすことが出来て幸せだ、というと、彼はただ幸せなだけだ、と答えたのを思い出す。

それはただ生きているだけだ、ということと同じである。この土地で私が学んだことと言えば、やはりそういうことであった。美しい土地があり、豊かな人の心があり、何もかもすばらしくても、人はただその中で生きるだけである。幸せというものは常に人の心の内で願われ、幸せこそは人がその人生において求めるに値するものであると思われるが、幸せもまた食事のようにすぎてゆき反対の波がやがて押し寄せてくる。それは涙の流れるような希ましい状態ではあるが、神という不変の緊張の前ではあってもなくても同じもの、即ち幸せのマーヤーと呼ばれるものであるにすぎない。

人の営みの目的は幸せを実現することではなくて神を実現することである。それは働くことであり耐えることであり祈ることであり喜ぶことであり讃えることである。時も空間もこの信仰の見地からするとひとつの同一の平面である。過去も未来もないし、ネパールもインドも日本もない。ただ眼には見えぬ光に魅かれ、あるいはせきたてられてひとつの土地を去りひとつの土地に至り、そうしながら神への長い途上の道を歩いてゆくだけである。そしてその求められる神は長い途上の果てに光っているようではあるが、実はその途上の果ても同じ同一の平面にあるものに他ならず、眼覚めた眼をもって見れば、今ここに神の国は実現されているはずのものなのである。

ルンビニからの帰りに一緒だったイギリスの青年は、私達が休暇の旅をしているのかということをしきりに知りたがるので、私は詩人であり、何処ででも仕事が出来るのだということを伝えた。あなたはどうなのかと問うと自分はエンジニアであったがその仕事は今や終わった、と答えた。フィニッシュという英語の強い発音が、彼のその仕事の終わりの喜びを如実に現わしていたが、そのように終わりあるものは又始まらなくてはならない。今日終わったジョブは又明日始まらなくてはならない。しかし彼の言わんとしたことがジョブという単語で示される不本意な仕事、賃労働の終わりを意味しているのならば、その時には賃労働に代わる永遠の仕事、ヒンドゥ語でカルマと呼ばれ日本語で業と訳されている、個性の外界への「働きかけ」という仕事が始まっているのである。カルマというのはそういう意味の言葉である。そして私達が生きるということも実はそういうことである。希望もないかわりに不満もない、自己の出来ること為さねばならぬこと、為すに好ましいことを為しつつ、その行為の果実によって肉体を養い、ただこの十方の神々の領域を歩いてゆくだけである。

きのうバスの切符を買ってきた帰りにひとりの女の人から親しくナマステと挨拶をされ、私は見知らぬ人であったが向こうは明らかに私を知っているという風なので、そしてその女の人は非常に上品なやさしい眼をした人だったので、私もなんのこだわりもなしに親しみをこめてナマステと挨拶をかえした。ネパール語で話しかけられたが意味を解すことが出来ず、そのままとおりすぎてしまったが、夕方バザールに行く途中に再びその人と会って、再び声をかけられた。その人は私達が時々その家からハイビスカスの花をもらって来て祭壇に捧げたりシヴァリンガムに捧げたりしていた家の人であった。十本ほどの見事な花の咲くハイビスカスの木が道路に面した庭に植えてあり、それらの木にはいつでもこぼれ落ちるほどのたくさんの花がつぼみのままついているのである。ここいらのハイビスカスの花は開くということが殆どない。真紅のあざやかなつぼみのままで熟しそのまま落ちるのである。ハイビスカスの花は日本では沖縄方面の情緒を代表する花として知られているが、ネパールにおいてはそのようなロマンティシズムは殆どなく、他の花々と同様に、神やブッダに捧げる清らかな花のひとつとして大切にされている花なのである。その家の前をとおるたびに見事な花の美しさに心を奪われると同時に、そのひっそりとしたいつも人影のない家に住んでいる人はどのような心の人なのであろうかといつもそれとなく人影を眼の奥で探していたのである。その時は何処へ行くのかという言葉がはっきりと判り、ちょっとバザールまで、と答えることが出来それも嬉しかったが、何よりも、ポカラを離れようとしている時に、やっとその家の人と会うことが出来、しかもその家の人が私を知っていてくれたということが嬉しく、きのうは一日すっかりポカラの人になったような気持ちで過ごしたのだった。

今日はチベット人の物売りがやって来た。以前に私の誕生日の時にチベット人にプージャするつもりでかなり高い値段で品物を買った人なのだが、今度は物々交換をしようということになり、私の方はポンチョと蚊帳が不用なのでそれを彼に与え、彼は線香立てとアンモン貝の化石とをくれた。これも値段からすれば私の側の損であることは明らかだが、チベット人を相手に金銭上の得をしようという気は私には全くなく、しっかりした線香立てを日本へ持ってかえることが出来て大変に嬉しいのである。アンモン貝もまた多くのチベットの人達のプージャの手を経て来た古いもので、シンプルではあるが仲々に良いものである。彼はもう少ししたらムスタング地方へ行くという。ムスタング地方はとても寒いので何か暖かいものが欲しいというが、カトマンドゥも今はかなり冷えこんでいるということなのでそれ以上は何も交換することが出来なかった。チベット人はもとより、モンゴル人、グルン人、その他たくさんのヒマラヤの山の民の人々に会うことが出来た。彼ら山の民はいわゆるネパール人ともまたちがって日本人である私達と姿も気持ちも大変によく似ており、そっくりといえるほどであり、異なる点と言えば彼らが聖なるヒマラヤ山中に住む人々で、恐らく世界中で最も心の清らかな物言わぬ人々であるだろうということである。もし私が運にめぐまれてこのような人々の間でヒマラヤ山中の何処かでこの生を終わることが出来るならば、私はこの生をまっとうしたと安んじることが出来るであろう。しかし、それは先のことである。カトマンドゥから日本へ続く長い旅が待っており、外国での旅をしっかりとカトマンドゥでしめくくっておかなくてはならない時が来ているのである。

今日は六日故、日達上人がラジギールへ着かれる日である。そう思うだけで心が引き締められるのは、ただマモがその弟子となっているという理由だけではなく、私自身もやはり部分的に日達上人のお弟子である事実を示している。

今日もヒマラヤは静かに輝いており私の心も静かである。

スワヤンブナート

十一月九日（土）

久し振りのカトマンドゥはすっかり秋である。ここを出る前はまだ青々としていた樹々や稲田は、梢からは葉が落ちて透け透けになり、稲田は熟してもう刈り入れられてしまったか、目下どんどん刈り入れの最中である。思えば、田植えの頃にこの土地にやって来て刈り入れの時まで、もう五ヶ月間もここにいることになる。

ドゥルガプージャと共に雨季が完全に去ったこの街の空は透明に澄みわたり、彼方には夢みていたとおりのヒマラヤが、いぜんとして夢みるように誘うように白く輝きながら連なっている。

ポカラとちがってこの街は、ヒマラヤは遥かに遠い。遥かに遠いがそこにあり、足を踏み出せば、一歩一歩そこに近づいてゆくことの出来る距離にある。しかしこの街に住みこの街に生活する人々は、ここから一歩を山へ踏み出すなどとは夢にも思わず、山々に見守られながらひたすらここで生活することを夢みているのである。

カトマンドゥにバスが着いた時にはまるで生まれ故郷の町へ帰ってきたような、なつかしさと嬉しさを覚えた。スワヤンブナートの金色の輪塔のむしろのおおいがとれて、今や金色の輝きを放っていた。ハヌマンドーカの三重のお寺の屋根は重厚に、しかしひっそりと静かにいらかの波の中に突き出していた。すみからすみまで街に光は満ち、人々はまるでお祭りの日のように賑やかに楽しげに歩いていた。とある裏道で、油を塗られ、てらてらと光っているブッダの小ストゥパに出会った。

カトマンドゥはヒンドゥの街であると同時に仏教の街である。何処を歩いていてもブッダやターラー女神の小ストゥパに出会う。又何処を歩いていてもガネシャを始めとするヒンドゥの神々に出会う。どちらの出会いも楽しく有難いものである。仏教が背後に沈んでひそかに力強く信仰されているかに見えるポカラ地方とはちがって、この王国の首都では仏教は大手をふって信仰の対象とされている。その象徴がスワヤンブナートの金色に輝くストゥパなのである。スワヤンブナート、自在するもの、自ら出現したものは、ヒンドゥの聖者をさえも魅きつける。

きのう、早速にお寺に登ってみると、折からリシケシにその人ありと知られているマハグルジーの一人であるマハリシマヘシュが参拝にやって来たところであった。ジープいっぱいに花を飾り、色粉をつけて三台か四台の車にお供の人々をつれてきた。この人は世界の平和のためにネパールが主導権を持つべきであるということを言っている人だそうで、超ヨガというヨガを実践している人であるという。リシケシで彼のアショラムに私は行かなかったけども、日本でもその人のヨガの書物が一冊訳されているというから、かなりインターナショナルなグルジーの一人であるということが出来る。何故なら日本で出版されている書物が一冊という点では、ヴィヴェカーナンダやラーマクリシュナやシュリオーロビンドなどの聖師たちと同じ格の人であるということが出来るからである。

群がり集まって興奮している人々の中に入ってゆくと、一人の少年が、バヴァが来た、バヴァはこんなに大きな人だ、と三メートルくらいの上方を、さして見せた。私はいつものとおりにストゥパの周囲のブッダ達、ターラー女神達を順々に礼拝してまわり、それが終わってからアジュマキ女神に参拝し、初めて女神の御足に頭をこすりつけて神田のビルの入居者のことをお願いすることが出来た。祈ることとは、同時にまた自らの内なるひとつの決意であること、何よりも強い決意であることを、アジュマキはそのかぐわしい香りと美しい御顔とやさしい石の肌ざわりとから教えてくれた。私は誓って神田のビルを遊楽の日々の資本とはせず、人類の真実の平和と実りのために役立つものとなるように番をせねばならぬ身であることを心に感じた。

それからチベット寺の偉大なる優しさである阿閦《あしゅく》如来に礼拝し、本師パドマサンヴァーヴァの御足に頭をつけ、それからちょうどプージャをやっているラマ僧の列の背後に加わって共にプージャをしているマハリシマヘシュの一行に合流する形となった。私も共に数珠くりをしながら、プージャの間中、共にプージャを行なった。偉大なる優しさである阿閦《あしゅく》仏の存在がマハリシマヘシュの存在よりも更に大きいものであることは当然であるが、それにしても、時々眼を走らせて彼を見ると、その人がやはり言われているだけの深い瞑想の内にあるグルジーであることも想像がついた。マハリシマヘシュは灰色の顔をして花輪にうずもれて坐っていた。その顔は美しいお顔であった。チベット寺のプージャが終わると今度はネパール仏教徒のバジャン小屋に行き、そこでネパールの人々といっしょに一時間以上もの間、共にバジャンに加わった。バジャンとは神、仏への讃歌をハルモニアム、トライアングル、シンバル、太鼓、ヴァイオリン等の楽器のメロディーやリズムに合わせて歌うもので、ヒンドゥ又は仏教の讃美歌のようなものである。マハリシマヘシュは仏教のバジャンの言葉を知るわけではないので、バジャンの間中瞑想（ブッダの瞑想）に入っているようであったが、ひと区切り終わるごとに側の人から説明を受けてうなずいたり眼の奥でちょっと微笑したり、静かな奥深い声で少ししゃべったりしていた。私もそのようなグルに出会うのは初めてのことなので少しずつにじり寄って眼の前二メートルほどの所まで近づき、共に数珠くりをしながらバジャンの仲間に加わったのであった。

日はいつのまにかすっかり暮れ、あたりは風が立ち、寒くなって来たが、人々は立ち去らず、熱心に、このヒンドゥの有名なグルジーが仏教の地であるスワヤンブナートを訪問してくれたことを歓迎していた。

マハリシマヘシュがどのような想いを人類について抱いている人なのかは詳しくは知らないが、ネパールがその平和への主導権を持つべきであるということを言っているところを見ると、仏教とヒンドゥ教の共存というより混合した形であるこの国の信仰の姿に対する高い敬意があるにちがいなく、それがわざわざリシケシからこのスワヤンブナートまで彼の足を運ばせた主な原因であったのだろうと思われた。そしてそれは私も又同じく深く同意できるものであり、というより、それこそは私の思っている思いである故に、それがマハリシマヘシュというヒンドゥ世界における力のあるグルジーによって同じく認められた、ということで、大いに嬉しく喜ばしく、今後いっそうヒンドゥイズム及び仏教の勉強を深めてゆこうと心に思っているところなのである。

このようにスワヤンブナートは帰って来る早々に大きな恵みを与えてくれたので、帰国の準備のための滞在期間とは言え、今度のスワヤンブナート滞在もしっかりと心を引き締めて礼拝の日々とすることこそ最上の帰国準備につながることなのだ、と知らされたのでもあった。

この十三、十四、十五日はラクシュミープージャ、ディワリである。

ドゥルガプージャが去ったと思ったらもうディワリが近づいている。ディワリが終わると今度は仏教徒の大プージャである涅槃会《ねはんえ》が巡ってくる。実にこの国は祭りが絶えず次から次へとぴしりぴしりと巡ってくるのである。十五日は母の誕生日でもある。十一日はエカダシの日である。

十一月十日（日）

霧が晴れ去った陽のあたる庭にはたくさんのワラが干してある。ワラの匂いには幼年時代の幸福の記憶が宿っている。ラーマはひとりで陽の中で遊んでいる。順子は今度ここへ帰って来てみると引き水がしてあり、庭の中で洗濯や髪洗いまで出来ることに恵まれて熱心に洗濯をしている。彼女は洗濯の好きな人である。

私の部屋は手前は少しも陽が当たらずうすら寒いので、時々タバコを吸いに陽なたに出てゆく。陽なたに出れば陽射しは熱く、冷えた体をたちまちの内に暖めてくれる。

静かなもの言わぬ幸せの時である。カトマンドゥもスワヤンブナートもない。太陽の光と親しい人の姿とがあるだけである。

サチャ・サイババの本を読み終える。運がなくてこの偉大なグルに出会うことはまだ出来ないが、どうやら今世紀のインドが生み出した最もインド的な聖者のひとりであることは確かなようである。

そのような人が生きていて同じこの時を呼吸していると思うだけでも有難くうれしい。

ゆうべはカドの夢を見た。赤の長そでの新しいシャツを着て元気そうにニコニコ笑っているので、やっぱり生きていたのかというと、そうさ、生きているさという。お前のことだけが心配だったんだよ、他のことはもう何も心配もしなくなっているのだが、と言うと、それはそうだろう、と言ってニコニコしている。安心して眠ってしまったようである。しかし夢にしろカドがあのように新鮮に健康な姿を現わしてくれたことは嬉しい。

きのう神田あてに手紙を書いて、今月いっぱいに帰りの航空代を送ってくれるよう依頼する。神田の方も自身が倒産するかどうかというような張りつめた状態にあるのだから、航空代五十万円を依頼するのは心苦しい限りなのだが、他に依頼するあてもないので、涙をのんで書き送る。

この手紙が、私の日本への帰国の糸口となるものであり、私の日本でのカルマの質を決定してくれるものであることを感じるだけに、微妙な気持ちが行きつ戻りつしていたが、結論としては、私の身はそこがどこであろうと、私を必要とし、私を愛してくれる所であれば何処へでも入って行けるだろうということである。そこが神田であるか、国分寺であるか、又は深沢であるか、南の島であるかは依然として定かではないが、何処であろうと全力をつくして瞑想と仕事の日々を、静かに送ること以外には為すべきことはない。

サチャ・サイババは仕事（Work）と礼拝（Worship）と知恵（Wisdom）をカルマ、ジュナーナ、バクティのサンスクリット語の英語訳として使い、三つのWとして道を行くものに必要なものとして示しているということであるが、仕事と礼拝と知恵の道は永遠の道であり、この三つへの決意さえ確かであれば、何処にあろうと恐れることは少しもないのである。

しかし、天気の良い今日の日のように、明るい庭で子供が無心に遊び彼女がせっせと洗濯をしているのを見ると、出来れば聖なるお寺の近くの豊かな自然環境の中で、礼拝を中心とした生活を送りたいというのが私の願いである。

日本へ帰るということは、物質に恵まれた感情の似かよった親しい国へ帰ってゆくことでもあるが、私にとってはそれ以上に、この一年間の巡礼の旅で学んだ聖なるものへの愛を、荒んだ日本の物質的欲望の世界へ伝えるためである。そして私自身が、古い日本の伝統の内に伝えられている日本的な精神の智慧を、より深く学びとってゆくためである。

ことのほか日本を愛しており日本人である私を、日本の国はきっと心から迎えてくれると思う。私はその愛する日本の愛へ向けて旅をつづけてゆくはずのものである。

十一月十一日（月）

街に出るとハヌマンドーカでもアサントールでも、ディワリのためのラクシュミーの絵を売っている。木版で印刷をしてその上に色を塗ったネパールのラクシュミーとインド製のラクシュミーが一緒になって売られている。光の祭り故に、あちこちでローソクの山も築かれている。もう人々の心はディワリに向けて一日一日と歩んでいるようであり、街はその気分に酔いはじめている。

きのうは子供達ひとりひとりにネパールの毛のチョッキを買ってあげるために皆んなでカトマンドゥまで行き、手頃なチョッキをそれぞれに買ってあげると共にラクシュミーの絵を何枚か買ってきた。愛と幸福と富の女神であるラクシュミー、ラーダに化身しシーターに化身して現われる源の女神であるラクシュミーを私はことのほかに好きである。ラクシュミーには母のイメージよりも恋人のイメージが強い。すべての恋の果てには女神ラクシュミーの記憶がひそんでいる。すべての恋はラクシュミーへの恋なのである。アサントールのある露店で銀粉をちりばめた美しいラクシュミーの絵を見つけ二枚買った。インドのものである。その他にいかにもネパールらしい感じのネパールのラクシュミーも四、五枚買った。いずれも一枚五パイサから三十パイサぐらいのものである。

巡ってくる今度の闇夜は秋から冬へ移りかわってゆく季節の境い目の闇夜である。人々は大急ぎで稲を刈り入れ、脱穀してこのお祭りにそなえているように見える。母あての手紙に、闇夜にこそ光の祭りが行なわれると書いたけども、不思議なことに十五日は闇夜であると同時に母の誕生日でもあり、日本では七五三のお祭りの日でもある。母の誕生日とラクシュミーの祭りとが重なって、私にとっては母とラクシュミーのイメージとがまじりあい、いつのまにか母がラクシュミーとなりラクシュミーが母となって、美しさの極限にまで昇りついたという気持ちがしている。私はあらゆる女の人の内には女神ラクシュミーが住んでいると思っている。女の人の内に神聖をみるとき、その神聖の大部分はラクシュミーとしての部分である。それは私にとって祈りの極限の美しさであり、ハートの叫びであり、プレマと呼ばれる究極の愛の蜜の流れ出す泉であり、真のアムリタである。結局インドへの愛はラクシュミーへの愛であるのかも知れない。

愛が他のなにものよりも強く、愛をこそハートは涙しつつ求めているのであるから、愛の真髄であり愛の源である女神ラクシュミーが私の星であり、私のアートマンであり、主であるということが情念の世界においては完全に承認されるのである。情念の世界は日常性の世界である。日常性の世界において真に神聖なものに触れうるということは極くまれなことであるはずだが、こと女神ラクシュミーに関しては、日常性のすべての美しさ、愛しさ、希望、エネルギーはラクシュミーの御名によって神聖化されてそこにあるのである。

ラクシュミーと呼べば心は涙にぬれる。ラクシュミーと呼べば胸に新しい希望が甦る。その希望はまことに虚空よりも高いところにあるのである。母のためには私はすべてを棄てることが出来る。母がラクシュミーと重なって現われる時、私の心は物も言えない喜びに満たされて、銀の粉のきらきら光るきらめきに透明に刺し貫かれる。

そしてこれはインドのラクシュミーであるにも拘わらず、ネパール世界のその真髄とも呼べる美しさ、やさしさ、光であることが判る。ひとたびこのネクタールを飲んだものは、誰もがラクシュミーの礼拝者となる。愛と幸福と富をこの世で願わぬようなものが何処にあろう。神はその姿を愛と幸福と富の姿において至る所に実現している。そしてそれは光である。様々な光の中でもっともやさしく、普遍的であり、その光を浴びることを誰もが最上の喜びとすることが出来るような、浸透する光である。

私はこの二枚の絵をパスポート入れの内にしまい、バシュパティナートの絵と共に、日本への帰国のパスポート、として祭ることにした。

日本への愛から日本へ帰る他はないのだから、私は確実に、女神ラクシュミーなる母のもとへ帰ってゆくのである。ことのほか私は日本を愛していると言ったのは、実は私はことのほかラクシュミーを愛していると言っているのであり、より現実的には私は大変に母を愛しており、母の元へ愛をもって帰ってゆくのだと言っていたことが判る。

今日も朝はいちめんの霧である。霧の奥から太陽が昇り、そのほのかな浸透する熱が少しずつ少しずつ霧をとかして、やがて山の端の近くの空がうっすらと夢みるような青色に変わってくる。日光はそれに力を得る。消えてゆく霧と空の青とがまじりあった短い時間は、朝の最大の贈りものである。人はその時、もうはじまっているこの一日の希望を確かめることが出来る。この一日がどんなに辛いかも知れぬ日であろうと、どんなに耐えがたいかも知れぬ日であろうと、それにしてもこの一日が最善の美しい一日であるだろうことを予感するのである。空の青は美しい。やがて山の上は真っ青な空となり、霧は消え去り、小鳥の声と太陽のあふれるばかりの透明な光がこの虚空そのものであるような青空を飾る。カトマンドゥは人が思っているよりもはるかに聖なる街である。

この街にやってくるまでは、地上にそのような街が本当にあるのだろうかと疑い、やってきてみると、こんなことが実際にあってよいのだろうかと疑う。恵みに対して自分が値しないことを感じ、ただそこに住むだけでこの世に可能な最大の幸福を味わうことが出来るのである。

十一月十二日（火）

マントラ、そして言葉は力を持つものである。朝、観世音の前で、私及び私達の内なる心と肉体のエゴがぬぐい去られ、そこに貴方が主となられますように、と祈るならば、その一日はその祈りの言葉によって規制され、善いことも悪いことも、すべては観音に帰し、そこへ戻ってゆく質のものである。しかし瞑想は更に具体的で、日々のすべての時において貴方が主であることを現実的に実行する行為である。瞑想が伴わないと、言葉、マントラのみが優先する悪しきブラフマニズム、呪術主義のようなものが力をもってしまう。マントラを光としてガイドとして、師として唱える一方で、日常の生活にあっては絶えまなく思いをイシュワラの元へと戻してゆかねばならない。それはあたかも神の王国に住む臣民のように、神の姿、神の法、神のしきたり、というものから一刻も離れてはならないということである。常に神の下にあらねばならぬ、ということである。このようなことはただ神への愛から行なわれる以外は不可能なことである。義務もある。しかし義務によるのであれば生は如何にも義務である。祈りもある。しかし祈りのみに頼るのであれば祈り以外の生活はあり得ない。愛がその困難を救ってくれるのである。実にバクティこそは最上の瞑想の秘訣である。ただ愛によって人は神の王国の完全な臣民となることが出来るのである。

とは言え、マントラもまた日常的に心の内に繰り返されることを通じてマントラとしての力を発揮するものであることもたしかである。私の日常はオンマニペメフーンと共に始まり、オンマニペメフーンと共に終わる。日中でも殆ど常にオンマニペメフーンを唱えているが、その殆どは言わば空念仏である。瞑想が伴わないのである。マントラ自体に全幅の信頼をおく、浄土真宗のような行き方もあるが、そしてそれを知り、それを実行しているのでもあるが、やはり瞑想の力というものが私にあっては大きな魅力がある。常に主の元にあるということは、瞑想を通じてしか実現できないもののようである。瞑想をしつつマントラを唱え、そうしながらもこの世の作業をつづけていられるというのが最高の状態であるが、それは仲々に難しい。

神の元にある、こと、私はそれを日常性の内に実現してゆかなくてはならない。つまり旅は少しも新しい局面に至ったわけではないということである。

積んだ功徳は時と共に流れ去る。残されるものはただ信仰の赤裸の姿のみである。私は一体、誰であるのか、という深い深い問いかけがなされない限り赤裸の私は貧しい飢えた野良犬の如き存在である。

ネパールのラクシュミーはずい分特別である。こうなるとヒンドゥ教のラクシュミー神の美しい幸福そのものの姿は消えて、仏教の菩薩に近い姿が現われている。ラクシュミーは慈悲深い落ちついた姿で中央の椅子に坐し、その両側には鬼をおもわせる長い舌を出したものが宝の入った容器を持ってひとりは立ちひとりは坐っている。鬼のように角こそ生やしてはいないが、彼らは明らかに鬼族のものであり、それがこの光の祭り、光であるラクシュミーの像の左右に突如として現われてくるのである。ヒンドゥのラクシュミーにはそのようなものは決して現われてこない。ラクシュミーの他には鼻で花輪を捧げている白象、静かに水にとどまっている白鳥がたくさんのハスの花と共に描かれるだけである。一般にネパールのヒンドゥ教はタントラの影響が強いせいで、カリユガのヒンドゥ教という色彩が非常に強い。美しいものがあると、その美しさに危険を感じ、その美しさを補正するような何らかの鬼的なもの、恐ろしいものをつけ加えて、バランスをとるのである。そのバランスの妙がネパール的な美しさを作り出す。この国では人々は決して幸福になりすぎてはいけない。幸福になりすぎると平等が破壊されるのである。ヒンドゥ教はそのようなことを心にかけない。

ひとたび幸福の時が来れば命をかけてその幸福を味わうのである。ヒンドゥの神々が眼を奪うほどに美しく神秘的で壮厳なのはそのような神性の発現であることを示している。ネパールのヒンドゥの神々はおおむね素朴であるか先に書いたようなバランス化がほどこしてあるものかのどちらかである。その両方の像が同じヒンドゥ教の神様の絵として街では売られている。ネパール製のものは大むね安い。インド製のものは少し高い。しかしいずれもパイサ単位で信仰熱心な人々にとっては高くて買えないというものでは決してないのである。インドのものも売れるしネパールのものも売れる。おまけに、ドゥルガプージャの時のように祭りの期間が十五日間もの長さに渡ると、その十日目には突如として仏教徒がそれに参加してくるのである。インド的なヒンドゥ教、ネパール的なヒンドゥ教、タントラ教、そしてタントラ的仏教、そしてチベット仏教、そういう様々な信仰の群れが混然一体となって互いに争うことなく、元はすべて同じなのだという了解のもとに同じ空気を吸い、同じ泉の水を飲んで生活している。しかも信仰は決してどうでもよいものではなくて、その人その家族の生活を左右する究極の信仰対象なのである。明日からはいよいよティハール（ディワリ）プージャの日々である。

十一月十三日

ティハールプージャは今日から始まるものとばかり思っていたら、実はもうおとといから始まっていて、おとといはまず死神の使者であるカラス供養の日であり、カラスにたくさんエサを与えて使者をなだめるのだそうである。そしてきのうは同じく死の国（ヤマローカ）の門番である犬の供養

の日で、犬達は全部というわけではないが、花輪を首からかけてもらって、何がなしうれしそうに歩きまわっていた。もっともそれは普段から誰かに可愛がられている野良犬で運の良い奴であり、たいていの犬たちはいつものとおり、どぶの中に眠っていたり、道ばたに寝そべっていたりして別に変わったこともないという様子を示していた。

きのうは久し振りにパタンの日本山に行き夕方のお勤めを一緒にさせていただいた。導師を森下上人が勤められ、増永上人など旅行者あがりの上人方とは又一味ちがう、お寺生まれの上人の自然なゆったりとした南無妙法蓮華経であった。夕食は十日に一度の御馳走の日とてお汁粉まであり、たっぷりと食べて身動きが辛いほどであった。帰りには熊沢上人が作られたという味噌を大量におみやげにもらい、今日は早速、子供達に知り合いの日本の人達の所へ配って歩かせている。

きのう私はどんな気持ちで南無妙法蓮華経を唱えたかというと、南無妙法蓮華経の内にアートマンを見たのである。アートマンの名を南無妙法蓮華経と唱え、それで他のお上人方とのさしさわりも生ぜず、平和に深々と唱題出来たのである。お寺の生活というものもそれが日常となれば普通の生活と同じく煩悩に見舞われるのであろうが、私のようにたまに出掛けていってお勤めをさせてもらう身には清らかで静かで深々としていて大変に有難いものと思われる。ポカラへ行っていた間に来た手紙が保管されており、それは小金井のアニキからと、宇都宮の佐藤君からであった。

二人とも言わばドロップアウトしている人からのもので、その二通がたまたまお寺に保管されてあったということが何か面白い興味深いことに思われた。二通とも静かな良い手紙であり、大変に帰国しようとしている身を励ましてくれるものであった。私ももはやドロップアウトなどという古い流行《はや》り言葉の範囲を越えて、普遍者としての生活を仲間に対しても何処に対しても始めなくてはならない。

日達上人がラジギールに来られていて、やがて山木上人も見え、今月の二十五日には一ヶ月伸びた霊鷲山開山供養が行なわれるそうで、成松上人ももちろん来られるし、是非行こうではないか、というのが増永上人の誘いである。ここからラジギールは三日行程ほどで大した距離ではないが、お金が少々差し迫っていることと、航空代の受け取りその他の手続きが必要なことなどがあって、全員で行くことは出来ないけども、私一人が同行し、ヴェナレス経由で戻って来る、ということなら出来ないことではなさそうである。目下思案中であるが、事情が許すならば、今一度日達上人にもお目にかかりたいし、ヴェナレスのガートにも沐浴したい気持ちが強く、旅の最後を飾るつもりでちょっと行ってこようかという気持ちもしている。

さて、今日はティハールプージャの第三日目で、本命のラクシュミーの化身である牝牛を供養する日である。ここのシャンカジの家にも牝牛が一頭いるので、どんな風にするのかと見ていると、普段は人間に使う大きなグラスの皿にトウモロコシの粉をいっぱい入れその周囲にアンバー（バンシロウ）の実を輪切りにして飾り、花輪の首飾りが別のカゴに用意されている。足元に四つの点が定められ、そこにわらやモミつきの米、パイサ銭がおかれて、牛はその四つの位置に足を定めて立たされる。食べ物の皿が与えられると牛はゆっくりとそれを食べ始め、食べさせておいて、角に色粉を塗ってやったり、四本足のそれぞれに線香に火をつけて与えたりする。それから米汁のような白い汁をはけにつけて、牛の体中に白い斑点もようのあとをつけてあげる。最後に炊いた御飯が別に与えられる。終わったよ、とシャンカジが言うと子供達がわっと飛び出して、牛の足の下にあるパイサ銭を拾う。シャンカジは白い汁と色粉のまじったような汁を家の入口の上のかもいに塗りつけてその儀式が終わった。

牛はうれしそうである。その上本当に神聖なものと思われる。太古以来、牛は富の象徴であり、この国及びインドでは牛が貨幣の代わりを果たした時もあったくらいだから、富の女神ラクシュミーが牛と同一のもの、つまり牛に化身して現われているという信仰が生じてくるのも不思議ではない。その上、牛はミルクを与えてくれる。肉食が常ではないインド、ネパールの人々にとってはミルクこそは日常に決して欠かすことの出来ない宝の食べ物なのである。シャンカジが日本では牛を殺すかと聞くので、殺すというと、そうだパキスタンも牛を殺す、だがネパールとインドは牛を殺さない、といって威張る。牛を殺さない、牛肉を食べない、ということがひとつの価値の基準になっているのである。しかし水牛の肉や山羊の肉は市場に満ちている。牛が殺されないのはただそれが神聖な動物であり、殺してはならぬ、というダルマが行きわたっているからなのである。

しかし、私はやはりこの大人しいのんびりしたミルクを与える大きな動物を殺してはならぬ、というダルマは正しいと思う。牛族はもっともっと世界じゅうに繁殖し、人々にミルクとバターを与え、大きな力強い動物の大人しいのんびりした姿を人々の前に現わすべきである。この点でもヒンドゥダルマは確かに深い智慧を秘めていると言わなくてはならない。ミルクは最上の飲みものであり、大きくて柔和な動物であることは人間の動物としての理想でもあるからである。

夜はいよいよ今日からティハリの真面目たるランプのイルミネーションが始まるという。前二日はいわば前夜祭のようなもので、この光の祭に先立って死に関連する二つの生きものを供養し、なだめていたわけである。どんな美しい夜がやって来るか、楽しみなことである。明日は大きなラクシュミーのお寺があるバクティプールへ行って見ようと思っている。

十一月十四日（木）

ティハールプージャの人出に賑わうサントールバザールへ買い物に行き、赤い色の砂糖菓子を買った。クジャクとか象とか牛とか家とかオートバイとか色々な形を型取った砂糖菓子屋の出店の前には人だかりがして、まるでバスに乗る時のような大騒ぎであった。私が買ったのはクジャクと象と牛と家とオートバイで、オートバイは私は選ばなかったのにおやじさんが勝手に加えてしまった。それは要らないと言おうかと思ったが、これから日本へ帰る身であってみれば、オートバイの型の砂糖菓子を食べるのも又よいだろうと思い直して、そのまま受け取ることにした。ラクシュミープージャの縁起ものらしく、普通の日には決して見られないものである。それから長い竹の笛を一本買った。日本の誰かへのお土産のつもりである。それから花輪をひとつ、花束をひとつ買った。ヴェナレスあたりだったら二十パイサも出せば買える花輪であるが、こういう特別の時にだけ売りに出る花輪だからひとつ一ルピーとずい分高いという感じもしたが、ラクシュミープージャ故に喜んでそれを買った。

それから果物を何にしようかとしばらく迷ったけども、ココナツ売りが眼に入ってきたのでふんぱつしてひとつ五ルピーのものをそのまま買った。アサントールは人出でごったがえし、私は自転車で行ったのだがとても自転車などを押して歩ける状態ではないので、自転車を石油屋のドラムカンの陰にとめて鍵をかけ、ゆっくりと買い物を楽しんだ。普段でも人通りは多くリキシャのベルやラッパの音、自転車のベルの音、車の音、人の声で賑やかな所であるが、きのうは全く格別でバザール全体がぼおーっと上気し、ラクシュミーの熱にあてられて、人々の心はただひたすら何かすばらしいものを買おうとひしめいているようであった。

私は自分の買い物に満足し、自転車に乗って家に帰った。もう夕方だったので、皆んなとスワヤンブナートへおまいりをし、礼拝にまわっている内に日が暮れた。スワヤンブナートの高台から見下ろすカトマンドゥの街の灯は美しかった。殆どすべての家々にローソクの灯がともされているので、その明かりが電灯やイルミネーションの明かりの底にほの明るくぼおーっと燃えており、やはりいつもとはちがうティハールプージャの夜景であった。スワヤンブナート自体は大変静かで、こういうヒンドゥのお祭りの夜でもやはりお参りに来る少数の参拝人の捧げるローソクの火に点々と飾られ、何か厳粛ないつもとはちがう雰囲気があった。

十一月十五日（金）

鈴木さんがバクティプール（バドガオン）には大きなラクシュミー寺院があるというのできのうは皆んなでバクティプールへ出かけてみたが、そこにはただ古いお寺の群れがあるだけでラクシュミー寺院はなかった。カトマンドゥから一四キロほど離れた町で、昔はラリティプール（パタン）と並んで大いに栄えた町であったらしいが、今はカトマンドゥに比べると、こんなにもちがうものかと思われるほど異質の古い静かな町で外人の姿も殆ど見当たらなかった。カトマンドゥ盆地で一番高いと言われているお寺やシヴァのお寺や様々なお寺を訪ね歩いたあげくバザールに入り、バザールも一番奥の辺りまで歩いてみたが結局目指すラクシュミー寺院は見当たらなかった。大きなプージャをやっているような気配もなく、街はただティハールプージャのせいで菓子屋の前に甘い油菓子が色をつけて山と積まれていたりするだけで、まるで中世の眠りを眠りつづけているような感じであった。やたらと眼についたのはこのスワヤンブナートやカトマンドゥの裏路などと同じく、サイコロ賭博をやっている人達で、子供から大人までが一〇〇メートルも行かぬ内に場所場所に群がり集まって、盛んにサイコロを転がしていた。これは三、四ヶ月以前には決して見られなかった光景であるが、いつのまにか路端にちらほらとサイコロ屋さんが店を広げるようになり、ポカラから帰ってきてみると、もう何処へ行っても盛んに見られるようになって来た。

バクティプールは二〇〇〇年以上の歴史を持つ古い町だというからそんな店はないだろうと思っていたが、行ってみるとスワヤンブナートよりもはるかに多く、本当に一〇〇メートルも行かぬ内に別の店が絵を広げてサイコロを転がしているのだった。何と言ってもバクチであるから、そのようなものが流行しているということは、人々の心に何かしら満たされぬ、不満なものが流れている証拠で、これは明らかにネパールの退廃しつつある人心を象徴しているものと思われる。

バザールの奥まで行って戻ってきて、あるお菓子屋で茶を飲むために坐っていると、壁に、毛沢東とネパール国王がまさに握手をしようとしている写真が飾られてあった。国王の写真を飾っている者はいくらでもあるし、神様の絵を飾っている店もいくらでもあるが、国王が毛沢東と握手をしようとしている写真を飾っているのを見るのは始めてで、めずらしいことであった。茶屋を出ても う帰りのバスの方へ行こうとしていると、すぐ近くからハルモニアムの美しいメロディーが聞こえ てきたのでのぞいてみると、人々が集まり何やらプージャをしている様であった。門をくぐったそ こは、カトマンドゥなどでもよく見かける内庭で、内庭にはちょっとしたお寺が建てられており、 そのお寺の前に、寺に向きあってラーマやクリシュナの絵を飾った祭壇が作られ、そこに七、八歳 くらいの子供のラーマとシータ、ラクシュマナの三人と、子牛をつれたゴパーラにふんした子供と が立っており、大人たちはむしろの上に坐りこんで、盛んにサンキルタンをやっている所であった。 ティハールプージャの行事のひとつなのだろうか、世話をやいているサドゥは大変に人のよさそう なやさしい眼をした人で、中までは中年の女の人が一人、リズムに合わせて静かにまるでサマーデ ィに入った人のように静かに踊っていた。

人々は手を打ちながら歌い、サドゥは人々が心をこめるように元気づけをしていた。静かな眠っ ているような町の中でそこだけがにわかに明るく美しい気分がただよっていて、私達もつい坐りこ んで共に手を打ちながら知っている歌詞のものは歌ったりした。一曲終わると人々は額を地面につ けて礼拝するのだが、そうしながらも眼に涙を浮かべている人がおり、中まで踊っている女の人の 踊りは、明らかにチャイタニア系列のサマーディ踊りなので、これは単に子供を神に仕立ての遊 びごとではなくて、やはり深い宗教的な行事であることが感じられた。

しばらくしてそこを出る時、私は先に行って振り返ってみると、ラーマが見知らぬ男の人に抱か れてきょとんとしており、順子が腹をかかえるようにして笑っている。人だかりがしてわいわいしているので何ごとが起こったかと引き返しかけると、ラーマは順子に戻り、順子は顔を赤くしてやって来た。事情を聞くと、その男の人がこの子を売ってくれと言ってポケットから百ルピー札を出してラーマを取りあげたので、びっくりしたが、その冗談が判ってあまりのおかしさに笑ってしまったというのである。

インド人やネパール人にとってはラーマはどうも大変に可愛い子供に見えるらしく、今までにもこの子をくれと言われたり抱っこをされたことなどは数知れぬ程であるが、きのうのように百ルピー札を出して売ってくれと言われたのは始めてであり、その時の人だかりのはげしい勢いから察するとそれはかなり迫真性のある冗談だったようで、私は思わずラーマの身の上行く末を案じてしまったほどであった。しかし我が子が他の人からそのように可愛がられるということは悪い気持ちではなくむしろうれしいのであるが、ラーマには刺戟が強すぎたのか、治りかけていた下痢が再発し、おまけに吐き気まで戻ってきてしまった。太郎、次郎、ラーマ、三人とも下痢で、きのう食べた外食の食べ物のどれかが悪かったのかも知れないが、それと同時に、今までのひたすら滞在しようとする私達の姿勢が帰国へと向きはじめている気持ちの変化を反映しているのかも知れないとも思っている。ラーマなどは日本、日本、とそれが何処にあるどんな国かを知らないままに口に出す。〝ラーマ、ニホンに行くの〟と言っている。ラーマの口から出るニホンという言葉のひびきは何となく悲しみをおびていて、私は思わず抱きしめたいような気持ちにかられる。心配しなくていいんだよ、ニホンもいい国だから、と言わずにはおれないような気持ちになる。

今日ティハールプージャが終わると、もう祭りも終わりである。私達の旅も九分どおりは終わりである。私にとってはもう一度印度へ行ってこようかという最後のチャンスがめぐって来ているけども、それも行ったとしても十日内外の短い旅である。いずれこの旅は終わり、新しい旅が始まる。

きのうのお山まわりは久し振りに力のこもったものとなった。朝でかける時に一人の中年のチベット人の女の人が歌いながら、投身礼拝でお山まわりをしているのに出会った。夕方、まわって行くと、その女の人は朝と同じく大きな声で歌いながら、お山のほぼ反対側のあたりをまだ投身礼拝で進んでいた。思うにまる一日をかけてお山のまわりを二回ぐらいまわるつもりで、多分それは二回目の途中だったのだろうが、その姿にはすがすがしいと同時に、順子の表現を借りれば、胸をどきっとさせるようなものが秘められてあった。正面の階段の下ではやはり二人のチベット人の男女が盛んに投身礼拝をしていた。私も投身こそしなかったが、見かつ聞いた姿に触発されて深くお祈りをし、お山まわりをつづけた。バザールをすぎてもう八分どおりはまわりきったあたりから急に想いが深まり、眼を殆ど閉じてオンマニペメフーンのスピードを増した。するとそのマントラとお山の大地とがひびき合い、私ははじめてこのお山が物言わぬマントラの巨大な塊であることを知った。スワヤンブナート、自在するもの！　私は高らかにこのお山への讃歌を歌った。オンマニペメフーンは私のマントラであった。他の誰のものでもない。チベット人のものでさえもないのである。

今日は母の誕生日である。

朝、お勤めの後に緑色のローソクを一本立てて火をつけ、ささやかながら母に挨拶の言葉を送った。階下の部屋には赤いローソクを一本持ってゆき、朝食の間中火が燃えつづけていた。

今夜はたくさんのローソクをまた燃やそう。今夜は闇夜であり、ローソクの火を燃やすには一番良い夜なのである。

Jay　ラクシュミー！　そして母よ　誕生日おめでとう！　と言って。

十一月十六日（土）

プージャ明けのうららかな休日である。空は緑色がかって澄み、人々は着飾ってピクニックに行くのである。ピクニックと言っても飲み食いのためのピクニックではなく、多分自分の家の神様の祀られてある寺へお参りに行くので、遊山の雰囲気はなく、華やかなサリーの色彩に彩られた楽しげでゆったりとした信仰の気分がただよっている。四、五日前かに知りあったカシキーさんの一家も山の奥のヴィシュヌテンプルに行くとて家族みんなでゆったりと歩いて行くのに出会った。今日は新月の日故、今日から新しい月に入ったのかと思いカシキーさんに聞くと、そうではないという。きのうでティハールが終わっただけだという。ネパールの暦がどうなっているのか、私にはますます判らなくなってきた。しかしこうやって一ヶ所に長く住んでいると、いつのまにか知り合いの人が出来、道を歩いていても挨拶をするのに結構いそがしいほどになって来たことは、嬉しいことである。

しかし、ゆうべは突然にラーマのお腹が石のように固くなってふくれあがり、ラーマは痛い痛いと泣くし、順子はおろおろするしで、一時はこのまま死んでしまうのかと思われたほどであったが、私が抗生物質の薬を探しに二階の部屋に上がっている間に、少し吐いてそれで収まりそのまま眠ってしまった。何ということはなかったが、お腹が石のように固く膨れあがって泣いていた短い時間の内に、私はまたまた子供連れの旅の厳しさ、即ち一刻も油断して過ごしてはならないこと、旅が終わりに近づいただけ一層気分を引き締めてしっかりと歩まねばならないことを思い知らされたのであった。普段が可愛いだけにひとたび病気となると、その痛みのうったえ方がまことに痛烈なので、それを聞いている方は相手がわずか二歳の子供であるにもかかわらず、自らの愛の欠如を思い知らされ、まるですでに死んでしまったものを前にしているかのように、ああ悪かった悪かった、と反省させられるのである。

それはラーマのバクティの本質から来る叫びである故に胸を刺すのである。そしてまた同じ叫びが喜びから発せられる時には、相手がわずか二歳の子供の声であるにもかかわらず、大人の私の全存在が喜ばされるような声となってひびいて来るのである。

バクティの力はラーマの内にはっきりと顕現しており、それがラーマのすばらしさであるが、それは息子としてのラーマというよりも、もう神なるラーマ神のめぐみがラーマという子供をとおして与えられ恵まれてくるようで、ジャイラーム！　と唱えるラーマの讃歌もいつしかロマンの域を越えて身に沁みたものとなってきたようである。

しかし今朝けろっとしているラーマの顔を見、冷静になって考えてみると、ゆうべは普通の食事として煮こみうどんを食べ、その上に、シャンカジの家からのプージャのお祝いとして大皿いっぱいの色々な食べ物のプレゼントを受け、それだけでも各々に一食分の量があったのだから、いっぺんに二食分の夕飯を食べて眠ったわけであり、その上以前から胃の調子が悪かったので、それが加わってあのような固いお腹になってしまったものと理解することが出来る。シャンカジの家からのプージャは心のこもったもので、ネパール風に味をつけたゆで玉子をはじめ、スージーという米の粉でつくるプージャにはつきもののドーナツのようなもの、煮豆、野菜の煮つけ、それにチュラを盛りだくさんと、これは完全に心から与えられた食べものであった。日本風のしかもパタンのお寺からもらった味噌を使ったみそ煮うどんと、ラクシュミーのプージャのネパール食との二食を、一度にしかも大量に食べたのでは、ラーマでなくても消化するのに大変であり、私にとってもそれは大いに力をこめて消化せねばならなかったものである。

太郎も次郎もワカ末錠を一錠ずつ飲んだほどであった。

ゆうべは又母の誕生日でもあったので、二十五本が入っている色つきのローソクを全部燃やし、食事の間中、明るい炎があちこちでちらちらゆれているという楽しいものであった。ラクシュミーにはまだココナッツをはじめ、みかん、バンシロウ、バカテなどがそなえてあり、別に順子はお汁粉まで用意していた。もうそれ以上は何も食べられないので、お汁粉は今朝にまわってしまったが、それほどにゆうべの食事はあふれかえっていたのである。

こうしてラクシュミープージャは去って行った。もう残っているのはナーラヤーナがその眠りから眼覚めて起きあがる日がブッダニールカンタで行なわれるのと、ジャナワプールという所で行なわれるシーターの結婚の儀式を祝う祭りの二つぐらいであり、二つとも興味深々ではあるが、今度のティハールや先のドゥルガプージャのように国の全地域で祝われるものではなく、特別の寺院で行なわれるものなので出会えるかどうかは判らない。

思えばヴェナレスでサラスヴァティプージャとシヴァラートリーの二つの大きな祭りを迎え、アヨーディアでホーリーを迎え、カトマンドゥでガイジャトラ、クマーリプージャを迎え、ポカラでドゥルガプージャ、そして又今度のティハールと、ヒンドゥ教の大きな祭りをひととおり体験することが出来たのは、一年滞在したのだから当然ではあるが有難いことであった。もし二年、三年と住むことになれば、こういう大きな祭りをはじめとして地域地域で行なわれる小さな祭りを含み、季節季節が祭りと共にやってき去ってゆく様がもっともっと身に沁みて感じられるであろう。そしてそれがヒンドゥの人々の季節感であり、このティハールの終わりと共にはっきりと冬の季節が始まることを彼らは肌で知っており、ティハールは光と繁栄の祭りであると同時にやってくる寒い冬、その心準備の祭りでもあることが感じられるのである。

今度の旅の結果を、私は「西天巡礼記」としてまとめ、一冊の書物として出版しようと考えている。そのようになれば良いと思っている。そこでこのごろはその文体というか具体的な形について様々に思いめぐらすこともあるのだが、ゆうべは手紙の文体を取ったらどうだろうかと思っていた。手紙とは親しい人へ心をこめて書き送る文体であり、商業主義とはもっとも縁の少ない文体である故に、私にとっては最も愛しうる文体なのである。もし日本の読者なるものがあるとすれば、私はその読者に向けてヒンドゥ教なるものを少しずつ説明しつつ、仏教の四大聖地の巡礼の物語を含めて書きおくりたいと思っている。読者というものはあるのかないのかはっきりしたものではないので、まず日本の中の私のもっとも愛する人、愛する部分を仮想の読者として想定し、彼に向けて手紙を書きはじめるのである。

こうして日記のようなものを記しながら、私は実は何をしているのかというと、ひとつには文字通りに出来事、及び心象の記録をしているのであるが、それよりもやはり、ひとりの詩人として文体の修練を決して忘れないようにと努めているのである。文体とは現われであり、人間にとっての肉体のようなものである故に、文体がととのわない限り詩人としてなりわいを成立させることは出来ないのである。

私は今まで詩人とは心の詩人であれば充分であり、心の詩人であることこそが詩人であるということであると信じてきたが、文体のない詩人というものが文体のある詩人（なりわいとして成立している詩人）に比べて格別に優れていると主張することもなくなったので、今度は普遍者としての文体をもってそれによってなりわいも成立させるものとなろうと決意している次第である。

時が来た、ということであろうか。ここには相応の困難もあるだろうけども、母に約束したこれからは少し生き方を変えようと思うという言葉をそのようにして実現したいと思うのである。

それは別の言い方をすれば、アンダーグラウンドの論理やカウンターカルチャーの論理に別れをつげて、普遍者の論理に生きるということである。アンダーグラウンドやカウンターカルチャーの論理に別れを告げたところで、自分の場に変化が生じるわけではなく、国分寺や諏訪之瀬に集まる若い人々の心に別れを告げるわけでもなく、又、こうしてインドやネパールの旅をしているヒッピーと呼ばれる若い西欧人の心に別れを告げるわけでもなく、その反対にこれらの人々の間にある私自身の心というものを特殊限定者としてのアンダーグラウンドやカウンターカルチャーやヒッピーやサブカルチャーなどの呼称から解き放って、普遍者として自覚し、同時に普遍者としての責荷も負おうという心がまえなのである。

その原則は〝人間〟ということである。

こうして外国を歩いていて浴びせられるジャパニーという呼称は、それが讃美のものであれけなす意味のものであれ、私にとってはやりきれないものとなってきた。日本人だからといって誉められる何のいわれもなく、又日本人だからといってけなされる何のいわれもないのである。それはアンダーグラウンドだからと言って誇る何のいわれもなく、又けなされる何のいわれもないことと同じである。

神から生まれた人間の文化を支える基本的な概念は人間ということに他ならない。

私は最近は、自分が人間であると思い至る時に大きな安心を覚える。私は人間であり、あなたも人間である。そして人間は死すべきものである故に、不滅と不死に至ることを願うものである。私達は人間として不滅と不死に至る智慧を語り合おうではないか、そのように語り合いつつ生きるということがとりもなおさず不滅に至る道なのではないだろうか、と思うのである。必ずしも語り合うこともない。眼と眼が合いそこに交感があるならば、それは語り合ったのと同じことだし、ただひとり瞑想にはげんでいても、人間の道を外れることがなければ、それは人間としての交感の内に生きていることと同じである。サナータナダルマと呼ばれる永遠の法があり、人はそれぞれその法の現われであるにすぎない。すぎないと言えば人間をけなす言い方のようであるが、一人一人の人の心の内に神である永遠の法が蔵されており、人はその法の現実の現われであると言えば、人間は正当に尊厳なる存在であることになる。

人間は考える葦であるという時、河原の夕暮れにそよぐ頼りのない暗鬱な悲しみをおびた人間の姿が思われる。それは人間の事実である。事実である故に、人間はその弱さを乗り越えんがために文化を作り出す。人間の文化の本質は人間の不滅性、永遠性への志向である。

人間というポイントから人々とまじわり、交感し、愛を受け、与えてゆくことは常にかなりの緊張を要求される。人間とは赤裸の存在であり、普遍者としての資格をもっているものであると同時に、一切の国境や宗教的偏狭、文化的限定を越えたものでなくてはならないからである。それは西欧思想に言う人間主義、ヒューマニズムとは大分異なっており、われわれは単に人間である、という観点をも充分に含んでいる。類としての人間というわけでもない。卑少なものとしての人間というわけではなく尊大なものとしての人間というものでもない。

スワヤンブナートのお山まわりの道を一人の背の高いチベットのお坊さんが、僧服である暗赤色の衣に身を包んで、ゆっくりとまるで夢でも見ているように歩いている。陽がよく当たり暑くもなければ寒くもない。お坊さんの歩みには他意がない。行をしているわけでもなく、そうかといって行をしていないわけでもない。ただ歩いている、その思いをおしはかることは出来ないが、そこには死すべきものでありながら、不滅の時を感じさせる何かゆったりしたもの、永遠の感情といったものが感じられる。その同じ道を薪運びのネパール人が裸足の足の筋肉を光らせてゆっくりとうつむき加減に歩いてゆく。薪の重荷はずっしりと肩に食いこんでいるけども、彼の心に労働の重荷はない。心ははかり知ることの出来ないものであるから、身勝手な想像は出来ないけども、少なくとも彼ら薪運び屋の人々の顔にあるのは薪自体の重さに正当に耐えている表情であり、それ以上のものは何もない。

同じ道をもっと裕福な人々が行く。美しい色とりどりのサリーに身をつつんだ女の人達、娘達、しっかりしたズボンをはき毛糸の暖かそうなセーターを着、あるいは背広を着てお寺へお参りに行く人々である。その輝くばかりの美しい顔、眼に宿っているのはヒンドゥ教徒の幸福の光であり、世界に冠たるヴェーダ哲学を保持してきた人々の誇り高い人間の眼である。しかし彼らもやはりあらゆる幸福と同じく不幸にも向きあっている人間の姿である。カーストは有れどもなく無いけどもやはりあり、それは人の感情、喜怒哀楽の情念と同じく必要に応じて生起し、消えてゆくものである。

私は人間として、神を実現したいと願う一人の人間としてそれらの光景に出会う。必要なものはすべてその光景の内に含まれている。福聚海無量と観音経に歌われている世界である。

私はただ神の実現を終局の目標とする人間として生きてゆく。そのようなものとして今度の旅も行なわれて来たのであるし、今後もそのことには何の変わりもない。すべての人の営みが為される目的は神の実現のためであるという真理はどのような方向から刺しこまれたところで変わってしまうものではなく、変えることの出来ないものである。それが私の人間としての立場であり、生き方である。それは私にとって喜びと苦痛の源であり、生きる原動力である。この立場を理解するか又は共鳴することの出来る人が私の日本の仮想の読者である。この読者に向けて、私は、旅の報告をしたい。実際この一九七四年という一年の間に私と同じほどに豊かな体験をし感動をし苦しみに会って来た人は、この地上はともより、日本には大変に少ないだろうと思われるからである。人々の体験はすべて等質である故に、その価値について言っているのではない。仏教の四大聖地を家族連れで巡礼し、その上ヒンドゥ教の八大聖地の内の四つをも巡礼してきたのである。それは私の仮想の読書にとっては、少なくとも興味を引く事実であるにちがいない。

アルジュナのたとえではないが、ひるむ心にムチ打って、私は為すべきことを為そう。「西天巡礼物語」を日本への私のおみやげとして持ち帰ろう。

十一月十七日（日）

今日は何かの日だと思っていたらチマの誕生日であった。彼女も二十五歳になったのだろうか、それとも二十六歳だろうか二十七歳だろうか。元気で暮らしておくれ、と祈る他はない。

インド大使館に行き、ヴィザの申請をしてくる。トランジットヴィザで二週間しか滞在出来ないが、ラジギール、ブッダガヤ、ヴェナレスとまわるだけでそれもかけ足の旅であるからそれだけあれば充分である。もしトランジットヴィザで再びネパールへ入国出来るのであれば、この際やはりちょっと行って来ようと思っている。久し振りにインドへ行くことを思うと体の中で不思議な生気が騒ぐ。

きのうのお山まわりは二つの葬式に出会った。ひとつは日本人のものでボランティアの仕事で来ていた人だそうで、私がそこに行った時にはもう火葬の火も消え煙も絶えて、友人らしい人々が集まりお骨を拾っているところであった。如何にも日本人の火葬らしいしめやかな悲しみをただよわせている光景であった。ブッダガヤで知り合っていた田中さんもその場に居た。居たというより僧としてその火葬に立ち会ったのが彼であったわけである。インドヴィザの関係でカトマンドゥに滞在しているという噂は聞いていて、姿を見るのは初めてだったが、お骨拾いの最中なのであえて声をかけることもせずそのまま通りすぎて行った。古い衣服を脱ぎすてて新しい衣服を着るのである、というバガヴァット・ギータの一節が思い出され、死んだ人が日本人であるということだけで、一種の強い衝撃があった。私が死ねば、又、私達家族の誰か一人が死ねば、多分日本山のお上人に立ち会ってもらって、同じようにスワヤンブナートの煙と消えてゆくはずの身である。軽く合掌してしばらく行くと、いつもの火葬場で今度はネパール人の死体を焼いているところであった。こちらは今を盛りと火がぼうぼう燃え立っており、側には竹の竿に細長い旗が立てられてあった。

このところヴィシュヌマート河でもあまり死体焼きに出会わなかったのだが、きのう二つも一度に、しかもお山まいりの途中に出会ったので、その印象は強いものであった。オンマニペメフーンにも力がこもった。そういう場面に出会えば、思うのはやはり我が身の死のことであるが、オンマニペメフーンを唱えつつ数珠くりしつつ歩いて行くと、どうやら私にも死はいつ来ても大丈夫であるという気持ちが出来てきたようである。

死が近づけば近づくほどオンマニペメフーンの光明はまし、このマントラが如何に力強く光を放つマントラであるかということが判ってくる。途中からお山に登り、いつものとおりにお参りをし終わった時には、もう二つの火葬の光景は胸から消え失せており、丁度沈んでいった太陽の残光を浴びて、ヒマラヤの山々が鮮やかな夢のようなピンク色に染まるのを見た。礼拝し、ちょっと線香とタバコを買っている間に、そのピンク色は完全に消え失せ、蒼白になった山々が連なっているのが見えた。あまりの突然の変化に唖然となったが、もはやそこにあるのはうっすらと暮れてゆく夕闇の中に刻々と溶けこんでゆく山々の姿があるだけであった。私はタバコを一服する間、据えつけられた木のベンチに腰を下ろしてその様を眺めつつ、深い恐怖が頭をもたげて来るのをゆっくりと押さえつけていた。恐怖は押さえつけられ去っていった。いつものように猿たちのゲームを眺め、山を下り、家に帰って部屋でお勤めをした。夕食の時、日本人の火葬のことを話して、もう一ヶ月で日本に行くのだから皆んなも充分に気をつけて最後の日々を過ごすようにとそれとなくほのめかすと、太郎は、パパもスワヤンブーで死ねば良いではないか、という。ヒマラヤは見えるし、スワヤンブナートのお寺の下で燃やされれば最高ではないかという。それもいいな、と私は答えたが、死というものの意味を太郎がそこまで理解していることに驚くというより、まだ十一歳の少年なのに早くもそのような感受の心をもっているのかと愛おしいような気分であった。

新月が出た。きのうは月の一日であり、一日の月を見るということは非常にめずらしいことである。糸のように細い月でしかもそれは金色の輝きを見事に放つ月であった。順子にも子供達にもその月を見せ、この月が大きくなって満月になりそれから少しずつ欠けて行く頃にはもう日本の月になっている筈だと教えた。日本への旅もまた月と共にある旅の筈である。

十一月十九日（火）

昼寝の夢に、一人の外人のような女の人と女の子の赤ん坊とが出てきた。女の子の名はデヴァキという名であるらしかった。私は半身をベッドの上に横たえてその子を抱いていた。そして女の子をあやそうとしてシュリラーム　ジャイラム　ジャイジャイラームと歌うと、その子の体が透明になり、体の底から光が放たれた。びっくりしてさらにシュリラーム　ジャイラム　ジャイジャイラームと歌うとその子の体はますます透明になり透明な体の底からますます強い光がさしてきた。私が歌えば歌うほどその子の体は透明になり光そのものの魂になるようであった。そんな風になってその子の体に障るのではないかと心配になって眼を見ると、眼はにこにこ笑っていてその子が完全な健康体であり、歌われ光を放つことを喜んでいるのが判った。そばにラーマがいた。後ろに女の人が女神のような感じで立っていた。眼をさますと鈴木さんが来ているという。天気は素晴らしくよくて静かにさんさんと日光を降らせていた。いい天気ですネェと挨拶をした。

ラーマの下痢、吐き気がまだ治らない。夜になるとお腹が固く張り、下痢するか吐くかのどちらかである。林が持ってきてくれたワカ末錠を飲ましているが、どうもあまり効き目がないようである。

私の心を深くとらえているのは、バクティヨーガということである。純粋な神への愛をバクティというが、ただバクティのみが礼拝の果実として希まれる。神への愛のために神への愛を与えて下さいと祈るのである。多くの人々が神への愛にささえられてこの世の大海を渡っていった。私もそのようなものの一人でありたい。

ハリの御名を唱えつつ涙を流すのはいつの日であろう！

礼拝の喜びに心はのぼせあがる！

と歌われる祈りの陶酔の時がこの私にもやがて恵まれる日を待っている。まことに、日々は空しく過ぎてゆき、母は姿を現わしてはくれない。母なしに生きたとてそれが何の役に立つだろう。心に母の御名を呼び、虚しさに私の心は荒立つ。

行為は信じられる。知識も信じられる。しかし愛がないならば、それは枯草原の苦行のようなものである。私は愛の内にのみしかありたくない。ああハリの御名を唱えつつ涙を流すのはいつの日であろう！　たくさんの巡礼の地を巡ってきても心はまだ神を見ていない。

夢に見ただけで私の願いはいっそう強く燃えあがる。生のこの眼で神を見たい。あいもかわらず、十年変わらず私のこの希みは満たされていない。しかし人生の目的は今も変わらず神を見ること、神を実現すること以外ではあり得ない。

十一月二十日（水）

全員でコレラの予防注射に行ってきた。ちょうど一年前に交通公社の治療所で同じコレラの予防注射をやったが、今度は出かけるためにではなく帰るためにである。

インド行きは費用その他の事情から取り止めとした。ゆうべ順子と残りのお金とこれからの出費とを照らし合わせたところ、とてもインドへ行くことは出来ないことが判り、又、ラーマの下痢その他、心配なこともあるので、やはりこの度は終わりまで父親としてそばについていることの方を選ぶこととした。するとゆうべの寝言にラーマが〝着陸！　グッド〟と言ったという。インドの顔をもう一度ちらとでも眺めたいのは山々だが、それはいくら追ったところでいずれは離れねばならぬものである故、この際はっきりとあきらめて、カトマンドゥよりまっすぐに日本に向かうことにする。

月のよい夜が続いている。

冷えこみがすっかり強くなり、日本の秋のように空気がいっそう澄んできたカトマンドゥの空は星が毎夜毎夜限りない祝宴を広げ、月はしんしんとどきっとするほど深く強い光を放っている。いつしかもう五日の月である。月の深い光は今まで見たことのないほど神秘的で、神々しい不可思議な気持ちにかりたてられる。

あまり長くは眺めておれないような月である。ティハールプージャの頃は、周囲も賑やかでいかにも秋の盛りという感じがしていたが、今は寒くなったせいか、夜道を歩く人は殆どおらず、皆んな夜は早く眠ってしまうらしく、八時頃にもなると辺りはもう深夜のような静けさである。カトマンドゥ盆地に冬がやって来ようとしているのが感じられる。稲は殆ど刈り入れられ、脱穀も終わり、今は昼間は至る所で籾干しと、新たに田畑を掘りかえす作業が続けられている。

街に行くと冬物の部厚い衣類の列が店を飾り、人々は昼間でもストールをかぶって歩きはじめている。私はヴェナレスで初めてストールをかぶることを覚え、アヨーディアでドーティを身につけることを覚えたが、ドーティはもう身からはなすことが出来ないほどになり、たまにズボンをはくとズボンというものの型にはまったきゅうくつさにまで人間が変わってしまったような不快感を覚えてしまう。だがストールの方はまだ身につかず、朝夕冷えこみが強いとつい毛糸のセーターを着てしまう。馴れるとストールをかぶっていても両手を自由に使うことが出来るようだが、今のところはどうもそれが出来ないで、セーターを着る不恰好さを百も承知でついセーターを着てしまう。もっとも街でもこのスワヤンブナートでも男の人達は殆どズボンとセーターという姿で、ヴェナレスのように或いはインドのように人々はドーティ、ストールという姿で歩きまわっている人は殆どいないのである。

ヴェナレスのパールヴァティロッジの横で夕方になるとすっぽりとストールをかぶって静かにじっと坐っていた老人のことを思い出す。毎夕出会いながらついに一口も言葉を交わさずに終わってしまったが、季節が寒くなってきてストールが恋しくなると、どういうわけかあの優雅な上品な老人の姿を想い出し、インド世界への思慕が高まってくる。日本に帰ってズボンとセーターやコートを着る生活に入ることを思うと、それだけで何だかがっかりしてしまうけども、果たして日本の冬の寒さをドーティとストールで過ごしきれるかと考えると、やはりそういうわけにはゆかないだろうということが判る。着るものは何よりもその土地の心と直結しているものだから、日本に帰ればやはりズボンをはいて足袋などはいてジャンバーコートのようなものをはおって過ごすのであろう。

ポンからの手紙では、私が日本に帰ると為すべき仕事は山ほどあり、その中でホールアースカタログ日本語版の編集をやってくれということである。果たしてそのような仕事が出来るかは大いに疑問であるが、ポンからの手紙のおかげで少しずつ日本へ帰る心がまえのようなものが出来てくることは有難い。いずれ国分寺の仲間達とも共に仕事を進めてゆくことになるだろうが、その前にまず神田の家の問題を切り抜けなくてはならない。一億円という借金に押しつぶされそうになっている両親の肩に私のかぼそい肩を入れて、少しでも支えてあげなくてはならない。

十一月二十三日（土）

日本では今日は勤労感謝の日であろうか。

父は六十五歳の身でなお、日々ガレージの勤めに出ていること故、私にとってはまず父に感謝の気持ちを述べねばならない。

しかし勤労感謝の日とは、何処から生まれて何処へ行くのか知らないが、おかしな日を作りあげたものである。

増永上人らがインドへ発つというのでおとといは送別会、きのうは朝の見送りと、日本山の日がつづいた。

私は感謝の言葉を述べた。増永上人の気持ちは、僧になることとは旅の決意、であるということらしい。生涯を旅に過ごそうという決意を選んだ彼の気持ちの中にはひたむきな清らかなものがある。彼の眼の中にはひたむきな清らかな炎が時々燃えているのを見る。私はそれを愛する。

送別ということで、日達上人のお写真と、法華経全文真読の経典と、ラジギールの仏舎利塔の模型と絵ハガキを何枚か、を戴いた。経典には観音経全文が載っているので、きのうの夕方早速、全文をお勤めの時に読誦《どくしょう》した。約一年振りに読みあげる観音経全文は、新鮮ですがすがしく有難いことであった。直接にはこれが日本山へのお勤めから受けた恵みと言える。日達上人の写真は、チベット寺の例にならって高い所にかかげ、見送りの帰りに買ってきた二本の花輪の内のひとつをヒンドゥ式にかけて差し上げた。この部屋に、菩薩行の精気がりんと張りつめた感じである。日達上人を師として受け入れるのではなく、ひとつの励みとして常に忘れず、あのように行の深みに達せられた人がいることを思うために、写真が欲しいと常々思っていたところだったので、それが友である増永上人から贈られたということはまことにうれしいことであった。これで何のこだわりもなしに朝夕一声ずつの南無妙法蓮華経を唱えることが出来る。

　この部屋は神様や仏様やの写真や絵や像でいっぱいである。本尊十一面観音をはじめとして、小ブッダ像、ターラー菩薩像、ダライラマ写真、霊鷲山写真、ラーマ絵像、バイラヴァ神メタル、シーターラーム絵、ラクシュミーナラヤン絵、ラマ像絵、マチェンドラナートカンタ、シヴァパールヴァティ絵、シーターラーム像、ハヌマン絵、カーリー絵、ラーマクリシュナ、サラダデヴィ、ヴィヴェカーナンダ絵、ブッダ像、ブッダガヤ大塔写真。これだけのものが小さな部屋に祀られてあるので、その中にある私はあたかも神仏にうずまっている感じであるが、その私は必ずしも心ゆくまで神仏と共にあるというわけにはゆかない。

　日本に帰ったらどうにかして礼拝の部屋と、仕事部屋とを別にして、礼拝の部屋は朝夕及びずい時の礼拝のためにのみしか使用しないようにしなくてはならない。礼拝室がそのまま仕事部屋であるのは如何にもよいようであるが、やはり礼拝と仕事とは別にわけて考え実行しなくてはならないというのが現在の私の気持ちである。礼拝も仕事も食事もすべてを捧げてあるのだから逆に区別が必要なのである。

　増永上人はお師匠様に会えるということで、喜びいさんで出かけて行った。まことに師ある人は羨ましい限りである。今頃はマモこと加藤上人も、どんなにか喜ばしい法悦の時を過ごしていることであろうか。

私はこうして師なき身として、アートマンを頼りとし、アートマンを船として相変わらずスワヤンブナートの清らかな光の内にある。この船は一見遅々として進まぬものであるかのように見える。増永上人や加藤上人は今や衆生上星の師として一路菩薩行の道を歩み進んでいるように見える。私は依然としてヒッピーのメッカ、カトマンドゥのそのまたメッカであるスワヤンブナートに身をひそめる、一介の子連れのヒッピーにすぎない。しかし窓から見られる午前の空はしんしんと静まりかえる光あふれる青色であり、私の愛するものである。部屋は掃き清められてあり、寝袋のつくろいも完全にしてある。祭壇には水と花と線香とお米とゴマが捧げられてあり、神々及び絵や写真はみがきあげられて清らかに光を放っている。一直線のすがすがしさはないが、本尊なる十一面観音、チェンラジー、ローケシュヴァラ、アヴァロキテシュヴァラは、かつて私が触れることが出来た如何なる神々及び仏の姿にも劣らず、永遠の唯一性を示して下さる、サナータナダルマである。

永遠の道は曲がりくねっている、といったのはニーチェであるが、私にとっては永遠の道は豊穣な曲線である。世界の豊穣そのものが永遠である。この豊穣の内に日達上人のお写真が来られたことを私は心から喜び、増永上人ら親しい友人を持つことが出来たことを幸いに思う。残念だったのは、インドに行く増永上人に花輪の首飾りをあげようと思ったのだが、早朝のこととてまだ売っておらず、何もあげることが出来なかった。南無妙法蓮華経の別れであった。

私達の帰国が近づいているせいか、近頃は日本へ帰るという旅行者に何人も会う。いずれもカトマンドゥに長く滞在していた人達である。鈴木さんも又カトマンドゥへ帰ってくることにはなっているがもうすぐインドへ向かう。日本山も、最初私達がここに来た時にはポカラの仏舎利塔建築中であり、お上人方も何人かおられ、ネパールに日本山ありの感じが強かったが、今やパタンに森下上人と瀬良さんの二人を残すのみとなってしまった。森下上人は十二歳で出家し、今年三十七歳になるというから、もう二十五年間も出家生活を続けているわけで、すっかりお坊さんでありお坊さんの見本のような人である。日本山というサンガの中にあっても、仏舎利塔を建てる場所には必ず森下上人ありと言われている人だそうで、行動的な人であることはたしかなのだが、僧としての野心を完全に棄てているという点で気持ちがよい。一緒にお勤めをすると同じ南無妙法蓮華経と唱えながらも、いつしか個性と個性の混じり合いとなり触れ合いとなってくるのだが、このお上人から私が学んだものは、僧としての野心を棄ててただ僧としてあることに専念している人ののんびりとした安心の姿であった。増永上人を見送ったあとで茶屋でお茶を飲んだが、その間中、お坊さんは有難い、お坊さんは有難いと、自分がお坊さんであるのも忘れたかのようにつぶやいていた。

しかしいずれにしても日本山の行の姿は当世第一流の行である。日達上人の行の姿がお弟子の坊さん方の行のすみずみまで行きとどいているのである。学ぶべき点はこれである。

熱海で日達上人にお会いした時、怒ったように〝菩薩行とは生やさしい行ではない〟と言われたことを思い出す。

スワヤンブナートではチベットの尼さんの投身礼拝によるお山まわりがまだ続いている、最初に見たのがたしかバクティプールに行った日であるからもう十日も続いていることになる。毎日、朝から夕方まで大きな美しい声で、まるで上の空のようなチベット人特有の声で歌いながら、自分の身長の長さだけ前に進むという投身礼拝によるお山まわりなのである。出会えば礼拝せずには居られない。その尼さんは暗赤色のぼろの僧衣をまとっており、一見すれば見すぼらしい老年の尼僧の姿であり、その人が地面のほこりや泥にまみれてみの虫と同じく地面を這いすすんでいたからと言って、誰も関係はないし、まして礼拝などの必要はないのである。彼女の心の内にあるものが、ただそうやってお山まわりをしさえすれば良いので他意がないから、バザールの湿った泥道を犬や山羊やニワトリのクソにまでまみれて這っていても、人々は大体において乞食と同様のものとしか見なしはしない。しかし彼女がそのような行をしていることは誰でもが知っており感じているので、彼女の心はそれで充分なのである。日本山の撃鼓唱題の行も行であり、チベットの尼さんの泥にまみれぼろをまとったこの行も行である。私はどちらかと言えばチベットの坊さんの行の方を好む。他意がない、という一点においてチベットのお坊さんの行はこの尼さんに限らず一般に行自体が尼僧であり、気にかける必要がない。慈悲にかなっているのである。生きるべきはこの姿である。チベットのお坊さんはのんびりと歩いている。お勤めの時でも背中を柱などにもたせかけて決して無理なくゆったりとやっている。一見すると何の行もしていない風である。遊んでいるようにさえ見える。しかし喉から出てくる声は、普通の人では逆立ちしても出てこない地の底からわき出てくるような深い深い声の読経である。歩いている坊さんはニコリともしない。しかめっ面もしていない。やさしさなど示しはしないし、それかといって勿論こわくもない。だが眼の中にチベットのお坊さんの姿が入ってくると、心はそれだけでその分だけ安心を持つ。

十一月二十五日（月）

今日ラジギールでは霊鷲山開山供養が盛大に行なわれている筈である。現在『ブッダのことば』を読み進めているが、ブッダの遊行の地のひとつとして王舎城、霊鷲山はしばしばその文中に現われてくる。ブッダ御自身が歩きまわり息をされていた姿が王舎城の様々な光景と共に、まるで生きておられるもののように思い浮かんでくるのである。

私達はきのうパタンの岩村さんの所へ行き、借りていた書物類を返し、林が太郎に持ってきた『今日は一寸法師』という本も贈呈してきた。その後パタンのバザールをのんびりと歩き、太郎に太鼓を買ってあげた。太郎の帰国準備はこれで出来上がった。太鼓職人の家で買ったものでしっかりしたものであり、その心地よい音を太郎はことのほか気に入っているようである。それからバタバタに乗ってカトマンドゥに戻り、バザールを歩いて私のパンツとかお土産の壺だとか、オレンジ色の鮮やかな色の上着を買った。茶色のものがあれば最上であったが、何処にも売っていないので、次善の色としてオレンジ色のものを仕入れた。家に帰って身につけてみると、そのような色を着ることはかなりの心の緊張を要することが改めて判り、僧衣の色であるこのオレンジ色を大切にしようと身を引きしめている。僧ではない身が僧の色を身につけるのはいささか気が引けるので、上から従来どおり、ネパールの農夫達が身につける黒いチョッキを着てバランスをとることにした。私は何処までも僧に非ず俗に非ずという木喰上人の姿が好きなようである。しかしこの道は険しい道であり、下手をすると僧のうまみをちょっとつまみ、又時に俗のうまみをつまみ食いするという僧と俗との両方のうまみのみを喰いあさる最下賤の徒ともなりかねないのである。しかし心は菩薩である。心はサーダカである。心は道の人である。それを明瞭にしてこの道を歩むべきである。

お山まわりをしていると、色々なことに出会う。そのひとつはアーナンダクッティの下に生えている一本の木である。この木はかなりの大木でカシの木のような葉をつけているが、以前に雷かなにかでやられたらしく半分か三分の一ぐらいに割れ裂けて、もう完全に枯死しており、半ばは腐っている。ところが地上三メートルくらいの所から一本の直径十五センチぐらいの枝が伸びていてこの枝はまだ青々とした葉をつけているのである。その木の本体は枯れているのに枝が生きているというような木を見るのは私は初めてのことである。枯れているように見えても実際は生きているのだろうと思ってしらべてみてもそんなことはない。本体は完全に枯れ果てて腐っているのである。多分何かの幸運で、その枝は枯れ朽ちた本体を土として生きのびたのだろうと推察されるが、それにしてもそのようなめずらしい木が生えているスワヤンブナートのお山は有難いお山と言わなければならない。アーナンダクッティを下ってしばらく行くと、チベット人専用の細い礼拝道が作ってある。チベット人は不思議な人達で、礼拝の道をなるべく遠く長くすることを常に心がけていて、右まわりに歩いてゆく時、ちょっとでもすきがあれば、道の左側に、つまり礼拝の道を外側へ大まわりする塩梅に別の細い道を作りあげ、その道をとおってゆくのである。それはチベット人の道と呼んでいいだろう。何故ならチベット人以外にはその道を歩く人はまずいないからである。スワヤンブナートのお山を一周する約二キロの道に、そのようなチベット人の道が五ヶ所作られている。チベット人の道は必ず大きな石の側をとおっており、その石にはオンマニペメフーンの文字が刻みこまれて色づけしてある。その道をとおる時彼らは頭を石につけたり、手で触れてその手を額にもって行ったり或いは腰を石にこすりつけたりするのである。チベット人の道を歩くことは、道といってもほんの四、五メートル、短いものは一メートルほどの脇道なのだが、何か秘密の仲間の仲間入りをしたような一種独得の喜びがあって、お山まわりをする時には私は欠かさずこの五ヶ所のチベット人の道を歩くのであるが、不思議なことにその内のひとつの道にある大きな石には何の文字も刻まれていないのである。その道は一番長い道で五メートルはたっぷりあり、その間、入口の所に直径七、八十センチの石がひとつ、真ん中あたりに直径一メートル以上の大きな石があるだけなのだが、入口の石にはオンマニペメフーンが彫ってあるのに中央の大石、当然文字が彫られるべきはずの石には何も彫ってないのである。チベット人達は、しかも多くは入口の小さい方の石を礼拝せず（文字が彫ってある）、中央の無銘の石を礼拝してゆくのである。無銘の石は無銘である故にただの大石にすぎないのだが、その方を礼拝してゆく。石を礼拝するならば、チベット人のことであるから必ずオンマニペメフーンの文字を刻みこむはずであるし、それに気づいていながら不精をするような浅い信仰心の持ち主であるなどということはチベット人に限り決してないことなので、これはどうしても無銘の石であることの方が信仰心からして選ばれているということになる。この石の力については以前に不思議な熱を放つ石として日記に記した覚えがあるが、石として無銘のただの石でありながら眼には見えぬ約束事を秘めている力ある石としての存在を示しているのである。

この道をすぎてしばらく行くと、大小無数の石にチベット文字を刻みこみ、それを山と積んだ前に小さなブッダのストゥパがある。ここも民族伝承のひとつもありそうな有難い感じの場所である。

それをすぎてゆくとヒマラヤが最もよく見晴かせる一角に出る。ここまで来るとスワヤンブナートの正面のブッダ達の姿も遠見されて、信仰心は高まってくるのだが、一方では晴れた日のヒマラヤを見晴かす絶好の場所でもある。この道すじに一人の乞食がいて、いつでもヒマラヤを眺めながら同じ背を丸めた姿勢で坐りこんでいる。スワヤンブナートをひとまわりして、出会う定住の乞食は彼ひとりである。年は三十歳から四十歳の間くらいで、普通の乞食が手足をライ病でやられていたり、小児マヒか何かで曲がりくねっていたりするいわゆる不具者であるのに反して、彼は身体には何処にも異常はないものであるかのようである。私がお山まわりをするのは夕方であるから、彼に会うのは、というよりその前を一度も布施したことなく通りすぎるのは、いつもヒマラヤがオレンジ色からピンクに染まり、ピンク色から一瞬に青ざめて蒼白になる時刻なのであるが、この約半年の間、お山まわりをしさえすれば必ず彼がそこに居り、同じように背中を丸めて首だけ上に向けてヒマラヤを望む姿をしていたのである。しかし最近になってひとつの疑問が起こった。彼が乞食専門の乞食であるならば、そのために最も都合の良い場所というのは、言うまでもなく正面登山道の前である。お山まわりをするのはチベット人に限られているのに対し、正面入口にいれば多くのネパール人、外国人の観光者もそこを通ってゆくのであるから、当然そこが最も身入りの良い場所である。何ごとにつけてもぬけ目のないネパール人がわざわざその最良の場所を占めないで、人通りの少ないヒマラヤの見える場所に坐っているということは、彼が単に乞食であるだけでなく、ヒマラヤを見るというひとつの行をやっている者であることが推察されてきたのである。ネパールに入って以来の私のテーマは勿論ヒマラヤである。とすれば彼と私とは同じテーマをもってこのスワヤンブナートに住しているのであり、そのことに気がついて以来以前よりは注意を向けて幾分の尊敬もまじえて彼を見るようになって来た。おとといだったたか、木枯しを思わせる寒い風が吹いていて私はセーターを着こみゆっくりとまわっていたのだが、彼の所まで来ると、彼はひざの前に大きな土の鉢を置いてその中には灰と幾分の火があるらしく、その上に両手をかざしつつ、幾分悲しそうな茫然とした眼をして遥かなヒマラヤの夕焼けを眺めていた。その眼をあからさまに見つめたのは初めてのことだったが、それは明らかに乞食の眼ではなく、乞食もするかも知れないがそれは二の次のことで、最初にあるのはヒマラヤをそのように一年中瞑想することを生き方として選んでいる人のすべてを棄て去った眼であった。私は初めて彼を軽く礼拝し、やはりお布施はしないでその前をとおりすぎた。長い間ただ乞食だと思っていた人が実は行者、あまりにもネパール的なひっそりとしたサドゥだったことに気づいて、私は或る種の感動と恥ずかしさにとらわれていた。寺に行き、あるいは寺の世話をすることだけがサドゥなのではない。サドゥとは行者であり何かの行に生涯をささげている人のことをいうのである。ヒンドゥのサドゥのように彼は華々しく額のティラカで飾りはしないし、三叉鉾も火バシのような道具も持たないし、ましてオレンジ色や黄色のサドゥの衣を着ているわけではない。古いぼろの毛布をかぶり、半年の間も乞食だと思いこんで来たほど乞食同然の姿で、乞食もしながらそこに日々坐ることを行としているのである。彼は仏教のサドゥである。何の神秘力もあらわさず、ただそこにそうやってうずくまりヒマラヤを眺めているサドゥである。私はいつの日か機会を見つけて少々のお布施をしたいと思う。

正面登山口を過ぎて更にまわってゆくと、第四番目のチベット人の道がある。この道はスワヤンブーバザールとカトマンドゥのアサントールバザールを結ぶ道路の脇にあり、自動車の往来などもけっこう激しく、普段からこの道は省略して行くチベット人たちをよく見かけた。その代わり右側のお山の斜面には無数といってよいほどの大小の岩石が露出しており、その岩石の目ぼしいものにはすべてオンマニペメフーンが刻まれてあって、それだけでスワヤンブナートがチベット人の居住地区であることを明らかに示している場所なのである。つい最近のこと、行ってみるとこの道のオンマニ石がなくなっていて、そこには石の跡だけが生々しく残っていた。石は何処へ行ったのかと探してみると道の反対側、即ち右側の山すそに転がされており、それはもはや聖なるオンマニ石ではなく、道ばたのただの石に変化してしまっていて、誰も見向きもしないのである。誰かのいたずらだとすれば、チベット人のこと故すぐに元の位置に戻されるはずである。だが、二日、三日と経っても元の位置には戻らず、現在では、その第四番目のチベット人の道は、長さ一メートルほどの短い道ではあるが、廃止されたようになっている。誰もその道を歩く人がいないのである。道路わきにわざわざ作った信仰の道であるから信仰がなくなれば誰もそんな道をとおりはしないのである。誰がどういう理由でその石をどけてしまったのかは判らない。邪魔な石ではないから少なくとも二、三〇〇キロはあろうという石をわざわざ道の反対側まで転がして行くということは余程でない限りは無意味なのである。しかもその石はきのうまでは聖なる石として礼拝されていたものである。

私には何も判らないけども、とにかく理解出来ることは、チベット人の道というのは永遠不滅のものではなくて、やはり寿命を持っており、何かの理由ですたれてしまったり新しく生まれかわったりするものであるらしい、ということである。その生まれかわった例というか、反対なのが、バザールを通りすぎてずっと行った所にある第五番目の道である。この道も短く一メートルほどの道であるが、三、四ヶ月前にひとりのチベット人が丸一日をかけて新しくオンマニペメフーンを彫りつけて以来、みちがえるように生々としてき、人々は欠かさずにこの道をとおって行く。時にはネパール人でさえもこの道をとおり、その石に触れて礼拝して行くのである。右手は松の林である。松の林にはどういうことか多くのぼろ布が供養されてある。それは棄てられてあるのではなくどう見てもやはり宗教的な原因を持つ供養であり、チベット人が住む地方なら何処でも見られる光景である。どうにも使いようのなくなったぼろきれを木の枝にひっかけておくのである。木はそんなぼろきれをたくさんかけられて大変迷惑げな様子を示しているが、考えてみれば布はやがて腐敗して土に戻り木々の根元をうるおすはずであるから、美観はそこなわれるものの、木としては美観という名はすてて養分という実をとることになるわけである。ネパール人もインド人も平気でぼろ布をまとっているが、チベット人ブータン人にはとてもかなわない。ブッダガヤの大祭の時に出会ったブータン人などはまるでぼろの塊《かたまり》（実際はそうではないのだが）のように見えたし、チベット人にしても同然で美観というものがそういう汚れ方の内にあるのではないかとさえ思われるのである。チベット人は汚れている。ぼろをまといほこりにまみれ口をもぐもぐ動かせてオンマニペメフーンを唱えながら、超人的な腰のバネの強さを示しつつ歩いている民族である。そしてその腰のバネの強さがとりもなおさず信仰なのである。チベット人の信仰は決してゆるがない。この世の信仰の姿でありながら、すでにこの世はうわの空のようである。この世にあろうとあの世にあろうと、あるものはオンマニペメフーンだけ、ということが骨の髄まで沁みこんでいて、重々しい踊るような姿で左右に揺れながら歩いてゆく。ヒゲをぴーんと生やしているのが男なら、長く伸ばした髪の毛を編んで、その中に赤い糸などを編みこんでいるのが女の人である。夏であろうと冬であろうと、黒色を基調にした部厚い着物を着ていて、軽快、という近代用語が意味する世界などは夢にも知らない、という風である。更にお山をまわってゆくと、現在工事中の中国の援助による道路を作っている所に出る。私達はこの工事中の道路を渡って少し山の方に歩んだ所に住んでいるので、お山まわりはそこで終点にするのだが、近頃又新しい礼拝の場所がそこに出来ている。それはただやみくもに石を積み上げた一見、石の小山のようなもので、その頂上に五輪塔のような形をした三十センチほどの高さの石が据えられてある。据え方は正確なものではなく少し傾いている。気をつけて見ないとそれはただの石の山で、道路工事用の石が積んであるのだろうくらいにしか思われない。ところがその近くに来るとお山参りのチベット人たちは皆んなそこらの石ころをひとつか二つ拾い、それを石山めがけて投げ上げ、礼拝をして行くのである。これは私達がポカラに行く以前にはなく、一ヶ月経って帰ってきて見るといつのまにかその形の礼拝がすべてのチベット人たちに行きわたっていた。新しい礼拝場所が確かに生まれたのである。それがどうして生まれたのかは私には判らない。以前、高位のラマ僧が逝去したので、その僧の遺骨がそこに埋められてあるのかとも思うが、それにしては道路工事をやっているすぐ側《そば》に道路工事の材料の石と一見見まちがうような乱雑な石の山の塚というのはちょっと合点がゆかないし、それかといって道路工事がうまく完成しますようにという祈念の石山とも思えない。チベット人達はそこにやって来ると一種喜々とした表情になり、石を拾い、石を投げ上げ、丁寧に合掌礼拝して行くのである。

そこにはチベット人の道と同様に彼らにだけ共有されている一種秘密な礼拝の喜びが感じられる。石を投げ上げて礼拝すれば私もその仲間に入るのだろうが、私は何故か今までに一度もこの石塚に石を供養したことがない。チベット人のすることならたいがいはまねてそのまま行なうのだが、どういうわけかこの石塚の秘密の喜びの仲間には入っていない。

さて、こんな風にお山まわりのことを書いている内に日も西に傾き、お山まわりに出かける時間になった。今日は十日月、明日は多分ネパールで最後のエカダシをとる日である。こうして二週間に一度ずつの割りで断食をすると、年に二十四、五日断食をすることになり、一見激しい断食行をしているかに見える日本山の断食日より数から言えば多くなるのだから愉快である。もっとも日本山の方は水もとらぬ完全断食であるが、私達の方は三度お茶を飲み、夜にはちょっとしたお菓子を戴くという不完全断食である。ラジギールでの記念法要が、インドにおける仏教再興の気運に力強い響きを与えますように。

十一月二十六日（火）

きのうは月暦の十日で、海上に眠る聖なるナーラヤーナが永い眠りからさめるという祭りの日であった。私達が借りている家の前の道を二、三日前からたくさんの参拝の人々が美しいサリーや洋服（男）に身を飾って行くので、もしかしたらそうかなと思っていたら、やはりナーラヤーナの祭りなのであった。きのうは眼覚める当日にあたっているらしく、朝まだ暗い内から歌いながらお祭りに行く人々の声が聞こえ、道は参拝の人達でひきもきらないという有様だった。私達も行かなくてはならない、というわけで、午後、ラーマ、次郎、順子と四人でこの家のギーター、ミーラーの二人娘と一緒に出かけて行くと、峠をひとつ越した所に小さなお寺があり、まずそこでお参りをし、更に山あいの普段なら静かさそのものであろうと思われる陽向道《ひなたみち》をなだらかに登ってゆくと、三〇分ほどもして山あいにこんな立派なお寺があったかと驚くほど気品のある美しい寺があった。道すじは色とりどりのサリーを着た女の人達、きちんと身なりをととのえた男の人達で賑わい、両脇にはところどころにみかん売りやピーナッツ売り、サトウキビやゆでたサトイモなどを売っている人が坐っており、お寺に近づくに従って茶屋も出ていれば甘いお菓子屋も出ているというふうで、次第にヒンドゥ特有の上気した幸福なお参りの気分に入っていった。

山にはところどころ、桜の樹に木肌も花もとてもよく似た木が満開の花を咲かせており、ところどころに美しい水も流れ下って来ていた。桃源郷という感じがほのかに漂っている所で、お寺に入るとまず手足や口を流れ落ちる水で洗い清め、本堂に行く。本堂は参拝人で混み合い、プラサードの花をもらおうという人々、礼拝の人々で、例によって死にものぐるいの闘いをしなければとどかないという有様だった。ラーマを抱いていた順子は途中であきらめてしまったが、私はどうにか持ちこたえて最前列まで進み、持参した花を投げ、プラサードとして黄色い菊の花のような花をいくつかもらった。しばらくすると潮が引いたように人混みが去ったので、順子も次郎も素早くお参りをし、順子は大きな千日草の花を二つほどもらって来た。いい花をもらったと彼女は喜んで早速髪にさした。ヒンドゥのプージャは、人々がそうやって捧げる数々の花を、お堂の中の人が逆にプラサードとして人々に分け与え、人々は自分が捧げたのとは別の花をもらって帰ってくるのである。

その他にお米を持参した人は手につかんでは投げてプージャをする。その人達ももちろん空いた手をさしのべて花のプラサードを戴くのである。花をもらうとたいがいの人はそれを頭の上にちぎってばらまくので、参拝人たちの頭の上には大小色とりどりの花びらが散っていることになり、お祭りらしい上気した気分に拍車をかけるのである。鐘はがんがん鳴らされ、境内にはたくさんの色粉屋さんが店を並べていて、五パイサも投げると何色かの色の入れものをよこしてくれ、鏡を渡してくれる。鏡を見ながら自分で好きな色を指につけて額にティラカをつけるのである。ネパールの人達は、特に娘たちは念入りに一人十分もかかって色々の色をまぜ、細かく配分して塗っている。ティラカはネパールではその中に米がまぜてあるのが特長である。インドでは色粉だけであるが、ネパールでは米と色粉をまぜて、それをべったりと額につける。私達もそのようにして色粉をつけ、お参りは終わったので来た道を帰ることにした。寺を出た所の店で色粉や甘いお菓子などを少し買い、再びうっとりするような陽向道をたくさんの人々の上気した気持ちの海の中を下って来た。

ナーラヤーナ神は水に住むものと呼ばれヴィシュヌ神の別の姿で、大海の水の上に大蛇アーナンタを船として横たわり、そばには妃ラクシュミーがはべり、ヘソからハスの茎が生え、ハスの花の上にはブラフマー神が坐している、という姿で永遠にゆったりと眠っているのであるが、きのうのその日には永い眠りから眼を覚ますのだそうである。インドでもネパールでもヒンドゥの世界ではナーラヤーナは最も気高くおおらかで気品のある大神として崇拝されている。ナーラヤーナは神々の王者であり、大蛇アーナンタの上にゆったりと寝そべっている姿は何ものも犯しがたい力強さとおおらかさを示し与えてくれるのである。眼覚めてヴィシュヌ神となれば全宇宙をただの三歩で歩いてしまうという神である。

カトマンドゥ近郊には四つの大きなナーラヤン寺院があるそうで、そのひとつは私達も行ったことのあるブッダニールカンタのナーラヤーナであり、他は知らないがそのもうひとつがきのう私達も行った山の中のお寺なのである。人々はきのうは朝早く起きて一日かけてこの四つのナーラヤン寺院を参拝してまわるのが祭りの中味らしく、その四ヶ所は距離的には一〇キロ、二〇キロと離れているのだから四つを徒歩でお参りしきるというのは大変な熱心さが必要とされるのである。私は夕方お山まわりの途中でもううす暗くなっている頃にマードゥに会ったが、彼はやっと四つのお寺をまわり終わって来たところだそうで、今日は大変に疲れたと言いながら、私にプラサードの花をひとつ、順子と子供達にあげてくれといってくれた。ジャイ　ナーラヤーン！　というのが挨拶である。

人と人とがジャイ　ナーラヤーン！　と挨拶をする。ヒンドゥ人のみが味わい得る幸福の光なのである。いつしか私もそのような幸福を知る身となっている。そしてそれこそがナーラヤーナの恵みであり、ナーラヤーナが祀られる所以でもあるのである。

十一月二十七日（水）

林からの手紙によると飛行機の切符及び一〇〇ドルを神田から発送したとのことである。その手紙が着いているのに、切符の方もお金もまだとどいていない。同じ手紙でビルの入居者が全部決まったとのこと。この半年の間祈りに祈りつづけてきた願いがやっとかなって、私の心からもすうーっと重荷が去ってゆくのが感じられた。母よ、そして父よ、長い間御苦労様でした。よかったですね。おめでとう。

切符が送られたということは日本からもう帰ってきてよろしいという声がかかったということである。帰ることにしよう。日本の旅がまた始まるのだから、心を引きしめて夢々母に甘えすぎたり、仲間に甘えすぎたりしないようにしよう。舞台が何処に変わろうとローケシュヴァラと共に、神々、諸仏、諸菩薩と共に行くだけのことである。

ただ日本においては私達はいっそう感覚の制御につとめ、欲望に走ることなく、静かに生きることを実践しなくてはならないだろう。猥雑な日本欲望界に復帰するのであれば、まことに情ないだけのことであるから。

きのうの朝だったか不意に次郎がギーターと結婚した夢を見たと言った。そばでそれを太郎がきいていて、何を着てた？　と聞くと、サリー、と答えた。きれいだっただろうというと、うん、と答えて少し恥ずかしそうにしている。順子はそばにいず、私と太郎と次郎の三人だけの話である。ギーターは八歳の可愛い女の子である。次郎はそのギーターに少しあこがれているようで、大きくなったら又必ずネパールに来るのだと言っている。今度は一人で来るのだと。

今日は諏訪之瀬のミコとノンからの便りがとどいていた。ナーガがラーダという娘と結婚することになったらしい。働きものの可愛い女の子です、とミコは記している。ナーガも結婚するのか。生活の匂いがして来たなあと思う。しかしほのぼのとしていて欲望を感じさせないからやはりナーガという人は徳のある人である。周囲の人々も徳のある人々で愛するとはどういうことかを皆んな知っているように思われる。私達も諏訪之瀬に住んでも良いな、と今日の手紙からは感じられる。諏訪之瀬には砂糖がないそうである。買えないのだという。一方では値上がり、一方では買うことが出来ない。日本はたいへんですよ、とミコは伝えている。ノンの家の牛はビューティーという名前だという。ゲタオががんばっていることであろう。

ポンからの便り、アニキからの便り、日吉さんからの便り、そして神田からの便り、それぞれの方面からやって来る便りの中で、一番平和で、のんびりしていて、しかも真剣な宗教的な匂いのする便りはやはり諏訪之瀬からのものである。諏訪之瀬が日本では一番良い所であることがたしかである。

日本へ帰って、神田に宿り、しばらく二本松に行き、正月を越したら諏訪之瀬に行って来ようと思う。もしスペースがあるようであれば、来年は諏訪之瀬で家作りの年となるかも知れない。

私はもう外側との闘いはしない。ブッダが教えられているとおり、論争をしても批判をしてもそれは心の平安とは関係のないことである。感覚器官を制し、欲望を制して、一路平安な清らかな真理の姿を具現することより他に、この世においてもあの世においても私の希みはない。東京に住めばどうしても外側との闘いをしなくてはならないだろう。猥雑な新聞記事に眼をとおし、暴力や殺人事件に出会い、カシアス・クレイ（モハメッド・アリ）についてのニュースを読み、日本赤軍派のハーグ事件に心を震わせなければならないだろう。私はもうそのような生き方をしたくない。心に沁みこむ平和が主であるような土地に、その主の慈悲の元に平和に暮らしたい。そしてそのように暮らすことこそが人間の暮らし方の目標なのであり、それ以外には人間がこの世に生存を受けてきた目的は何ひとつないのだということを、主からのメッセージとして多くの人々に伝えてゆきたい。
即ちバンヤンヨガアシュラムのメンバーの一人となることである。そのようにして私の青春のシュトルムウントドランクを終わり、家族をもつ一人の修行者であり詩人としての私の本当の生涯を第一歩からしっかり歩きはじめることにしよう。

十一月二十八日（木）

きのう、今日とつづけてチベット人のめずらしい習俗を見ることが出来た。きのうは結婚式であった。お金持ちの人の結婚式と見え、先頭にジープが立ち、ジープには竹の竿に一枚のタンカが結びつけられてあった。二台目は空《から》でまだ誰も乗っていず、そばの大きな家からもしかしたら花ムコ、又はその他の人が出てくるのを待っているところだった。三台目のカローラに花嫁が乗っていた。小さなハシゴのような形のものを髪にさして、それが日本で言えば角かくしの感じで、その角かくしは赤い色のもので一見しただけで結婚式の花嫁であることを知らせてくれるものであった。花嫁はうつむいたまま殆ど顔をあげることなく、いつまでもじっとしていた。服は黒系統の色で帯とかに少し緑などの色が入っていたと思うが、普段のチベットの女の人の服装と比べて格段の相違があるわけではなく、あきらかにチベット人そのものでしかあり得ない重々しい黒っぽい着付けそのものであった。ただ着ているものが真新しいのと角かくしの真っ赤な色彩のせいで重々しさの中に結婚式のはなやぎが静かににじみでているのだった。しばらく待ってみたが側の家からは仲々待っている人が出て来ないようなので、私は先を急いでそこを去った。そして今日は三人のチベット人達の歌い手に会った。一人は背の高い男で手に三弦のちょっと蛇皮線に似た楽器をもち、音もそれによく似た音で華やかであると同時に物悲しくべんべんと鳴り響かせながら足踏みをして踊っていた。次の人は小肥りの男でホーロー引きの洗面器を両手にかかえてお布施を受けながらやはり足を踏みならして踊っていた。三人目はやはり肥った女の人で首すじにサロンパスのような絆創こうを張りつけ、何ももたず足を踏みならして細い高い声で歌っていた。三人とも足を踏みならしながら歌っていた。楽器をもった男が時々くるりと体を一回転させる他は三人とも体の位置は少しも動かさず、楽器に合わせてかなり早いテンポで足を踏みならしながら、高く低く大きく小さく声を合わせて歌い踊っていた。歌はどちらかというと心を浮き立たせるようなメロディーのものであったが、心を浮き立たせると同時にたとえようもなく物悲しい気持ちにもさせてしまう不思議なメロディーであった。私は彼らの姿、泥とあかに汚れた服を着、体も髪も汚れきった三人のチベット人の大道芸人の姿を初めて見たのと同時に、そこいらの街並みがチベット人がたくさん住んでいる地区で周囲に集まっている人達はチベット人が殆どだったせいもあって、不意にラサの街を思い浮かべ、ラサ、と思い浮かべたのと同時に涙がぽろっと落ちてしまった。あとはじっと聴き入れば聴き入るほど、足踏みの踊りのリズムに引き入れられれば引き入れられるほど、どういうわけかたとえようもない物悲しさに襲われて涙をこらえるのがせいいっぱいであった。彼らが歌っている前の家の女主人らしい人が眼をつぶったまま、チベット人特有の重さの内にじっとしていながら足先だけはしっかりとリズムに合わせて小刻みに動かしているのを見て、その感動は更に高まったが、それがどうしてそうなってしまったのかは判らない。

不意に世界はラサであり、私はラサに居るのであり、ラサの街頭で大道芸人の歌に出会っている自分をそこに見たのだった。人々の集まりは次第に大きくなり、車が通れないほどになってしまったのと、それ以上そこにいるともう涙をこらえることが出来なくなりそうだったので、私はそこを去った。自転車をこぎながら、私は胸いっぱいに感動して、心の中でつぶやいた。チベット人は真理である。今や真理はその祖国を失い地上に亡命して分散しているのだ。そして次には、いつの日にか真理はその祖国を取りもどし……と思ったけどもそれは政治の問題であり、感動の触れるべきすじ合いのものではないのでその先をつぶやくのは中止し、チベット人は真理なのだ、そして真理は今その祖国を追放されているのだ、ということを繰り返し、繰り返し心の内に歌いながら、日本大使館へ飛行機の切符の入った手紙がついているかどうかを調べに行ったのだった。

十一月二十九日（金）

鈴木さんがインドへ行くというのできのうは簡単に送別会をすることにしたら、町田さん、田中さん、それに豊さんと、三人も日本の人が一緒に来て、ここの部屋は全く初めての大賑わいとなった。鈴木さんを含めて四人とも大変に素晴らしい人たちであり、私も久し振りに大いに元気を燃やして仲間に加わることが出来た。町田さんは一〇〇〇〇メートル競走のレコードホールダーであり、ジョンリンまでトレッキングに行き、ニルギリ（青い山）と呼ばれる氷の塊のような山を見てきた話をしてくれた。左にはダウラギリ（白い山）が見え、ニルギリは雪山ではなく氷山である故に青く見えるのだということであった。歯が美しく、心も美しい人で、ちょっと唐牛《かろうじ》に似たところがあ

り、もう二、三日で日本へ帰るそうだけども、その前に本当に嬉しい人に会うことが出来てよかったと思われた。田中さんは宮崎のキョクの知り合いということでワークキャンプの頃からのキャップ達をも知っており、最近、建造中のヨットがついに港に浮上したというニュースを伝えてくれた。豊さんは鈴木さんのゴアの頃からの友達だそうで、私には信仰のとっつきに来た人であるように思われた。石谷さんにちょっと感じが似ているが石谷さんのような静かな積極さは持っていないようであった。四人とも楽しい素晴らしい人達だった。

今朝は鈴木さんを送りに行き、カトマンドゥのバザールで花輪をひとつ買って首にかけて見送った。二週間したら山登りにやって来るお姉さんを迎えるために又カトマンドゥに戻ってくることになっているのだが、私達はその二週間の間に多分日本へ向けて発つことになるだろうからである。リシケシで会って以来、彼とは色々と楽しい時を持った。有難くうれしい人であった。

今日は神田のビルに入居者が決まったお礼にスワヤンブナートのアジマーにお参りをした。花束や花輪を全部で十個も買ってきて、順子とラーマと三人でお参りをし、心の底から感謝の思いを述べると同時に、急に頭痛がして寝込んでしまった次郎のことと、私達全員が無事日本に着けますよう、又改めてお願いもしてきた。今日は又、マードウから神田の両親へのプレゼントの仏像が届いた日でもあった。カトマンドゥ郊外の山向こうのお寺でやはりプージャに使われていたものだそうでローケシュバラであり、きっと両親も喜んでくれるだろうと思う。それを持って来てくれた時にアジマーの話が出て聞いてみるとアジマーはやはりカーリー神で、それが仏教に入って鬼子母神となったその神であることが判った。それだから病気の子供などが出た時にはすぐにアジマーの所へ行き、お願いをするのである。タネバジュ　タネメジュ　ラトヴァジュ　ラトメジュ　ワシヴァジュ　ワシメジュのマントラは、ブッダがその時隠してしまった六人の子供達の名前だった。昔、鬼子母神がいて、人の子を食べ歩いて食糧としていた。ブッダがそれを見て、鬼子母神その人の子供を隠してしまい、彼女が帰ってきて子供がいなくなったと大いになげき悲しんでいるところへ現われ、そのように悲しみは人も我が身も同じであるから、以後決して人の子を食べることはしないようにとさとされて仏門に帰依したのが、ヒンドゥ教のカーリー女神であり、仏門に入って鬼子母神として祭られることになったのである。

ハルティマターアジマーの正体がこれで判明したわけである。

そして今晩は満月である。六時すぎ、美しい金色の月が昇った。思わず礼拝せずに居れぬような美しい完全な月であった。ところが晩飯を終えて外へ出るとびっくりしたことにはその月が欠けているのだった。昼間マードウが盛んに言っていたガラソという言葉がにわかに思い出され納得された。即ち、今日は満月であるばかりでなく皆既月蝕の夜なのだった。ネパールの人達は今晩は不吉な夜であるとして、月が欠ける七時から十一時までは断食をしてプージャに過ごし、十一時をすぎてから食事をするのだそうである。今は九時頃と思われるが、月は完全に欠け、鈍い赤い色となって中天を進んでいる。

カトマンドゥ最後の満月が皆既月蝕であるとは、私は逆に自分が非常にめずらしいめぐまれた運命の下を歩いているものであるかのように思われてくる。以前に一度はたしか皆既月蝕を見ていると思うが、一年しかいない外国で、このような運にめぐり合えるとはうれしく有難いことである。

今日は又、二体のターラー女神、グリーンターラーとレッドターラーの像をローケシュヴァラの脇侍として仕入れた日でもあった。

十二月一日（日）

明るい月の光と共に十一月は過ぎていった。スワヤンブナートに住む外国人達は、すっかり寒くなって冬を迎えようとしているこの地をすてて、一人去り、二人去って、今ではすっかりまばらになってしまった。彼らは皆んなインドへ、暖かくて過ごしやすい南へと荷物をしょって去ってゆくのである。多分これからはゴアあたりがヒッピー達の集合場所となり、ゴアのクリスマスと銘打ってあちらの方で盛大な花火が打ちあげられるのであろう。このシャンカジの家も再び外国人は私達だけとなり、空室だらけの家に私達は住んでいる。朝夕はまだ霜こそ降りてこないがくつ下なしでは過ごせないほどにすっかり冷えこみが強くなっている。

チベットの人達の部厚い毛の服の黒い色が暖かそうで、いよいよチベット人の季節が始まったことを思わされる。スワヤンブナートのお山のすその芝生地に腰を下ろして見下ろすと、カトマンドゥヴァレイは稲刈りも脱穀も終わりいちめんに灰茶色の乾いた地肌を見せているだけである。

彼方に多分ヒマルチュクと思われる山が白亜の姿を見せ、その奥にマナスルがほんのちょっとだけ顔を出している。ガウリシャンカールやガネシュヒマラヤはその位置からは見ることが出来ないが、このごろはひと頃のような快晴の日々は続かず、日中は山々は殆ど雲をかぶっているような感じである。チベットのお坊さんがやはり芝生地に腰を下ろしてひとりでみかんを食べている。ひとつひとつの袋のすじ皮をていねいにとりながら、他に何をするでもなくのんびりとみかんを食べている。

きのうは私達もお別れのつもりでパシュパティナートへお参りをして来た。今度も始めから入るつもりはなかったが、入口に警官がいてやはり入ることが出来なかったので、花と線香のみをネパールの人に托して届けてもらい、入口から大きなナンディの姿とお寺の建物を礼拝しただけであった。ネパール人からおかえしの花輪を受けとり、それを順子にかけてあげ、私達は側のおばあさんの店から花輪を四つ買って首にかけ、皆んなでぞろぞろとお寺の前の門前市とでも呼ぶべきバザールを歩いていった。お土産の菩提樹の数珠を三つほど買い、その他順子はダクシネスワール寺院以来初めて金属製の腕輪を二つつけてもらった。ダクシネスワールではひとつだけだったので、これで三つになり、時々は腕輪の触れ合って鳴る音が耳に入るようになった。ヴェナレスでも買わず、アヨーディアでも買わなかった腕輪をパシュパティで買うことになっていたとは又不思議な運命であるとしか言いようがない。腕輪は金メッキがしてある上品なもので輪が小さいのでなかなか腕に入らず、小母さんが必死になって順子の手をしごき、私もナモシヴァヤー　ナモシヴァヤーとお祈りをして七、八分ぐらいもかかってやっと入ったのだった。ところが入った途端に順子は、しまった左手に入れてもらえばよかった、と口走り、私はそのことに対して大変に憤慨してしまった。裏手にまわりヴァグマティのガートで足と手と顔を洗ってさっぱりとし、日本へのおみやげにその河の水をカンに入れてもらい、裏山のシヴァリンガムのお堂の群れの中をとおって道を登り、前に行ったことのあるベンチのある所、パシュパティのお寺の金の屋根が正面に見え、ヴァグマティ河を見下ろす所に行って昼食のおにぎりを食べた。河っぷちのガートでは二体の死体を焼いており、風向きによってはその煙りが弁当を食べている私達の所までも流れてきたが、もう子供達でさえも、それをあえて言い立てるものがないほどに寺というものの雰囲気になれてしまって、四つか五つのおにぎりを残したのみで楽しい食事を済ませた。残ったおにぎりをどうしようかということになったがやはり猿達に供養しようということになり、あたりを見まわすと、遠い樹上に一匹の猿がいたので、声を放ち、おにぎりをのせたアルミの皿をかかげてみせると、判ったという風にするすると樹を下り、下りながら背後の森に一声声をかけてそろそろと近寄って来た。十匹ぐらいが次々に山を下って来ていつのまにか私達は猿にとりまかれ、残りのおにぎりはたちまちの内に猿達の胃の中へ消えていった。スワヤンブナートの猿もそうであるが、手の上に食べものを乗せて差し出すとそれを自分でとって食べるほどに、野生とは言え神域の猿達は人の心を解するのである。スワヤンブナートの猿などは、手を差し出すと、その手がすっと引っこめられたりしないように、片方の手で差し出された手を掴んでおいてもう一方の手で食べものを取るほどである。もっともそういうことをするのは猿の中でも長老格の大猿で、そのようにしながら人間は恐くないのだということを仲間の猿に教えると同時に、人間の手を掴んでいる自分の勇気を他のものに示している感じが伝わってくる。猿と遊ぶことはまるで鏡に自分の姿をうつしているような気がして楽しいのである。

パシュパティナート寺院はパシュパティ（動物の主）という名を持つシヴァのお寺であるが、このお寺はネパールのみならずインドにもその名が高く聞こえている聖地で、リシケシで会ったサドゥにこれから何処へ行くかと問われてネパールと答えると、ああパシュパティに行くのか、と言われたほどなのである。マードウの話によれば、パシュパティはその起源をゴルカのゴラクナート寺院にもち、ゴラクナートとはやはりシヴァの別名であり、そのゴラクナートはマッチェンドラナートが源であり、更に深くムクティナートというジョンリンの奥にある聖地に源をもっているのだという。ゴラクナートの地から私の所へローケシュヴァラがやってき、又、マッチェンドラナートのタンカも私はもっている。そしてどういうわけか、ムクティナート寺院の写真も手に入れてもっているのである．パシュパティからムクティナートへつづく一連のシヴァ信仰の道の内に私の歩むべき道があることを啓示されているようで、次にこの国へ来た時には是非とも再びヒンドゥオンリーの禁を破って、奥地ムクティナートの寺院へお参りに出かけようとマードウと約束したことであった。

マードウはもう少ししたら六ヶ月のタパス（苦行）をするためにムクティナートへ出かけるそうで、その時に私の写真をムクティナート寺院に貼りつけるからと言って写真を持って行った。又、もし今度私がネパールへ来たら、カトマンドゥの郊外にでも小さな小屋を建ててシヴァドニを切って二人で暮らそう、というような話までも飛び出してきた。マードウが言うには、自分は音楽もラジオもその他の色々な遊びには何の興味もなく、ワイフにも全然興味がないということで、この世に生まれてきたのはただ苦行をし、よりよい世界、シヴァの天界に生まれてゆくためであるから、信仰することにしか興味のない人と共に安らかに住みたい。きのうは彼の家に祖父の時代から伝わっている銅製のパンチャパートラというプージャ用の皿を持ってきてくれて、ずい分ぼろで破れたりもしているのだが、日本に帰ったら修理をして使ってくれということであった。彼をとおしてカトマンドゥの商店には決してない仏像を二体求めてもらった関係から、ずい分親しくなり、私は自分を信じることが出来る限りにおいて彼を信ずることが出来るという状態に至っているのである。ネパールにあんたの兄弟がいるということをいつも忘れないでくれと言って、私の父にまでもおみやげの石の仏像をくれたのである。

思えばカトマンドゥに入ったばかりの時にスワヤンブナートに登り、その日にマードウに会って部屋を探してくれるように頼んだのがつき合いの始まりだったが、彼がシヴァの讃歌を歌い終わったあとで苦しそうな顔をし、今は自分はこうして商売を手伝っているが、自分の本望は信仰の生活にあるので、それに入りきるまではカルマヨーガをしなくてはならないのだ、と言った言葉が今でも耳に残っている。まだ十九歳か二十歳の若者であるが、五、六歳の頃から師について宗教上の教えを受け、今はカトマンドゥの伯父の所に身をよせて店の手伝いなどもするけども、本当の目的はこの地で宗教的な修行、即ちダルサンという言葉でヒンドゥの人々が呼んでいる聞こえ高いグルを尋ねては色々なことを教えてもらうという行をやっているのである。朝は三時か四時におきてあちこちのお寺へ行って瞑想をし、朝も日中も何も食べず、夕方のみに食事をする生活をもう何年もつづけているそうである。

彼と二人でいる時はいつも彼が歌いはじめる。私は黙ってきいている。ただ情念のみでその歌をたどっている。歌い終わると彼は英語で今の歌がどういう歌だったのかを説明するのである。一時間でも二時間でもそうやって時を過ごす。彼は歌うことが好きであり、歌うといってもそれは神の讃歌であるから、歌手が歌うようにではなく、魂の歌をその場でその場の気分の中で歌うのであるから、聞いている方もいわば同じ歌を歌うことになるわけであり、決してだらけたり気を抜いたりすることは出来ないのである。

彼と共に過ごす時間は大変に楽しい。ただどうしても歴史のちがいがあって私は彼についてゆくことが出来なくなり、彼を引きとめ引きもどし、することになる。過程を飛ばしてしまうならば、私は私となり、彼は彼となって別れ別れになってしまうからそれは出来ず、私が学ぼうとするのは言わばその過程であるヒンドゥの味わいであるから、時には小憎《こにく》らしくなるようなことがあっても私は我慢をしてついてゆく。そこいら辺のところをうまくリードし、又決して逃がさずに判らせてくれるあたりはマードウもなかなかのグルの資質をもっており、私が彼とのつきあいの中で学んだものは意外に大きなものなのかも知れないと思う。

さて、今日現在、まだ飛行機の切符もお金も届いていない。待つ身というものは仲々辛いもので、こうなると途中で紛失してしまったのではないか、盗まれたのではないかなど余計な邪念までわいてきて、落ちつかない。カトマンドゥからは飛行便のないK.L.M.の切符ということもどうも胸に落ちない。日本に行くということも今までと同じくきつい旅のつづきであり、決して母の胸に飛びこむような具合にはゆかないことは想像できるが、こんなふうにして切符を待つこと自体が旅を形成しているのだと思うと、この落ちつかなさをしっかりふんばって切符が与えられるのを待つ以外には今私のすることは何もないのである。

十二月二日（月）

今日は父の誕生日である。父は六十六歳になった筈である。ビルの入居者が決まって、倒産をまぬがれて、父の心はどんなにか明るいことであろう。

カトマンドゥヴァレイは今朝は霧が深かった。いつもなら朝食を食べる八時頃には霧はすっかりあがり暖かい朝の太陽が冷えた体を暖めてくれるのであるが、今朝は十時をまわった今頃になってようやく霧が去りうるわしい陽の光が空に庭に充ちている。庭では太郎と次郎がそれぞれにダラムサラで買ってあげたチベットの小刀を研いでいる。落ちついた充実した感じである。礼拝を終わって庭に出るとヒマルチュクが白亜の光を放っている。その白亜の光に向かってオンマニペメフーンと唱える。この時私の胸に静かな充ちたりた喜びが流れる。ヒマラヤは彼方にあるとは言え、カトマンドゥヴァレイはやはりヒマラヤの街である。

ゆうべの十七夜の月もまた素晴らしかった。山の向こうからぼっと昇ってきたのを順子が見つけ、皆んなで見に外に出たが、風がおさまって冷たさもやわらいだ空気の中を暖かい恵みのような感じで昇ってきた。私の郷里の村で、山を二つか三つ越した海べりの部落に十七夜祭りというものがあった。私の伯父のお嫁さんがその部落から来たばかりの頃で、私も連れられてそのお祭りに行ったことがある。日本海の荒波に洗われる孤立した海村ゆえにサザエとかアワビとか魚類の料理がいっぱいにあり、部落の家々はほんのりと祭りの明かりに華やいでいてとても良い祭りであったことを覚えている。十七夜の月というと私はいつもその立石（山口県長門市）という部落の人里離れた暗いほのかに華やぎのある祭りの記憶を甦らせる。その頃私は偉い人になることを夢みていた。三十六歳になった現在、私は一介の家族連れのヒッピーである。これは偉い人になったことであろうか。しかし少なくとも私の胸に不満はない。

スワヤンブナートのお山を登ってゆくと、ジャイ　ブッダ！　ジャイ　ブッダ！　とつぶやきながら山を登ってゆく五十歳すぎのおやじさんが居た。又、先日増永上人をラジギールへの見送りに行くと、ブッダを彫りこんだバッヂが人々に手渡され、人々はブッダ　バガヴァン　ブッダ　バガヴァンとささやいていた。バガヴァンとは神ということである。ネパールの人の心にはブッダはホトケであるよりは神である。何故ならブッダはヴィシュヌ神の十の化身の内のひとつであり、ホトケではなく神なのである。しかしこの神はどえらいことを説いた。ヴェーダの伝承の権威を否定し、四つのカースト制度を否定し、神を実現することではなくて煩悩を滅尽することこそ必要なのだと説いた。苦しみのない状態こそは永遠のニルヴァーナであると説いた。増永上人ら日本山の人達に言わせると、ネパール人の仏教は仏教ではなくてヒンドゥ教であり、仏教徒とは法華経を始めとする大乗経典を信仰する人々を指すようであるが、私の眼には、ブッダ　バガヴァン！　と手を合わせて礼拝する多くのネパール人はまぎれもない仏教徒であると見える。何故ならブッダの名を呼ぶものはブッダの心を呼ぶものであり、ブッダの心を呼ぶものはブッダが悟ったダルマを呼ぶものであるからである。ブッダが説いたことは一見神々の伝統の否定、カースト制度の否定、アートマンの否定のごとくに見えるが、実際にはそうではなくて、人にとって最も大切なことは苦しみのないこと、苦しみを滅尽するためにはその原因である執着その他苦しみの原因となる煩悩を滅尽する必要がある、ということだったのである。

後の時代になって起こってくる阿弥陀仏信仰、観音信仰、大日如来の信仰、又は法華経信仰のようなものはすべてブッダの教説の内に含まれているものであり、それらはすべて言わばヴェーダの伝統を受けついだアートマン・ブラフマンの信仰なのである。その時代の多くの修行者と共に神の実現をめざして苦行を行なったブッダが悟ったことは、苦のない状態、心の平安、胸の永遠の安らぎこそが、神を実現した状態であるということだったのである。真理とは苦のないことである。光とは平安である。神とは永遠の心の安らぎの状態である。ブッダは、そのように説いているように私には聞こえてくる。

きのう十二月の一日から八日間は臘八大摂心《ろうはちだいせっしん》でラジギールでは日達上人以下たくさんのお上人方、旅行者が八日間の大断食に入っているはずである。私の個人的な知り合いだけでも、増永上人、加藤上人、石谷さん、カイさんと四人の人がこの摂心に参加している。食事はもとより水も取らずに終日太鼓を打ちつつお題目を唱えつづけるのである。そのひびきが私にも伝わってきて、有難いことに私の胸にも摂心の心がまえがおとずれて来る。

南無妙法蓮華経はブラフマニズムのひとつの流れである。ヴェーダの聖句を唱えるかわりに南無妙法蓮華経と唱えるのである。ヴェーダの聖句がそれを唱える人にとって絶対世界であるように、南無妙法蓮華経もまたひとつの絶対世界である。絶対世界は何処にでもあるけれども日本山妙法寺が素晴らしいのは、それを実現しているという一点にある、ということが確かめられる。

十二月三日（火）

今朝は初めて霜が降りたそうである。私は少し寝坊をして空が青ずんだ頃に起き出すと、太郎が張り切っていて、ワラ塚の上にうっすらと霜があったことを知らせて来た。バナナやパパイヤが実り、バンシロウが実り、マンゴーが実る亜熱帯気候の地であるにもかかわらず、海抜一五〇〇メートルという高度は、朝夕の冷えこみは東京あたりの冷えこみと大したちがいはないように感じられる。

人々は白っぽいストールを頭からすっぽりかぶり、それでも百姓達の多くは裸足で寒そうに体をちぢめて早足に歩いてゆく。陽が昇り霧が去るとさすがに太陽の熱は強く、着ているものを一枚ぬぎ二枚ぬぎするようであるが、夕方になると風は冷たく再び朝のように一枚着、二枚着てそれでもまだ寒くて体をちぢめているような状態である。

きのうK.L.M.のエイジェンシーに行ってテレックスで東京のエイジェンシーと連絡を取ってもらうこととし、金曜日までには飛行機の切符を手に入れる見通しがたった。送金の方はまだ着かないが、いずれおみやげ等にまわる分だから、どうしても必要というわけではないので、一応これで帰国の見通しが立ったということになる。十日か十一日には日本に着いている計算になる。この旅も従ってあと一週間そこいらに縮まってしまった。

今日は皆んなでボードナートへ行ってきた。以前から行こう行こうと言いながら今まで一度も行ったことがない町であったが、思い立って出かけて見ればほんの隣り町といった感じの距離にもかかわらず、カトマンドゥとは又がらりと変わった所であった。町の中心はボードナートのストゥパで、スワヤンブナートのストゥパと並んでネパールの仏教を代表する古い歴史を持ち、パンフレットなどによれば二〇〇〇年以上の古いものであるとされている。ストゥパはスワヤンブーのストゥパと殆ど同じ形のもので半円球をふせたようなストゥパの上にブッダの眼を描いた四面の角塔がそびえ、その上に水煙が飾られているものである。異なっているのはスワヤンブナートがお山の上にあるのに反してボードナートは平地にあり、ストゥパの周囲を高いコンクリートか煉瓦の塀で囲ってあり、その塀にそってマニ車がずっと並んでおり、マニ車の背後には一区画ごとに五体のブッダの絵が描かれてあることである。そのブッダをひとつずつ礼拝しながらマニ車をまわしてゆくと、一周するのに三十分はたっぷりかかるほど大きなストゥパで、ストゥパそのものに登る入口は一ヶ所だけしか開かれていない。入口にはチベットのラマ僧が経典を読みながら鐘を鳴らしており、スワヤンブナートとは又ちがったチベット色のつよい場所であることが感じられた。ストゥパは白亜で、日盛りの強い太陽の光を浴びてきらきらとまばゆいほどに輝き、まるで白い光の世界にとびこんでしまったような面はゆいような感じであった。塀の外側はそんな日盛りの時間でも何人かのラマ僧や俗人のチベット人、ネパールの人達もお参りをしているが、内側は殆ど人が居らず、ただ日光があふれるばかりにきらきらと輝き、西洋人の観光客らしき人が二、三人いたのと、西洋人のチベット僧が布をかぶって昼寝をしていた以外は誰もいないのだった。

塀の外をまわることが信仰なので、塀の内側に入りストゥパに近づくことは一般的な信仰の形ではないことがはっきりしていた。初めての私達にも内に入ってみてあまりにも閑散として人影がないことからすぐにそのことが了解されたが、それでもやはりおのぼりさんよろしく一度はストゥパに沿ってまわってみたく、一段と高くなっているその周囲を光を浴びながらぐるりとひとまわりした。

不思議なことに数珠をくることが少しも不自然でなく、スワヤンブナートのストゥパをまわる時には数珠くりなどしたことがないのに、そこではごく自然に首から数珠を外し手を後ろ手に組んでくりながらまわって行ったのだった。このように山の周囲をまわったり塔の周囲をまわったりする行をサンスクリットでパリカルマというそうで、そのような行がずい分昔から伝えられて来たものであることを示している。ストゥパの周囲をパリカルマし、階段を降りて門を出、再び塀の外側をゆっくりとマニ車をまわしながらまわってゆくと、一周するのに大体一時間ほどかかったように思う。スワヤンブナートのものと比べてはるかに大きなストゥパであった。もっとも今日はきのう出来あがった皮のサンダルをはいて行ったところ、足の甲が入りきらずにこすられて痛み出し、早く歩こうにも歩けないような状態であったせいもある。カトマンドゥの街では皮のサンダルを売っていないので、思い切って靴屋に作らせたのだが、言葉が充分に通じないせいもあり、出来上がったものは非常に楽しみにしていたにもかかわらず足に合わないものになってしまった。途中からもう歩けないほどに足が痛み出したので仕方なく裸足になって歩いて帰った始末であった。サンダルは順子にまわすこととし、私はカナからプレゼントされた登山靴をはいて日本へ帰ることに決めた。

塀に沿ってお参りの道とその外側にやはりぐるりと車道をかねた参道があり、その参道に面してずらりと土産物屋が並んでいる。スワヤンブナートと又ちがって魅力があるが、所持金に乏しくなってきた私たちには目の毒のようなものであった。一ヶ所プージャをやっている寺があったので入ってみると、純然たるチベット様式のお寺で、プージャしている人たちはすべてネパール人であった。ネパール人がチベットの楽器を使って、チベット僧がやるのと全く同じオーケストラのようなりゅうりょうたる協和音を放つプージャをやっているのである。しかもそのネパール人たちはすべて俗人で、ボードナートという所が如何にチベット色の強い所であるかがうかがわれた。しばらくして食堂に入ったら、ブッダガヤで食べたことのあるバレンと呼んでいた餅のようなものを売っており、トゥッパの味もブッダガヤの味がしたと太郎たちは言っていた。カトマンドゥのチベット人がネパール化してしまっているのに反してボードナートではチベット人の方が強烈に自己を打ち出しているようで、私にとってはうれしいことであった。ボードナートは以前にじゅごんとヨウが何ヶ月か住み、ハスちゃんを産んだ町である。ハスちゃんの生まれ故郷の町なのである。子供を産めなかった順子は、ハスちゃんはいい所で生まれたねと幾分羨ましそうにつぶやいていた。

十二月四日（水）

朝おきてローケシュヴァラを礼拝すると今日の一日も静かな透明な日であるべきことが期待される。まことにざわざわしたあれこれの欲望の世界はただそれだけのものであり、真の喜びからは程遠いものであることが判る。つつましく静かに生き、つつましく静かに死んでゆくことを、まことにまことに実現しなくてはならない。

今朝は順子の顔が膨れあがって片方の眼はつぶれかかり、まるでお岩さんのようになってしまっていた。私は蚊に刺されたのだろうと言ったが、彼女は歯痛のせいでそのように膨らんだのだと言い、太郎はママは死ぬのではないか、と例によって優しい気持ちを言いあらわしていた。旅立つ日が近いので、下の順子達の部屋は今日は大掃除をすることになり、むしろまで全部庭に出して太陽に乾かしている。ボストンバッグも洗濯することになり、持って行った。このボストンバッグは二本松のお母さんに買っていただいたもので、手にぶら下げて歩くものは邪魔になるからもうお払い箱にしようと何度もそうしかけながら、結局再び日本へ持って帰ることになったものである。何の変哲もないボストンバッグであるが、やはり生命を持っており、それ自身が日本へ行くことを希んでいるもののようである。

きのうのボードナート行きでは三つの小さな出来事があった。

そのひとつは行く途中で、ラーマを肩車して歩いてゆくと、アサントールに近づいた頃ひとりの上品なチベットの女の人とすれちがった。その女の人は低い小さな声でオンマニペメフーンを唱えていたが、その声は私の耳にはっきりと聞こえてきた。オンマニペメフーンをどのような調子で唱えたらよいか。私は自分で勝手に今までの耳や心の体験から学んだものをもとにして唱えていたが、その女の人の調子は、私が日常生活の中で歌うものとして求めていた調子を実現してくれているものであった。私が受けた感じではその女の人は虚空よりも高い所に観音の浄土を描きその浄土に向けて晴れやかな美しい調子でメロディーも軽やかにオンマニペメフーン　オンマニペメフーンと低い小さな声で歌うように唱えつつ通りすぎて行ったのである。私はすぐにその節まわしというかリズムというか、調子を覚えこんでそれを忘れないように体が覚えるようにと願いながらずっと唱えつつバスの乗り場の方へ行った。有難いことにその調子は覚えられ、今でもすぐにそのように唱えることが出来るようになった。もっともそれは日常的に唱えるための調子であって、お山まわり等、行をする時には自ずから又別の調子、地の底からわきあがるような、胸の叫びのような調子の方が適しているのである。

二番目はボードナートのストゥパの外側の塀を一まわりし終わったところで、数珠くりをしていた数珠を再び首に戻そうとしていたら、不意に一人の年寄りの背の高いラマ僧が近づいて来てその数珠を見せろという。見せると、しげしげと眺めた上で何処で手に入れたかというので、ブッダガヤだというと、それが判りかねるらしくもう一度何処で手に入れたかと問うので、今度はダライラマが来た時のあの物狂おしいようなブッダガヤの光景を思い浮かべながらブッダガヤだと言うと、今度は判ったと見えて、それは良い、というふうに大きくうなずいて数珠を返してくれ去って行った。私は合掌して彼を見送った。何でもないことなのではあるが、そのようにしてブッダガヤでブッダその人から戴いたものと自信しているその数珠がチベットのお坊さんの手に握られ、再び私の首にかけられる時、そのひとこまひとこまが数珠に与えられる祝福、又は力のような気がして私には嬉しいのである。

第三番目はこれもやはりチベット人との出会いで、その人はもう七十歳近いような尼僧であった。尼僧というよりも僧衣を身につけたお婆さんと言った方が近いような感じで、チベット人特有の腰で歩く歩き方、体を左右にゆっくりと揺らしながら、しっかりと地面を踏みしめて歩く典型的なチベット人の歩き方をする人だった。昼飯を食べたあとで再びストゥパのある場所に引き返し、ストゥパへの入口に近い所にある小さなお堂の前で、日向を選んでぼんやりとタバコを吸っていたら、そのお婆さんが近づいてきて私の眼をのぞきこみにっこりと笑いかけたのだった。私は頭をていねいに日本式にさげてお辞儀をしたのだが、深い喜びが泉のように体の底からわいてきて思わずあとを追って行きたいほどであった。年寄りであるにもかかわらずそのにっこりと笑いかけた眼は清く澄んでいて、年齢を越えたものがあるのだった。顔にはたくさんのしわが寄り体には汚れた暗赤色の僧衣を着、一見すれば何の変哲もないお婆さんのお坊さんなのだが、胸の内にはその一べつをもって人の心をかくも幸せにしてしまう深い心を持っているのである。そしてその眼は私の内にもう一人のお婆さん、私の実際のお婆さんのことを思いおこさせた。

どういうものか、この四、五日、道手《どうで》のお婆ちゃんのことが思いおこされて、晩飯の時などに、どういうふうに私のお婆ちゃんが死んでいったかを太郎や次郎に話して聞かせていたのだった。子供達も興味があるらしく二晩の晩飯をその話をしながら食べたのだった。私のお婆ちゃんは生まれついての百姓で七十八歳かで亡くなったのだが、死ぬ当日も午前中はいもづるからいもを取りはずす仕事をしており、その最中に気分が悪くなったと言って床につき、夕方、伯父を床に呼び寄せて、ちょっと体を起こしてくれと頼んだそうである。伯父がそのように体を起こしてあげ体を支えていると両手を合わせて南無阿弥陀仏と唱え、〝これから善い所へ行くデ〟と言ってそのまま亡くなったそうである。

私は小さい頃にこのお婆さんの元へ預けられ、戦争中から戦後にかけて足かけ五年間このお婆さんの元にあって田舎の生活をした。小学三年から東京へ戻ったが、夏休みなどに道手にかえってゆくとお婆さんは涙を流して喜び、色々とおいしいものを食べさせてくれるのだった。休みが終わりに近づき再び東京に帰る時はやはり涙を流して見送ってくれるのだった。

　私はお婆ちゃん子であった。そのお婆さんの笑いにこのチベットのお婆さんのお坊さんの笑いがちょっと似ているところがあったのである。私のお婆さんは信心深い人ではあったがもちろん俗人であり、僧のもつ微笑をもっている人ではなかったと思うが、それでも長い苦しい百姓としての生活の中で得られた微笑というものは幾分かはお坊さんの微笑に似たものがあり、又、そのチベットのお坊さんの笑いかけの内には、僧であるにもかかわらずより多く人間的な優しさを秘めたあのなつかしいお婆さんの笑いがあったのである。

　気をつけて見ていればこのような小さな出来事、心を清め、心に力を与え、信仰の生活をおし進めてくれる原因となる恵みは日々に幾つもおこっているのである。私がネパールに、しかもスワヤンブナートに何ヶ月もこうしてとどまっていられるのは、日にひとつやふたつはこのような喜びを与えてくれる出来事が不思議に恵まれてくるからであり、それはこの国の秘めている宝玉のような魅力として私の心を日一日と深い所から奪い去ってゆくのである。

　私の心はヴェナレスで、これ以上にないと思われる深みから奪い去られてゆくのを感じた。即ち私はヴェナレスを愛した。しかし愛は言われているとおりに無限の泉なのである。私の心はチベットの人達の深い存在の響きの内にも同じように奪い去られている。まるでチベットという言葉のひびきが真理そのものであるかのように、チベット人は私にとって存在の故郷なのである。ハイデッガーのいう存在の本質は明在であるという定義さえもが、めぐりめぐってチベット人において私の場合は成就するのである。

ラサはすでに雪の下であろう。私でさえもラサとつぶやけば胸に熱いものがこみあげてくるのである。

十二月六日（金）

日本山では断食六日目である。不思議なことに私の体の中の一部でも断食している部分があって、毎日、今日は何日目と数えているのである。日本山の行《ぎょう》にすくわれて、私もブッダの涅槃会《ねはんえ》にあずかっているということが出来る。それはまことに有難いことである。

私は何をしているのかというと、日本への帰国の準備をしている。

飛行機の切符のこととかお金のこととかおみやげのこととかのために、毎日カトマンドゥへ出かけてゆく。それが現在私のなすべきことであり、その行為において私は心と肉体のエゴを滅するべく自らを清めたいと思っている。

真実に考えて。

十二月七日（土）

今日で日本を出てからちょうど一年になる。短い一年であった。今ではネパールの生活にもすっかり馴れて、半分以上はネパール人のような気持ちになって暮らしている。いつの日にか、この生涯の内にこの国のもうすこし静かな所で二年か三年かゆっくりと暮らしてみたいと思う。次にこの国へ来る時は私の目標はムクティナートである。やはり、聖地への巡礼という目標がないと、旅は味気ないものとなってしまう。

きのうK.L.M.のエイジェンシーに届いている予定のテレックスがまだ入っておらず、帰国の予定はまだ立たない。帰心ははやりたっているのにお金も飛行機の切符も一向にとどいてくれず、この国は、まあそんなに急がんでもいいではないか、ヴィザもまだ二週間もあることだし、とのんびりかまえているようである。しかし私としては、そのように引きとめてくれるのは重々に嬉しいけども、私共はそろそろ行かなくてはならないので、そんなに引きとめないで下さい、などと言って時を過ごしている。

この調子では日本山の断食があける九日にならないと切符もお金もとどかないのではないかという気もしている。私達全員にとっては、十一月十八日以前に日本を出た切符とお金がまだとどかないということは実に不可思議なことであり、双方ともすでに中途で紛失してしまったものとしか考えられず、必要であるそれらが届かないままにこの大摂心を迎えているということが、ある意味での断食であり、この状態をにこにこしながら静かに耐えていることがその行なのである。思えば私も日本山と深くかかわってしまったと言えるが、大摂心を摂っているのは単に日本山のみではなく、今は日本中の禅堂をはじめとして、諸派の仏寺ではすべて何らかの形でこの臘八摂心に摂しているわけなのである。仏教徒たるものどうしてのほほんと浮き世の夢をむさぼって居れようか。

日本大使館にもこの一週間は殆ど毎日通ったけども、その内でもっとも光っていたのは何かのグラビア雑誌の三輪神社の紹介記事と写真であった。三輪山はその御神体が三輪山そのものであり、そのふもとにある神社はその御神体を祭った神社であるにすぎない。日本の国へ帰ってゆくという時、日本とは一体何なのか、日本へ帰るということは、言葉を変えれば、何処に旅の目標を置いてゆくのか、ということが自ずから問われてくるが、先に私は母の国へ母の元へ帰るのだということを確かめておいた。しかし、では母とは何であるか、それは単に私の母であり、私はまるで四、五歳の童子のようにお母さんの所へ戻ってゆくのか、と考えればどうもそのように純な具合にはゆかないと思われる。情念として母の元へ帰ることは確かであるが、その情念を支えているものはもうすこし背後にある、普遍的なものである筈である。

日本は神国であることは承知の事実である。古来、日本は神の国であり、日本という国の建国の心は神の心にもとづいていた。それから日本は仏教国であり、中国が仏教国としての面目を顕在させていない現在は、国としては日本は見るべき唯一の大乗仏教の国である。外国人たちは日本人がブッディストであることを殆どよく知っているが、日本が神の国であったという事実は殆ど知らない。

私は日本へ帰るという場合、観音の国へ行くのだという仮定を立ててみた。日本仏教の内で最も親しまれ浸透しているのは観音信仰ではないかという根拠に立ってみたのである。これは、私のイシュワラが観世音であられることからして、観世音にみちびかれ、観世音の国へ行くということになるので私にとっては最も有難い旅の見通しである。しかしグラビア雑誌で三輪山の写真などを見ると、日本は必ずしも観世音の国であるばかりではなく、古来の神々がやはりまだ生きて息づいている国であることが分かる。この神々にも当然敬意を表さなくてはならない。それだけではない、仏教も神道も、もはや死滅したものとしてはばからない、合理精神の徒である現代産業機構が、何よりも現在の日本を代表する顔として現われてくる。残念ながらこれも日本の顔であり、これは明らかに直接か間接かは問わず、これから私が今までよりももっと真剣に取り組み、肉体と心の両方で闘ってゆかなくてはならない部分である。インド及びネパールにあっては、私の心は王法は永遠の法に従うべきであるという一点をもって維持されてきた。それは日本にあっても殆ど同じことが言えるだろう。もはや私は制度は問わないが、日本の社会機構、制度といったものがどのようなものであるにせよ、永遠のダルマにこそ従わなくてはならないのであり、もし現代文明と呼ばれる合理精神の華がこの永遠のダルマを忘れ或いはこのダルマを侵犯するようなことがあれば、それはやはり非難され、改められ、滅ぼされてゆかねばならぬものである。

私にとって日本は母国であり祖国であり、神の国であり、仏の国である。私が行きたいと希む所は母なる観世音のおひざの御元である。

十二月八日（日）

臘八の第八日目、最後の日である。ラジギールでは日本山の人々は最後の気持ちをひきしめて、心楽しく法鼓を打っていることであろう。私の心にも今日で終わるという不思議な喜びが流れており、この長い八日間がすぎてみればあっという間であったことを噛みしめる気持ちになっている。

夜明け頃に夢をみた。何処だか知らない館のような家で、風呂あがりのゆっくりとくつろいだミコのひざに抱かれて、こんなことがあって良いのだろうかといぶかりながらも甘えていつまでも抱かれている夢であった。その夢のことはすっかり忘れていたのに、私が行きたいと希む所は母なる観世音のおひざの御元である、というきのうの文章が眼にとまってはっと思い出したのであった。バンヤンアシュラムが私達を呼んでいてくれてることは確かである。私もまた行きたいと思う。しかしバンヤンへの道はやはり険しい道であり、おいそれと出かけてゆくわけにはいかない。家を建てる土地探しから始めて、材木の切り出し、家の建築という実際上の手続きはもとより、その資金も必要であるし、何よりもバンヤンアシュラムの心というものを自分の生活の場として受けとめる心がまえが確立されなくてはならない。何といっても基本は共同生活体であり、そのきずなは国分寺周辺の共同生活のきずなに比べてはるかに緊密かつ厳しいものであることがたしかである。私は肉体労働をものおしむものではないが、聖典の学習、翻訳の仕事、それから自分の著作の仕事等、せねばならぬ仕事があり、そのような時間の余裕があるかどうかも大いに気がかりな点である。

しかしすべては観世音菩薩、チェンラジー、ローケシュヴァラ、アバロキテシュヴァラの導かれるままであり、私の行く手を必要以上に思い患うことはつつしむべきことなのである。

きのうもK.L.M.にテレックスが入っておらず、がっかりして帰ってくる途中で以前宇都宮大学でベ平連をやっていたという人に会い、二、三時間とめどもないような話をする。彼はポカラでやさしさという瞑想に入り、やさしさとは交感であると思い、もうこれ以上旅をする必要はなくなったということを言っていた。イギリスやフランスやアメリカの女性と連れになって旅をつづけてきたそうで、そう言えば以前にもカトマンドゥのバザールなどでアメリカの女の子を連れて歩いている彼を見たことがあるようにも思えたりした。その女の子は肝炎でアメリカに帰ったそうである。

交感することがやさしさであると悟った彼の旅は、今はじまったのであり、そのようなおみやげを持って日本に帰る若者が一人でもいるということはやはり日本の将来のためによいことであると思うが、それから先は私には興味のない領域に入ってゆく。

私にとって興味があるのは神との交感以外のなにものでもない。絶えず神との交感の内にあること、そのようなものとして自己の生を歴史にささげること、即ち菩薩道を自己の道として、永遠のダルマとして私は歩んでゆきたい。それが私という自己の宿命の道であることを、幾分の哀しみと幾分の誇りをもって自分に確かめている。

カトマンドゥのバザールではトラック一台に様々な高価な品物、三面鏡、ステレオ、金庫、その他を山積みにしてお嫁に行く結婚式の一団に出会った。フィアットに乗った花嫁は下をむいて隣りに坐っているお母さんらしい人に体をもたせかけ、金色の王冠のようなかんむりをかぶり、金色の刺しゅうをしたサリーを着て、まるで病気の人のように悲しげにしていた。それがこの国の結婚式に行く花嫁のとるべき姿なのだろうが、私の胸の内にも結婚式という華やぎよりは嫁に行く哀しみの方が強く、その哀しみをいやしてくれるものはトラックの運転台の上につまれた真紅の二つの枕の色であった。

十二月十日（火）

長かった臘八摂心もあけていつのまにか十日になってしまった。今日は私達、私と順子の断食の日である。帰国が迫っていて心が何かとせわしいので今回は何も出来なかったが、日本に帰って落ちついたらこのエカダシの日はローケシュヴァラのプージャの日とし、花々をたくさん供えたり線香をたくさんたいたり、ローソクの火を絶やさないようにしたりして、お祭りをしたいと思う。

おとといの夜、お勤めをしているとひとつのヴィジョンが現われた。宙空から赤い蓮の花がすっと現われて次第に小さくなり、小指の先ほどの大きさになってローケシュヴァラの御胸の内へすうっと吸いこまれるように入ってゆき、そのままそこに宿ったのである。それ以来ローケシュヴァラ観世音の御胸の内には赤い蓮の花が宿りつづけ、私の現在の感じではもう永遠にそこに宿りつづけるだろうという気がしている。このローケシュヴァラを礼拝の対象として祭って以来、魂呼びの儀式のようなものは格別には出来ず、私なりの仕方で、只、毎日お勤めをすることをもって魂呼びの儀式としてきたのだが、おとといといえば臘八の最終の日の夜であり、その意義深い日にそのようなまぎれのないヴィジョンを与えられたということは、ますますもってこのローケシュヴァラが尊いお方であることが感じられ、永遠の恵みの保証を与えられたような得も言われぬ深い喜びの内にあるのである。そこに宿った蓮の花は生命の象徴であると私には思われる。ひとつの仏に生命が宿ればその仏は生き、生命が宿らなければその仏はただの像にすぎない。私としては、以前からこのローケシュヴァラは口の中でマントラを唱えられていたし、御顔は幾様にも変幻されるし、色々なことから只の像ではなく、生きた仏にして神であることは信じてうたがわなかったけども、何と言っても生命の中心はハートであり、そのハートに赤い蓮の花パドマが宿られたということは、個人的な関係の内におこったごく私的な奇蹟であると思わざるを得ない。

きのうは摂心もあけたことだし、きっと良い知らせがあるだろうと、勇んで大使館及び K.L.M. のエイジェンシー、ネパール銀行の三ヶ所をまわってみたがいずれも何の音沙汰もなくて、すっかりかんであった。しかしどうしたものか気持ちはとても明るくて、一度家に帰り順子と相談した上で、神田へ電話を入れることにし、午後から再びカトマンドゥへ出かけて行った。おみやげのショールなど少し買い物をしたあとで、電報電話局へ行き、例によって役人達の気のきかない応待と押しかける人々の群れとのたたかいという手続きを経て日もとっぷり暮れた七時近くになってやっと東京を呼び出すことに成功した。電話はまずカルカッタを呼びカルカッタはラングーンを呼びそれから東京を呼ぶのだそうで、電話ボックスに入り電話器をにぎっていると、まずカルカッタの交換手のなつかしいインド人の声が入り、つづいてはるか彼方からラングーンのビルマ人のコールする声が聞こえ、やがてジャスト　ナウ　コンタクト！　というはずんだインド人交換手の声につづいて母の声が耳に入ってきた。まさにJust Now Contact!　であった。カトマンドゥから東京の母と話が出来たのである。信じられないことが実現したのである。待っている間に三十分ぐらい停電があって、局の人々はロウソクをたてて事務をとり、お客達は真っ暗な中に寒い風に吹きさらされて放り出されており、その時にはカトマンドゥと東京で話が出来るなどとはとても信じることが出来ず、何度かキャンセルして帰ろうかと思ったのだが、子供達や順子の失望する姿を思うと、やはり待ってみようという気持ちになって、オンマニペメフーンを唱えながら、局の中をお山まわりに変えてゆっくりとぐるぐるまわり歩きしながら待っていたのだった。

短い時間なので情念は一切ぬきにして事務のみを伝えあったけども、その結果はっきりしたことは銀行より送金したという知らせは誤りで、送金するために銀行までは行ったのだが多分ドルの事情のせいで送金が出来なかったこと、従って送金に関してはネパール銀行側には何のミスもなかったことであった。送った金がとどかないというのはネパール銀行側のミスに違いないとして、今日あたりは頭取を呼び出して抗議をつきつけようとまで思いだしていた思いは、私及び神田の人達のミスであった。

次に飛行機の切符は送ったことが確かで着かないことが確かである上は紛失とみなすのが妥当で、これは日本側かネパール側のどちらかの郵便業務がミスをしているためであり、それがどちらかははっきりしないけども、郵便業務をこの際は信用することを棄ててテレックスによる打電をしてもらうことになった。遅くとも明日は着くはずで、そうすると私達は明後日の飛行機に乗ることになる可能性が強い。

意識というものが文明の機構に馴れそれを信頼するようになるためには、そのような過程が必要だったのであり、苛々《いらいら》させられた二週間ではあったが、母への手紙にも書いたように、それはネパールというような非機械的、非合理的な国から機械的合理的な国のひとつの華である日本という国へ平和の内に移ってゆくための税金のようなものだったのである。この二週間を私はローケシュヴァラへのお勤めと、スワヤンブナートへのお参りとで乗りきった。途中に臘八摂心を含み仏教的な雰囲気の中でその心の変化に適応してきた。しかしカルカッタの交換手のインドなまりの英語の響きはなつかしいという以上に心を熱くさせるものであった。ただの交換手の声に、まるで全インドの熱い響きがこもっているようであった。しかし、ジャスト　ナウ　コンタクト！　日本への旅が現実に動き出したようである。

この頃の私の祈りは、「貴方がたのお伴をして私達が無事に日本へ着けますように」というものである。貴方がたというのは、ローケシュヴァラの他に三体のターラー菩薩、二体のブッダ、別の父母の家のためのローケシュヴァラ、シーターラームの像、その他たくさんの神々、諸仏の絵を含んでいるからである。特にローケシュヴァラは元より日本へ行かれるのは初めてのことである。神のことゆえすべてのことは先刻御承知ではあるけども、何と言っても初めての土地であることは事実なので、お伴をしながらも充分に気を配り、私に出来ることは私が自分でしなくてはならないと思っている。

今日カトマンドゥヴァレイはことのほか霧が深く、そろそろお昼になろうというのにまだ霧がすっかりあがってしまったとは言いがたいほどである。霧が深いと太陽が出ず、太陽が出ないとこの高度一五〇〇メートルの盆地は大変に冷えこみが激しい。人々は頭からすっぽりとストールをかぶり、灰色の霧の中をものも言わず黙々と動いている。もう秋ではない。冬が始まっている。

毎朝霧がおり、小馬達でさえ霧の中では沈黙している。そんな中をもう何回来るのだろうかと思いながら朝の水汲みに行くと、四角くレンガで組まれた泉からは湯気がほかほかと立ちのぼっている。その水で顔を洗い、オンマニペメフーンと蓮の花の上の宝珠のマントラを唱えて、水を戴いてくる。マントラによって水が清められるのか、水そのものにマントラが秘められていて私の口から出るのかは判らないが、そのようにして持ち帰られた水は清らかな水であり、清らかな水を飲むものは清らかな心と体を維持してゆくことが出来るのである。この国が与えてくれた恵みである。

やはりおとといだったか、和光大学出の人でイイナの後輩にあたり、ほら貝で一度会ったことがあるというサミットという人が奥さんといっしょに訪ねてきて、おおえさんの『空なるものの愛に捧げる詩《うた》』という本を置いていった。ひとわたり読んでみたが、インド観、ネパール観、チベット観においても彼と私との間にはかなりのちがいがあるけども、どういうわけか石谷さんに始まって以来、おおえまさのりという人とは因縁があるようで、今度もひとつのことをはっきりと見せてもらったことだった。それは宙《ゆう》に捧ぐと題した冒頭の詩である。

宙《ゆう》に捧ぐ

月天に満ちんとする時、その潮に引かれて、
聖シャンバラの宮より生まれ来しものよ。霊王サナート・クメラの命を受けて、この地上に生まれ来しものよ。

そが上に、新生の息吹をかけて洗礼し、その生を祝わん。

弥勒なる大救世主としての命を受けて、ここにその姿を表わしめたものよ。

子宮のバルドより目覚めたるものよ、聖シャンバラの宮より来たれるものよ。我にその知恵を授けて、知恵をあらしめよ。

汝にとって開かれた道は、ここにある。シャンバラの教えを解き明かし、人々をして聖シャンバラへと導くことである。

シャンバラより出《いで》て、シャンバラに入《い》れ。人はすべて、シャンバラの宮より生まれ出《いで》て、シャ

ンバラの宮にかえる。ただその霊性に気づかぬだけであり、シャンバラはあらゆる生命の秘密をそこに持つ。

シャンバラなる母よ、サナート・クメラなる父よ、霊的母と父の子よ。

母なる我と父なる我は、汝に一つの名を与えむ。汝の名は宙《ゆう》なり。

生きとし生けるものの中で生かされながら、その生を全《まっと》うせんとするものよ。

聖なるシャンバラの宮より生まれ来しものよ。汝その聖なる名を忘れることなく、その聖なる名を唱えつつ、その生を全《まっと》うして、いつの日か再び聖シャンバラに入《い》れ。


シャンバラという名は以前にも耳にはさんだことがあり、それはおおえさんが創作したにしてはどうもおかしいと思っていたら、それはラサのポタラ宮殿よりのみ入ることを許されるという聖なる王国アガルタの聖なる都の名前であった。そしてそこには霊王サナートクメラなる方が居られるというわけである。

これはひとつの世界の完結する図式である。チベットに心を動かされるものにとってラサはその中心であり、ラサの中心はポタラ宮殿である。そしてその宮殿からのみ入ってゆけるもうひとつ奥の王国アガルタとは、チベット人の心の奥の奥の神の世界である。チベット人をその存在の深さ故に愛するものは、実はこのアガルタなる王国の聖都シャンバラに住むという霊王サナートクメラを愛しているのである。これはあまりにも図式的な絵解きみたいなもので、その過程の旅をすっかり飛ばしているので実在感がないけれども、魂は直感としてその存在の明在を知るのである。それはバルドソドルの延長線上にある世界で、死を生とする世界の出来事である。恐らくはチベットに仏教が入る以前から信仰されていた究極の神の世界で、仏教が入った以後にはポタラ宮殿のみから入れると言われているとおり、観音世界と混合して出来た特殊な阿弥陀如来の世界であるはずである。しかし今は聖なる都シャンバラの名を聞き知ったことだけに私の判断はとどめるべきである。日本に行ってから、おおえさんとの話はこのシャンバラの都をめぐるものとなるだろう。

以上は仕事の面での帰国の心がまえである。

十二月十一日（水）

きのうの夕方やっとテレックスが入ったので飛行機に乗ることが出来ることになった。今日はカトマンドゥ最後の日である。従ってインド・ネパールの旅も今日をもって終わることになる。

きのうはもうすっかり日が暮れてから最後になるかも知れないと思いつつお山をまわった。チベット人のお参り道の石や樹々にひとつひとつ額をつけて長い間有難うございましたとお祈りをしつつ行った。もう真っ暗だし、寒いし、さすがのチベット人ももう誰一人としてお参りをしている人はいなかったが、仕事帰りのネパール人の一行と一緒になり、日本人の焼場のあたりも静かな気持ちのままにとおりすぎて行った。

ひとつひとつの石や樹々はそれぞれの表情をもって暗がりの中で応えてくれた。

一人さびしさに涙の出る思いだった。正門前をすぎて、バザールをすぎてしばらく来ると、左手の新しく建築中のホテルの裏手で二〇〇人ほどの人々が集まって野外に電灯をともし盛大なお祝いをしていた。二、三日前から楽隊をひきつれて近所を披露してまわっていた結婚式の、晩さん会というか布施会というか、そういうもので、人々は地面に敷いたむしろの上に坐り、木の葉のお皿にのせた食べ物を盛大に食べているところだった。ネパールでは結婚式の前一週間は嫁入道具や嫁入衣装を人々に見せるために毎日トラックだとかの乗り物に乗せたりして見せてまわるのだそうである。今は刈入れも脱穀も終わり、農家では少々の閑がある時期である。街に出ると殆ど毎日のように結婚式の披露の行列に出会う。まるで王様の行列のように、二十人も三十人もの楽隊を先頭に立ててプカプカドンドンやりながらその後に乗用車にのって顔をうつむけ悲しげな表情をした花嫁がいる。その後に親戚の人達とか知人、友人の列が続き、大きなものだとその列は一〇〇メートルほども続くのである。なにしろ楽隊が派手なので、いっぺんに人々の注目を引き、ああ結婚式をやっているのだなということが知らされてしまう。

きのうの夜のは日もとっぷり暮れた寒い野外での晩さん会で、大きな音でラジオがかけられ電灯がついているので、私にはちょっと季節外れではあるが盆踊りの夜の雰囲気を思わせるものがあった。

オンマニペメフーンと私も祝福し、暗い道をとおって家に帰った。

一日のエカダシで少々疲れてはいたが、八日間の完全断食を行なう日本山のことを思えば疲れたのツの字も出てはこず、それだけでも有難いことであった。

今日はおみやげその他の買い物に、カトマンドゥに行く。

その前にお山にのぼり、ブッダガヤで買って一年近く持って歩いている線香を一束全部捧げて来ようと思っている。

ネパールは私が希んだとおりのもの、心の平和、透明にすきおとるやさしさを見せてくれたようである。

インド・ネパールの旅、終わり。

永遠の道は曲がりくねっている

宮内勝典

山尾三省が他界してから十年が過ぎた。だが不思議なことに、ほとんど不在感がない。身近な人たちには深い喪失感があるだろうが、私にとっての三省は友でありながら抽象的な存在であったようだ。その抽象性をどう表現したらいいか分からない。精神、意思、スピリット……いっそ魂と言ってしまえば簡単だろうが、そんな耳ざわりのいい言葉はたまらなく気恥ずかしい。不在感がないのは、遺稿が次々に出版されてくるせいかもしれない。それらの言葉にふれるたび、意識のさざ波のようなものが生々しく打ち寄せてきて、かれが死んでいるとは思えないのだ。いまも『インド・ネパール巡礼日記』を読み終えたばかりだが、時差のある異国から送られてきた長い手紙を読んだような気がしている。

この日記の解説を書くのが自分の役目であるが、もっともらしいことは書けそうもない。かれが他界したとき追悼文の依頼がいくつもやってきたけれど、ついに一行も書けなかった。五、六年過ぎてから三省の妹、長屋のり子さんの詩集『睡蓮』に「おなり神の歌」という一文を寄せて、交友の一端を少しばかり記すことができた。かれのことを知ってもらうために「おなり神の歌」に書いた私的なことを部分的にくり返すのをどうか許してほしい。

三省に出会ったのは十八のときだった。私の叔母が神田淡路町にある「山尾自動車工業」の事務員をしていたという偶然からだ。若い叔母は、九州からやってくる甥っ子のために下宿先まで決めていた。山尾家の向かいにある花の師匠の家であった。それから叔母は、

「きっと気があうはずだから」

と、同じ職場の青年にひきあわせてくれた。哲学科を中退して、油まみれになって働きながら詩作をつづけているのだという。それが二十四歳の山尾三省だった。かれは私のことを「一平君」と呼ぶようになった。肉親たちが呼ぶときの渾名《あだな》で、叔母もそう呼んでいたからだ。たぶん南九州からやってきたばかりの少年を見守る兄のような気持ちもあったのだろう。少年のほうは初め「山尾さん」と呼んでいたが、いつのまにか「三省さん」になり「三省」になってしまった。ここでもあえて呼びなれた名前で記したいと思う。

青くさい議論を交わしながら、よく夕暮れの街をほっつき歩いた。神田川にかかる聖橋で休戦するように一服して、青緑の流れをぼうっと眺めていた。東京での最初の友が三省だった（それから四年後に渡米して、最初のアメリカ人の友が、のちにアメリカ現代美術を代表するようになったジェームズ・タレルだった）。

知りあったばかりのころ「深海魚族」という同人誌に載せた小説を読んでもらった。十七のとき、オートバイ事故で入院中に書いた「鳥」という四十数枚の短編だった。三省はまもなく神保町の「ランボオ」という酒場とも喫茶店ともつかぬ店に連れていってくれた。かつて、武田泰淳夫人の百合子さんが働いていた店だという。「ランボオ」の奥には薄暗い別室があり、そこで月に一度「日本アナーキスト連盟」の集まりがあった。なにやら恐ろしい秘密結社めいているが、老アナーキストたちを中心とする思想研究会のようなものだった。その集まりで、三省は大学時代の友人に引き合わせてくれた。「文藝」の編集者、金田太郎さんであった。

その出会いがきっかけとなり、やがて自分の運命が決定づけられていったのだが、当時はそんなことなど知る由もなかった。十八の少年はいっぱしのアナーキスト気取りで、黒い革ジャンなど着て「日本アナーキスト連盟」に出入りする一方、ヒッチハイクで日本中を回りつづけていた。アメリカへ渡る計画を立てていたから、その前に母国をしかと見ておきたかった。

東京にもどると、新宿の風月堂に入り浸っていた。アンダーグラウンド文化の中心で、若い外国人旅行者たちの溜まり場にもなっている喫茶店だ。そこでナーガ（長沢哲夫）という詩人と出会い、共に南島へ向かうことになった。桜島が見える港から十島丸に乗り、飛び石づたいにトカラ列島を延々と南下して、与論島へ渡った。当時、沖縄はまだアメリカの占領下にあり、パスポートなしで行ける南限が与論島だった。畳も敷かれていない小さな空家を借りて、自炊生活をつづけた。ナーガはインドへ行くつもりでサンスクリット語の独習に打ち込んでいた。

毎日、家の裏手から風葬跡の崖を登っていった。崖道もひろびろとした岩棚も、いたるところ白骨だらけだった。亜熱帯の陽に照らされ、どの骨も真っ白に風化してきよらかに乾いていた。その岩棚の日陰に坐り、メルヴィルの『白鯨』を読みふけっていた。顔をあげると、水平線に沖縄の島影が見える。小舟で渡れそうな距離であった。

永遠かと思われる長い夏がつづいた。そんなある日、三省に手紙を書き、一枚の便箋に地図を添えた。集落や、ギンネムの森をぬけていく赤土の道、隆起サンゴ礁の岸辺、ぐるりと島をかこむエメラルド・グリーンの海、環礁《ラグーン》の外にひろがる濃紺の海などを水彩画で描いた。その手紙を受け取ったときの三省の気持ちが、いまは想像できる。二十代なかばで妻子を抱え、生活に追われ、苦渋をこらえつづけている三省にとっては、放埓《ほうらつ》なほど誘惑的な便りであったはずだ。

余談であるが、数年過ぎてから三省は与論島へ渡り、一年ほど暮らしている。唐牛《かろうじ》健太郎に出会ったのも与論島だった。六〇年安保闘争を率いた元全学連委員長の唐牛は、メディアの眼を逃れて、南の島で土方やコンクリート・ミキサー車の運転手などをしながらひっそりと隠れ住んでいたのだった。この日記では「赤ふん」という名で記されている。たぶん赤ふんどしを愛用していたのだろう。二人はよく魚釣りやタコ取りにでかけ、黒糖焼酎を酌み交わしたという。その後も三省はことあるごとに「唐牛にだけは会ったほうがいいよ」と私にくり返した。眼に強い光りがあった。残念ながら、唐牛健太郎は四十七の若さで他界したから、ついに会うことは叶わなかった。

話は前後するが、それから記憶は国分寺へ飛ぶ。当時、三省は「山尾自動車工業」を辞めて、塾講師をしながら国分寺で暮らしていた。古びた二階家に何所帯かが住んでいた。かれは階下の二間であった。妻子を抱えて、少しばかり疲れているようだった。窓の外に、柿の木がひょろりと生えていた。その柿の木の向こうに棟割り長屋があり、美術大学を出たばかりの画家の卵たちが暮らしていた。住人のひとりはブリヂストン美術館で働いていた。そして給料日になると、当時はまだ贅沢品であったイギリス製の紅茶「ダージリン」一缶を買ってきて、柿の木陰でふるまってくれた。月に一度のささやかな茶会であった。そのやさしい青年は十年ほど過ぎてから、インドで行方不明になり、いまも生死が分からない。

その国分寺で、三省はアレン・ギンズバーグの『吠える』を彷彿とさせる長編詩『カラス』を書きあげた。給料袋を引き裂いて聖橋から投げ捨てたという一節は、ブルックリン・ブリッジから川へ飛び込んだという『吠える』の一節と響きあっていた（三省の死後、給料袋を神田川に捨てたというのは本当なのか、妹さんに訊ねてみたことがある。事実です、という答えだった）。なぜそんなことをしたのか分からないが、その長編詩にはたじろぐほど激しい憤怒がみなぎっていた。「怒りのマンゴーの実、怒りのジェラニュームの花」という一節を憶えている。いまもマンゴーの実を食べるたびに、街角でジェラニュームの花を見かけるたびに、あの穏やかな三省もまた「修羅」の感情を秘めていたことを思い知らされる。

四月の気層のひかりの底を
唾《つばき》し　はぎしりゆききする
おれはひとりの修羅なのだ

（中略）
まことのことばはうしなわれ
雲はちぎれてそらをとぶ
ああかがやきの四月の底を
はぎしり燃えてゆききする
おれはひとりの修羅なのだ

いまは聖者のように崇《あが》められる宮沢賢治も、理不尽な憤怒を抱えていた。「まことのことば」を発しようとする詩人たちの源泉の感情なのか。その長編詩は日本で生まれた最初のビートニクの詩ではないかと思われた。そこで私は、三省をナーガとサカキ・ナナオに引き合わすことにした。アレン・ギンズバーグがインドからの帰路、日本に立ち寄ったとき、かれら二人はギンズバーグとゲーリー・スナイダーに出会って知己となっていたからだ。

ナーガたちとの出会いから「部族」というグループが生まれてきた。「部族」誕生のささやかなきっかけを作ったけれど、私自身はつかず離れず、一定の距離を保っていた。あくまで単独の表現者でありたかったから、どうしても群れることに抵抗があった。そして一九六七年の夏、アメリカへ渡った。ベトナム反戦やカウンター・カルチャーが渦巻くカリフォルニアだった。それから四年間、ときおり手紙をやりとりするだけで三省との交友は途切れていた。別の友人たちが、週刊誌の切り抜きなどを送ってくれた。『部族』というタブロイド版の新聞も送られてきた。カリフォルニアのアンダーグラウンド新聞にそっくりで、いわゆるサイケデリックな挿絵もついていた。

三省が思想的な柱となって、一面に「部族宣言」を書いていた。いまその新聞は手もとにないが、マルクス、エンゲルスの「共産党宣言」を意識していたことはあきらかだった。唐牛健太郎と親しく、「日本アナーキスト連盟」にも出入りしていた三省にとって、思想的な決算というべき宣言であったはずだ。エンゲルスは、モルガンの『古代社会』を焼き直して『家族・私有財産・国家の起源』を書いた。下敷きとされた『古代社会』は、北米先住民についての社会人類学の名著である（アメリカでは、いまでも禁書のように扱われているが）。

三省が起草した「部族宣言」は、欲望のピラミッドである資本主義から離脱して、北米先住民たちの部族社会のようなあり方を目ざそうという内容であったと思う。そのタブロイド版の新聞『部族』は、仲間たちで手分けして新宿などで立ち売りし、一万部以上を売りつくしたという。かれらは国分寺で、日本初のロック喫茶「ほら貝」を営み、トカラ列島の諏訪之瀬島に「バンヤン・アシュラム」という共同体をつくりだした。それは「部族宣言」の具現化でもあったはずだ。

地球をぐるりとひと巡りして日本に帰り、四年ぶりに三省と再会した。どんな話をしたか、もう記憶は遠くかすんでいる。聖橋を渡り、湯島聖堂のあたりを二人でぶらぶら歩いていると、一羽の鳩の死骸が路上に落ちていた。それを拾ってツツジの植え込みに捨てたことだけ、はっきり憶えている。肝心なことは忘れ果てているのに。

聖橋を渡る前に、神田の「ミロンガ」で落ち合ったかもしれない。かつて「日本アナーキスト連盟」の集まりがあった「ランボオ」は、すでに人手に渡ったのか「ミロンガ」というアルゼンチン・タンゴの喫茶店に変わっていた。もしかするとそれも記憶ちがいで、四年ぶりに再会したのは、国分寺の「ほら貝」だったかもしれない。カウンターのなかで働いている三省が、ジャニス・ジョプリンの"I Got Dem Ol' Kozmic Blues Again Mama!"をかけてくれたような気もする。記憶とは本当にいいかげんなものだ。

一つだけ確かなのは、帰国してから初めて三省の住まいを訪ねたときのことだ。私たちは武蔵五日市の駅で落ち合った。東京駅を中心に蜘蛛の巣のようにひろがっていく線路網の末端が、ひっそりと山へ吸い込まれていく終着駅であった。迎えにきてくれた三省はゴム長靴をはいていた。それは終生変わることなくつづいた、かれのライフ・スタイルだった。つまり三省は、コンクリートの舗装が尽きて、そこから先は土がむきだしになるところにばかり住んでいたのだ。雨が降るとぬかるんでしまうから、ゴム長靴が欠かせない。三省は土の道の奥で暮らしつづけてきたのだ。そう言えば、かれの詩に「奥という言葉の輝き」という一節もあった。

そんなさびしく奥まった終着駅から、てくてく歩きだした。たっぷり四、五十分は歩きつづけたような気がする。住まいが五日市深沢であることは便りで知っていたが、そこは地名の通り、まさに深い沢であった。溪谷ぞいに、青空が川のように頭上によこたわっていた。杉林が谷をせりあがり、傾斜のゆるやかなところに段々畑があり、果樹に囲まれた農家がぽつんぽつんとのぞいている。まるで隠れ里のようだが、かつては武田武士たちの落人部落だったのだという。

「一休みしようか」と三省は言った。

日陰に入ると、石をならべた竈《かまど》があり、真っ黒なヤカンがのせてあった。村人たちが山仕事の途中、一息入れる休憩所らしかった。三省は沢の水を汲み、枯木を燃やして湯を沸かしはじめた。そして、肩にかけていた頭陀袋から二つの茶碗を取りだして、緑の抹茶をたててくれた。かれの住まいは、大きなかやぶきの農家だった。長男の太郎につづいて、二人の子どもが生まれていた。次郎と、生まれたばかりの良磨《ラーマ》だった。

「部族」は放浪者たちの集まりであったが、きちんと子どもを育てたこともないヒッピーの群れのようなものでもあった。三省ひとりだけが三人の子持ちだった。単独者であることはさほど難しくない。子どもたちを養育しつつ、なおかつ詩人として精神の単独性をつらぬいてゆくのは至難のわざである。ドストエフスキーに『永遠の夫』という小説があるが、三省は「永遠の家住者」であった。

インドでは、理想的な人生を四つの時期に分ける。最初は、ものごとを学ぶ学生《がくしよう》期。次は、家族をなして子どもたちを育てる家住期。その務めを果たしてから、森林に隠棲しながら生きる林住期がくる。そして最後に、死ぬまでひたすら聖地を巡礼しつづける遊《ゆ》行《ぎよう》期を迎える。三省はビートニクに共鳴しつつ、ゴム長靴をはき、働き、「家住者」としての務めを黙々と果たしながら詩作をつづけてきた。それが三省の歩みつづけた独自の道であった。


きわめて私的なことであるが、三省とはもっと深い因縁がある。地球をひと巡りしてインド経由で帰ったばかりのころ、新宿でひとりの女性に出会った。路上に坐り込んで手作りの詩集を売っていた。ジャンジャンという銀の輪を手首につけていた。「それは足首につけるものだよ」と言うと「いいの、足、太いから」と涼しげに答えてくる。それがきっかけで語りあうようになった。

「山尾三省って、知ってる?」と訊ねてきた。

「うん、友達だよ」

どうして三省のことを知っているのか訊き返すと、山下洋輔のレコード・ジャケットに「木喰上人がやってくる」という三省の詩が載っていたのだという。その詩に感動したから諏訪之瀬島へいくつもりだという。

数か月過ぎて、東京にもどってきたその女性に電報を打った。三省の家の屋根が腐りかけてキノコが生えてきたから、シートをかけることになった。人手が要るから手伝ってくれないかという電報だった。そうして渓谷を登り、三省の家を訪ねていくと「部族」の仲間たちが集まっていた。わたしたちは雨漏りのする屋根に登り、青いビニール・シートで屋根全体をすっぽりとおおった。そのとき同行した女性が、のちに私の妻となった。編集者に引き合わせて小説家になるきっかけを作ってくれたのも、妻との縁を結んでくれたのも三省だった。

話をもとにもどそう。インド経由で私が帰国したのは一九七一年であった。その翌々年、三省は家族をひき連れてインドへ旅立つことになった。その一年間の旅の記録が『インド・ネパール巡礼日記』である。最初の読者として校正刷りを読み終えたところであるが、記憶のあいまいさに茫然となっている。三省たちがインドへ出発する日、私は空港へ見送りにいっているらしい。第一日目の日記にそう書かれているのだが、その日のことは私の脳からきれいに蒸発している。

それだけではない。この日記をすでに読んだことがあるような気がするのだ。おかしいなあ、ただの既視感だろうか。ここに記されている街や聖地をよく知っているせいなのか。あるいは三省からじかに聞いた話と混同しているのだろうか。戸惑いながら読みすすめていくうちに一つの証拠にぶつかった。

旅の途中、三省はたまたまハイデガーの『ヒューマニズムについて』という訳書を入手して一心に読みふけっている。異国をさまよっているとき日本語の活字にふれたときの喜びは、私もよく知っている。砂漠でオアシスに出くわし、水に飛びつくように、ごくごくとむさぼり読んでしまう。言葉が水のように沁みてくる。三省はハイデガーを読みふけり、このように記している。

「久し振りで出会うドイツ（西欧）哲学者の、現存在、明在、世界内存在、実存、というような概念の群れが少しも陳腐なものではなく、むしろ西欧合理性の究極の上に咲いた詩的な言葉の群れと映るのがうれしい（不思議でもある）。他の人はいざ知らず、少なくとも私は西欧合理性を否定するものとしてあるのではなく、それを越える道を歩いているのであって、越えてゆくためには必要以上の否定を加えることもあるけれど、それは東洋をもって西洋を圧しつくそうというような単純な作用ではないのである」

よく分かるなあと頷《うなず》いた記憶がある。がちがちに硬い、あのハイデガーの概念の群れを「西欧合理性の究極の上に咲いた詩的な言葉の群れと映るのがうれしい」と記す三省に共感したのだった。ノートをぎっしり埋めつくす青インクの文字も目に浮かんでくる。

そこから一気に記憶が開いてきた。そう、まちがいなく自分はノートの段階でこの日記を読んでいる。旅の途中、三省が翻訳しつづけた『マハーニルヴァーナタントラ』を読ませてもらったのがきっかけだった。八五〇枚の膨大な訳稿で、玄奘が天竺から持ち帰ってきた聖典のように思われてならなかった。そこで私が預かり、いくつかの出版社へ持ち込んだけれど、まったく相手にしてもらえなかった。三省も自分も、どこの馬の骨にすぎなかったから。

他界する二ヵ月ほど前、三省は「インドの日記があるので、ぜひ読んでほしい」と、野草社の石垣雅設さんに語ったそうだ。いくつかの遺言のなかの一つだった。だが仕事場は混沌としていて、いくら探しても見つからなかった。そして一年ほど過ぎてから、風呂敷に包まれた数冊のインドの本と原稿用紙と共に、七冊のノートが発見された。かつて私も読んだことのある日記であった。原稿用紙の訳稿は虫食いだらけでほとんど判読できなくなっていたが、ノートは完全なかたちで残っていたという。三省がインドの地を踏みしめ、ヒマラヤの麓で暮らしていた日から三十数年も過ぎて、ノートの日記はこうして出版されることになった。

この『インド・ネパール巡礼日記』は、きわめて特殊である。若いバックパッカーたちの気ままな旅行ではない。そんな生半可な旅ではない。妻の順子さんと、十歳の太郎、小学校にもあがっていない次郎、まだ二歳にも満たない幼児の良磨《ラーマ》を背負いながらの巡礼である。ラーマとは古代インドの叙事詩『ラーマーヤナ』の主人公の名であり、変幻するクリシュナ神の化身でもある。三省は、そんな名前の幼児を背負ってゆく。どれほど困難な旅であったたか想像がつく。

インドではだれもが、かならず激しい下痢や高熱にみまわれる。私も経験したが、異郷で病んだときほど心細いことはない。ふらふらになって薬局に辿りついても、言葉が不自由だから自分の病状をきちんと説明できない。与えられた薬のパッケージにいくら目をこらしても、ヒンディ語やベンガル語などで書かれているから効能も不明で、とても服用する気になれない。大人なら自己治癒力にまかせることもできるが、幼児のラーマにとっては命にかかわることだ。

一九七三年当時のインドは赤痢などが蔓延して、路上にはあちこち行き倒れの死体がころがっていた。家族五人もいるから、つねにだれかが順ぐりに病んでしまう。五人そろって健康であることはめずらしい。そんな僥倖《ぎょうこう》の時を縫うように、幼いラーマを背負って駅へ向かい、列車や長距離バスを乗りついでゆく。インドとネパールの国境近くではラーマを肩車しながら、二十一キロもの距離を歩いている。

仏陀が悟りをひらいたブッダガヤでは、チベット人たちと共にテントで暮らしている。安いからという理由だけではない。チベット難民や巡礼者たちと肌身でふれあおうとしたからだろう。ヴェナレスでは、木炭コンロを購入して自炊生活をはじめる。インドはどこよりも物価の安い国であったが、三省たち家族はバックパッカーよりも貧しい巡礼をつづけてゆく。順子さんは小麦粉を練り、ときには乾いた牛糞を燃料にしてチャパティを焼く。ボートハウスに移ってからはガンジス河の水で炊事をしている。私もボートハウスで暮らしたことがあるが、これほど慎ましい旅人を見たことはない。

この日記は信仰告白の記録でもある。正直なところ、私はかなり戸惑った。三省は日比谷高校から西洋哲学科へ進んでいった秀才であったけれど、そうした知性をかなぐり捨てて、ひたすら信仰へのめり込んでいく。インドを観察するわけでもなく、地上に群らがる民の苦悩を見すえるわけでもなく、ただ信仰告白がみなぎっている。当時のインドはまだ目覚めつつある巨象ではなく、IT立国でもなく、地上には熱帯の花が咲き乱れ、死体がころがり、生き地獄のような現実がむきだしになっていた。路上で眠る人びとを跨《また》がなければ先へ進めないことさえあった。列車が駅に着くたび痩せこけた子どもらが車窓に押し寄せ、食べかけのものをさらっていく。聖地ヴェナレスには死を待つ老人たちが静かに群らがっていた。「死の家」もあった。そうした現実についての記述はほとんどない。ハンセン病のものの乞いと視線が合ったときのおびえが記されているぐらいだ。ガンガーの岸辺で燃えている死体をしかと見つめた気配もない。

三島由紀夫はインド旅行へ出かけるとき、イギリス人たちが植民地などで愛用する白い帽子をかぶっていった。いわゆる探検帽である。そんな意識でインドへ赴《おもむ》いたのだ。私はインドから帰って、まっさきに『豊饒の海』を読みふけり、そこに出てくるヴェナレスの描写にがっかりした記憶がある。かれは白い探検帽をかぶって観光船から岸辺の火葬を眺めている。見たのではない。ただ情景を眺めただけだ。燃えあがる死体の腹からこぼれ落ちる白い腸も見ていない。内臓の脂が滴り落ちて、パチパチを爆《は》ぜる音も聴いていない。それは人類の営みを見ていないということではないか。

この『インド・ネパール巡礼日記』も、見るという行為の強度はさほど感じられず、ややインドに陶酔しているような甘やかさがある。時代のせいだろうか。一九七三年といえば、まだ六〇年代の余燼《よじん》が燃えくすぶっているころであった。ジョン・レノンが北インドで瞑想修行をしたことがきっかけとなって、インド・ブームが起こり、世界中の若者たちが熱に浮かされたようにインドへ押しかけていた。物理学と東洋思想を結びつけるニューサイエンスやニューエイジの潮流も盛んであった。三省もそんな時代の中を歩いていたはずだ。大学をドロップアウトしてから、「部族」共同体の運動を経て、いわゆる精神世界へのめり込んでいくのも自然のなりゆきだったかもしれない。

畏敬するラーマクリシュナの影響もあったはずだ。「神を求めて泣きなさい」というかれの言葉を、三省は座右の銘のようによく引用している。ラーマクリシュナはヒンドゥー教徒でありながら、イスラムの修行もして、このような意味のことを語っている。あの月は「ムーン」「チャンド」「ルナ」といったふうに、国によってそれぞれ異なる名称で呼ばれている。だが名ざされる実在は一つであると。西欧の作家でありながらインド研究に打ち込み、インド思想を深く理解していたロマン・ロランは、ラーマクリシュナこそまぎれもなく第一級の宗教者で、キリスト以上の存在であったと述べている。

宗派を超えるラーマクリシュナのように、三省も行く先々で、それぞれの土地の神に祈る。カルカッタでは母神カーリーに、ヴェナレスでは河の女神ガンガー・マーに、リシケシではシヴァ神に、ネパールではターラー菩薩に祈り、耽溺し、溶け合おうとする。それが巡礼というものかもしれないが、どこかしら若さからくる過剰な熱情が感じられる。祈りはまだ民の苦悩、類の悲しみにまで届いていないけれど、内なる「修羅」を抱えていた三省が知性のありようを変成させていく必然の道のりだったのかもしれない。夜、ローソクの灯でこの日記をしたためている三省は、まだ三十五歳であったことを忘れずにいよう。

この日記は、原石のようなものだ。他者に読まれることを意識していないから、さまざまなことが書かれている。夢精を洩らしたり、与論島で暮らした恋人のことを思いだしたり、セックスしたり、ブラフマチャリア（絶対禁欲）について思いを馳せたりする。そして二週間に一度は断食の日をもうけながら、三十五歳の「家住者」として巡礼の旅をつづけていく。矛盾だらけである。かれ自身がニーチェの言葉を引用しているように、永遠の道は曲がりくねっている。

インド巡礼を終えて帰国してから、三省は西荻窪の八百屋で働くようになった。友人が営む無農薬の八百屋だった。リヤカーを引いて野菜を売り歩くこともあった。「家住者」として無言で働きつづけていた。そして数年後、屋久島の白川山へ移り住んでいった。廃村になっていた小さな集落跡であった。ついに林住期に入ったのだ。ここから、わたしたちの知る山尾三省が生まれてくる。耕し、サバ漁の船に乗り込み、夜は書きつづけ、『聖老人』という最初の著作も生まれてきた。

私が屋久島を訪ねたとき、三省はやはりゴム長靴をはいていた。依然として、舗装が尽きて土がむきだしになる道の奥まったところに住みつづけていたのだ。鬱蒼とした緑の中に家があった。三省は庭に繁る植物の葉を摘んで、匂いを嗅いでごらんという仕草をした。カンナに似た大きな葉であるが、もっと緑が濃くつややかに光っている。なつかしい匂いがする。目をつむって記憶を手さぐりした。ようやく思いだせた。おにぎりの匂いだった。

遠足のとき、母が庭の葉を摘んで、おにぎりを包んでくれたのだ。米つぶに葉の香りが移り、とてもおいしかった。いまでも屋久島では、その葉でおにぎりを包むのだろう。

たえず水音が聴こえてくる。三省が書斎として使っている小屋のすぐ窓の下を川が流れている。縄文杉の深山からやってくる清冽な水であった。この屋久島はそれほど大きな島ではないが、一生かかっても知りつくせない、ほとんど無限に近い細部があるのだといった意味のことを三省は語った。それから縄文杉など及びもつかない遥か昔、海底火山から花崗岩が隆起して屋久島が形成されてきたときの地層を見にいった。

宗教的な姿勢も変わっていた。インドでの陶酔は静まり、もう異国の神々に耽溺することもない。ラーマ、ラーマクリシュナ、シヴァ、仏陀といった観念が、森羅万象へと熟していったのだ。晩年の著作は『アニミズムという希望』というタイトルであった。ここで私も、ためらうことなく同意できる。アニミズムは自然への畏怖感にほかならない。あらゆる先住民たちの世界感情の源泉である。そうした世界感情が言葉や観念（宗教）に転じていく一歩手前で、知性を逆に使って、あえてアニミズムの段階に踏みとどまることはできないか。そんなことを私も考えていた。それが、きたるべき惑星のネイティヴの思想ではないか。

さまざまなことを語りあった。インド巡礼を共にした妻はすでに他界して、あたらしい配偶者とのあいだに、三人の子どもたちが生まれていた。三省は、七人の父親になったのだ。それだけではない。以前にも、口永良部島《くちのえらぶ》で自殺した友人の遺児たち二人を引き取っている。生涯に、九人の子どもたちを育てあげたのだ。いまの日本で九人の子どもたちを養育する者はめったにいないだろう。三省は大いなる「家住者」でありつづけながら、四十数冊に及ぶ本を書いた。さらにこの『インド・ネパール巡礼日記』が加わるわけであるが、実際に書かれたのは『聖老人』よりも以前だから、この本こそが山尾三省の第一作である。

月日は流れていく。変成しつづけていく。『インド・ネパール巡礼日記』の一九七四年二月二四日のところに、こんなことが記されている。

「岸辺で見たのは犬の死体を犬が食べている姿だった。それから純白の小型のつるのような鳥も何羽かいた。夢のような美しい世界と修羅の世界が同居しており、同時にひとつの風景の中に収められているのがインド世界の特徴である。マニカルニカガートでは今日も華やかに死体が焼かれている。時々はその匂いがこのガートまでも漂ってくる。焼場のすぐ側の石の上に坐りこんでじっとそれを見つめている日本人が一人いた」

その瞬間、もしかすると三省の脳裏に私のことが浮かんだのではないか。なんの根拠もない直観であるが、翌日の日記には次のように記されている。

「きのうマニカルニカガートを歩いていて、人を焼く匂いというものはそれほど悪い匂いではないことに気がついた。石の柱の上に坐ってじっと焼かれる様を眺めている日本人が一人いたが、宮内君のことが何故か思われた」

かれの脳のどこかを、この自分らしい影がよぎっていったのだ。その脳はもうどこにもない。想起された自分も、やがて消えていくだろう。ナーガの詩がまた脳裏をよぎっていく。

おろおろすることはない　世界はもぬけのからだ
ふり返らなくてもいい　心は次々に水に溶けていってしまう
出かけよう
そして　旅が終わったら　美しい川のほとりで会おう

屋久島で「林住期」に入った三省は、みごとに成熟していった。もう手術さえできない末期の胃ガンであることも公にした。晩年のかれは勁《つよ》い。かつてハンセン病のもの乞いと視線があっただけで不安を抱いていた三省は、もうここにはいない。かれは目をそらさなかった。末期ガンと向きあう日々のことを記した文章を読んだとき、ああ、ここに真の大人がいると感じられた。同じような状況で、自分はこれほ平常心を保てるかどうか自信がない。縄文杉の木陰で生きる詩人がガン細胞におかされるというパラドックスに、わたしたちは茫然となった。これは遺伝子と実存の闘いではないのか。
私は屋久島へ飛んだ。意外なことに、かれは軽トラックを運転して空港に迎えにきてくれた。見せたいものがあるんだと言いながら、家とは反対の方角へ車を走らせていく。山裾で車をとめて森に入った。大樹が生えていた。羊歯《しだ》や、さまざまな植物がぎっしりと寄生していた。雨が降りしきるせいか樹皮はもろもろに腐食して、指でさわるとやわらかい土くれのように崩れおちる。大樹が生きたまま土に化しつつあった。目を瞠《みは》っている私に、そうなんだよ、と三省は目で答えてくる。それから川ぞいに白川山へ向かった。

家の入口には、のうぜんかずらの蔓が繁り、濃いオレンジ色の花が咲き乱れるトンネルになっていた。屋根にもいちめん草が生え、家そのものがさっき見たばかりの大樹のように、静かに堂々と朽ちかけていた。かつて修羅を抱え「はぎしり燃えてゆきき」しながら「怒りのマンゴーの実、怒りのジェラニュームの花」と憤怒をみなぎらせていた詩人は、草花に埋もれかけた終《つい》の棲家で、幽鬼のようにやせ細りながら、このように歌う。

橙々色《だいだいいろ》の　のうぜんかずらの花のトンネルの下を
朝　子供達が学校に出かける
二年生の閑ちゃん　行ってらっしゃーい
行ってきまーす
四年生のすみれちゃん　行ってらっしゃーい
行ってきまーす
一人ずつ声を掛け　一人ずつ声を返してくれるうれしさ　有難さ

六年生の海彦　行ってらっしゃーい
行ってきまーす

そんな風に　ぼくもこの世を去る時
行ってきまーす　と　元気に声を出し
行ってらっしゃーい　と　見送られたいものだ
橙々色の　のうぜんかずらの花の　トンネルの下を

山尾三省◎やまお・さんせい

一九三八年、東京・神田に生まれる。早稲田大学文学部西洋哲学科中退。六七年、「部族」と称する対抗文化コミューン運動を起こす。七三〜七四年、インド・ネパールの聖地を一年間巡礼。七五年、東京・西荻窪のほびっと村の創立に参加し、無農薬野菜の販売を手がける。七七年、家族とともに屋久島の一湊白川山に移住し、耕し、詩作し、祈る暮らしを続ける。二〇〇一年八月二十八日、逝去。

著書『聖老人』『アニミズムという希望』『リグ・ヴェーダの智慧』『南の光のなかで』『原郷への道』『水が流れている』『インド巡礼日記』『ネパール巡礼日記』『ここで暮らす楽しみ』『森羅万象の中へ』(以上、野草社)、『法華経の森を歩く』『日月燈明如来の贈りもの』(以上、水書坊)、『ジョーがくれた石』『カミを詠んだ一茶の俳句』(以上、地湧社) ほか

詩集『びろう葉帽子の下で』『祈り』(以上、野草社)、『新月』『三光鳥』『親和力』(以上、くだかけ社) ほか

写真――渡辺 眸
ブックデザイン――堀渕伸治◎tee graphics

◎山尾三省ライブラリー

インド・ネパール巡礼日記❷

ネパール巡礼日記

二〇一二年四月十五日　第一版第一刷発行

著者　山尾三省

発行者　石垣雅設

発行所　野草社
東京都文京区本郷二－五－一二　〒一一三－〇〇三三
電話　〇三－三八一五－一七〇一
ファックス　〇三－三八一五－一四二二
静岡県袋井市可睡の杜四－一　〒四三七－〇一二七
電話　〇五三八－四八－七三五一
ファクス　〇五三八－四八－七三五三

発売元　新泉社
東京都文京区本郷二－五－一二
電話　〇三－三八一五－一六六二
ファックス　〇三－三八一五－一四二二

印刷・製本　太平印刷社

ISBN978-4-7877-0882-3　C0095

野草社の本

…

YAMAO SANSEI LIBRARY

インド・ネパール巡礼日記❶
インド巡礼日記

四六判上製／五〇四頁／三〇〇〇円＋税

インド・ネパール巡礼日記❷
ネパール巡礼日記

四六判上製／五〇〇頁／三〇〇〇円＋税

ここで暮らす楽しみ

四六判上製／三五二頁／二三〇〇円＋税

森羅万象の中へ
その断片の自覚として

四六判上製／二五六頁／一八〇〇円＋税